¿Todavía? ¡Siempre!

Anabel García

¿Todavía? ¡Siempre!

Editado por Harlequin Ibérica.
Una división de HarperCollins Ibérica, S. A.
Avenida de Burgos, 8B - Planta 18
28036 Madrid

© 2022, Anabel García
© 2022, 2024 Harlequin Ibérica, una división de HarperCollins Ibérica, S. A.
¿Todavía? ¡Siempre!, n.º 291 - 13.3.24

Diseño de cubierta: CalderónSTUDIO®
Imágenes de cubierta: Shutterstock

I.S.B.N.: 978-84-1180-711-1
Depósito legal: M-35542-2023
Impreso en España por: BLACK PRINT
Fecha impresión Argentina: 28.8.24
Distribuidor exclusivo para España: LOGISTA
Distribuidor para México: Distibuidora Intermex, S.A. de C.V.
Distribuidores para Argentina: Interior, DGP, S.A. Alvarado 2118.
Cap. Fed./Buenos Aires y Gran Buenos Aires, VACCARO HNOS.

A César y Yago, los amores de mi vida. Sin ellos, habría terminado este libro mucho antes. Y a mis padres: saltaos las escenas de sexo, por favor.

*Si me preguntasen qué es el amor,
sin dudar contestaría que el amor
es desear con todas tus fuerzas
que la otra persona sea feliz y
hacer todo lo posible porque así sea,
incluso salir de su vida.*

*Gracias a mis lectoras
por conseguir que mis alas
se batan cada vez con más fuerza.
¡Estamos a un palmo del cielo!
Os quiero.*
ANABEL GARCÍA

Prólogo

La farola bajo la que nos encontrábamos estaba fundida y las demás se hallaban demasiado alejadas de nosotros, por eso todo estaba prácticamente a oscuras. Mi interior no difería demasiado del ambiente que nos rodeaba, pues mi alma hacía tiempo que se había acostumbrado a vivir inmersa en una noche eterna en la que ni siquiera brillaban las estrellas. Sin embargo, algo había conseguido abrir una pequeña brecha en aquel sombrío mundo, permitiendo que se colara un tenue rayo de luz. Voy a ser franco, no era algo, era alguien, y en cuanto la vi aparecer frente a mí bajo la lluvia, resucitó cada uno de los sentimientos que durante toda la vida me había obligado a desterrar con tanta fuerza que hasta me estremecí.

Me acababa de dar cuenta de que no podría vivir sin ella y eso solo significaba una cosa: mi perdición. En vez de ponerme firme y recobrar el control de la situación, como hacía siempre, me estaba dejando llevar. Por primera vez en mi puta vida me estaba dejando llevar, y lo peor era que le estaba cediendo el mando a la única mujer en el mundo que podía destrozarme, la única en todos los sentidos. Admito que la cobardía me asfixiaba por consentirlo, pero me daba igual, porque me sentía jodidamente feliz.

¿Feliz? De hecho, no me encontraba demasiado seguro de que fuese felicidad lo que sentía en aquel entonces porque no estaba demasiado familiarizado con ella. Hacía tiempo que no me permitía el lujo de tener emociones de ningún tipo, pues mi trabajo consistía en eso precisamente y no podía desviarme del camino trazado.

Hacía tiempo que mi mente bullía a todas horas repleta de recuerdos que todavía no habían sucedido, lo que venían siendo fantasías, aunque me daba pánico reconocer que soñaba con ella incluso estando despierto. Hasta entonces, solo habíamos cruzado frases provocadoras, miraditas seductoras y algún que otro roce furtivo intencionado, pero siempre fingiendo que no lo era para no traspasar los límites. Y ya no aguantaba más esa presión en el pecho, tenía que armarme de valor y decírselo.

Estaba a punto de dar el paso más importante de mi vida y en lo único que pensaba era en que iba a joderlo todo, pero a base de bien. Siempre había sido un hombre muy seguro de mí mismo, a veces incluso demasiado, tanto, que me tachaban de arrogante; pero allí estaba yo, en plena noche, bajo el diluvio universal, en mitad de la plaza de Santa Ana, con varias personas de testigos, que nos observaban con curiosidad, cagándome de miedo ante la mujer menuda de metro sesenta que tenía delante.

«No me jodas que vas a hacerlo», me repetía en bucle, sin poder dejar de mirar cómo la ropa se le pegaba al cuerpo por la lluvia. El problema no era que no supiera declararme, el problema era que no debía…; eso y que estaba acojonado. Primero, porque Sara acojonaba, y mucho, porque ella no sería un polvo de una noche por experimentar, sabía que ella sería la definitiva. Y segundo, porque no podía permitir que se convirtiese en eso, en la definitiva.

Me debatía conmigo mismo entre ser egoísta y feliz o dejarla marchar para que lo fuese ella sin mí, porque tenía claro que, a largo plazo, no podría darle lo que merecía. Dicen que renunciar a lo que amas es el acto de amor verdadero más grande que existe, aunque solo el hecho de imaginarla siendo feliz sin mí corrompía mi alma y desgarraba mis entrañas. Entonces, ¿qué cojones hacía? No quería vivir sin ella, no podía, pero, si jodía lo nuestro, no lo superaría jamás.

Los últimos días se habían convertido en un auténtico infierno de contención porque no sabía cómo hostias confesarle que, de repente, cuando me hablaba, me recreaba más de lo que debía en sus labios. ¿Cómo le decía que, sin quererlo, fantaseaba con mi lengua sobre sus pechos y conmigo entrando en su cuerpo cada vez que me rozaba? ¿Cómo le contaba que me gustaría averiguar a qué sonaban sus gemidos al correrse? Correrse. Sara corriéndose. Joder. No podía pensar en nada más, se me nublaba la mente y solo quería convertir aquella imagen en realidad. Y ese propósito se implantó en mi cerebro para no marcharse nunca más, resucitando así miles de ilusiones que hasta aquel preciso instante me había obligado a exterminar.

«No puedes ser tan egoísta, ella se merece más», me recriminé en un último instante de lucidez. Sería mejor así. Callarme. Y ella nunca lo sabría.

—¿Por qué me has pedido que venga? —susurró con timidez.

Sus palabras me devolvieron a la realidad justo cuando por fin iba a renunciar a confesarle todo lo que sentía por ella. Al mirarla percibí mi propio rubor cubriéndome las mejillas, pues de pronto fui consciente de lo que tenía ante mis ojos. ¡Dios! El agua había conseguido que se le marcase cada curva de su anatomía y estaba increíblemente sexi tratando de despegarse el camisón de sus extraordinarias tetas, mirándome a través de sus largas pestañas empapadas, con el pudor reflejado en sus ojos. ¡Pudor! ¡Conmigo! ¿Qué mierda había sucedido entre nosotros?

Me entraron unas ganas enormes de estrecharla entre mis brazos para resguardarla de la lluvia y besarla como si se acabase el mundo. Estaba sobrecogido. Lo admito. Entré en pánico y no supe reaccionar. Solo fui capaz de abrir el paraguas que llevaba en la mano para ofrecérselo, como un auténtico gilipollas. Total, ¿para qué?, si ya estábamos empapados los dos.

—¿No crees que es un poco tarde para eso? —preguntó ella con una enorme sonrisa al verme titubear.

Dejé caer el paraguas al suelo y no tardó en salir rodando calle abajo debido al viento, no obstante, nosotros permanecimos mirándonos a los ojos sin apartarlos uno del otro ni un solo segundo. Recordé con cariño el día en que me quedé prendado de esos ojos azules de gata que, todavía a día de hoy, me vuelven loco: el día en que la vi por primera vez. «Ay, Sara, me hiciste tuyo tan solo con respirar y ninguno de los dos se dio cuenta». Pero ella ¿podría leer mis pensamientos?

—Alguien me dijo una vez que nunca es tarde para bailar bajo la lluvia —me escuché soltar con una voz ronca sin ni siquiera esperármelo y, al ser consciente de que quizá se me estaba viendo demasiado el plumero, me sobresalté.

—Ese *alguien* debe de ser muy sabio —contestó ella en un imperceptible murmullo.

—Ese alguien es jodidamente increíble.

¿Jodidamente increíble? ¡Me cago en la puta! Me acababa de dar cuenta de que estaba enamorado de Sara hasta los huesos y de que tenía un maldito «Te quiero» atascado en la garganta clamando con fuerza por salir. Pero si ni siquiera nos habíamos besado, ¿cómo cojones iba a confesarle que la quería? ¿Se puede amar a alguien con quien no has tenido ni un beso? Joder, ¡aquello era una puta paranoia! ¡Me estaba volviendo loco!

De repente, fui consciente de que ansiaba su proximidad más que nada en el mundo. Quería protegerla de la lluvia porque esa había sido siempre mi misión en la vida: protegerla. Entonces, en un inesperado momento de locura, esa locura que solo ella sabía despertar en mí, extendí mi mano hacia su cuerpo y le pregunté:

—¿Bailas?

En aquel momento, sus ojos se clavaron en los míos, brillaron como nunca para iluminar la oscura noche que nos envolvía, iluminaron mi alma al mismo tiempo y confirmaron con ello que no me había equivocado en mi decisión.

Y así fue como convirtió un solo momento en toda una eternidad.

1

Un paso atrás para tomar impulso y avanzar

«No todas las historias de amor comienzan con un beso». Yo, sin ir más lejos, no sabría definir el momento exacto en el que empezó la mía.

Me encuentro en el baño terminando de arreglarme mientras escucho en el móvil y canturreo *Bam Bam* de Camila Cabello y Ed Sheeran. Yo soy muy Camila en esta canción, este videoclip me define a la perfección. «Así es la vida», puedes regocijarte en tu desgracia o bailar a pesar de todo.

El cuarto de baño de la planta de arriba es el sitio menos concurrido de casa, por eso siempre ha sido mi lugar preferido del mundo, mi recinto sagrado. Aquí es donde respiro hondo cuando lo necesito, donde me escapo para meditar decisiones complicadas, también donde lloro y río, aunque, sobre todo, es el único sitio donde desaparezco para volver a encontrarme, y creo que el motivo lo tengo claro: es la única estancia de la casa que tiene pestillo y el pestillo, a ciertas edades, es como darte de bruces con el santo grial, un gran golpe de suerte.

Me tomo el tiempo necesario, una vez más, para valorar si en realidad deseo hacer lo que me estoy planteando. Me siento sucia, rastrera y culpable, pero ¿a quién pretendo engañar? Son mis sentimientos y debo ser sincera conmigo misma. Además, no es que desee hacerlo, es mucho más que eso: lo necesito tanto como respirar, porque todos mis sueños se han roto y él es el único culpable. Quiero reencontrar a esa Sara que se ha ido haciendo invisible por el camino, cogerle la mano y llevarla hacia la luz para que vuelva a brillar y a reírse a carcajadas. No puedo esperar ni un minuto más. Anhelo con todas mis fuerzas volver a ser feliz. Me lo merezco.

Me paso la plancha por el pelo ondulado para alisarlo. No sé qué manía tenemos las chicas de querer llevar el pelo justo al contrario de como es su naturaleza. Compruebo a la luz del espejo, separando un mechón del cabello con dos dedos para examinar con detenimiento la raíz, que me ha quedado bien el tinte. Me he aplicado un color zorrón muy mono, y no te vayas a pensar que es porque sea una zorra, que ya me gustaría; no, es que el tono es cobrizo, como el del animal.

Me gusta cambiar de tinte según mi estado de ánimo. Creo que ya he llevado todos los colores que existen; todos menos uno, porque nunca me he atrevido con el rubio. Sentirse rubia son palabras mayores y yo todavía no tengo demasiado claro lo de portar un estandarte tan imponente.

Mientras me maquillo, me esfuerzo de manera especial en no parecer una adicta al *crack* ni tampoco la hermana del Joker. Me encanta pintarme, y más de dos veces, cuando me he querido dar cuenta, me había puesto encima todo cuanto tenía en mi bolsita de pinturas, que no es nada pequeña. Es superior a mis fuerzas, todo me parece ideal, mezclo los colores aquí y allá sin piedad, sombras, polvos, cremas… y admito que el resultado es desastroso muy a menudo. Alguna vez, incluso, he tenido que desmaquillarme para volver a empezar, y entonces me viene a la mente la cara de Joel con los ojos en blanco, muy serio y de brazos cruzados, abroncándome: «Pecas, menos es más».

Joel.

¿Será el causante de que esté a punto de hacer lo que jamás creí posible que haría?

Dejo escapar una leve sonrisa al recordar la primera vez que me llamó Pecas. Estábamos en el colegio y él se sentaba muchas filas por detrás de mí porque siempre ha sido de los rebeldes. Tan rebelde que, siendo tres años mayor que yo, seguía estando en mi curso; yo, sin embargo, era una empollona de primera línea, por eso me habían dado una beca para poder asistir a ese colegio de pijos al que nunca hubiese podido aspirar; por el contrario, a mi amigo le sobraba el dinero para ello. Aquel día, mi madre me había lavado el único uniforme que tenía y disfrutaba del gran privilegio de poder acudir a clase con ropa de calle… ¡Maldita la hora!

Seleccioné de mi armario, henchida de ilusión, un pantalón de campana rosa con una chaqueta roja y una camiseta verde pistacho, además de unas deportivas naranjas. No lo hice por llamar la atención, lo juro, al menos aquella primera vez. Es que a mí la ropa me parece más divertida cuando está llena de colores vivos y chillones, cuanto más vivos y chillones mejor. Nunca he entendido por qué a la gente no le gusta mezclarlos y se empeña en combinarlos según una sola paleta; eso no es nada divertido. No debería haber unas normas establecidas para mezclar colores, ¿o es que acaso el arcoíris es mágico por combinarlos bien?

Hoy en día tengo claro que a mis estirados compañeros de clase no les pareció nada divertido mi atuendo y por ese motivo, en cuanto me vieron, comenzaron a burlarse de mí. Yo pasé de ellos y me dediqué a la tarea que había mandado el profesor. Lo malo fue cuando este salió del aula para ir a algún sitio. Alguien me llamó desde los asientos de atrás para que me girase y, al hacerlo, me lanzó una goma de borrar con todas sus fuerzas al grito de «¡Bórrate del mundo, hortera de mierda!», con tan mala suerte que me dio de pleno en el ojo derecho. Todavía recuerdo aquel dolor tan intenso; fue tan fuerte que consiguió hacerme gritar como una loca.

En cuanto me escuchó chillar, sin ni siquiera saber qué había ocurrido, Joel se lanzó sin dudarlo sobre el chico que me había agredido para pegarle una buena paliza, montando así el espectáculo del siglo. La consecuencia fue que expulsaron a mi amigo del colegio unos cuantos días, mientras que al agresor ni uno solo; que el padre de Joel le castigó a base de golpes y que yo terminé llevando un parche en el ojo durante el resto del trimestre, encima dando gracias por no haberme quedado ciega. Con esto aprendimos muchas cosas, como, por ejemplo, que la gente con dinero siempre tendrá más razón que tú.

Una tarde cualquiera, fui a casa de Joel, como hacía cada día que mi amigo seguía expulsado, para llevarle la tarea de Inglés que nos habían mandado aquel día en clase. Me puse la misma ropa estridente para reivindicar mi derecho a la libre elección de los colores que me representaban, porque ¡a mí, a cabezota no me ganaba nadie! Podrían humillarme, pero nunca doblegarme.

Cuando entré en su cuarto con mi atuendo multicolor, me miró henchido de orgullo, pues, sin quererlo, a partir de aquel día se había convertido en el brazo ejecutor de mi lucha contra la opresión de los tiranos de la clase. Algo muy fuerte nos había unido para siempre. Estábamos en el mismo bando y sus ojos me lo confirmaban, aunque sus palabras fueron bien distintas. Años después aprendería a hacer caso a sus ojos más que a su boca.

—¿Por qué vas así vestida otra vez, Sara? ¿No te da miedo que vuelvan a insultarte o que lleguen a pegarte y que encima no esté yo allí para defenderte?

—Claro que me da miedo, pero es una batalla que tengo que librar yo —respondí—. Si a mí me gusta vestir así, no tengo que cambiar por ellos.

Su expresión se tornó sombría.

—¿Se han vuelto a meter contigo? ¡Porque les mataré en cuanto vuelva! —rugió enojado.

Joel siempre daba demasiada importancia a mis cosas y demasiada poca a las suyas.

—No te preocupes, *papá* —bromeé—, cada día se burlan un poco menos de mí, ya se van acostumbrando a mi forma de ser. Cuando vuelvas, verás que todo será normal de nuevo. Te lo prometo —canturreé, tratando en vano de que me viese contenta y despreocupada, pues me conocía de sobra.

—¿No lo entiendes? Nada será normal mientras no seas como ellos quieren —gruñó enojado.

Lo decía con conocimiento de causa, porque él era experto en ser como los demás querían. Era un jodido camaleón.

—Pues entonces, ¡que se armen de paciencia, porque no me van a cambiar nunca! —contesté llena de fuerzas renovadas.

Él negó con la cabeza, algo asustado por mi actitud provocadora, aunque terminó sonriendo.

Mi querido amigo comprendió en aquel preciso momento que, aunque luchábamos por distintas causas, ya que su guerra era contra su padre, lo hacíamos utilizando la misma táctica bélica: dábamos un pasito adelante, aguantábamos los golpes sin replegarnos y, cuando todo había acabado, dábamos otro pasito más, venían nuevos golpes…; así hasta conseguir llegar a la meta, en silencio, poco a poco y sin retroceder, ni siquiera para tomar impulso. Y eso también es ser fuerte y valiente. Mucho.

—¿Sabes una cosa? —susurró a modo de secreto.

—¿Qué?

—Eres mi pecosa favorita —exclamó, rompiendo a reír.

—¡No me llames así! —le supliqué.

—¿Por qué? —Su cara era todo un poema, no entendía nada.

—¡Porque odio mis pecas! —le expliqué avergonzada, cubriéndome las mejillas con las manos.

—Pues a mí me encantan. —Posó sus manos sobre las mías con suavidad para retirarlas de mi rostro. Me resultaba imposible sostenerle la mirada porque no se podía aguantar de lo guapo que era. Por eso me giré para darle la espalda.

—Puedes llamarme retaco si quieres, o gorda, como hacen todos, me da igual, pero pecosa no, por favor, ¡lo odio! —Tomé distancia dirigiéndome hacia la puerta.

Desde siempre había odiado las manchitas que cubrían mi

nariz respingona, deseaba tener la piel limpia y pulcra como la de mis amigas, porque la mía parecía la de un maldito dálmata.

Él se acercó a mí y alzó mi rostro con uno de sus dedos bajo mi barbilla para obligarme a mirarlo a los ojos.

—Deja de decir gilipolleces. No eres bajita, ni retaco, ni gorda y, aunque lo fueras, seguirías siendo preciosa porque desprendes luz. No lo olvides nunca. Eres simplemente perfecta, mi Pecas —susurró.

«Simplemente perfecta. Mi Pecas».

Si alguien como él te decía algo así, a ti te sonaba a gloria bendita y punto, aunque te llamase lo peor del mundo, daba igual. Así fue como consiguió que uno de mis mayores complejos se convirtiera, con un enorme batir de alas de mariposa, en algo de lo que enorgullecerme. Y a partir de aquel momento, yo sería su Pecas y lo sería para siempre.

Todavía a día de hoy siento el apodo como si fuese algo más mío que mi propio nombre, con mucho apego, pues solo él me llama así y es algo muy nuestro. Muy jodidamente solo nuestro.

Y volviendo al presente, repaso por última vez el maquillaje. Ojos ahumados. Labios color fresa. Ojeras, granitos y pecas bien camuflados con el corrector. Todo en orden. Mis ojos, grandes y azules, siempre han sido la parte de mi cuerpo que más me gusta, y eso ya es mucho decir, porque no es que mantenga una relación demasiado sana con mi anatomía. Pero ya hablaremos de eso más tarde.

Debo tener un aspecto al menos presentable para afrontar lo que se me viene encima, la confianza en mí misma será imprescindible para ser capaz de hacerlo.

Por último, coloco el pecho de manera estratégica dentro del sujetador con relleno que me he puesto para que se me vea bien el canalillo bajo el generoso escote de mi vestido violeta, me subo a unos tacones amarillos infinitos, me echo una cantidad industrial de perfume y… ¡estoy lista!

2

En realidad, no has amado

De camino al restaurante en mi coche escucho un *podcast* en el que citan a Shakespeare, y precisamente el fragmento en el que el dramaturgo alega que si no recuerdas la más ligera locura en la que el amor te hizo caer es porque en realidad no has amado.

Por eso me doy cuenta de que, según mi adorado William, no he amado, o mejor dicho, no me han amado a mí, pues yo lo he dado todo con la intensidad que me caracteriza, aunque la otra parte no me correspondiera y eso me haya llevado a descubrir que me he cansado de no recibir nada.

Entonces, ¿qué leches se supone que he estado haciendo en estos últimos cuatro años junto a mi novio? La respuesta es sencilla: perder el tiempo. Y es que, al echar la vista atrás, veo que mi relación siempre ha sido templada, no ha habido lugar para locuras. Ese tipo de amor impetuoso de las novelas románticas no tiene ni ha tenido cabida nunca en mi vida sentimental, y eso hace que, según Shakespeare, lleve tatuadas las palabras *Loser of Love* en la frente.

Hasta hace tan solo unos días, estaba segura de que mi amor era calmado y sosegado porque se trataba de un amor maduro, pero, una vez que se me ha caído la venda de los ojos, me he dado de bruces contra la cruda realidad: mi amor es una cagada de pato, o más bien de vaca, que es más grande.

Lo admito. Soy de esas personas propensas a ser intensas, a veces quizá demasiado, pues no sé regular lo que siento, lo hago a tope, sin barreras ni censuras. Suelo pensar, sentir y actuar sin complejos, vivo la vida dejándome llevar. Creo que cuando hay ganas, las historias se escriben solas, y a mí las ganas me sobran, por eso no quiero que la mía se escriba con medias tintas. Lo malo es que, con la misma intensidad que vivo, me pego las hostias.

Desde niña me enseñaron que de casa se sale con el corazón lleno porque no hay que buscar en otros lo que tienes dentro de ti. Y si no lo tienes, lo creas. No hay nada más bonito que quererse y respetarse a uno mismo, y ya es hora de que yo empiece a hacerlo, porque hasta ahora suponía que lo hacía él por mí y he descubierto que no era así.

Siempre he soñado con que mi novio viniera a buscarme al trabajo para sacarme de allí en brazos, mirándome embobado mientras todas mis compañeras aplaudían muertas de envidia, como en esa película antigua que le encantaba a mi madre, *Oficial y caballero* se titulaba, y si encima le sentase el traje como a Richard Gere, ¡pues me casaría con él allí mismo! También fantaseaba con ser una espectacular sirena pelirroja y que un beso de amor verdadero me convirtiese en humana, aunque eso ya lo veo un poco más complicado…, o no, como soñar es gratis… ¿ves? Ya lo estoy haciendo de nuevo.

Aunque no importa la cantidad de sueños románticos que se me pasen por la mente al cabo del día, porque ninguno de ellos se ha cumplido ni de lejos. Y no me refiero a ser una sirena, sino a recibir una simple flor el día de mi cumpleaños o a cogerme de la mano por la calle. Llevo muchos años saliendo con mi novio y lo que pensaba que era amor, no llega ni siquiera a cariño. Shakespeare me acaba de confirmar lo que debo hacer, arrancándome la venda con una patada voladora. Y duele, joder que si duele.

Todo este planteamiento me ha llevado a una clara conclusión: quiero encontrar el amor… ¡No! ¡Quiero encontrar el PUTO AMOR VERDADERO! Ese que se escribe con mayúsculas y signos de admiración. Un amor lleno de locura. Quiero alguien que se folle mis miedos y dinamite con ellos el puente de no retorno para tomarme de la mano y correr hacia el abismo del amor sin dudar. Y da igual que en ese abismo nos caigamos porque, si es con la persona adecuada, no habrá caída de la que no podamos levantarnos juntos.

No quiero estancarme y conformarme con una relación aburrida y tóxica. Quiero aullar a la luz de la luna gritando su nombre, arañarle la espalda, cantar en la ducha a grito limpio, bailar pegados, besarnos bajo la lluvia. Quiero… quiero amar a corazón lleno. Lo peor de todo es que ya lo hago, pero con la persona equivocada. Entonces, deduzco que lo único que quiero es ser correspondida.

«Tienes que terminar con la historia que tanto miedo te da cerrar porque es el paso definitivo para comenzar la que te mereces», me repito a mí misma.

«Rodri, ya no siento nada cuando me besas, ni deseo siquiera que me roces. Hace tiempo que debimos dejar nuestra relación y lo sabes…». —¿Por qué no deja de venirme a la cabeza la maldita canción de la Jurado?—. «Hemos pasado rachas muy malas, la mayoría ni siquiera las hemos superado aún y lo único que queda entre nosotros es cariño. No me culpes, yo no te culpo a ti, no es cuestión de buscar culpables. Se ha terminado el amor, y cuando pasa eso no hay manera de volver atrás». —La pena es que no ha sido de tanto usarlo. ¡Por Dios, Rocío, sal de mi cabeza!—. «Si no eras tú, iba a ser yo quien lo hiciese. No se puede amar poniendo parches. Lo siento, pero se ha terminado. Te deseo lo mejor y quiero que sepas que siempre me tendrás como amiga cuando me necesites».

En teoría, esta era la charla que me había preparado a conciencia frente al espejo, pero lo que sale por mi boca es algo muy distinto:

—Rodri, ¿te has planteado alguna vez el futuro de nuestra relación?

Sí, así es como mando a paseo el complejo discursito que he estado ensayando durante todo el día. Un discurso en el que se me veía coherente y serena, pero justo en el momento en que me toca exponerlo, me sale completamente diferente, un cagarro de alegato, un despropósito absoluto.

Él, que habla desde hace un buen rato de sus cosas, para variar, me observa como si le hablase en chino. Está sentado frente a mí en el restaurante El Almacén, donde venimos siempre que tenemos algún acontecimiento importante que celebrar. Esta vez no teníamos nada que celebrar, pero él ha insistido tanto en venir que no he podido negarme a sus ruegos. Quizá ese haya sido el problema entre nosotros, que nunca he sido capaz de negarle nada con tal de no discutir.

—¡Claro! Nos casaremos y nos iremos a vivir juntos a mi piso en cuanto me hagan fijo en la empresa —suelta mientras mastica.

Me entran unos calores horribles al escuchar una vez más sus planes de futuro para nosotros. Ni siquiera me hace ilusión casarme, ¡cuánto más tener hijos! Se supone que lo más lógico en una pareja es que ambos imaginen el mismo futuro, ¿no? Pues no. Él ya tiene nuestra vida planificada al milímetro y le es indiferente si a mí me gusta o no. Yo seré la madre de cinco criaturas a las que él ya ha puesto hasta los nombres y deberé quedarme en casa con los rulos puestos para cuidarlas. Punto. ¿Te gusta la idea? ¡Pues a mí menos!

Rodri se toma mi sueño de irme a trabajar fuera como una simple pataleta que me da de vez en cuando. Sostiene que lo hago porque pretendo acaparar la atención de mi familia y/o de él. Está seguro de que la semana que viene se me habrá quitado la idea de la cabeza y volveré llorando y suplicando su cobijo. Lo que no se huele es que preferiría que me despellejasen viva.

Como no le contesto, insiste:

—¿Es que tú te has planteado otra cosa, Sara?

Lo examino durante un breve instante. Lleva un jersey gris oscuro con camisa blanca y unos vaqueros. Es muy guapo, pero su pelo castaño ya no me incita a meter los dedos y tirar de él como me ocurría antes. Ya no fantaseo con los dos follando sobre la mesa y mis bragas en el suelo. Cuando parpadea confuso, ya no siento ninguna tensión eléctrica ni sexual entre nosotros. Nada en él consigue que se humedezca mi ropa interior. Y cuando he querido darme cuenta de todo eso, habían pasado demasiados años.

Estoy sentada frente a mi destino. Tengo en mis manos poder cambiarlo o no. «¡Venga, Sara, díselo!», me animo esperanzada.

Resulta agotador luchar contra una misma. Por un lado, quiero hacerlo, necesito hacerlo. Pero, por el otro, me da muchísima pena dejar una relación tan larga porque siento que he estado perdiendo el tiempo. No obstante, y para ser sincera, lo que me sucede en realidad es que no estoy segura de amar al hombre que tengo delante.

¿Cómo diferenciar el amor del cariño? ¿Y si me arrepiento y cuando quiera volver está con otra? Porque Rodrigo está buenísimo, eso no se lo quita nadie, es egoísta pero guapo. De hecho, es tan atractivo que nunca he creído ser lo suficientemente buena para él, pues en ningún momento me ha hecho sentir especial, y estoy segura de que las moscas que lo suelen rondar, en cuanto se enteren de que vuelve a estar soltero, se lo rifarán.

—La verdad es que me gustaría estar un tiempo sola, Rodri.

¡Ya está! ¡Lo he dicho!

Él clava sus oscuros ojos en mí y deja los cubiertos sobre la mesa de una manera demasiado pausada para mi gusto. Yo, en su lugar, ya estaría gritando como una loca desquiciada.

—No puedo creer que me estés dejando, Sara —musita incrédulo, limpiándose la comisura de los labios con la servilleta de tela blanca, como si nada.

Yo tampoco lo creo, pero llevo mucho tiempo planteándome la posibilidad de hacerlo y nunca encuentro el momento oportuno, tengo que pensar en mí misma, por una vez en la vida, tengo que hacer lo que yo quiero y no lo que los demás esperan de mí.

Lo miro con nostalgia al recordar la época en la que éramos Ro-dri y Sara. Soñábamos con miles de proyectos juntos, a pesar de no tener ni un euro en el bolsillo; siempre creímos que bastaría con nuestro amor porque leímos en algún libro que el amor todo lo podía.

Rememoré cómo se encendía con solo mirarme, nos abandonábamos durante días enteros al fornicio y nunca parecíamos tener suficiente. Es el único hombre con el que he estado. Me acordé también de cómo me arreglaba para él, entusiasmada, pues se le caía la baba al verme aparecer, y de la cantidad de emociones que recorrían mi cuerpo cada vez que me llamaba. Fuimos fuego y a día de hoy ni siquiera somos ceniza.

No sé cómo, cuándo ni por qué la pasión se convirtió en monotonía, luego en aburrimiento y al final en desidia. Nos transformamos en perfectos desconocidos, invisibles a ojos del otro. Hoy ya no queda nada de aquellos Rodri y Sara. No bastó con el amor y, si algo he aprendido en la vida, es que nunca basta.

De repente, al ver los ojos llorosos de Rodrigo, me obligo a recular en mi decisión porque parece destruido y por nada del mundo pretendo hacerle daño. Es algo que me sale de manera automática, ni siquiera lo pienso, será por la costumbre de querer protegerlo durante tantos años. Si le da una de sus crisis lo pasaré fatal.

—No te estoy dejando, Rodri, solo te estoy pidiendo tiempo —le aclaro mintiendo.

—Es lo mismo. Me dejas poco a poco en vez de cortar por lo sano. Podrías ser valiente y sincera por una puta vez en tu vida en lugar de comportarte como una niñata de mierda que no sabe lo que quiere. Después de aguantarte cuatro años creo que es lo mínimo que merezco, ¿no crees?

Lo miro con rencor. ¿Encima de que trato de cuidarlo me pega una coz?

Me bajé de mi sueño para perseguir el suyo y no hay mayor acto de desprecio hacia nosotros mismos que el de abandonar lo que nos hace bien, nuestros sueños, para sustituirlos por los de otra persona. Y es que muchas veces confundimos el entregarnos con obsesionarnos, pero la única verdad es que nadie merece la pena lo suficiente como para hacer que te olvides de ti mismo. Yo estoy en ese proceso.

—Rodrigo, te he dicho claramente lo que quiero, eres tú el que se niega a aceptarlo. Puedes hacer la lectura que quieras de mis palabras.

—¿Es que ahora, así, de repente, ya no me quieres, Sara? —solloza.

—¡Claro que te quiero! Pero me quiero ir a vivir fuera. No sé cuándo volveré ni si lo haré, y me parece injusto pedirte que me esperes —le explico, dándole la vuelta a la tortilla porque, bien es cierto que soy una niñata y que no tengo el valor suficiente como para confesarle que en realidad no quiero que me espere, que su indiferencia ha matado mi amor y que no hay Dios capaz de resucitarlo.

Él me observa con el ceño fruncido. No entiende nada. En una situación así podría comportarse de dos maneras: o ponerse a llorar y suplicarme, o sacar su orgullo a relucir para fingir que no le importa en absoluto lo que está ocurriendo.

Se recuesta en el respaldo de la silla sin dejar de mirarme con expresión gélida. Toma aire y al final lo asume:

—Está bien. Tómate el tiempo que necesites.

—¿Y ya está? —Me sale solo, pues no doy crédito a que todo sea así de fácil, tan maduro, sin dramas, sin reproches ni voces.

—Te quieres ir a Madrid, no te vas a Pakistán, Sara. Si al final te vas, que lo dudo, retomaremos lo nuestro cuando vuelvas.

Se niega a comprender que si me voy, no pienso volver, y mucho menos retomar nada con él, pero me da igual; aun así, me sorprende que se lo esté tomando de una forma tan sensata. Cuando pase el tiempo, se dará cuenta de que esto es un adiós definitivo.

—Entonces, ¿no te enfadas? ¿Estás bien? —insisto.

—¿Acaso te importa? Has venido a destrozarme, ¿no? Pues disfrútalo.

Ahí está. Ahora sí que es el hombre oscuro que conozco, el que hiere con las palabras, el ser rencoroso en el que se ha convertido a lo largo de los años. Ese momento de madurez ha sido solo un efímero eclipse y viene a confirmarme que no debo arrepentirme de la decisión tomada. La diferencia entre ayer y hoy radica en que ya no me hace daño con su soberbia porque, con un poco de suerte, en unas horas desaparecerá de mi vida para siempre.

A pesar de querer marcharme, terminamos la cena en el más absoluto de los silencios. Me ha pedido que, al menos, me quede hasta el final con él. Acepto porque supongo que recapacitará y será una cena llena de recuerdos, muestras de cariño por ambas partes, o el hasta siempre que nos merecemos. Pero, una vez más, me doy de bruces contra la cruda realidad para darme cuenta de que sigo soñando con imposibles. La cena tan bonita que yo esperaba consiste, básicamente, en ver cómo se bebe todo el vino de la bodega.

Cuando lo miro a los ojos, los tiene rojos por el alcohol y repletos de una ira que ha ido acumulando con cada trago; entonces comprendo que ha llegado el punto a partir del cual comenzará a soltar lindezas sobre mí y no quiero escucharlas. Me levanto para despedirme con dignidad.

—Te deseo lo mejor del mundo, Rodri, quiero que sepas que siempre te llevaré en mi corazón.

—No serás capaz… —Me coge de la muñeca con fuerza, pero me suelto de un tirón.

Y, a pesar de sus protestas, me marcho sin mirar atrás, con paso firme, soltando todo cuanto no quiero en mi vida, caminando hacia un nuevo futuro. Sin embargo, antes de salir por la puerta, lo escucho gritar desde el otro lado de la taberna:

—¡Cuando vuelvas lloriqueando como haces siempre, te recordaré que me abandonaste como a un perro pulgoso y entonces te arrepentirás, zorra asquerosa!

Nunca antes me había hablado así, lo juro. Discutíamos mucho, pero jamás me había faltado al respeto de esta manera y mucho menos en público. Esta es la primera vez y desde luego la última. Por eso ni me molesto en contestarle, porque ya no me importa. Ya no duele.

Tampoco entiendo por qué sufre tanto, pues ambos sabíamos de sobra que nuestra relación estaba muerta desde hacía mucho tiempo, tan solo estábamos alargando la agonía. Entonces, supongo que lo que le molesta realmente es que sea yo quien haya tomado la decisión antes, pues con ello he aniquilado su inmenso ego masculino.

Y así es como un punto final se convierte en el principio.

3

El principio

En cuanto piso la calle, llamo a mis amigas para saber dónde están. Lo hago de manera automática. Es el último fin de semana que pasan aquí porque se terminan sus vacaciones y regresan al trabajo. Cada año solemos quedar para despedirnos, pero hoy no me apetece celebrar nada, aunque tampoco me apetece estar sola. Las necesito.

Nada más responder al móvil, me cuentan que están tomando algo en Amadeus, una disco terraza que, casualmente, se encuentra muy cerca de aquí, a unos quince minutos, así que decido ir caminando para encontrarme con ellas.

Durante el trayecto, tengo sensaciones contradictorias. Me siento libre y feliz por no tener que aguantar más una relación tóxica. También estoy enfadada y me arde la sangre en las venas por haber consentido que me tratase como si no valiese nada, como si fuese suya y pudiese hacer conmigo lo que le viniese en gana. Como siempre ha hecho hasta ahora. Estoy harta de estar a merced de sus idas y venidas. Pero también me da miedo echarlo de menos, arrepentirme y, en un momento de debilidad, volver a algo que no me conviene.

Es muy difícil encajar que algo te hace daño cuando viene de la persona que te hacía feliz, o que tú creías que te hacía feliz. Pero, por mucho que espere, si a alguien no le nace de dentro darte lo mismo que recibe de ti, nunca lo hará. Decimos que nos queremos mucho, pero nos tratamos mal porque priorizamos a otras personas por encima de nosotras mismas, porque decirlo es fácil, pero hacerlo no tanto. Para quererte bien tienes que saber qué límites no quieres cruzar y yo los he cruzado todos por Rodrigo; sin embargo, no lo voy a hacer más. Me lo debo.

Perdonar es el mayor acto de amor y yo acabo de aprender a perdonarme a mí misma, pues durante muchos años he perdonado a la persona equivocada. Tengo claro que no he hecho nada malo, solo estoy tratando de avanzar y de curar mis heridas. Hay personas que llegan a tu vida para recordarte que debes quererte mejor y Rodrigo es una de ellas, aunque haya tardado demasiados años en darme cuenta, pero es que cuesta mucho asimilar que tu cuento se ha acabado.

No sé sentir solo a ratos, ni querer a medias, ni ilusionarme solo por momentos, y espero encontrar a alguien que me ame como amo yo, a corazón abierto. Alguien que me quiera bonito, que me cante al oído, que susurre mi nombre después de hacerme el amor; en definitiva, alguien que me merezca, porque no quiero ser las sobras de nadie y, sobre todo, quiero a alguien que no sea gay. Luego sabrás por qué lo digo.

Mientras camino, trato de recordar momentos buenos junto a Rodrigo y casi todos son al comienzo de la relación, cuando éramos unos críos de diecisiete años. Después, todo se convirtió en oscuridad, en silencios, mentiras y reproches. Hace años que no me río con él, si es que alguna vez lo hice. Entonces, ¿por qué he tardado tanto en dejarlo?

Tomo aire con los ojos cerrados para centrarme en mí, en mis emociones. A diferencia de lo que pensaba, no estoy triste, ni vacía, no me duele en absoluto. He comprendido que dar todo por alguien no implica quitártelo a ti, y eso lo llevaré a partir de hoy tatuado a fuego en mi alma. Para ser sincera, siento más libertad que nostalgia y por eso, al volver a abrir los ojos, entro en la discoteca con una enorme sonrisa dibujada en mi rostro.

4

Nadie dijo que fuera fácil

Sole, Nuria y yo siempre hemos sido como hermanas, de esas que te han visto en las peores circunstancias de tu vida y, aun así, te siguen queriendo. Nos conocimos a los tres años en la guardería y, desde entonces, nunca más volvimos a separarnos.

Ellas siempre han sido el motor de mi locura, las que consiguen que vuelva a ser yo misma cuando me encuentro perdida. Cada vez que estoy triste, voy en su busca y siempre aciertan con algo que me hace reír. La última vez, Nuria se subió de pie a un columpio borracha para cantarme a voz en grito *Lo que te hace grande* de Vetusta Morla, pero la anormal de Sole la empujó para columpiarla porque se le ocurrió que con el pelo al viento le daría más realismo a la escena. La conclusión fue que terminamos las tres en Urgencias muertas de risa mientras un enfermero muy majo les daba puntos a ambas, a una en la frente y a la otra en la mano.

Me gusta la gente que se distingue por intentar ser real y no única, porque todos intentan aparentar lo mismo, pero lo que te hace especial es lo que en realidad eres y ellas son reales a rabiar.

La vida sin amigas no tendría sentido. Las mías son la viva imagen de la juerga y el cachondeo, pero también son las más dramáticas si la situación lo requiere, por eso dudo si contarles lo de mi ruptura, pues no quiero estropear nuestra última noche juntas.

Seguro que te estarás preguntando que, si se supone que somos tan amigas, cómo es posible que ellas desconozcan mis sentimientos por Rodrigo. Es cierto, debería haberles contado la verdad, pero es que, para ser sincera, no habría sabido qué decirles porque ni siquiera yo lo tenía claro hasta hace un rato.

Las observo en silencio, bailando al son de la música con sus melenas al viento y sus cuerpos esculturales; aunque ellas siempre se quejan de que tienen demasiados michelines, a mis ojos son perfectas. Ambas están felizmente solteras y disfrutan de su libertad sexual en todos los sentidos. Todos los chicos las rondan como moscas a la miel y ellas se regocijan mandándolos a la mierda sin remordimientos. Son incorregibles.

La disco terraza en la que nos encontramos es un bar al aire libre decorado como si estuviésemos en Hawái, todo palmeras y bambú. A pesar de no querer cortarles el rollo con mis cosas, no puedo dejar de pensar que no debo ocultarles algo tan importante, tengo que contárselo.

—Rodrigo y yo hemos roto —suelto sin más, mientras bailamos en la terraza de Amadeus.

Nuria y Sole no dan crédito a lo que acaban de escuchar y casi se atragantan con el ron de sus copas.

—¡Estás de coña! —profiere Sole.

Niego con la cabeza sin dejar de bailar Rosalía, Rigoberta Bandini y Sebastián Yatra.

—No te creo. Si Rodrigo te hubiese dejado, no estarías aquí bailando tan tranquila, Sara, estarías llorando desconsolada o rogando de rodillas que volviese contigo —añade Nuria.

Mi autoestima sufre su zarpazo desgarrador. ¡¿En serio?!

—¿Ese es el concepto que tenéis de mí? —les pregunto molesta a mis amigas.

Ambas se miran y asienten con la cabeza.

—Reconoce que tienes una dependencia enfermiza de ese tío, Sara —me reprocha Sole.

¿Es posible que la gente que te rodea vea cosas que tú no eres capaz de ver? Y, de ser así, ¿por qué no me han dicho nada hasta ahora?

—Pues he sido yo quien lo ha dejado, para que lo sepáis, ¡listas! —las informo con retintín.

Las dos me miran con los ojos muy abiertos porque no dan crédito. Rodrigo es lo que toda mujer desea en su vida, eso está claro, pero me está exasperando que me tomen por tonta. ¡Como si no fuese a encontrar nada mejor! Me están dejando a la altura del betún y me fastidia que tengan este concepto de mí. Se supone que son mis amigas y que en un momento así deberían convencerme de que soy la mejor del mundo y darme ánimos, ¡no hundirme en la miseria!

—Sara, no te enfades, pero es que lleváis demasiado tiempo juntos y no os imaginamos separados —se defiende Sole.

—Además, ¿qué vas a hacer sin él? —se burla Nuria.

De repente, siento cómo surge una llamarada de furia en mi estómago, es como si no las conociera de nada, como si fueran simples nombres propios y, por un instante, me siento tentada de matarlas. Un momento… ¡Es imposible que estén soltando tantas sandeces de golpe!

—Espero que estéis de coña porque me estáis cabreando mucho —las amenazo con el dedo, mirándolas muy seria.

Ellas se miran y, acto seguido, se parten de risa a la vez que brindan.

—¡Gracias al cielo! —celebro aliviada—. Pensaba que ibais en serio, joder, casi me da algo.

—¿Cómo vamos a ir en serio? ¡Te estábamos vacilando! —se ríe Nuria.

—Bueno, algo de verdad sí que hay, yo me alegro de que por fin hayas abierto los ojos. Te estabas perdiendo nuestras mejores borracheras, Sarita —añade Sole.

—Ya te dije que un «vete a tomar por culo» a tiempo te ahorraría muchos dramas, pero tú ni caso —vuelve Nuria a la carga.

—¿¡Y lo decías por mí!? —me quejo sorprendida—. ¡Solo eres sutil cuando no debes serlo!

Después de dedicarle unos cuantos insultos a mi ex entre las tres, y otros tantos a mí por no contarles nada antes, les cuento lo ocurrido en la cena y las dos se alegran porque me haya decidido a dar el paso por fin. Descubro que las amigas, al fin y al cabo, están para esto, para soportar a tu novio aunque no lo aguanten porque te hace feliz y para ofrecerte un hombro sobre el que llorar cuando lo dejas con él, en lugar de torturarte con un «ya te lo dije».

—Y bien, ¿puedes explicarnos el motivo por el que has dejado a tu adorado Rodrigo? ¿No habrá por ahí otro maromo y no nos lo has contado? —pregunta mi explosiva amiga Sole.

—¡¡¡No!!! ¡Ya lo sé! ¡Te has liado con Joel! —grita Nuria extasiada.

—¿¿¿¡¡¡Qué!!!??? ¿¡Eres tonta?! —respondo, tirada por los suelos de la risa para disimular los nervios que me entran ante semejante idea.

Nuria siempre ha sostenido que Joel y yo somos la pareja ideal. Lo malo es que a él no le gustan las mujeres nada más que para conversar y para mí él, de cara a la galería, tiene el mismo atractivo que una mierda seca.

—¿Y te has dado cuenta de que ya no le quieres así, de repente? —sospecha Sole risueña.

—Me di cuenta hace mucho tiempo, pero siempre esperaba a que fuese una crisis más y se solucionase. Me había acostumbrado a mirar hacia otro lado, pero ya no puedo más. —Detengo en seco la explicación porque mis amigas se quedan blancas de repente, mirando hacia algo o alguien a mi espalda.

Cuando me vuelvo, descubro a un Rodrigo con la cara desencajada por la ira.

—Muy bien. Mientras yo estoy con el corazón destrozado tú estás aquí, bailando con tus amiguitas. Mucho has tardado en llamarlas para celebrarlo —ruge.

No serviría de nada explicarle que no entraba en mis planes verlas hoy.

—Déjame en paz. —Trato de esquivarlo, pero me lo impide.

—¡No vas a ir a ninguna parte, Sara! Antes tendrás que pasar por encima de mi cadáver. No pienso permitir que me dejes así como así, tirado como una mierda. Eso de darnos un tiempo es una mentira que no te crees ni tú. Lo que pretendes es largarte a Madrid para follarte a todo Dios. Pero yo soy más listo que tú, nena, y no voy a permitírtelo.

Mi recién estrenado exnovio, o lo que coño sea este tío al que de repente parece que no conozco, con su corpulencia y su peste a alcohol, se coloca demasiado cerca de mí, lo que me obliga a levantar mucho la cabeza para mirarlo a la cara.

—¿Qué haces aquí, Rodrigo? —le pregunto, obviando todo lo que acaba de soltar por su bocaza.

—He venido a pedirte explicaciones, ¿o crees que te voy a dejar irte así por las buenas? —escupe.

«¡Tú no tienes que dejarme hacer nada porque no eres mi dueño y ahora, por no ser, no somos ni conocidos!», me entran ganas de gritarle, pero no quiero montar un numerito en público y me muerdo la lengua. Para variar.

Las caras de mis amigas no tienen precio. Dudan si meterse en medio para socorrerme o seguir observando la patética escena sin intervenir.

—Ya te lo he explicado en la cena —le recuerdo, armándome de paciencia, con el mantra «Dos no se pelean si uno no quiere» resonando en mi cabeza.

—En la cena no me ha quedado demasiado claro —añade furioso.

Como se da cuenta de que me estoy alejando cada vez más, decide cambiar de estrategia.

—Sara, te amo más que a mi vida, por favor, podemos solucionarlo —solloza.

¡¿Qué?!

Ahora trata de darme pena, un truco que siempre suele funcionarle, pero que, como por arte de magia, ya no me causa efecto.

—Pues como veo que no te ha quedado claro, te lo repito: Ni tiempo, ni leches. ¡Lo nuestro se ha terminado! —grito por encima de la música, esta vez de una manera mucho más tajante, para que no haya lugar a dudas.

—¡Toma ya! —exclama Nuria henchida de felicidad y orgullo, a lo que él responde con un contundente «Cállate, zorra».

Rodrigo me coge con fuerza por las muñecas.

—Pídeme lo que quieras, Sara, te lo daré todo, pero no me dejes, por favor —suplica ante mi incredulidad. Es demasiado orgulloso como para hacer algo así, pero lo está haciendo.

—¡Ostras! —se sorprende Sole, tapándose la boca.

—Quiero que vuelvas a ser el hombre del que me enamoré y no el monstruo que tengo delante —espeto con desdén.

Mis amigas no son capaces de cerrar la boca, están agarradas de la mano contemplando todo. Tampoco yo entiendo demasiado bien mi repentino comportamiento y es que, después de años aguantando chaparrones y callándome mientras él gritaba, por fin me he llenado de valentía.

Al mirarlo a los ojos, descubro que su mirada no tiene nada que ver con la de un hombre enamorado pidiendo a su chica que vuelva. En ella hay demasiada oscuridad, posesión, ira y otros sentimientos que me hacen tener... miedo. Sí. Al fin pongo nombre a lo que siento.

—Te he dicho que no —insisto, ahora más convencida que nunca, sin un ápice de duda, zafándome de sus manos.

Él agacha la cabeza, abatido, aunque no se da por vencido. Levanta de nuevo la mirada para sentenciar:

—Si no vuelves conmigo, te haré la vida imposible. No sabes quién soy yo. Eres mía y nunca serás de nadie más.

Quizá hace años esta frase me hubiese parecido la más romántica del mundo, porque la habría tomado como una lucha por mi amor, pero a día de hoy, sin la venda en los ojos, solo me hace sentir repugnancia. Es un hombre tóxico.

—¡Eres un maldito bastardo, déjala en paz de una vez y lárgate! —Sole no aguanta más y se interpone entre nosotros, dando un brinco para propinarle un soberano guantazo en toda la cara, a lo que él responde asestándole un fuerte empujón que consigue tirarla al suelo.

El encargado de Seguridad de la terraza acude corriendo porque supongo que los clientes le habrán avisado de la violencia de la discusión. Así pues, insta a Rodrigo, no demasiado amablemente, a abandonar la sala de manera inmediata mientras Nuria y yo levantamos a Sole del suelo.

Pero cuál es mi sorpresa, que el desgraciado de mi ex, lejos de darse por vencido y marcharse para conservar la poca dignidad que le queda, atrapa mi cuello entre sus manos para plantarme un beso en la boca. Yo forcejeo con él con todas mis fuerzas para que me suelte, pero no hay manera.

De pronto, Rodrigo sale volando por los aires y choca contra la cristalera que separa el interior de la terraza del exterior. Nosotras tres gritamos a la vez. No sé qué ha sucedido, solo he visto una masa negra arrasando con el tirano mientras todos los presentes chillaban a nuestro alrededor.

Abrazo mi cuerpo con suavidad, tratando de recobrar el aliento porque aún estoy aterrorizada. Me tiembla todo. Sole y Nuria corren en mi auxilio para comprobar que me encuentro bien.

En un momento así no lo sabes. Nunca se sabe. Nadie reconoce cuándo va a cambiar su vida para siempre. Es solo un instante más, algo que se presenta, sucede y todo continúa como si nada. Sin embargo, algo ha ocurrido. Algo ha cambiado para siempre y ya no hay vuelta atrás.

Del mismo modo que nadie reconoce a esa persona que está destinada a cambiarte la vida. Un tío de casi dos metros de altura, con unos vaqueros y una camiseta negra se planta delante de nosotras.

Tiene el pelo oscuro y los ojos claros más bonitos que haya visto nunca, todo ello acompañado de una barba súper sexi y de unos labios rosados, carnosos y bien definidos. Aunque tampoco me atrevería a apostar que en realidad sea así porque la oscuridad no me permite verlo demasiado bien y la excitación del momento, junto con el alcohol, podría estar jugándome una mala pasada. Da igual, ahora mismo es mi héroe.

Desconozco si continúo respirando o si, por el contrario, me he muerto y estoy soñando; supongo que sigo viva porque siento el latido desbocado de mi corazón palpitando en la garganta. En este momento lo aprecio, ha ocurrido algo entre nosotros.

—Esta es mi tarjeta, si ese malnacido vuelve a molestarte o necesitas algo, llámame —sugiere.

¡¡¡Madre mía, qué voz!!!

Solo es un chico más. Alguien que ha aparecido de la nada, sin esperarlo. Un desconocido que me mira. Sus pupilas se dilatan. Siento un ligero escalofrío en la piel que me hace estremecer. Su mirada sobre mí se alarga más de la cuenta. Son detalles imperceptibles que atribuyo a otras cosas y que seguramente sean producto de mi imaginación, pero que para mí son el fulgor de algo importante. Algo que puede salvarme o arrollarme, pues estoy al borde del abismo. Porque una espada puede salvarte la vida en la batalla, pero también puede atravesarte el corazón.

Pone una pequeña tarjeta de visita negra ante mis ojos, pero no logro cogerla, más que nada porque mi mano no responde a las señales que le manda el cerebro. Mi cabeza dice: «¡Coge esa maldita tarjeta!»; como ves, no es que la orden sea demasiado sutil y por eso no la comprenda; no, el problema radica en que solo atiende a las señales de otra parte de mi anatomía que se encuentra mucho más abajo y que clama extasiada: «Olvídate de esa maldita tarjeta, lánzate a sus brazos y hazle el amor salvajemente sobre la barra». Por lo cual, mi cordura decide hacer caso omiso a ambas y aquí me hallo, petrificada como una estatua delante del que podría ser el hombre de mi vida.

Él esboza una leve sonrisa. Resulta más que obvio que no le parece en absoluto extraña dicha reacción en las mujeres. Debe de estar acostumbrado. Coge mi mano entre las suyas y provoca que tiemble cada parte de mí al sentir su cálido contacto en mi piel, coloca entre ellas la tarjeta con suma delicadeza para, acto seguido, salir por la puerta de la terraza con paso firme, poniéndose su cazadora de cuero negra de una manera demasiado elegante para ser real.

Cuando consigo volver en mí, desconozco cuántos minutos, horas o siglos han pasado. Miro embobada a mi alrededor y descubro que la policía está tomando declaración a todos. A todos menos a mi extraño salvador, claro, que ya no se encuentra en el lugar del crimen porque se ha largado echando leches.

El resultado ha sido que se han llevado a Rodrigo a comisaría mientras gritaba enfurecido que me iba a arrepentir de haberlo dejado. Por si alguien en Ávila no se hubiese enterado de que hemos roto, ahora no queda duda.

Vuelvo la vista hacia mis amigas, que se encuentran examinando detenidamente y entre risas la tarjeta que Adonis ha puesto en mis manos. Por lo visto, para ellas no ha sido tan grave el asunto, más bien lo consideran gracioso. Resulta curioso experimentar cómo el mismo hecho afecta tanto a unas personas, mientras que a otras les parece una mera anécdota.

—¿Qué coño ha pasado? —balbuceo señalando la puerta por la que mi héroe se ha marchado, a la vez que tomo asiento en un taburete para no desmayarme. Supongo que al ser la parte afectada me ha impresionado más que a ellas todo lo acontecido.

—¿Te refieres a ese portento de la naturaleza que nos acaba de salvar la vida? ¿Ese al que mirabas embelesada? —exclama Nuria.

—Entonces, ¿ha sido real? —musito.

—¡Ya lo creo que ha sido real! ¡Y menos mal que no me ha pasado a mí, porque me habría muerto de la vergüenza si me hubiese quedado pasmada como tú delante de semejante maromo! —Me imita Sole poniendo cara de idiota.

—¡Me acabo de enamorar, chicas! —exclama Nuria.

—¿Y quién no? ¡Ese tío ha conseguido que las tres mojemos las bragas! —profiere Sole abanicándose con las manos.

Yo no doy crédito a todo cuanto pasa por mi cabeza a toda velocidad.

—Pero ¿de dónde ha salido? ¿Quién es? ¿Le conoces? —me preguntan las dos atropelladamente. Parece que les han dado cuerda de repente.

—Por lo visto se llama Fabio y aquí pone que se dedica a… Vaya, no lo pone. Pero da igual, ¡llámale ahora mismo, Sara! Ya se ha ido la poli —chilla Nuria nerviosa, pasándome de nuevo la tarjeta—. Le hemos hecho una foto, así que no te servirá de nada tirarla.

Yo suelto un bufido y por fin logro sonreír. No cambiarán nunca.

—No pienso llamar a nadie. He dejado a mi novio y el código ético de la amistad dicta que esta noche debe ser solo de chicas —les recuerdo—, no hay lugar para hombres.

—¡Así se habla! —me aclama Sole.

—Tu ex te ha hecho perder cuatro años de tu vida y a nosotras media noche, así que vamos al *pub* de al lado, que ahora tendremos que beber más rápido para recuperar el tiempo perdido —propone Nuria.

Y así es como empieza nuestra penúltima borrachera épica. Con «Tía, te quiero mucho», «No bajéis tanto que se me ven las bragas» y «¡Camarero! ¡Otro chupito!». Con bailes y canciones. Con promesas de visitas sorpresa a la capital. Con muchas lágrimas, besos y abrazos. Pero, sobre todo, con mucho amor, ese amor incondicional que solo las amigas pueden brindarte. Amor del bueno.

De camino a casa, cuando despunta el alba, no recuerdo ni mi nombre. Solo pienso en quitarme los tacones y tirarme sobre la cama en cuanto llegue. Dicen que el amor verdadero es aquel en el que piensas cuando estás borracha y yo siempre pienso en el mismo nombre, da igual que vaya como una cuba o no: Joel.

Meto la mano en el bolsillo de la chaqueta y mis dedos rozan algo duro. Lo saco y descubro que es la tarjeta de visita. Sonrío. Quizá esta sea la primera vez que pienso en alguien más que en él.

Es alucinante lo que puede cambiar tu vida en una sola noche. Salí de casa con novio y vuelvo soltera. Me encontré con mis amigas para despedirnos antes de que volviesen a Madrid y regreso con ellas más cerca que nunca. Me prometí estar un tiempo sola si me atrevía a romper con Rodrigo y ahora solo puedo pensar en encontrar al Llanero Solitario.

«¿Tendré el valor de llamarlo?», me pregunto con una leve sonrisa.

Todos sabemos la respuesta: No.

5

El cambio es la vida misma

¿Qué se mete en una maleta en la que solo hay lugar para los sueños?

Es lo que pienso mientras selecciono de forma escrupulosa la ropa que me acompañará en mi nueva aventura, pues el billete de tren *low cost* que ha conseguido mi padre con mucho esfuerzo solo me permite viajar con una maleta de cabina. ¿Y cómo metes en una maldita maleta de cabina todo cuanto necesitas para comenzar una nueva vida?

Ha pasado algo más de un mes desde que rompí con mi novio y mis amigas volvieron a sus trabajos en Madrid. En este tiempo he logrado convencer a mis padres para que me den un voto de confianza y tratar de empezar una vida nueva allí. Por eso mi mejor amigo ha venido de la capital para apoyarme en el tránsito. Siempre hemos hecho más fuerza juntos.

—¡Vaya! ¿Vas a llevarte todos esos juguetes eróticos, Pecas? Ya te vale, ni siquiera has metido una triste rebequita, pero el *satisfayer* que no falte, ¿no? ¡Eres un zorrón! —La escandalosa voz de Joel a mi espalda me sobresalta porque, hasta hace un instante, se suponía que estaba sola en mi mundo, a pesar de que mi madre estuviese abajo en la cocina. No puedo evitar ponerme nerviosa al tenerlo tan cerca ni que me salga una sonrisilla traicionera.

Cuando me encuentro con su intenso escrutinio siento morir. Por mucho que trato de evitarlo, nunca me acostumbro al impacto contra ese mar embravecido de invierno. Su mirada es una de esas que se te quedan en la piel para siempre, una que te traspasa como si quisiera verlo todo de ti, hasta lo que te empeñas tanto en esconder. Además, esa mirada canalla se encuentra acompañada de unas pestañas largas y espesas que me vuelven loca.

—¿Eres idiota? ¡Cállate! —me apresuro a regañarle para que no perciba mi ensimismamiento.

Joel siempre tiene la bendita manía de aparecer en mi cuarto sigiloso como un espíritu, si no es por la ventana es por la puerta. Le encanta asustarme porque el muy cabrón dice que pongo cara de gacela asediada por una manada de leones en medio del Serengueti.

—Tranquila, Pecas, que la Santa Inquisición acaba de salir a comprarte bragas de cuello vuelto al mercadillo, no va a permitir que lleves tangas, así que ya puedes sacarlos de la maleta —bromea con una enorme sonrisa después de darme un beso en la mejilla—. Todavía no entiendo cómo me permite subir al torreón sagrado de la princesa y que estemos a solas. Imagínate lo que podría pensar la gente… o peor aún, ¡podría mancillar tu honra! —Finge que se escandaliza de forma exagerada imitándola.

¡Qué tonto es, de verdad! Y qué tonta me pongo yo cuando estoy con él.

Dejo escapar la risa y niego con la cabeza, pues es cierto que al ser hija única mi madre me sobreprotege en exceso, o eso pretende ella, claro, porque, para su desgracia, la princesa le ha salido rebelde.

—Te permite subir porque sabe que mi honra está más que a salvo contigo —le contesto, volviendo a mi ardua tarea.

—No te creas, llevo varios días de sequía y estoy que me subo por las paredes. En un momento de desesperación… no sé yo si te mancillaría un poco.

Me giro para encararlo con una expresión de enfado absoluto.

—¿Perdona? ¡¿En un momento de desesperación?! —Le doy un manotazo en el brazo y se parte de risa.

Cuando Joel sonríe ilumina el mundo, al menos el mío. Creo que es la risa más bonita que he visto en mi vida, porque él no solo se ríe, él transforma la oscuridad en luz, la tristeza en alegría. Hace magia en mi alma. Es el único que consigue hacerme feliz con su sola presencia. ¿Se nota demasiado que me tiene tontita?

Mi amigo es alto y anda siempre con esa ropa que le hace parecer un *hipster* desaliñado a pesar de sus veinticinco años y la riqueza de su familia. Nadie diría que es gay porque creo que es el hombre más masculino con el que me he cruzado nunca. Tiene el pelo castaño claro, ni largo ni corto, y casi siempre lo lleva recogido en un moño o despeinado a lo loco, como es él, un loco. Sus ojos rasgados tienen el color del mar, aunque, dependiendo de la luz que haya, adquieren un tono verdoso y clarean más o menos.

Yo siempre he mantenido que es la reencarnación de Kurt Cobain pues se parece muchísimo, aunque en versión guapa; se asemeja incluso en ese aire misterioso que lo envuelve. No es delgado, pero tampoco corpulento, está muy fibroso porque le gusta trabajarse el cuerpo en el gimnasio; asegura que lo hace por si se ve en la obligación de amedrentar a alguien, pero yo sé de sobra que es por mirar el culo de su entrenador, al que ha echado el guante hace unos meses y cuya relación esconden: el susodicho está casado.

—Me muero porque te vengas a Madrid, Pecas. ¿No estás nerviosa?

—¿Nerviosa? ¡Estoy atacada! Llevo tres horas delante del armario y ni siquiera he metido un triste calcetín en la maleta.

Los dos miramos la pobre maleta abierta y vacía sobre el escritorio.

—Te entiendo. Es difícil decidirse entre tanta joya de la moda —ironiza.

—¡Cállate! —me defiendo—. Yo no me meto con tus vaqueros andrajosos, no te metas tú con lo mío. Además, mi ropa no tiene nada de malo, solo es alegre.

—¡¿Alegre?! —Se parte de risa mientras se acerca al armario para sacar una percha de la que cuelga un vestido negro lleno de pollitos amarillos—. ¿Tú definirías esta mierda como alegre?

—¡No seas imbécil! —Se lo arranco de las manos para volver a colgarlo y se ríe más.

—Por Dios, Pecas, ese vestido debería llevarlo una niña de tres años, con problemas mentales y, además, daltónica; ni siquiera entiendo por qué lo fabrican en talla de adulto.

Niego con la cabeza para retener la risa al ver su cara de indignación total.

—No sabes apreciar la moda —me defiendo—, ese vestido me costó bastante dinero y es de una diseñadora polaca muy reconocida.

—¿Reconocida dónde? ¿En los extrarradios de Polonia?

Aguanto la risa porque adora pincharme.

—¡A mí me gusta y con eso basta! ¡Déjame en paz!

—Pecas, lo más discreto que hay en tu armario podría servir a modo de bengala en un naufragio.

—Déjate de rollos, sabes de sobra que la discreción y yo no somos buenas amigas. Ayúdame a elegir algo que ponerme, venga, que por mucho que insistas, no vas a convencerme para que vista como todos los demás, ¡sois muy aburridos!

Nos reímos los dos y después observa el armario durante unos minutos como si se tratase de un campo de minas. No entiendo qué estará pensando.

—Coge lo básico, en unos días tus padres te mandarán el resto y, si no, siempre puedes comprar en el Primark, que no vamos a una isla desierta, mujer, no seas dramática —se burla al tiempo que se deja caer sobre mi cama para quedarse tumbado bocabajo, abrazado a uno de mis ositos, no sin antes añadir—: Echaré de menos tus peluches y esta cursi habitación rosa.

Dejo escapar un suspiro, avanzo hasta la cama y me tiendo a su lado, aunque bocarriba. Ambos miramos melancólicos a nuestro alrededor, consintiendo a propósito que la nostalgia invada cada parte de nuestro ser. Es algo que no solemos permitirnos muy a menudo, pero hay ocasiones que lo merecen y esta, desde luego, es una de ellas.

No es que no vayamos a volver nunca más, pero cuando lo hagamos, no será lo mismo. ¿Quién sabe? Mi madre incluso podría convertirla en un cuarto de costura en cuanto salga por la puerta, aunque lo dudo mucho. Me inclinaría más por la opción de que sea un mausoleo sagrado.

—Cuántas cosas han pasado entre estas cuatro paredes, ¿eh? —musito con la mirada perdida en el rincón donde se encuentran las muñecas.

«Y otras muchas que él no sabrá nunca, como por ejemplo los trabajitos manuales que te haces pensando en él», añade mi mente perturbada.

Me obligo a alejar esos pensamientos.

Mi habitación todavía está decorada como el día en que nací. Ha ido sufriendo alguna que otra transformación, se han ido añadiendo elementos varios al conjunto de la decoración. Por ejemplo, junto a la rana que emite música para dormir bebés, hay un póster de Maxi Iglesias casi en bolas. Puede ser que de esta manera mis padres alimentasen la absurda esperanza de que su niña no creciera nunca. Pero la niña ha cumplido veintidós años y ya es hora de volar del nido.

Vuelvo la vista al rincón de las muñecas. Justo ahí fue donde Joel y yo nos conocimos hace unos dieciséis años. Sus padres, procedentes de una familia muy adinerada, se mudaron a la casa de al lado. A pesar de ser vecinos, su inmensa casa definía a la perfección dónde comenzaba la zona pija y la mía dónde terminaba.

Una tarde, su madre, preocupada, le trajo para que jugase conmigo porque la profesora le había advertido que no se relacionaba con los demás niños del colegio y que podría ser autista. Como no había más niños tan pequeños en el barrio y yo no tenía problemas al respecto, nuestras madres creyeron que sería recomendable que nos hiciésemos amigos, a pesar de nuestras diferentes clases sociales, y no se equivocaron.

Tendría yo seis años y él nueve cuando nos dejaron solos en mi habitación. Aún recuerdo que era tan tímido que no quiso salir de detrás de las cortinas en un buen rato. Hasta que no comprobó que yo no representaba ninguna amenaza mortal, no apareció. A mí hasta se me había olvidado que andaba por allí escondido y me dio un susto de muerte al salir, por lo que se rio. Creo que ahí empezó su maldita manía de asustarme.

Su madre le había dejado una mochila con un montón de coches, pelotas y muñecos con pistolas, pero él cogió una Nancy de las mías y se sentó junto a mí para peinarla y cambiarla de ropa. Después, nos maquillamos y nos disfrazamos de princesas. Aquella tarde las horas pasaron volando, fue maravillosa. Aunque resultó que a sus padres no les pareció tan ideal, tardaron mucho tiempo en volver a traerlo. Pero al cabo de los días volvió. Con restos de un negral en el ojo derecho, pero volvió.

Creo que cuando nos miramos uno al otro aquel día, los dos comprendimos cosas que ni siquiera entiendes siendo adulto, cuando menos siendo tan pequeño, pero que la intuición percibió. Él, orgulloso de volver, a pesar de todo, y dispuesto a disfrazarse de nuevo, levantando bien alto el estandarte de su guerra. Yo, comprometida con su causa y lista para defenderle hasta en el infierno. Ese día germinó entre nosotros la amistad más bonita y sincera que haya existido jamás, aunque no sería hasta muchos años después cuando nos tocaría luchar a muerte por ella.

—¿Te acuerdas de la noche que nos escapamos a la fiesta de Sole? —comenta para destensar el ambiente.

—¡Dios, todavía recuerdo las voces de mi madre en medio de la discoteca!

—¡Joder, lo estoy viendo como si fuese ahora mismo! —exclama.

Los dos nos tronchamos de risa al recordar tan memorable acontecimiento.

Te cuento la escena: Mi madre, María del Valle, la mujer más santa, católica y apostólica de Ávila, perteneciente a la familia más retrógrada de Castilla y León, a las tres de la madrugada apareció ataviada con rulos y bata en medio de Ophium, la discoteca de moda de aquel momento.

Era el decimosexto cumpleaños de Sole, al que asistiría uno de mis amores platónicos por aquella época, y me moría de ganas de estar con él. Pero a mí me habían castigado por no sacar un diez en el último examen de Matemáticas. Recuerdo que estaba indignadísima y muy enfadada con mis padres porque no me valía de nada sacar buenas notas, para ellos solo servían los dieces, así que Joel se quedó a dormir en mi casa para que no me sintiese tan desgraciada. Últimamente se quedaba mucho en mi casa porque estaba en el centro, ellos se habían mudado a la otra punta de la ciudad, y le quedaba muy lejos como para volver. En cuanto todos se fueron a dormir, nos escapamos. ¡Bendita inocencia! Pensábamos que nadie se iba a enterar.

Ophium estaba a escasos metros de mi barrio, y como la señora María del Valle se despertó en plena noche y no nos encontró por ninguna parte de la casa, se volvió loca y se fue de cabeza a buscarnos allí, no sé, llamadlo intuición de madre. Se subió a la plataforma donde bailaban los gogós gritando mi nombre por el micrófono como si no hubiese un mañana. Joel y yo, que llevábamos encima unas cuantas copitas de más, en cuanto la vimos aparecer, salimos a toda leche del garito a carcajada limpia.

La verdad es que no sé ni cómo logramos llegar a casa antes que ella, solo recuerdo que nos metimos en la cama a toda prisa, zapatos incluidos, sin poder parar de reír. Cuando llegó mi madre, casi le dio un infarto al vernos en la cama durmiendo tan plácidamente. Aunque no nos pilló de milagro cuando tuvimos que retener la risa mientras ella maldecía en hebreo, mirándonos incrédula.

La pobre nunca supo si había soñado que no estábamos en la cama o sucedió en realidad, ya que las burlas de mis compañeros de instituto sobre su bata nunca llegaron a sus oídos. ¡Qué recuerdos! Pero ya te hablaré de mi madre en otro momento.

—He estado muy liado estos días en el hospital y hace mucho que no hablamos. Cuéntame algo, Pecas —propone.

—¿Y qué te voy a contar? Ya sabes lo divertida que es mi vida —me quejo.

—No sé, ¿qué tal fue la despedida con las chicas? —quiere saber mi amigo.

—¿Por qué sabes que estuve con ellas?

—¿Bromeas? Siempre que termina el verano y vuelven a Madrid quedáis para despediros y regocijaros en la pena como si fuerais a morir. ¿Qué iba a cambiar este año? —alega muerto de risa.

Guardo silencio. Tiene razón, pero precisamente esa vez no iba a quedar con ellas porque lo había hecho con mi ex para dejarle.

—La despedida fue muy emotiva. Te hubiese encantado el momento Kleenex del final. —No le pienso contar lo de Rodri, por ahora, como represalia por no haber venido.

—¡Lo sabía! Por eso no fui.

—Jaque mate. —Hago como que me clava un puñal en el pecho.

Joel se lleva bien con mis amigas si con «bien» me refiero a que tienen un trato cordial. Él es una persona muy solitaria que no permite entrar a cualquiera en su mundo, lo que le convierte en un chico misterioso a ojos del resto de la humanidad. Yo siempre he pensado que es un líder sin manada porque no ha permitido que nadie lo siguiera, ha echado a todos de su lado en cuanto comenzaban a acercarse demasiado. Todos querían que acudiese a sus fiestas o que saliera con ellos, pero él prefería vivir en su oscuro mundo. A la única que no ha ahuyentado nunca es a mí.

—Es que las tías sois demasiado dramáticas, ya me imagino a Nuria como si se marchase a la guerra a morir por el país. Por Dios, ¡que estamos a tres horas de distancia y os vais a ver enseguida! —se queja.

—No tienes que excusarte, Joel, sabes que no estoy enfadada. Me hubiese gustado que vinieras, es cierto, pero no era necesario si no te apetecía, ya nos conocemos y conmigo no tienes que quedar bien —le concedo.

—No estoy de acuerdo. A juzgar por tus comentarios, sí que hubiese sido necesario. Además, no sabes parar. Vete tú a saber cuántas copas de más cayeron. Cada vez que te dejo sola, la lías.

Me río y niego con la cabeza tratando de que no descubra que le oculto algo.

—¡Le dijo la sartén al cazo! —contesto y nos reímos—. No te vayas a pensar que me cogí un coma etílico, que volví yo solita a casa ¡y con los tacones puestos!

—¡Toda una proeza! —ironiza.

Pasa un rato que dedicamos a pensar en nuestras cosas.

—Me da mucha pena irme y dejar todo atrás, es mi vida —apunto.

—Bienvenida al mundo de los adultos, Pecas.

Permanecemos en silencio otro momento. El suficiente como para que por mi mente pasen a la velocidad de la luz miles de escenas. Cumpleaños. Navidades. El colegio. Mis amigas. Mis abuelos. Besos. La universidad. Las primeras veces de todo. Mi casa. Mis padres. Los lugares que hicimos nuestros. Viajes. Canciones. Mi novio. Alegrías. Tristezas. Todo.

—Y bien, ¿no vas a contarme cómo cojones se ha tomado Rodrigo que te vayas? ¿Tengo que preguntártelo todo como cuando tenías diez años? —Por fin ha salido el Gordo.

—No quiero hablar del tema, Joel. —Chasco la lengua.

—Cada vez que una mujer dice eso, significa todo lo contrario, así que vamos, suelta prenda, bonita.

Odio que me conozca mejor que yo misma.

Se sienta en plan indio sobre la cama y yo hago lo mismo a regañadientes, pues no quiero mirarlo a los ojos o, mejor dicho, lo que no quiero es que él me mire a mí, porque para mi amigo soy como un puñetero libro abierto, es más, soy un libro de primero de infantil, vamos, nada complicado de leer.

—Me ha dicho que podemos intentarlo —le miento.

Él clava sus ojos en mí con cara de decepción absoluta.

—Sara…

Cuando me llama por mi nombre es que la cosa se pone seria.

—Sé que lo mejor sería darnos un tiempo para ver si nos echamos de menos —lo interrumpo—, pero…

—¡Lo mejor no sería daros un puto tiempo, lo mejor sería mandarlo a la mierda de una maldita vez, joder! —me interrumpe él a mí también.

—Lo sé, pero ya tiene bastante de momento con afrontar que me voy. No me parece bien dejarle.

Me encanta pincharle y estoy metida de lleno en mi papel.

—¡Ya estamos! ¿Es que siempre tienes que pensar en los demás antes que en ti? —gruñe fuera de sí mientras yo saboreo la victoria. Se lo está tragando.

—No es eso.

—¡Sí que lo es! Sara, los dos estáis quemados. Seguís juntos por inercia y sabes que lo vuestro hace tiempo que ni es amor ni es sexo ni es una mierda —protesta enojado.

—Pero es que no sé si le quiero —sigo con la bromita.

—Pues no sé, mira a ver si mientras disipas las dudas, le juras amor eterno. Quizá cuando seáis viejos y tengáis cinco nietos te decidas al fin —ironiza molesto.

—No sé por qué tienes que enfadarte tanto.

Entonces, me coge las manos, clava sus ojos en los míos y consigue que vibre cada parte de mí y eso ya no se puede fingir.

—Porque me jode que seas tan buena. Te mereces alguien que sepa ver lo que vales sin necesidad de perderte. Alguien que siempre te elija a ti primero. Alguien que no te censure por tus gustos estrafalarios. Alguien que como mínimo dé lo mismo por ti que das tú por él. Alguien que sea capaz de desnudarte sin ni siquiera tocarte. Alguien que se tatúe un *Nosotros* en su pecho. Alguien que te quiera libre y sin medida.

«Alguien como tú», añade mi mente.

—Odio cuando te pones en este plan —le recrimino, fingiendo que mi corazón no late desbocado por lo que acaba de soltar y a sabiendas de que él es mi Pepito Grillo y reconoce mucho mejor que yo misma lo que es bueno para mí y lo que no—. ¡¡¡Por eso te hice caso y corté con Rodrigo!!! —Decido omitir los detalles escabrosos para no estropear el precioso momento que se ha creado.

Él se queda mudo, mirándome con recelo. No se lo cree.

—¡¿Qué?!

—¡Lo hice! —repito con voz de pito y una enorme sonrisa de orgullo.

—¿Cuándo? ¿Cómo?

—Ya hace más de un mes. La noche de la despedida de las chicas.

—¡¿Qué!? ¿Y no me lo has contado hasta ahora?

—¡Quería verte la cara!

—¡Joder! —Se revuelve el pelo con las manos.

Se sube a la cama y comienza a saltar mientras yo, que boto sobre el colchón con sus brincos, me parto de risa. Se detiene un momento para sacar el móvil y poner *Lithium* de Nirvana a toda pastilla para cantarla a voz en grito y seguir saltando ahora al ritmo de la música. ¡Es un *crazy*!

Después de un buen rato de festejo de ruptura, retomamos la compostura como podemos. Entonces, caigo en la cuenta de que Joel ha sido el único que me ha sido sincero, pues desde siempre ha sostenido que Rodrigo no le gustaba, no como las arpías de mis amigas, que me lo han ocultado, supuestamente, por no hacerme daño.

—Por fin eres una mujer libre, ¡no puedo creerlo! ¡Te vas a comer el puto mundo, Pecas! ¡Qué orgulloso estoy de ti, joder!

«¡Te vas a comer el puto mundo, Pecas!». ¿Y si no es así? Entonces, me asaltan las dudas. Un gran vacío se adueña de mí y por un momento me pregunto si estaré haciendo bien o mal en marcharme. ¿No será mejor quedarme donde sé que voy a estar bien? ¿Qué necesidad tengo de dejar todo con lo cómoda que estoy aquí? Si no me falta de nada… ¿o quizá sí?

No puedo permitir que me paralice el miedo. El miedo nunca es buen consejero, te impide avanzar y crecer. Tengo que centrarme en las ganas, en las mariposas que revolotean en mi estómago cada vez que escucho la palabra «Madrid» y en todas las ilusiones que colman mi lacónica maleta. Madrid siempre fue mi sueño desde niña. Allí es donde están mis amigas y el amor de mi vida. Nunca se recuerdan las ganas con las que te quedas de hacer algo, los recuerdos son las cosas que haces, por eso voy a dar el paso.

Llevo toda mi vida deseando irme porque nunca me he sentido plena, siempre anhelo… algo. Mi día a día se ha convertido en una búsqueda incesante de algo que no sé a ciencia cierta lo que es, pero a la vez, sin ello me cuesta respirar.

—¿Sabes una cosa? —comenta Joel al cabo de un rato.

—Sorpréndeme —le respondo, levantándome para coger algo que meter en la maleta.

—A mí también me da palo que empieces de cero, que sufras o que no encuentres lo que anhelas, pero sé que al estar juntos todo irá bien —me confiesa.

A pesar de que las muestras de cariño no sean algo habitual en él, es un maldito experto en emociones, tanto en reconocerlas como en no expresarlas, y así es como pone punto final a nuestra pequeña discusión. Enamorándome como a una quinceañera.

—Yo también te quiero, tonto.

El resto de la tarde permanecemos juntos, recordando anécdotas y soñando con crear otras tantas juntos. Da igual el lugar al que vayamos, porque me doy cuenta, una vez más, de que nos tenemos uno al otro, como siempre, y que a pesar de los cambios que se avecinan, nuestra amistad permanecerá inquebrantable.

6

Un piso, muchas vidas

La gente suele temerle al cambio porque lo ven como un sinónimo de pérdida y eso se debe a que nos sentimos demasiado a gusto en nuestra zona de confort: Ese cascarón donde nada nos puede hacer daño, pero que seguramente no nos deje evolucionar. Sin embargo, las oportunidades están en el cambio y yo concibo este viaje como una oportunidad para crecer, sobre todo para poder ser libre. Encontrarme. Ser más yo.

Cuando decidí que quería marcharme, mi tía Montse, la hermana pequeña de mi padre, le propuso que me fuese a vivir con ella a su casa, situada en la plaza de Santa Ana, ya que le sobraban tanto el dinero como los pisos, y fue la única manera de que ellos accedieran, pues mis padres se sentían mucho más tranquilos si vivía con alguien que conocían. Ya ves tú, como si no fuera a salir a la calle sola. Pero da igual, es una tontería tan grande como otra cualquiera a la que ya me tienen acostumbrada mis progenitores fascistas.

Con el tiempo, he aprendido a no llevar la contraria a mis padres por sistema. Somos tan diferentes que no coincidimos ni siquiera en gustos culinarios. Me asfixian con su amor y superprotección desmedidos, por eso antes estaba continuamente en pie de guerra. Pero, poco a poco, he ido aprendiendo a escoger las batallas que debo librar y las que no. Las innumerables veces que en el pasado me vi obligada a bajar la cabeza y callarme han sido un fructífero campo de cultivo de estrategia en el combate, pues una nació con carácter, pero con muy pocas armas, qué le vamos a hacer.

Por ejemplo, en cuanto a mi formación se refiere, ellos decidieron que no estudiase en la universidad porque tenían una pequeña tienda de recuerdos abulenses en frente de la catedral y alguien tenía que quedarse allí cuando ellos trabajaban en el campo.

¿La consecuencia de todo esto? Que una chica joven como yo, procedente de una familia modesta, no podía estar todo el día encerrada en una tienducha, rodeada de turistas, pues se supone que debía estar buscando un marido de alta cuna y dejar al fanfarrón que tenía por novio para ser alguien en la vida. Sí, es lo que tiene el machismo arraigado en mi familia tras varias generaciones. Por cierto, ahora me alegro de que a mis padres nunca les gustase Rodrigo.

Y es por todo esto por lo que me he visto obligada a buscar trabajo en Madrid, ¡oh, qué pena! —nótese la ironía al decir «obligada»—, porque se presume que los maromos de alta cuna están allí todos reunidos esperando a que yo llegue. A mi madre le di el disgusto de su vida cuando se lo propuse, la pobre no paraba de repetir: «¡Ay, Adolfo, la niña, que nos la van a violar!», pero él la consoló convenciéndola de que «cazaría algún millonario» (palabras textuales) y yo, al menos, conseguí salir de la jaula de oro en la que me tenían encerrada.

Volviendo a Madrid.

Se abren las puertas del ascensor y ahí está mi rechoncha tía Montse con los brazos abiertos para recibirnos a Joel y a mí como es debido. Mi amigo se ha venido en el tren conmigo para no dejarme sola. Tras varios besos y abrazos apretados, tanto que estoy al borde de la asfixia, nos invita a entrar.

—Sara, querida, deberías comer un poco más de chorizo, cada vez estás más delgada y hoy en día eso ya no se lleva —me aconseja.

—Eso, Sara, a ver si comes más chorizos, que aquí en Madrid seguro que los tienes a pares —añade el idiota de Joel, consiguiendo que suelte una risa a la vez que le pellizco.

—¿Delgada? Si casi no me entran los vaqueros del año pasado —me quejo. Siempre he tenido una talla 42 y ahora me siento un poquito embutida en ella aunque siga pesando lo mismo. Serán los nervios, que me hinchan. O puede que sea también el chocolate que me como antes de dormir, al que me he vuelto adicta.

—Bueno, espero que ahora al estar en casa puedas comer bien —añade ella, pasando por delante de nosotros.

Me he hecho a la idea de que seré su huésped y deberé adaptarme a la emocionante vida de una sexagenaria. Total, es gratis, no puedo pedir nada más. La idea es independizarme en cuanto disponga de dinero para no tener que vivir en la típica casa añeja de abuela, y tengo muy claro que esto sucederá pronto. Por mi salud mental.

Pero cuál es mi sorpresa cuando, al llegar al salón, nos encontramos con un precioso piso amueblado de la manera más moderna y minimalista que te puedas imaginar.

¡Qué pasada!

—Creía que sería un piso oscuro, con gotelé, lleno de humedades, bustos de vírgenes y cuadros de ganchillo —cuchichea mi amigo al oído.

—Sara, querida, aquí tienes tu juego de llaves —me informa mi tía, entregándome un sobre abultado mientras se apresura hacia la salida—. Te he dejado el frigorífico y la despensa llenos. Las sábanas y las toallas están en los armarios. Busca todo cuanto quieras, porque tiene que estar por algún sitio. No me da tiempo a mostrarte nada porque mi avión a Hong Kong sale en dos horas y llego tarde. Siento no recibiros de una manera más calurosa, con pastas y té, pero es que tengo prisa, corazón. —Me da un beso fugaz al tiempo que coge el bolso del perchero.

—Pero… —balbuceo.

Ella se gira para clavar sus ojos en mí con cara de pocos amigos.

—¡Ah! Como se te ocurra contarles una sola palabra a tus padres de todo esto, te mataré y nunca encontrarán tu cadáver.

—Sonríe ampliamente para, acto seguido, desaparecer de nuestra vista.

Joel y yo permanecemos atónitos en medio del pasillo una vez que se cierra la puerta. No somos capaces de cerrar la boca. ¿Será una broma? No lo veo probable ya que mi tía es bastante seria. Su marido murió hace dos años y desde entonces se volvió una mujer seca que se dedica a gastar sin censura la fortuna que ambos amasaron, pues no tiene hijos y sostiene que la vida es demasiado breve como para ahorrar. Pero esto ya es demasiado. Yo, que me veía haciendo punto de cruz junto a mi tía en el brasero cada tarde, y ahora se expande ante mis ojos… ¡la vida!

—¿Dónde está la puta cámara oculta? —suelta Joel al cabo de unos segundos de silencio.

—No puedo creer que esto esté sucediendo —musito con miedo a despertar de un sueño.

—Yo tampoco.

—Pellízcame. —Y el muy anormal va y me pellizca con tanta fuerza que suelto un grito, por lo que él grita también y acto seguido empezamos a reírnos.

¡Gritamos embriagados de felicidad!

—¡Pecas! ¡Que tienes un piso gratis en pleno centro de Madrid para ti sola, joder! ¡Esto hay que celebrarlo!

Me coge en brazos como si no pesase nada, yo enrosco las piernas alrededor de su cintura para no caerme, y se pone a saltar como si se acabase el mundo mientras yo río a carcajadas. Pocas veces en mi vida he sentido esa alegría extrema que te invade las entrañas y te hace chillar con todas tus fuerzas. No podemos parar de reír como locos. A mí me hace feliz verle feliz y a él supongo que le ocurrirá lo mismo.

Nos asomamos por todas las ventanas. Recorremos cada habitación. Abrimos cada cajón de la casa. No es una mansión, porque se trata de un piso recogidito, pero es muy luminoso, moderno y cómodo. En definitiva, es más que perfecto. Cada rincón desprende un aire bohemio del que estoy deseando impregnarme a pulmón lleno.

Un rato después de haber asumido que estamos en el paraíso y de haber cenado, nos ponemos una chaqueta para salir a tomar una cerveza con patatas fritas a la pequeña terraza que da al salón, todavía incrédulos por nuestra inmensa suerte. Estamos a finales de septiembre y hace fresco.

Al final la vida se compone de estos pequeños placeres. Un plato de patatas onduladas con sabor a jamón, que me vuelven loca, y una cerveza fresquita junto a la mejor compañía del mundo en un lugar lleno de promesas.

Mi madre llama para comprobar que sigo viva y cerciorarse de que estoy con mi amigo y no con un batallón de sementales sedientos de sexo; y también para asediarme a consejos sobre supervivencia en la gran ciudad. Como si ella fuese la más cosmopolita del mundo, vamos. Le cuento que la tía Montse estaba tan cansada que se ha ido a acostar ya. Así que parece que se queda tranquila y, después de una hora dictándome recetas saludables que presupone estoy anotando, cuelga.

—¡Qué pesada es, joder! —se queja Joel.

—Mi meta en la vida es conseguir que deje de llamarme a cada minuto. Tengo veintidós años y me trata como si tuviese tres —protesto.

—Porque se lo permites. Mira mi madre, hace años que no me llama ni sabe nada de mí porque el fin de semana me quedé en casa de un amigo para no verla. Al principio te montan un circo, pero luego se acostumbran a que eres un ser independiente de ellas.

—Ya, pero es que tú no dependes de ella para nada. Sin embargo, mis padres se creen con el derecho de controlarme porque me mantienen económicamente —le explico.

—Eso no es justo, Pecas, son ellos los que no te han permitido emanciparte hasta ahora, siempre han estado poniéndote un montón de excusas para que no te fueses de casa, así que, si te mantienen, es porque les da la real gana. Yo diría, incluso, que es solo para poder manipularte —me defiende él.

—Bueno, de todas formas, por fin estoy lejos de ellos, contigo ¡y en un pedazo de piso! —festejo con voz chillona, levantando la cerveza al aire para que brindemos.

—Si no me gustasen los tíos, te pediría matrimonio ahora mismo —exclama Joel, aún emocionado.

Los tíos. Los malditos tíos son mi problema en todos los sentidos.

Mi corazón da un intenso vuelco. En un nanosegundo he diseñado mi vestido de novia, el suyo, nos hemos casado por la Iglesia rodeados de familiares y amigos que aplauden emocionados mientras reímos felices rodeados de niños, a la vez que los arcángeles tocan el arpa a nuestro alrededor... «Sara, alma cándida, deja de flipar», mi voz en *off*, cruel e insensible, enseguida me obliga a volver a la realidad dándome un guantazo con toda la mano abierta.

—¿Y qué te hace pensar que te diría que sí? Yo soy la que tiene la dote, ¿tú qué ibas a aportar, mísero campesino? —bromeo mientras observo cómo la gente, abajo en las terrazas de la plaza, deambula desinhibida.

—O sea, que no valoras mis sabios consejos ni mi inestimable compañía, tú solo miras la pasta. No pensé que fueras de esas —se queja, metido de lleno en el papel de indignado.

—¿Inestimable compañía? ¡Qué valor tienes!

—¡Hombre! Si no hubiese aceptado ser tu guardaespaldas, tu madre nunca te habría dejado venir a Madrid, bonita. Y reza para que jamás se entere de que no vives con *la tita Montse* —copia su tono—, porque no me lo quiero ni imaginar. —Se santigua de manera exagerada, imitando a mi madre, y me hace reír.

Es cierto que gracias a él mis padres accedieron a que viniese porque, hasta el momento, andaban en busca de un cura que me exorcizase para sacarme semejante idea de la cabeza. El motivo es que están seguros de que Joel es un hombre sensato y responsable que vela por mí siempre. Ni se imaginan que la más responsable de los dos soy yo, que eso ya es mucho decir. Por no hablar de si se enteran que bebo los vientos por él.

—Perdona, pero últimamente no es que te hayas prodigado demasiado. Desde que estás con Hércules no te veo el pelo —le reprocho un tanto celosa.

Se queda en silencio, pero al final lo suelta:

—Hemos roto.

Me quedo helada, no tenía ni idea, creía que estaban muy bien porque veía a mi amigo muy ilusionado, pero me lo escopetea así, sin más. Como siempre, él dispara y los demás ya que encajen las balas como puedan.

—¿Qué dices? ¿Cuándo? ¿Por qué? Joel, ¿y cómo no me lo has contado antes? ¿Estás bien? —le invado a preguntas y no tardo en caer en la cuenta de que quizá por eso no me lo haya dicho—. Lo siento, no pretendía agobiarte —reculo.

Él se encoge de hombros. Siempre hace lo mismo, huye de cualquier cosa que tenga que ver con mostrar sus sentimientos. Su padre se encargó durante su infancia, a base de golpes físicos y psicológicos, de que no los manifestase en público, aunque nunca consiguió nada más que el odio de su hijo. Y el mío.

—Está casado, Pecas. Para él he sido solo un juguetito con el que explorar nuevas experiencias. Era la crónica de una muerte anunciada, nada más —indica, restándole importancia mientras da un gran sorbo de su botellín de Mahou.

—¿Quieres que lo hablemos?

—No.

Le cojo la mano por encima de la mesa, pero no lo miro a los ojos, sé que no quiere que lo haga porque odia la compasión. Solo continuamos cogidos de la mano, contemplando en silencio el bullicio de la plaza, pues sé que en momentos así no le gusta dar explicaciones; si lo necesita, me buscará y ahí estaré yo, deseosa de ayudarle.

Aunque lo niegue, sé que acaba de comprender que acompañarme en esta aventura no solo significa la búsqueda de una nueva vida para mí, sino también la sanación de sus propias heridas, y no hay nada mejor para eso que poner tierra de por medio. Ya no hay nada que le haga volver a Ávila.

A diferencia de Joel, a mí me encanta hablar de los problemas, propios y ajenos, porque parece que cuantas más vueltas le das a las cosas, más se solucionan, o al menos, más las relativizas, por eso suelto:

—Solo quiero añadir que ese tío es gilipollas. No sabe lo que se pierde. Además, mejor para mí, así eres solo mío.

Las bromas siempre esconden algo de verdad, ¿no?

Él no comenta nada, tan solo sonríe de medio lado y permanece en silencio mirando la plaza, cogido de mi mano. Pasamos un buen rato así, en silencio, un rato en el que piensa que quizá yo sí que necesite hablar sobre lo mío.

—Tal vez me haya alegrado demasiado de que dejases a Rodrigo. Ni siquiera te he preguntado si estás bien o si necesitas hablar del tema. —Retira su mano para meterla en los bolsillos. Se siente violento por el cariño en exceso.

—Hay poca cosa que contar, ya conocías la situación, eres el único con el que me he sincerado siempre. —Trato de evitar hablar del tema.

—¿Y bien? —Sabe lo que pretendo y por eso insiste.

—Pues creo que me siento liberada, aunque no dudo de que lo echaré de menos. Han sido muchos años juntos —le explico.

—En eso tienes razón. Han sido demasiados. Solo dabas tú. Él se dedicaba a recibir a manos llenas. Rebosaba amor mientras tú estabas seca. Ya no quedaba nada entre vosotros, Sara, solo mentiras, desinterés, excusas, falta de ganas, falta de respeto y empatía. Estaba todo el día vigilándote, no hablabais… ¿Qué cojones vas a echar de menos?

—No lo sé, supongo que tener a alguien —me encojo de hombros.

Él clava sus increíbles ojos en mí.

—Pecas, siempre has tenido a ese alguien y siempre lo tendrás. Y te garantizo que no es Rodrigo —gruñe.

Le sonrío con el corazón latiendo desbocado porque tiene razón.

Dicen que el amor es donde corres a refugiarte cuando las cosas se ponen feas, donde puedes volar libre, donde descubres quién eres, donde nunca te eclipsan porque te hacen brillar, donde creces cada día, donde te eligen por lo que eres y no por lo que quieren que seas, donde te lo devuelven multiplicado por mil, donde, sin dejar de ser, sois. Amor es Joel, él es todos esos sitios y los tengo todos justo delante de mí.

—Gracias por estar en mi vida —susurro, mirándole con ojos de corderito enamorado y reteniendo, como siempre, las ganas de confesarle todo. Si la mirada es el lenguaje del corazón, él tiene que ser ciego, porque no puede haber más amor que el que reflejan mis ojos cuando lo miro. Es imposible que no lo vea, aunque seguramente lo disfrace de amistad.

—No seas tonta. —Se levanta para marcharse a su casa.

—¿Por qué no te quedas? Me da miedo estar sola —le pido medio lloriqueando a propósito.

Me examina y termina sonriendo.

—Para eso te has ido de casa de tus padres, ¿no? Para estar sola —argumenta.

—Venga, porfi, ¿y si viene un secuestrador que se haya enterado de que una pobre mujer desvalida está sola?

—¿Desvalida? —Suelta una carcajada—. Todavía recuerdo el rodillazo que le diste a aquel tío que te propuso pagarte por sexo en la playa.

Ambos nos reímos. Es verdad, creo que lo dejé estéril de por vida.

—Venga, solo esta noche. Hasta mañana, que se instale Nuria.

—¿Cómo que se instale Nuria? —indaga con curiosidad.

—Ya te lo dije, pero no me harías ni caso, para variar. Resulta que se va a venir a vivir conmigo porque su casero es un aprovechado. Pero no cambies de tema. ¡Quédate, porfa!

Él duda un instante. Es como un padre que tiene que quitarle un juguete peligroso a su hija porque se puede hacer daño. Sabe de sobra que debe hacer lo correcto, pero al mirar a su hijita no es capaz de negárselo.

—¿Por qué siempre consigues salirte con la tuya en cuanto me miras con esos ojos suplicantes de gatito desvalido? —se queja, mesándose el pelo con una mano.

—¡Gracias! ¡Eres el mejor! —festejo canturreando.

Antes de acostarnos, elegimos una habitación cada uno. Lo decidimos muy rápido porque solamente una de ellas dispone de baño privado; a decir verdad, creo que el baño de mi habitación es el único que hay en la casa, aun así, me lo adjudico sin que a él le parezca mal en absoluto.

Joel escoge la única habitación que da al salón, alegando que, si se queda dormido en el sofá, el camino hasta la cama será más corto. Y así es. Nos quedamos fritos en el sofá viendo una película. Hasta que, bien entrada la madrugada, me despierto, lo despierto a él y nos vamos cada uno a su cama.

Ha llegado el momento en el que cambiará mi vida, he dado el paso que alterará mi rumbo, lo siento y tengo un presentimiento que no me deja concentrarme. Siento un nudo en el pecho que consigue cortarme la respiración. Siento un continuo cosquilleo en el estómago que me paraliza y me da fuerza a la vez. Me he zambullido en un viaje cuyo destino desconozco, pero que me muero por descubrir. Y solo espero que ese destino, sea cual sea, tenga que ver con el amor de mi vida, que duerme plácidamente a escasos metros de mí sin ni siquiera sospechar lo que siento.

No duermo casi. Estoy demasiado nerviosa y llena de ansiedad ante mi futuro. He dado un primer paso muy importante: he abandonado el nido donde todo eran comodidades y facilidades. Me he lanzado de cabeza y ahora me encuentro un poco desubicada en mitad de un camino que marcará todo lo que venga después. Debo convertirme en brújula y seguir una dirección, pero ¿cuál?

Joel (primera consulta)

Siempre recordaré el primer día que llegué al instituto. Nuestra familia vivía al otro lado de la ciudad, justo al lado de la casa de Sara, pero nos vimos obligados a mudarnos a otra zona porque las marcas que me dejaba mi padre cada vez eran más obvias y el profesorado comenzaba a mosquearse, pues les resultaba demasiado sospechoso que tuviese tantas caídas.

Como no nos concedieron la vacante hasta que todas las plazas ordinarias fueron cubiertas, yo llegué un par de semanas más tarde. Las clases ya habían empezado. Pero a mí eso no me importaba. En realidad, no me importaba nada.

Recuerdo que aquel septiembre hacía un calor de mil demonios y decidí ir en bicicleta a la nueva escuela, por eso llegué diez minutos tarde, pues no conocía el trayecto demasiado bien.

Al entrar en clase, ya estaban todos sentados, pero la profesora aún no había llegado. Observé el fondo de la clase, donde siempre se sientan los malos. Ese era mi lugar, aunque ya estuviesen todos los sitios ocupados. Los alumnos me examinaban extrañados porque desconocían que llegaría un nuevo compañero.

—¡Eh, tú, rubio subnormal, te has equivocado de clase! ¡Lárgate! —exclamó uno de los susodichos.

El resto de la clase le rio la gracia. Se notaba que era uno de los cabecillas. No tuve que echar a suertes a quién robar el sitio, él solito se colocó la diana en la frente.

67

Avancé por el pasillo sin titubear, con las manos en los bolsillos, como si tal cosa, pero con los ojos clavados en aquel idiota que había osado retarme. Nunca juzgues a nadie por su apariencia: puede aparentar ser frágil y ser, en realidad, el mismísimo demonio.

Cuando llegué a su altura, se puso en pie para encararme, con una pose muy agresiva, aun así, me detuve a escasos centímetros de él y solté:

—Fuera de ahí. Ese es mi sitio.

Nadie daba crédito a que me estuviese enfrentando a aquel matón. Él enseguida cerró los puños.

—¡¿Qué?! —exclamó.

—Que te largues de mi sitio —repetí muy sereno.

Entonces, no lo dudó y me lanzó un buen puñetazo que logré esquivar sin dificultades. Cuando has recibido tantos golpes de un adulto, los de un adolescente te resultan bastante predecibles, mustios y lentos. Todos los demás se arremolinaron a nuestro alrededor entre vítores y silbidos que animaban a su líder a que no se dejase amedrentar por el extraño invasor.

Mi oponente volvió a atacarme, aunque esta vez no solo lo esquivé, sino que, además, le solté un golpe en el estómago que consiguió tumbarlo. Yo tenía dieciséis, era tres años mayor que ellos y, a pesar de no ser tan alto ni corpulento como él, tenía más fuerza. Y odio. Mucho odio.

—Eso para que la próxima vez te lo pienses mejor antes de llamar subnormal a alguien —rugí mientras me sentaba en su sitio.

Todos los alumnos se quedaron en silencio mientras él se retorcía lloriqueado en el suelo. Así fue como me presenté en mi nueva clase, robando el bastón de mando al macho alfa. Porque nunca fue conmigo lo de pasar desapercibido, por mucho que me empeñase.

Cuando llegó la profesora, la versión que le contaron fue muy distinta a la real. La película que se montaron fue que yo entré directo hacia él y le pegué una paliza de muerte sin mediar palabra. A mí no me importó en absoluto, pues estaba más que acostumbrado a guardar silencio ante las injusticias y las mentiras. Nunca me sirvió de nada intentar defenderme.

Cuando la profesora puso el grito en el cielo, ya que luego me enteré de que los padres de aquel niño eran los más influyentes de la ciudad, y se disponía a llevarme al despacho del director, alguien levantó la mano.

—Profesora —musitó en un inaudible susurro.

Reconocí aquella voz al instante. La busqué con la mirada y la vi. Era mi antigua vecina y mejor amiga: Sara. No esperaba que viniese a este instituto porque era de gente pudiente y su familia… no lo era. Además, quedaba demasiado lejos de su casa.

Miré a aquella chica con la nariz respingona llena de pecas. Con sus increíbles ojos azules. Parecía tan frágil que me atrevería a jurar que se iba a romper de un momento a otro.

—Profesora —expresó con la voz temblorosa—, eso no es lo que ha pasado en realidad.

—¿Cómo dices, Sara? —se sorprendió la maestra. Nunca imaginó que su alumna fetiche, la niña buena y perfecta, saliese en defensa del matón.

—Joel no ha llegado y le ha dado una paliza a Luis sin más. Ha sido Luis quien le ha llamado subnormal nada más entrar por la puerta. Joel solo se ha defendido. Luis ha sido quien ha intentado darle dos puñetazos sin éxito, porque Joel los ha esquivado y, para que le dejase en paz, le ha pegado un simple empujón. Y tampoco ha sido para tanto, lo está exagerando —reveló nerviosa.

La profesora nos miró a ambos con desconfianza. No sabía qué hacer. Entonces preguntó al resto de la clase y Sara y yo terminamos en el despacho del director. Yo por violento y ella por mentirosa.

Mientras esperábamos la gloriosa venida del director del centro sentados en dos sillones de piel frente a su mesa, me acerqué a ella para susurrarle:

—¿Por qué lo has hecho, Pecas?

Ella se sonrojó y me miró avergonzada.

—Ya sabes que no puedo con las injusticias —sonrió pudorosa, mirando hacia abajo.

—Te vas a buscar un castigo por mi culpa.

—No sería el primero —respondió con una enorme sonrisa.

Yo dejé escapar también una sonrisa. Era cierto. Siempre solíamos meternos en líos los dos y la mayoría del tiempo era culpa mía.

—No sabía que estabas en la clase. ¿Qué haces aquí? —le pregunté.

Si la hubiera visto antes, todo habría sido distinto. Me hubiera sentado a su lado sin más. Porque ella me llevaba siempre hacia la luz.

—He conseguido una beca por las notas y este instituto a mi padre le pilla de camino al trabajo. —Se encogió de hombros.

—¿Y por qué no me lo has contado?

—No te he visto en todo el verano —indicó a modo de reproche.

—La mudanza ha sido horrible. —El tono de mi voz le hizo comprender al instante que mi padre se había vuelto más violento de lo normal con tanto estrés y por eso no me había dejado ver demasiado.

—Ya… —Su mirada de pena me atravesó.

—¡Eh, Pecas! No te preocupes por mí. En un par de años tendré dieciocho y podré alejarme de ese bastardo. Es la recta final —la animé—. Y ¿te cuento un secreto?

—¿Qué? —Sus ojos brillaron esperando mi respuesta.

—Ahora que sé que estás aquí, estoy mucho más contento. ¡Me han entrado ganas hasta de estudiar! No sé por qué, pero cuando estoy contigo quiero ser mejor persona.

Ella dejó escapar una risilla nerviosa y negó con la cabeza.

—¡Eres imposible, Joel!

El director no tardó en llegar y en dictar sentencia. Expulsión una semana para mí y una amonestación para Sara. Mi padre iba a estar encantado, a casa el primer día de clase, pero no me importaba.

Lo que más me pesaba en aquel momento era que a aquella chica solo le aportaba cosas negativas y, aun así, parecía que no quería apartarse de mi lado. Me sentía como un jodido cactus tratando de abrazar a un globo.

Ese comienzo de curso fue el principio de muchas cosas y el final de otras tantas. Sea como sea, la vida volvía a cruzar nuestros caminos.

7

Es una lata el trabajar

Es mi primer día de trabajo y estoy muy nerviosa. Desde que terminé el instituto, solo me he dedicado a ayudar a mi familia en la tienda de regalos, razón por la cual mi experiencia laboral no es que sea demasiado amplia que digamos.

Donde sí que tengo experiencia cero es en una oficina, y encima mi tía Montse me ha conseguido trabajo en una cercana. Por lo visto, el dueño es alguien que le debe muchos favores, así que ella se los ha cobrado todos juntos obligándole a contratar a su sobrina inexperta. Presumo que detrás de todo esto está la mano que mece la cuna: mis padres.

Son las nueve de la mañana y hace fresco, por lo que me cruzo de brazos para que la cazadora vaquera ejerza de abrigo. Me he puesto unos pantalones anchos de colorines que no abrigan nada y una camiseta de tirantes fucsia. Todo muy hortera, como a mí me gusta. Llevo mi melena anaranjada al viento y más alborotada de lo normal porque no me he traído el secador. Me he maquillado muy poquito, solo BB Cream, rímel y mi sempiterno pintalabios fucsia, el 976 de Dior Addict, sin el que no podría vivir.

En cuanto salgo a la calle, la luminosidad que desprende la plaza me ciega. Cada paso que doy parece elevarme, como si flotase. Me da la impresión de ser Venus emergiendo de los mares, pues camino a cámara lenta, admirando todo a mi alrededor.

Anoche, al contemplar maravillada la alegría del tumulto, di por sentado que nuestra zona sería de vida exclusivamente nocturna, es decir, cañas y tapas, ¡el paraíso!; por lo cual, supuse que a la mañana siguiente las calles deberían estar desiertas, pero nada más lejos de la realidad. Hay gente por todas partes, desayunando, yendo al trabajo, charlando, comprando... Miro extasiada a todos y cada uno de ellos, como si fuese Mowgli y me acabasen de traer de la selva a la civilización. Me estoy enamorando de Madrid y es un flechazo en toda regla.

El suelo adoquinado de la plaza de Santa Ana. Los elegantes edificios cuyos bajos albergan cafeterías, cervecerías y hasta un tablao flamenco. El imponente teatro a mi derecha presidiendo la plaza. El monumento a Calderón de la Barca, que por algo estamos en el Barrio de las Letras. Todo cuanto tengo en torno a mí parece cobrar vida y llenarse de colores para que lo disfrute. Puede que Madrid sea para muchos una ciudad bulliciosa, contaminada y peligrosa, pero para mí es la máxima expresión de belleza, una oda a la libertad y ahora, mi casa.

Es alucinante la importancia que tienen las calles en nuestra vida. Podemos rememorar nuestra infancia al recordar la calle en que vivíamos, o ese primer beso a cobijo de un portal, también las tardes de cañas con amigos en alguna plaza, e incluso las tiendas que decoran los bajos de los edificios. Todo ello forma el marco de nuestra memoria. Un marco especial y distinto para cada ocasión y persona, con un olor inconfundible a hogar, a amor, a familia, a amistad, a barrio, a felicidad, a llanto... Un olor especial para cada uno.

Por un momento, me entran unas ganas enormes de gritar de alegría. Y entonces me digo: «¿Qué te lo impide?».

Así pues, suelto un chillido de emoción y me siento como nueva. Una señora que pasa a mi lado, lejos de asustarse, me sonríe como si me comprendiese. Continúo mi camino, sumida en la admiración de las calles madrileñas, de su olor a pan recién horneado y a café, su gente, su ritmo y su frescura, soñando que algún día todas estas calles también enmarcarán preciosos recuerdos en mi memoria.

¡Comienza un nuevo día y con él mi nueva vida! Tengo la misma sensación que deben de sentir las princesas Disney cuando cantan por la ventana junto a los animalillos del bosque porque están a tope de hormonas de la felicidad. Hasta las colillas del suelo me parecen preciosas. Vuelo en lugar de andar.

Llego a la oficina en cuestión de quince minutos, pues se encuentra frente al Congreso, que está bastante cerca. El edificio es antiguo y elegante, como todos los de la zona. Me fijo en el portero automático, donde hay una etiqueta que reza *Martínez & asociados S.L.* e indica que se encuentra en la segunda planta.

Subo en el ascensor hasta dicha planta, entro por la puerta que ostenta el membrete de la empresa, porque está abierta, y tomo asiento en la sala de espera. Observo que la dependencia no es excesivamente grande, más bien todo lo contrario, pero es muy luminosa, ya que entra una gran cantidad de luz por el ventanal de la derecha y porque está pintada de blanco.

Una chica mulata guapísima, que lleva una falda de tubo azul y una camisa blanca, con tacones altísimos, aparece de la nada como un fantasma, se sienta tras la mesa enorme de madera que preside la sala y me saluda muy amigablemente.

—¡Buenos días! ¿Puedo ayudarla en algo?

—¡Hola! Soy Sara Guzmán, hoy es mi primer día de trabajo —me presento.

Ella cambia el gesto de manera radical, arruga la nariz al mirar mejor mi atuendo para mostrar que no le agrada en absoluto. De repente le doy asco.

—¿Sara Guzmán? ¿Otra persona nueva? ¡Yo flipo! —chilla indignada.

No sé qué hacer porque parece que se ha vuelto loca y me está regañando, por lo que me siento muy incómoda.

—Perdona, ¿te refieres a mí? —pregunto bajito.

Ella niega con la cabeza, tratando de serenarse. No sé si ponerme a llorar o salir corriendo para no volver nunca más a ver a esta loca bipolar.

—Es que no entiendo que no haya dinero para pagar mi nómina y de repente contrates a otra más, ¡esto es muy fuerte, Genaro, no te voy a permitir que te rías más de mí! —Ahora sí que está gritando.

Hasta que descubro que está hablando por un pinganillo que lleva en la oreja casi me da un infarto.

Entonces, de una puerta que hay en un lateral de la sala de espera, sale un hombre de unos cincuenta años que hace caso omiso a la tarada que tengo delante. En cuanto lo veo sé que ha tenido algo con mi tía, porque es el típico *gentleman* embaucador. Alto, apuesto, bien vestido, con andar felino, canoso… y de poco fiar.

—¿Sara? —pregunta, sin ni siquiera mirar a la secretaria desquiciada que sigue soltando improperios para llamar su atención.

—Hola —saludo entre dientes, rogando al cielo que me trague la tierra al ver la cara de pocos amigos con la que me observa la susodicha.

Él me sonríe de una manera seductora y se aproxima para estrecharme la mano.

—Soy Genaro Martínez, encantado de conocerla.

—Sara Guzmán. Lo mismo digo —musito.

—Pase a mi despacho, por favor, señorita Guzmán. Tendrá que firmar el contrato antes de que Belinda le muestre las instalaciones y le explique cuál será su puesto de trabajo.

—¡Hasta que no me pagues no pienso enseñar nada a nadie! —ruge ella sin cortarse un pelo, aunque a él le importa un carajo.

Lo sigo hasta lo que él llama despacho, aunque no es más que una pequeña sala que hace las veces de almacén y cocina, pues aquí se encuentran mezcladas las máquinas de café con las fotocopiadoras. Saca de un cajón de la única mesa que hay tres folios y me los pasa para que los lea, cosa que hago de pie porque no hay ni sillas.

—Su horario será de nueve a cuatro con una hora para comer —me explica.

Una hora que no me piensa pagar, por cierto, pues el contrato es de treinta horas semanales. Cuando termino de revisar todo, al final pone mi sueldo y lo primero que pienso es: «Menos mal que no tengo que pagar ni alquiler ni transporte porque voy a cobrar cuatrocientos euros netos». Lo segundo es: «¡Vaya robo! Normal que la secretaria esté de uñas».

Pero si eso me parece un robo, ahora viene lo mejor:

—Este es su contrato laboral. Por supuesto, los tres primeros meses serán de prácticas, por lo que no estarán remunerados, supongo que lo entenderá, no vamos a pagar a alguien por enseñarle a trabajar. Si tiene alguna duda, señorita Guzmán, me la comenta sin problema —añade el muy cabrón.

«¡Cuando se entere mi tía de esto te va a reventar los huevos, maldito aprovechado!», sería lo que le tenía que haber dicho, pero, lejos de eso, bajo la cabeza y me callo como buena tonta que soy. Firmo mi sentencia de muerte, es decir, el contrato, a regañadientes.

—¿Por qué esa chica se ha puesto así conmigo? —quiero saber, una vez he firmado.

Él niega con la cabeza.

—Ni caso. Es una chismosa y está celosa porque cree que usted va a quedarse con su puesto. No se preocupe, que con el tiempo se harán amigas, es buena gente. Por cierto, ¡dele recuerdos a su tía de mi parte!

Los recuerdos a mi tía son una provocación en toda regla, pues significan todo lo contrario. Supongo que, al verse obligado a contratarme, esta es su venganza contra mi tía, pues todos sabemos que se pondrá de uñas al enterarse de que no me piensa pagar. Pero ¿quién va a contárselo?

Coge el contrato de mis manos y vuelve a meterlo en el mismo cajón de donde lo sacó. Abre la puerta y me invita a salir primero, cerrándola a mi espalda sin seguirme.

¡Madre mía, vaya modales! Le ha faltado darme una patada en el culo.

Me encuentro plantada en medio de la minúscula sala de espera con cara de no saber por qué me he levantado esta mañana y mirando a la tal Belinda, a ver si se digna a dirigirme la palabra.

—¿Piensas quedarte ahí toda la mañana? —pregunta al fin, mirándome de reojo.

—Es que no sé qué tengo que hacer —contesto con una pequeña voz aguda al borde de la lágrima.

—Pues, chica, acércate para que te enseñe cómo se usa el programa, ¿no?

—Es que como dijiste…

—Olvida lo que dije —me interrumpe—, solo era para que me escuchase el negrero. —Señala con la cabeza la puerta tras la que está Genaro.

Se acerca a un armario empotrado que hay en una de las paredes para sacar una silla plegable que coloca junto a la suya.

—¿Y tu portátil? —inquiere, una vez que me he sentado a su lado.

—¿Mi portátil?

Su mirada de «esta chica es idiota» consigue que le mienta vilmente.

—¡Ah, sí! Lo he dejado en casa, es que no sabía que lo necesitaría el primer día —me invento.

—¡Vaya! Mira la señora funcionaria —exclama.

Decido pasar de ella porque me interesa más tomar nota de todo cuanto me indique, pues mucho me temo que mañana me voy a tener que buscar la vida yo solita.

Entiendo que la empresa se dedica a dar soporte externo a otras, ya que debemos hacer las nóminas y la contabilidad de los asociados. La mañana se pasa enseguida. He de decir que Belinda se ha portado muy bien, pues después de explicarme lo básico, me ha mostrado la oficina, que consiste básicamente en tres mesas con una silla tras ellas y un pequeño baño a la salida.

—¿Por qué hay tres mesas, Belinda? —le pregunto.

—Antes de la crisis eran tres los empleados.

—¿Y ahora?

—Ahora seréis tú y otro.

—¿Qué otro? ¿Quién es?

—Se llama Carlos, ya lo conocerás mañana, hoy se ha pedido el día libre —me explica. Suena el teléfono—. Puedes elegir una de esas dos mesas. —Me señala con el dedo ambos muebles mientras se dirige hacia la puerta—. La otra no, porque es la de Carlos. Voy a ver quién ha venido. ¡Y llámame Beli! Odio que me llamen Belinda.

Después de que Belinda, digo Beli, desaparezca de mi vista, miro los dos sitios que puedo elegir. Uno es más luminoso, aunque menos espacioso que el otro. ¿Luz o espacio? Creo que la luz será la mejor opción ahora que *Winter is coming*, por lo tanto, es el que elijo. Me sentaré justo en frente del tal Carlos.

Miro el móvil y veo que hay varios mensajes en nuestro grupo de WhatsApp bautizado como «Si te gusta cómo quema, no cuenta como infierno».

Nuria
¡Hola, chicas! Sara, suerte en tu primer día de trabajo.

Sole
¡Mucha suerte, reina! Aunque seguro que no la necesitas, te vas a merendar con papas a estos madrileños finolis.

Nuria
Pues parece que no contesta, ya se habrá ido.

Sole
Ya nos dirá algo luego. Seguro que ahora se está poniendo guapa.

Nuria
Anoche me quedé flipada con las fotos del piso, en cuanto tenga un rato libre, me voy para allá. Ya tengo todo preparado para la mudanza.

Sole
¡Y yo! Miro agenda y cuadramos una cenita en esa terraza tan guapa.

Nuria
¿Una cenita? ¿Es que no piensas venir a ayudarme con la mudanza, pedazo de perra?

Sole
¿Mudanza yo? ¿Para qué cobras un sueldazo? ¡Contrata a una empresa, bonita!

Nuria
No me esperaba esto de ti.

Sole
Eso es que me conoces poco.

Después de meterse una con la otra durante un rato, se han puesto a hablar sobre sus trabajos y sobre un ligue de Sole, que por lo visto sospechan que tiene novia. Decido hablar.

¡Hola, chicas! Perdonad por no haber contestado antes, pero acabo de leer vuestros mensajes ahora mismo. No sabría deciros si el trabajo mola o no porque resulta que durante tres meses no van a pagarme. Además de eso, el jefe parece el cabecilla de la mafia y la secretaria me odia por alguna extraña razón que aún desconozco. Esperaré a ver cómo se van desarrollando los acontecimientos antes de echarme a llorar. Espero encontrar otro curro para poder subsistir estos tres meses porque me niego a pedir dinero a mis padres.

Sole
¿¡Cómo!? Aquí no trabajan gratis ni las putas, tía, llama ahora mismo a Recursos Humanos.

El departamento de Recursos Humanos es él mismo.

Sole
Pues llama a Comisiones Obreras. ¡Yo qué sé! Eso tiene que ser ilegal. A ver dónde te has metido, Sara, que al final le voy a tener que dar la razón a tu madre de que no podemos dejarte sola.

Nuria
Sole, no seas exagerada. La han contratado sin título ni experiencia. En según qué empresas, para poder hacer un contrato laboral, antes tienes que haber realizado un mínimo de horas de prácticas, lo malo es que le han puesto las máximas permitidas y, si hubiesen querido, se podrían remunerar, claro. Pero, Sara, no seas tonta, yo voy a pagarte un alquiler y, si necesitas más dinero, te presto lo que quieras, sabes que no hay problema.

Sole
¡Esos son unos explotadores!

Es lo que hay, chicas, me tendré que aguantar
como sea estos tres meses. Gracias por el
ofrecimiento, Nuria.

Nuria
Bueno, cariño, no te preocupes, ya verás
que se pasa volando y enseguida comienzas
a ganar una pasta.

Sole
¡Eso! Luego me tendrás que regalar lencería de La
Perla por mi cumple y celebrar el tuyo en Maldivas.

Manda un *gif* de una mujer saliendo del mar en plan sexi que,
de repente, se tropieza y se cae.

No exageréis, que mi sueldo de millonaria
asciende a 400 euros.

Sole y **Nuria**
¡¡¡¡¡¡400 pavos de mierda!!!!!! ¡BUSCA
OTRA COSA YA!

De momento, ni siquiera tengo un portátil. A este ritmo
me despiden a los dos días. Estoy segura de que todo
esto lo han orquestado mis padres para que vuelva a
Ávila cuanto antes. Pero cambiemos de tema que me
deprimo, chicas.

Nuria

Vale. Pero luego retomamos la conversación.
Esto no va a quedar así. ¡Me muero de ganas
por instalarme contigo!

Sole

¡Qué intensita te pones a veces, Sarita! Ya verás que
todo se soluciona. Y dejad ya de ponerme celosa,
que al final me veo viviendo con vosotras como si
fuéramos *teenagers*.

¡Eso estaría genial! ¡Las tres juntas!

Sole
Porque me pilla lejísimos del trabajo, si no…

Oye, ¿qué pasa con Alejandro, Sole? ¿Por
qué sospechas que tiene novia?

Nuria
Porque es tonta.

Sole
Está siempre escondiendo el móvil y ocultándome
cosas.

¿Y a ti qué más te da? ¿No se suponía que
era un rollo sin importancia? Dijiste que
solo era sexo para aliviar tensiones.

Sole
¡Dejadme en paz, víboras! ¿Has llamado
al macizorro ya, Sarita?

¡Ni de coña! ¿Te crees que tengo
ahora la cabeza para macizorros?

Nuria
No lo va a hacer nunca, parece mentira que la
conozcas.

¿Qué pasa, Nuria, que hoy tienes
candela para todo el mundo? ¿Cuánto
hace que no echas un kiki?

Nuria
Menos que tú.

Sole y yo nos reímos con emoticonos y *gifs*.

Sole
Sara, no cambies de tema. Si no lo haces tú, le voy a
escribir yo de tu parte y todas sabemos que será peor.

De repente, escucho la risa de Joel muy cerca y me guardo el
móvil en el bolso a toda prisa, como si estuviese haciendo algo
malo. ¿¡Qué diablos hace aquí!?

—Está bien, Joel, esta es la oficina. —Tras la puerta aparece
Beli acompañada de mi espectacular amigo—. Te presento a la nueva administrativa, Sara.

Los ojos de Joel y los míos se cruzan como si nos viésemos por primera vez, parece que hasta se pone nervioso y es algo que me resulta

83

excitante. Lleva un vaquero oscuro con una americana azul marino y un jersey de cuello vuelto. Se ha peinado un poco, no demasiado, pero sí lo suficiente para no parecer Kurt Cobain dándolo todo en mitad de un concierto, sino una versión más sofisticada. Da igual. ¡Está de muerte!

—Encantado, Sara. —Se acerca hasta mí y nos estrechamos la mano de manera cordial.

—Un placer, Joel —contesto en un tono formal.

—Ha venido a pedir un presupuesto. —Ella le coge por el brazo como si se conociesen de toda la vida para marcar territorio, sonriéndole como una hiena hambrienta—. Joel, por favor, si eres tan amable, acompáñame al despacho del señor Martínez.

Él me guiña un ojo y yo niego con la cabeza. Cuando Beli se entere de que es gay, le va a dar un infarto. De momento, yo estoy al borde de un ataque de cuernos.

Al cabo de un rato recibo un wasap suyo.

> **Joel**
> No he podido aguantar ir a visitarte en tu nuevo trabajo. ¡Todavía no me creo que estés aquí y pueda verte cada vez que quiera!

Sonrío como una tonta, pero no le respondo. Eso de que pueda verme cada vez que quiera habrá que discutirlo.

El resto del día lo paso tomando nota del funcionamiento del programa informático de la empresa junto a Beli, y a las cuatro de la tarde vuelvo a casa muerta de hambre.

Entro directa al frigorífico sin darme cuenta de que hay algo extraño en el piso…

8

¿Quién eres?

Me encuentro engullendo un montón de lonchas de pavo que me he metido a presión en la boca, mientras cojo un quesito con una mano y un par de bollos con la otra. Cada vez tengo más controlados los atracones que me doy cuando me asalta la ansiedad, aunque ahora mismo no sea la reina del control precisamente. Cuando la gula invade mi cuerpo, no hay quien la detenga, y en este momento se ha apoderado por completo de mi voluntad.

Al saberme sola, no me molesto en dar bocaditos de ratita presumida, cosa que suelo hacer de cara a la galería, solo me preocupo por saciar mi voraz apetito cual ogro hambriento. Lo malo no es comer si tienes hambre, lo malo es que el hambre emocional no se sacia nunca.

—Vaya, ¿te dispones a hibernar?

Una voz masculina y desconocida a mi espalda me da un susto de muerte, consigue que me atragante con el pavo y lance por los aires el quesito y los bollos, que acaban cayendo al suelo bajo la atenta mirada del extraño.

—¡¿Quién eres?! —grito con la boca llena, mientras cojo a toda prisa un cuchillo del cubertero para amedrentarlo.

El desconocido, que observa impertérrito el minúsculo cuchillo con el que lo amenazo, retiene la risa cuando clava sus ojos en los míos y me ve intentado tragar como un pavo.

—¿Se supone que debería intimidarme la paleta de untar mantequilla? —se burla.

Miro de reojo y, efectivamente, lo que tengo entre mis dedos no es el cuchillo jamonero, como suponía, sino una pequeña paleta sin punta afilada ni nada que resulte mortal. Estoy jodida.

—¡Como te muevas, te la clavaré en los ojos! —lo amenazo histérica. Me tiembla todo el cuerpo.

Él se apoya en la encimera de la cocina y se cruza de brazos mientras me da un buen repaso.

—Por Dios, no es necesaria tanta violencia. Baja el arma y te explicaré quién soy, ¿vale? —Levanta las manos para indicarme que viene en son de paz, pero no se lo pienso poner tan fácil. ¿Y si es un secuestrador?, o peor aún, ¿un asesino en serie?

—No voy a bajar el cuchillo. Lo que voy a hacer es llamar a la policía —insisto.

Él toma aire para armarse de paciencia antes de hablar.

—No es necesario que llames a nadie. Estoy aquí porque Montse, la propietaria del piso, me alquila una habitación de manera habitual en Airbnb, por eso tengo llaves. —Las muestra y las mueve.

—¿Qué es Airbnb? —Parpadeo confusa.

—¿No sabes lo que es Airbnb?

—No —respondo.

—¿No sabes lo que es Airbnb? ¿En qué mundo vives, tía?

—No uso webs de citas ni cosas de esas —me defiendo. —¡Y no me llames tía!

Él suelta una carcajada.

—Esta es la primera vez que me pasa algo así. Normalmente todos sabemos que se trata de un piso alquilado por más inquilinos. Lo pone en la web —me explica mientras saca de un bolsillo trasero del vaquero una cartera negra de la que a su vez extrae un papel doblado que me entrega. Lo desdoblo para leerlo.

No soy capaz de reaccionar al comprobar que tiene razón. Se trata de la confirmación de reserva de una habitación en este piso.

Bajo el cuchillo de manera lenta mientras mi cerebro trata de procesar la información recibida.

—¿Y Montse no te ha avisado de que estoy viviendo aquí? —le pregunto.

—No. De hecho, la estaba llamando para saber por qué mi habitación está llena de cosas —alega en un tono serio—, pero no contesta.

Cubro mi rostro con ambas manos. Joder.

—¡La voy a matar! —sollozo muerta de la vergüenza.

—Esto no es nada profesional. ¿Nos ha alquilado la misma habitación para la misma fecha? —inquiere.

—No es eso. Yo no soy una inquilina, Montse es mi tía. Me ha dejado el piso para que viva en él de manera indefinida. Supongo que se le habrá olvidado quitar el anuncio de la web con las prisas del viaje —trato de explicarle algo apurada, buscando una lógica a esta situación tan absurda.

—¿En serio? ¿Y qué coño hago yo ahora? Ya no encontraré nada más por esta zona —reniega enojado.

Ambos nos miramos, pensativos.

No me había dado cuenta del pedazo de tío que tengo delante hasta que no lo observo bien y entonces me sonrojo como una adolescente. Es alto, moreno y de ojos claros, entre verdes y azules, se da un aire a Alex Høgh Andersen. Debe de ser unos cinco años mayor que yo. No es corpulento, pero se nota que se cuida. Tiene unos hombros anchos a los que acompaña una gran espalda. Viste unos vaqueros oscuros y una camiseta azul celeste que le sientan como a un modelo de ropa interior. Es simplemente perfecto.

Mi mente privilegiada lo imagina sudoroso, mirándome con cara de guarro y agarrándome de las caderas mientras lo cabalgo salvajemente. Mi sexo da un saltito que consigue estremecerme. ¡Por Dios! Si pensaba que tenía anestesiadas todas mis zonas erógenas. Hacía años que no me ponía tan cachonda. Bueno, miento, porque hace poco aquel tío de la terraza me puso a mil. Me refiero a que con

Rodrigo me limitaba a fingir y esperar a que se corriese para que me dejase en paz cuanto antes y con Joel solo sueño mariposas de color de rosa. ¡Qué triste!

Espera.

Un momento.

No puede ser posible.

—¡¿Eres tú?! —exclamo cual fan emocionada al reconocerlo—. ¡Sí! ¡Eres tú!

—¿Yo? —pregunta con una sonrisa canalla.

—Sí. El que me dio la tarjeta de visita. El que me quitó a mi novio de encima —trato de explicarle mientras me río como una tonta.

—Perdona, pero no sé de qué me hablas. —Frunce el ceño.

—Fue el mes pasado. De noche. La terraza de Amadeus. En Ávila —le explico hablando muy rápido.

Él me observa con aire de dios griego mirando a una mosca pasar.

—No sé. —Sonríe.

—Pero ¿cómo no vas a acordarte? ¡Mira, tengo tu tarjeta! —La saco de manera precipitada del bolso y hasta que no se la pongo delante de los ojos, no me doy cuenta de que parezco una mujer bastante desequilibrada—. Me dijiste que te llamara —añado con una voz aguda a modo de colofón final. Total, ya he quedado fatal, da igual una última frase autolapidaria.

«Muy bien, Sara. En vez de comportarte como una *femme fatale*, o sea, una tía interesante, y fingir que no te afecta en absoluto su presencia, moviéndote como una diosa, te comportas como una tarada desquiciada», me reprendo sin piedad.

Él toma la tarjeta y la mira como si fuese la primera vez que la ve. Al devolvérmela, cambia el gesto y señala:

—Pero ¿qué fue lo que ocurrió?

—Mi exnovio estaba muy pesado y tú lo empujaste para salvarme de él —le recuerdo.

—¡Ah, sí! Es verdad. Ya lo recuerdo. Es que no soporto las injusticias y cuando presencio algo así, no dudo en actuar. Me alegro de que el capullo de tu novio te dejase tranquila si te estaba molestando. No entiendo por qué las mujeres tenéis esa extraña tendencia a estar con tíos que no valen una mierda y que os tratan mal. Mereces algo mejor —alega molesto.

Lo argumenta de una manera tan tajante que no me da opción a réplica. Su actitud es categórica, no hay duda, tanto que hasta me entran ganas de arrodillarme para pedirle matrimonio. Parece poseer todo aquello que me atrae de un hombre.

—Ex —le aclaro.

—¿Qué? —se sorprende.

—Era mi exnovio —le repito enfatizando mucho la sílaba «ex».

—Vaya. Me alegro —celebra sonriente.

—Y yo.

Se crea un silencio incómodo que me incita a añadir:

—Bueno, ¿y ahora qué hacemos?

—¿A qué te refieres? ¿Qué quieres hacer? —pregunta en un tono con doble sentido que consigue ponerme nerviosa.

—¡El piso! Me refiero al piso —le aclaro.

Vuelve a sonreír de medio lado, a sabiendas de que me está poniendo nerviosa el muy capullo.

—Creo que lo mejor será que coja mis cosas y me vaya a otro sitio.

La idea de no volver a verle nunca más asalta mi pecho como si se tratase de la despedida de alguien importante. No sé si te habrá pasado alguna vez, pero algo me dice que de ninguna manera debo permitir que este chico se marche de aquí. Con algo me refiero a mis partes bajas.

—No, hombre. Creo que podemos solucionarlo de otra manera. —Escucho esta frase a lo lejos, como si no hubiese salido de mi boca.

—¿Eso es una proposición indecente? —me provoca enarcando una ceja.

Pongo los ojos en blanco y niego con la cabeza al ser consciente de que me está vacilando.

—Hay una habitación de sobra —le explico, tratando de evitar sonreír como lela.

Él me examina para cerciorarse de que hablo en serio. Su cara esboza una mueca burlona que lo hace parecer mucho más atractivo, por lo que mis fantasías eróticas se disparaban con fuerza hacia lugares poco recomendables y me veo obligada a detenerlas al instante.

—¿Pretendes que compartamos piso cuando ni siquiera sé cómo te llamas? —arguye.

Se me escapa un suspiro. Tiene razón. Ni siquiera nos hemos presentado.

—¡Me llamo Sara! —me apresuro a anunciar.

Él se acerca muy lentamente, o al menos a mí me parece que lo hace a cámara lenta mientras en mi mente suena *Sexy and I know It.*. Su perfume invade mis fosas nasales al instante, huele a hombre atractivo, a delicia, a desenfreno, y es la gota que colma el vaso que derrama mi lujuria.

Me da dos besos mientras yo me encrespo, nerviosa como una cervatilla recién nacida y torpe. Se queda a escasos centímetros de mí, torturándome con esa mirada intensa. Tenerlo tan cerca me permite contemplar mejor sus preciosos ojos, enmarcados por unas espesas pestañas, demasiado largas para un chico. Va peinado de manera informal y retengo las enormes ganas que me entran de tocar su pelo, que parece brillante y sedoso.

—Un placer, Sara —afirma con su voz varonil. La palabra «placer» se clava directamente en mi entrepierna, haciendo cortocircuito—. Yo soy Fabio.

Sonríe abiertamente al darse cuenta de que lo estoy admirando como si fuese un dios y descubre tras esa barba desaliñada de tres días, que le dota de un aire salvaje, unos dientes blancos y perfectos. Y yo, sin darme cuenta, le contesto de la misma manera, aunque estoy segura de que mi sonrisa es más babeante que seductora.

—Lo mismo digo, Fabio —musito, muerta de la vergüenza.

Y después ocurre algo que no puedo controlar. Mis ojos se plantan de manera automática en su paquete. ¡Sí, joder! Sin preámbulos ni disimulos. Van a parar a su entrepierna. Pero ¿por qué? Lo peor es que veo que me ha descubierto y me sonríe descaradamente. ¡¡¡Por Dios, qué vergüenza!!!

El calor de mi cara se va contagiando al resto del cuerpo, de arriba abajo. Este es ese tipo de hombres que hacen de ti lo que quieren. A los que gritas que deseas ser su sierva para siempre mientras tienes un orgasmo detrás de otro. ¿Cómo sería acostarse con un hombre así?

«¡Por Dios, Sara, sal de esta trampa mortal!», me grita mi voz interior.

Carraspeo porque no me sale ni la voz, se me ha quedado la boca acartonada y el sentido común anestesiado.

—Bueno —me alejo de él a toda prisa—, si te parece bien instalarte en la habitación que hay libre, por mí no hay problema, y por mi compañera de piso seguro que tampoco.

—¿Compañera? —Enarca una ceja con asombro—. No he visto más que una habitación ocupada. Creía que estaríamos… —Se detiene en seco.

—Es que hará esta tarde la mudanza. ¡Pero tiene novio! —me apresuro a añadir.

¡¿Tiene novio?! ¡Serás mentirosa!

Fabio sonríe al darse cuenta de mis oscuras intenciones y yo quiero que me trague la tierra. ¡No me había comportado así en mi vida! ¡Lo juro! ¿Qué coño me está pasando? Avanzo para salir de la cocina e interponer distancia entre nosotros. Me doy la vuelta antes de llegar a la puerta para preguntarle si sabe cuál es la habitación a la que me refiero y ¡lo descubro deslizando su mirada por mi trasero! Aunque él, lejos de sonrojarse y retirarla de mi culo, la sigue paseando por el resto de mis curvas sin censura, por lo que salgo a toda prisa de la cocina para apagar las llamas que se están encendiendo en mi cuerpo.

Entro en mi habitación. Apoyo la espalda en la puerta para tratar de recobrar el aliento. Mi pecho sube y baja con fuerza por los nervios. Cuando se lo cuente a Joel va a flipar, porque una de las cosas que yo no hago es meter a un tío en casa sin conocerle de nada, por el simple hecho de que me palpite el turrón al tenerlo delante.

Aunque, pensándolo mejor, es una tontería ponerse así, pues ¿cómo va un tío semejante a fijarse en mí? Seguro que ahora mismo estará pensando que soy una psicópata que quiere violarle.

Necesito hablar con alguien urgentemente y saco el móvil para escribir un wasap a mis amigas. Van a alucinar gominolas, pero en forma de polla. Me tumbo sobre la cama y me pongo a teclear.

> No vais a creeros lo que acaba de pasar.

> **Sole**
> ¿Ya la estás liando? Te dije que no cogieras el metro sola.

> **Nuria**
> Te han pasado droga y no sabes cómo esnifarla.

Pongo los ojos en blanco y contesto:

> ¡El tío de Amadeus está en mi casa!
> ¡¡¡El de la tarjeta de visita!!!

> **Sole y Nuria**
> ¡¡¡¡¿¿¿Quééééé???!!!!

> **Nuria**
> ¡Voy a adelantar la mudanza!
> ¡Ahora mismo me voy para allá!

Les mando un audio explicativo porque estoy demasiado emocionada como para ponerme a escribir y, además, en un simple texto no se percibe la excitación que me embarga.

—Resulta que, al llegar de la oficina, entro en casa ¡¡¡y me lo encuentro en la cocina!!! ¡¡¡Casi me da un infarto al ver a un tío en mi piso!!! ¡¡¡He querido asesinarlo con una paleta de untar mantequilla!!! ¡Después me ha dado un soponcio al reconocerlo! Y es que, por lo visto, mi tía le alquila una habitación y se le ha olvidado avisarle de que el piso ya no estaba disponible. Así que, como él tiene llaves, pues ha entrado tan tranquilo. ¡¡¡¡Pero lo mejor de todo es que le he invitado a quedarse en la habitación que tenemos libre!!!! ¿Os lo podéis creer? ¡¡¡Joder, de día todavía es más guapísimo!!! Pero creo que se me nota demasiado que me tiene impresionada y estoy quedando de pringada total. Soy una *loser*, ¿a que sí? ¿Qué hago, chicas?

En cuanto le doy a enviar, no tardan en llegar miles de mensajes de audio. Lo más normal que vociferan las muy pervertidas es «Fóllatelo ahora mismo». Después de reírme durante un buen rato escuchando sus ocurrencias y contestando con otros vaciles, pongo uno de los múltiples audios de Sole sin sopesar las consecuencias:

—*Vamos a ver, Sarita de mi vida, dejando a un lado que tu vida sexual ha sido siempre patética, tanteemos las circunstancias que nos ocupan: el destino te ha plantado un piso en medio de Madrid y ha metido en él al tío más bueno del planeta...*

—¿¡Hola!? —Unos repentinos toques en la puerta me asustan, consiguiendo que se me caiga el móvil de las manos y termine en el suelo. Ni siquiera me da tiempo a responder porque la cabeza de Fabio asoma antes de que pueda recoger el teléfono.

—*¡Ve ahora mismo a su cuarto y tíratelo, joder, pero sin compasión!* —sigue diciendo Sole—. *Ese hombre tiene que ser de los que te quitan las penas a golpe de pollazo. Cabálgalo como si no hubiese mañana. Demuéstrale que eres una zorra salvaje. Que se entere de quién*

es Sara Guzmán. Y luego nos cuentas si es de los que te susurran gua-
rradas al oído, te tira del pelo y si la tiene grande o pequeña...

El audio continúa sonando mientras él y yo nos miramos a los ojos sin pestañear. La diferencia entre ambas miradas resulta obvia. Él está al borde de la carcajada. Yo quiero morirme.

Cuando la idiota de mi amiga termina de soltar en el audio to-das las cerdadas que se le pasan por su sucia cabeza de chorlito, todo se queda en silencio. Gracias a Dios no suena el siguiente audio. Está claro que esto no puede ir a peor..., bueno, mejor me callo, no vaya a ser que comiencen a salir rinocerontes del armario en plan Jumanji.

Carraspea antes de tomar la palabra.

—¿Se refería a mí? —pregunta señalando el teléfono.

—¡No! —Niego con la cabeza muy rápido.

Él asiente.

—Venía a preguntarte si te importaría que me diera una ducha porque no hay otra bañera en la casa —me explica, tratando con todas sus fuerzas de no reírse.

—¡Oh! ¡Claro, pasa, pasa y dúchate! —Solo quiero que deje de mirarme para poder tirarme por la ventana.

—Gracias, Sara Guzmán.

Por si me quedaba alguna duda, sí, ha escuchado todo con atención.

Entra directo al cuarto de baño, por lo que deduzco que ya co-noce el camino. Lleva en la mano una bolsa de aseo y una toalla grande. Cierra la puerta tras de sí y yo aprovecho para recoger el móvil del suelo a toda prisa y mandar un último mensaje a mis ami-gas:

> ¡¡¡Ha escuchado tu audio, Sole, te voy a matar, joder!!!

Silencio el móvil para que no se escuchen los miles de wasaps que vendrán a continuación. Que ya nos conocemos.

Me pongo a colocar la ropa en el armario para que pase el tiempo cuanto antes. No tengo ni idea de qué hacer mientras él sigue en el baño. Me lo imagino ahí, enjabonándose, desnudo, tan cerca... y me pongo malísima.

Caigo en la cuenta de que nunca he hecho el amor en la ducha. A decir verdad, nunca he hecho el amor, ni en la ducha ni en ninguna otra parte. Rodrigo era de cama y misionero. Nunca buscó mi placer, solo el suyo. Bueno, quizá los dos primeros años sí. Pero en los últimos cinco solo habré tenido tres orgasmos con él, y de los tristes. ¡Ahora me doy cuenta de lo patética que era mi vida sexual!

La puerta del baño se abre de pronto para dar paso a una nube de vapor, de la cual emerge glorioso un hombre «a una blanca toalla envuelto». La lleva escrupulosamente atada a la altura de la cadera, como los modelos que salen en *Men's Health*. Mis ojos traidores se dirigen sin dudarlo al enorme bulto que marca la toalla y mi mente libidinosa se concentra para que se le caiga la toalla por telequinesis.

Su pelo está tan mojado que resbalan gotitas de él y recorren su cuello para terminar en su pecho, firme, bronceado y definido, donde dos pequeños pezones marrones emergen erectos. Me pregunto qué cara tendré para que me suelte:

—Hay miradas que deberían ser delito.

De manera automática, me giro para darle la espalda y ponerme de nuevo de cara al armario, rezando a todos los santos para que se borren las últimas horas de mi vida. Debo de parecerle una chica salida y desesperada. Qué vergüenza.

—¡Lo siento, perdona, yo...! —trato de disculparme.

¡Madre mía, vaya bochorno!

—No te preocupes, estaba bromeando —señala.

El olor que emana del baño es todavía más apetecible que el que desprendía él antes, cosa que nunca creí posible. Ahora mismo me encuentro en plena efervescencia hormonal, no logro controlar mis impulsos. Gracias a los cielos que escucho sus pasos alejarse, porque hubiese sido capaz de cualquier cosa bajo los efectos de su embrujo.

Al cabo de un rato, después de haberme duchado, lavado el pelo y puesto el pijama de Hello Kitty, escucho al otro lado de la puerta:

—Sara, he hecho algo de comer, ¿me acompañas?

¡¿Cómo?! ¿Qué encima cocina? De ser así, le pongo una estatua en la plaza, más grande que la de Calderón. La cocina es algo que odio con todo mi ser.

Salgo de la habitación y al llegar al salón, compruebo que la mesa está puesta para dos. El olor a comida casera me hechiza, aunque no más que verlo con unos pantalones grises de algodón y una camiseta de Batman que supongo usa de pijama. ¿Acaso todo le sienta bien a este chico?

—Pensé que tendrías hambre —comenta, mostrándome los platos llenos—, porque antes interrumpí tu comida.

Si a engullir pavo lo puedes llamar comer, sí, me interrumpió.

—Gracias, huele muy bien —le concedo apurada.

—Espero que sepa mejor. —Me guiña un ojo.

¿Por qué en su boca suena todo a sugerencia sexual?

Este hombre es mi media naranja, lo tengo claro en cuanto pruebo el arroz. En este preciso momento es cuando todo un ceremonial de apareamiento se abre ante mis ojos y me siento tentada de comportarme como un pavo real, exhibiendo mis encantos para conquistarlo.

—Me encanta Hello Kitty —comenta, señalando mi pijama.

«¿Por qué ha dicho eso? ¿Se estará burlando de mí? Podría haberme puesto algo más sexi, pero no lo he pensado. ¿Por qué no piensas, Sara, hija?», me tortura mi voz mental.

—Gracias —contesto, sonrojada—. A mí también me gusta la oscuridad.

—¿La oscuridad? —se sorprende.

—¡Oh! ¡Por lo de Batman! ¡Va de negro! ¡La Batcueva y todo eso! —me explico a toda prisa, a ver si se va a pensar que le estoy pidiendo que me lleve a lo oscuro, como antes ha sugerido la mongola de mi amiga.

Él suelta una carcajada.

—Caes en todas las trampas, eres muy divertida —se burla.

Vaya, me alegra que se lo tome así.

Sirve dos copas del vino blanco que tenía yo en el frigorífico reservado para alguna ocasión especial. ¿Y qué ocasión es más especial que conocer al hombre de tu vida, no?

—Espero que no te haya molestado que abra el vino. Mañana traeré más —apunta.

—¡Para nada! ¿Por qué brindamos? —pregunto coqueta, jugueteando con un mechón de pelo.

—Por nosotros —sentencia con una mirada seductora, acompañada de esos hoyuelos asesinos.

Y así lo hacemos, brindamos por nosotros, por este encuentro fortuito, por las ganas, por los nervios y por todo lo que vendrá después, aunque no lo podamos ni imaginar ahora.

9

Encuentros

Todo está delicioso, tanto, que tengo que contenerme mucho para no chuparme los dedos al terminar. Estoy acostumbrada a comer sola, pues mis padres trabajan durante todo el día. Cuando estaba en casa de Rodrigo, siempre se ponía su comida en la bandeja para irse a ver la tele al salón solo. Hace siglos que no comparto mesa con alguien, quitando cuando salgo a comer con las chicas o con Joel, y me resulta muy placentero. De vez en cuando cruzamos alguna mirada que otra, pero yo me apresuro a desviar los ojos al pan o a cualquier otro sitio.

—¿Has conseguido hablar con tu tía? —quiere saber, una vez que hemos terminado de comer.

Espero a que se levante corriendo para ir a hacer sus cosas, pero, lejos de eso, se queda sentado por el simple hecho de charlar conmigo. Como si yo tuviese algo interesante que contar. Entonces, soy consciente del daño que me ha causado mi relación con Rodrigo, incluso sin darme cuenta. He interiorizado no ser suficiente, lo tengo grabado a fuego en el cerebro.

—No he conseguido hablar con ella, pero le he dejado un mensaje —le cuento.

—Buscaré otra habitación mañana mismo, no quiero molestar. Imagino el susto que has debido de llevarte al verme en la cocina. —Sonríe al recordar el momento y yo hago lo mismo, cautivada por su sonrisa.

—Da gracias a que no hubiese un cuchillo más grande, si no, te hubiese aniquilado.

Ambos nos reímos y él niega con la cabeza.

—Eres una pizca. Deberías practicar defensa personal, porque si no, no espantarás ni a un gorrión —se burla.

Que me llame «pizca» me hace mucha gracia y me gusta por cómo me hace sentir, pues fui una niña gordita, y aunque ahora ya no lo sea tanto, siempre quedan en el cerebro los retazos de los insultos que nada tenían que ver con ser una pizca.

—No me subestimes, cuando quiero puedo dar mucho miedo —lo amenazo, poniendo una voz tenebrosa.

—Lo dudo.

Y ese «lo dudo» sí que suena a noches de sexo desenfrenado. No lo imagino. Es real. Me ha mirado con deseo y lo ha dicho en un tono seco. Madre mía, me voy a volver loca. Mi mente va de fantasía en fantasía, y tiro porque me toca, cada vez que se humedece esos suculentos labios carnosos con la lengua.

Sole ya se habría metido debajo de la mesa para hacerle la mamada de su vida. Nuria estaría abierta de piernas sobre la mesa para que se la hiciera él. Pero yo estoy sentadita en mi silla, con los muslos bien juntos, muerta de miedo porque un hombre que me atrae me está mirando con demasiadas ganas. ¿Demasiadas ganas? Nunca se tienen demasiadas ganas si estamos hablando de sexo. Yo nunca he sabido jugar a seducir y se me había olvidado cómo es que te miren así.

Odio perder el control. Me hace sentir insegura. Tengo el *mood* pava puesto y nadie me lo va a quitar; por eso, me levanto para llevar los platos vacíos a la cocina y ya de paso tomar algo de aire y perspectiva por todo cuanto está ocurriendo entre nosotros.

Cuando paso por su lado, me coge de la muñeca y tira de mí hacia su cuerpo, consiguiendo que los platos que llevo aterricen sobre el mantel de manera brusca. Como pierdo el equilibrio, me coge por la cintura con ambas manos para acomodarme sobre sus rodillas y que no me caiga al suelo.

—¡Perdona! —exclamo muerta de la vergüenza, sin comprender qué acaba de suceder mientras trato de levantarme a toda prisa de su regazo, pero él me lo impide.

—No hay nada que perdonar —susurra en mi oído, rozando con sus labios mi oreja, poniéndome más cachonda de lo que he estado en toda mi vida.

Siento cómo mis pezones se endurecen bajo la fina tela del pijama. Su nariz se posa en mi cuello, se desliza de manera suave y me hace soltar un gemido. Lo único que deseo es mover mis caderas sobre su sexo, el cual noto inhiesto en mi trasero a través del pantalón. Esto no puede estar pasando.

—Qué bien hueles, Sara —jadea mientras una de sus manos se dirige peligrosamente hacia la parte interna de mi muslo derecho, quemándome a través de la tela.

Cierro los ojos y decido dejarme llevar, porque realmente es lo que me apetece y porque nunca he hecho una locura semejante. Quiero saber qué se siente follando, como decían mis amigas, con un desconocido que me pone así de caliente. Me quiero sentir deseada por un hombre de su calibre y no sentir vergüenza por tener sexo sin amor, algo que me ha inculcado mi madre desde siempre.

Comienzo a mover la cadera sobre él de manera candente y suelta un bufido al comprobar que es correspondido. Desliza su mano por la cinturilla del pijama para meterla sin problema bajo mi ropa interior. Yo me agarro con fuerza al borde de la mesa. En cuanto la yema de uno de sus dedos entra en contacto con mi sexo, no puedo evitar soltar un gemido, sorprendida.

—Estás empapada —susurra en mi oído para después besarme el cuello.

Sus dedos bajan un poco más, hasta abrir los labios; voy a volverme loca, estoy al borde del orgasmo, ya lo noto acercarse, estoy paralizada. Justo cuando introduce un dedo en mí, clavo mi mano derecha sobre el brazo que rodea mi cintura y contengo un gemido. Me está acariciando con tanta maestría que estoy al borde del abismo. Siento cómo lleva otro dedo hasta mi clítoris y noto su miembro palpitar en mi trasero.

Mientras me penetra con un dedo, cada vez a más ritmo, el otro presiona mi clítoris. Jamás he estado tan excitada, sabe cómo hacerlo, es un jodido *master*. Todo desaparece a nuestro alrededor.

—No pares —le ruego, moviéndome sobre su mano sin poder evitarlo.

—Joder, cómo me pones —ruge.

De repente, justo antes de dejarme llevar por el orgasmo de mi vida, suena la voz de Joel.

—¡Hola! ¿Se puede?

El salto que doy es digno de la mejor trapecista del Circo del Sol. Cojo los platos a toda prisa y salgo corriendo a la cocina, donde me encuentro con mi amigo.

¿Qué ha sido todo eso?

¿Qué acaba de ocurrir?

Muy fácil: No ha sucedido nada.

¡Todo ha sido una maldita fantasía!

Ese hombre no me ha agarrado la muñeca en ningún momento para que me sentase sobre sus piernas, ni mucho menos me ha llevado al límite de nada. Todo ha sido producto de mi perturbada imaginación, aunque demasiado nítido para mi gusto, pues ahora tengo un calentón de órdago.

—¿Qué haces? ¿Ya has cenado? Si solo son las seis —arguye Joel, mirando los platos con suspicacia.

Nota mental: «Quitarle las llaves de mi piso».

Temo que me pille con el carrito de los helados porque me conoce muy bien y estoy todavía acalorada y respirando con dificultad. Seguro que, si se lo propone, descubre que estaba al borde de un orgasmo bestial y que me lo ha fastidiado, a partir de ahora lo bautizaré como *Orgasmus interruptus*.

—Tengo algo que contarte —me apresuro a decir.

—Hola, tío.

101

No me da tiempo a decir nada más porque Fabio enseguida aparece a mi espalda.

Joel lo mira alucinado. Como si se tratase de una mezcla entre los Jonas Brothers y la muerte.

—¿Hola? ¿Y tú qué haces aquí? —responde mi amigo sin dejar de mirarme de reojo.

Yo no soy capaz de cruzar la mirada con el hombre que hasta hace dos minutos me estaba follando con la mano en mi mente. Me quiero morir.

—Me llamo Fabio. —Tiende la mano hacia Joel, que se la estrecha sin dudarlo, aunque seguro que mi amigo está pensando mil millones de opciones por las que semejante maromo se encuentra en la cocina.

Algo me incita a aclarar rápidamente a Fabio que Joel no es nada mío.

—¡Es mi amigo gay! ¡Y es muy gay!

Mi amigo alucina.

—Yo soy Joel —murmura.

Como yo no le explico a él quién es Fabio, ya que solo me dedico a mover las cosas de un sitio a otro de la cocina aparentando estar demasiado atareada como para hablar, el silencio incómodo consigue que el susodicho se vea obligado a darle una explicación lógica a mi amigo.

—Ha habido un malentendido con mi casera, que por lo visto es su tía. —Me señala y le sonrío de manera falsa—. No me ha avisado de que el piso ya no estaba disponible y he venido a pasar unos días —le explica.

Mi amigo nos examina a ambos con la sospecha reflejada en el rostro.

—¿Os conocéis de algo? —indaga Joel perplejo, señalándonos a ambos con un dedo. No se cree la historia en absoluto.

—No —mascullo apurada.

Joel agudiza su mirada y pone los brazos en jarra.

—¿Y pretendes que me crea que doña Puritana se encuentra con el lobo feroz en la cocina y se pone a cenar con él sin más?

—Pues así ha sido. —Me encojo de hombros.

Él bufa colérico. No da crédito.

—¿Y si resulta ser un asesino en serie, Sara, te has vuelto loca? ¡Que esto no es Ávila, que aquí hay mucho pirado! —salta enojado.

Hombre, dicho así… suena fatal. Me deja como una mujer algo libertina, ¿no crees?

—Joel, relájate. Lo conocí en Amadeus la última noche que salí con las chicas, ¿contento? —añado para que se tranquilice. Claro que decido obviar la parte en la que no lo reconocí hasta bien pasado un rato.

Él abre los ojos desmesuradamente.

—¿En serio? ¿En Ávila? —Le lanza una mirada mortal—. ¿Y no crees que es demasiada casualidad que aparezca aquí de repente? Además, ¿por qué no me lo habías contado? —se queja.

—Pues no sé, tampoco es que tuviese demasiada importancia —argumento—. No te cuento cada vez que conozco a un tío.

—¿Que no tiene demasiada importancia? ¡Pues yo no diría lo mismo! —insiste Joel imitándome en un tonito reprobatorio mientras señala a Fabio con la palma de la mano en plan: «¿Tienes ojos? ¿Tú has visto a este tío?».

—¿Ves? Ya estás con tus tonterías —me quejo, poniendo los ojos en blanco.

Ellos dos se miran. Joel lo fulmina y Fabio se encoge de hombros, como si no fuese la cosa con él.

—Probaré contigo, amigo. Dime, ¿de qué os conocéis? —le pregunta ahora a él.

—Te está diciendo la verdad. Solo la protegí del acoso de su novio. —Clavo mis ojos en los suyos con una expresión de sentencia de muerte y entonces se apresura a corregir—: ¡Perdón!, de su exnovio.

103

¡Mierda! Había olvidado que los tíos no saben captar las indirectas, solo meter la pata. Cubro mi rostro con ambas manos aguardando el chaparrón.

—¡¿Qué?! —exclama Joel indignado.

Ahora sí que va a sufrir un cortocircuito. Tengo que conseguir desviar el tema.

—Joel, no seas exagerado. Céntrate: Mi tía le ha alquilado una habitación a Fabio sin advertirle de que el piso ya no está disponible y, como ella no contesta a nuestras llamadas, le he ofrecido que se quede en el cuarto libre hasta que encuentre otro sitio donde alojarse. Punto final. No hay más historias —le resumo.

—¿Cómo que no hay más historias? ¿Te crees que nací ayer? ¡Me importa un rábano si este tío tiene dónde alojarse! ¡Lo que quiero saber es por qué no me has contado lo que ocurrió con el cabrón de tu ex! ¡Y el motivo! —exclama muy enojado.

Yo lo esquivo dirigiéndome hacia el salón, donde termino de recoger la mesa, más que nada para tratar de poner distancia entre nosotros y, ya de paso, inventarme alguna excusa creíble que explique por qué no le he contado nada, pero él me persigue haciéndome miles de preguntas que me niego a responder y mucho menos delante de un desconocido.

—¡Te pedí que si se ponía violento me avisaras y me prometiste hacerlo! —insiste.

—Vale, pues no lo hice. Además, no estabas allí porque no quisiste venir, ¿recuerdas?

—¡Me contaste que se lo había tomado bien!

—Genial, pues no fue así, te mentí —admito.

Cuando estás discutiendo con alguien, ¿no te da la impresión de retroceder en el tiempo? Es como si de repente fuésemos críos de diez años recitando el mítico «Rebota, rebota, que en tu culo explota».

—¡Y encima me entero de que un desconocido tuvo que ayudarte para que ese maldito hijo de puta no te agrediese! —Joel está

104

fuera de sí—. Y yo en casa tan tranquilo pensando que estabas de fiesta con tus amigas.

Esto es demasiado. Me vuelvo para plantarme frente a él y mirarlo a los ojos.

—No es para tanto, Joel, no seas exagerado. Es más grave lo que te estás imaginando que lo que sucedió en realidad.

—¡No me tomes por gilipollas, Sara! Para que alguien que ni siquiera te conoce se metiera en medio, debió de ser muy *heavy* —supone.

Fabio parece disfrutar viéndonos discutir.

—Está bien, se emborrachó y se puso en plan novio posesivo, justo como estás haciendo tú ahora mismo. No te lo conté precisamente para que no te pusieras así. Punto. No quería que te enfrentases a él. Ya está. No pasa nada. Sigo viva. He dejado a mis padres para salir de una vida asfixiante y ahora no vas a adquirir tú el papel de carcelero. ¡Déjame en paz! —grito colérica.

—¡No soy un puto carcelero! ¡Solo me preocupo por ti! —gruñe cabreado.

—Pues deja de hacerlo, joder, que voy a cumplir veintitrés años y me tratas como si tuviera cinco —rujo.

—¡Pues compórtate entonces como una mujer adulta y deja de actuar como una cría!

—¡Eres idiota! No pienso dejar de expresar cómo me siento solo porque tú no sepas lidiar con ello. Cuando te da la gana me sueltas todo lo que te apetece y luego a ti no se te puede decir ni mu, entonces, ¿quién es el crío?

Él se dispone a contestar cargando todo su arsenal, pero lo sorprendo dándole la espalda para irme a mi cuarto, dejándole con la palabra en la boca bajo la atenta mirada de Fabio, que permanece en el pasillo observándonos a ambos; pego un fuerte portazo al entrar y les dejo a los dos flipando.

Me tumbo en la cama y me pongo los cascos con mi lista de Imagine Dragons en Spotify. Necesito desconectar del mundo. No pienso salir de aquí el resto de la tarde.

Sé que Joel se preocupa por mí porque me ve como a su hermana pequeña y que siempre trata de ayudarme, pero ese amor ya lo conozco de sobra y es muy parecido al de mis padres: tóxico. No quiero un amor posesivo ni asfixiante y mucho menos de mi mejor amigo. He aprendido lo que no quiero en mi vida y tengo que expresarlo, aunque le haga daño o no le guste a la otra persona. Lo siento, pero necesito mantener a salvo mi salud sentimental.

Al cabo de un rato recibo un wasap de Nuria en el que me avisa de que le ha surgido un imprevisto con su casero y que al final tendrá que hacer la mudanza mañana. «Menos mal, porque ahora mismo no tengo ánimos para ponerme a subir cajas ni para darle la bienvenida que se merece», pienso aliviada.

10

Planes maquiavélicos

Al día siguiente ni siquiera desayuno, me dispongo a salir disparada hacia la oficina para no encontrarme con Fabio. Joel se marchó ayer al poco rato de meterme en mi cuarto. Desconozco lo que hizo en ese tiempo, pero me da igual. Sé cuándo se fue porque escuché un portazo y él es muy de portazos. Pero de camino a la salida, sobre la mesa del salón, me encuentro una caja con un pósit rosa pegado que reza:

Creo que necesitas esto para el trabajo.

Es la letra de Joel. No puedo evitar que se me escape una sonrisilla. Supongo que Beli le contaría ayer que soy tan incompetente que ni siquiera me llevé un portátil y él corrió a comprarme uno, pero ¿cuándo? ¿Después de nuestra discusión? No creo. Yo, al menos, después de discutir con alguien, no quiero verlo ni en pintura. Soy muy rencorosa. Cuando más, gastarme un dineral en regalarle un portátil.

Da igual, después se lo preguntaré y le pediré perdón por cómo me puse ayer, aunque no por el trasfondo de lo que dije, en eso tengo razón, solo estuvieron mal las formas. Lo bueno de nuestras discusiones es que nunca duran más de veinticuatro horas, somos incapaces de estar enfadados. Y la mayoría de las veces, en cuanto me da su versión de los hechos, lo comprendo y se me pasa. Soy así de blanda. Pero es que me pone esa carita de no haber roto un plato y al final se me olvida por lo que me enfadé.

Al llegar a la oficina, Beli me saluda de una manera mucho más amigable que ayer.

—Me encantan esos zapatos, Sara —comenta, no sé si de manera irónica.

—Gracias.

Me alegro de haberme puesto los zapatos de color verde con los vaqueros, un bodi azul eléctrico y la americana fucsia. Es el segundo de los dos conjuntos que he podido meter en la maleta. Por lo tanto, es urgente ir de compras, aunque no tenga un céntimo para hacerlo. Se lo pediré prestado a Nuria.

Al entrar en la oficina, descubro que un chico de mi edad está sentado a la mesa situada frente a la mía. No sé por qué había imaginado que Carlos sería un señor mayor con bigote. Sí, en mi mente tenía bigote, no me preguntes por qué. Me dirijo a mi sitio, donde suelto el portátil y él me observa por encima del suyo.

Lleva un impoluto traje de chaqueta azul marino, una camisa azul celeste y una corbata azul oscura. Es rubio y tiene unos ojos preciosos, aunque no sabría definir el color, yo diría que de un marrón verdoso.

—Buenos días. Tú debes de ser Sara. —Se levanta de su sitio para tenderme la mano, por lo que descubro que es más alto que yo.

—Hola, sí, soy Sara, y tú debes de ser ¿Carlos?

Sonríe ampliamente y me enseña sus dientes perfectos.

—El mismo. Encantado de conocerte, Sara. Bienvenida al infierno. —Vuelve a sonreír y yo lo imito, dando por sentado que está de broma.

—Bueno, esperemos no quemarnos demasiado —indico.

—Hay veces que merece la pena arder. Depende de con quién, ¿no crees? —señala en un tono sensual mientras toma asiento de nuevo y me guiña un ojo.

A mí se me escapa una risilla de idiota, supongo que debida a los nervios.

—Sí, claro, depende de con quien —musito al encender mi ordenador.

Yo también tomo asiento, pero muy cortada por su frase. No sé si soy yo o es que últimamente todo cuanto dicen los hombres a mi alrededor me resulta sensual. ¿Estaré en celo?

Paso la mañana absorta en mis funciones, ni siquiera levanto la vista de la pantalla, entre otras cosas, porque no quiero tontear con mi compañero de trabajo.

—Sara, es la hora del café, ¿te vienes?

Miro en la dirección de la que procede la voz de Carlos y lo veo apoyado en el marco de la puerta, con una postura muy sexi. Qué bien. Es el típico tío que sabe que está buenísimo y lo explota al máximo, mientras que yo soy la típica pringada sin experiencia a la que le impresionan demasiado todas esas tonterías.

No me apetece mucho ir porque odio los silencios incómodos con gente que no conozco, pero tampoco quiero quedar de borde el primer día de oficina. Así que:

—Vale.

Me levanto para seguirle, pero al llegar a su altura, él me deja pasar.

—Las señoritas primero. —Hace un gesto con la mano a modo de caballero medieval y le sonrío de una manera muy forzada y falsa.

«Muy bien. Así podrá mirarte el culo con tranquilidad. Estupendo. Gracias a ti el feminismo se va a la mierda, Sara», me recrimino en mi recorrido hasta el ascensor.

Caminamos charlando hasta el Starbucks de al lado y, una vez dentro, descubro que el jefe está sentado en una mesa con Beli. Hablan tranquilamente. Ella, al advertir que entramos, levanta el brazo y lo mueve con muchas ganas, por si acaso nos hemos quedado ciegos por el camino y no los vemos. Cosa totalmente improbable, pues están en medio del local.

Carlos y yo tomamos asiento frente a ellos, de tal forma que Genaro queda justo delante de mí. Carlos me pregunta qué quiero y se levanta para ir a pedirlo a la barra. Ellos tienen sus cafés por la mitad, por eso supongo que llevan aquí bastante tiempo. ¿Habrán salido antes para estar a solas?

—Y bien, Sara, ¿qué tal tu primer día? —me pregunta el jefe.

—Bien, gracias —respondo muy cortada.

—¿Te has hecho ya con el programa?

—Sí, al instalarlo en el ordenador nuevo va muy bien —contesto.

—¡Vaya con la becaria, pedazo de ordenador tiene! ¿Lo has visto? No parecía ser tan pija con esas pintas que lleva —salta Beli tronchándose de risa. Está claro que ha dicho lo de la ropa para hacerme saber que me ha criticado, pero eso ahora es lo que menos me importa.

Le lanzo una mirada asesina, aunque siempre tratando de fingir que soy muy maja.

—No es mío. Me lo ha regalado un amigo y en cuanto pueda se lo pagaré —contesto.

—Vaya, pues a ese amigo le debes de tener muy satisfecho —replica Carlos en un tonito seductor—, yo no voy por ahí regalando semejante portátil.

—Pues siento deciros que no van por ahí los tiros —les contradigo molesta.

—En ese caso, hay regalos que no deberían aceptarse por ser excesivos, el chico podría hacerse ilusiones —insiste Genaro.

Vale. Como sigamos por este camino me voy a enfadar, pues me están dejando de calientapollas unas personas a las que no conozco en absoluto y no es así como han ocurrido los hechos.

—Sara, no te preocupes, no tienes que darnos explicaciones. Todo esto ha empezado porque quería que supieras que, si necesitas ayuda con el programa nuevo, puedes contar conmigo, ¿ok? —nos interrumpe Carlos ahora en un tono mucho más cordial.

«Este se piensa que eres tonta y ha cambiado de tema como si no te dieras cuenta», me digo. Pero voy a guardar la calma. Hay veces que es mejor hacerte pasar por idiota.

—Gracias, Carlos, pero la verdad es que cuando le coges el punto, el programa no es complicado —indico.

El jefe se levanta para dirigirse a la barra a pagar los cafés.

—Tampoco te mates a trabajar, nena, que lo haces gratis —susurra Beli muy bajito—. Este cabronazo le ha hecho un contrato de prácticas —ahora se dirige a Carlos, que pone cara de indignación.

—Siempre hace lo mismo. Mientras haya alguien dispuesto a ser becario y no le falte gente, se aprovechará de ello —añade él.

—En cuanto terminan las prácticas, huyen despavoridos —apunta Beli.

—¿Y vosotros? ¿Por qué seguís ahí? —quiero saber.

—A nosotros nos engañó a base de bien y ahora, tal y como está el trabajo, no vamos a encontrar nada mejor —nos informa ella.

—¿Cómo que os engañó? —pregunto.

—Nos prometió dejarnos la empresa porque se iba a jubilar —me cuenta Carlos.

—Y todavía estamos esperando —añade Beli.

¡Vaya capullo!

El jefe se dirige a la salida y nosotros tres nos levantamos para seguirle.

111

Mi madre me llama al móvil, se lo cojo y le confirmo que sigo viva. Ella me da consejos vitales de supervivencia y nos despedimos.

Volvemos a la oficina charlando sobre miles de cosas que se agolpan por salir a la luz, aunque, asombrosamente, ninguna de ellas tiene que ver con el trabajo. Nos contamos cosas en plan gustos musicales, preferencias literarias, recomendaciones de series en Netflix y un sinfín de temas que se derivan de otros.

Cuando conoces gente nueva hay un mundo entero por descubrir, al igual que ellos tienen el mismo camino por recorrer contigo. Me parece una oportunidad perfecta para empezar de cero, puedes, incluso, inventarte una vida. Aunque yo prefiero seguir siendo la misma; a pesar de mis meteduras de pata y mis múltiples defectos, no sabría ser distinta, estoy segura de que me pillarían a los dos minutos.

11

Mi vida sin ti no tiene sentido

—¡Eh, Pecas! —La voz de Joel a mi espalda no consigue que deje de caminar, es más, acelero la marcha para que note que estoy enfadada, aunque me sorprende que haya venido a buscarme al trabajo. Ahora caigo en la cuenta de que desconozco sus horarios.

Enseguida me alcanza para ponerse tres pasos por delante de mí y caminar de espaldas a la vez que yo avanzo, con el único fin de mirarme a los ojos. Lleva uno de sus vaqueros rotos y una sudadera negra con el logo de algún grupo de esos raros que a él le gustan, tipo «Qué guay somos, todo el día colgados».

—¿Qué mosca te ha picado? —quiere saber.

—Déjame en paz, Joel, no tengo ganas de discutir.

—¿Y por qué hay que discutir? ¿No podemos hablar como dos adultos?

—Tú y la palabra «adulto» no encajáis en la misma frase —espeto.

—¿Ah, no? Pues, que yo sepa, siempre soy yo el que va a por ti. Tú nunca das tu brazo a torcer. Eso no parece demasiado maduro por tu parte, ¿no crees?

—Lo que no es nada maduro es que te pases el día tocándome la moral como si tuviésemos quince años —le recrimino.

Como continúa andando de espaldas a toda prisa y sin mirar hacia atrás, confiando en que yo seré sus ojos, se choca contra un

113

poste. El golpe es tremendo. ¡Madre mía! Ni siquiera me he dado cuenta de que ese palo enorme estaba ahí plantado.

—¡¡¡Joel!!! —Corro en su auxilio.

Permanece doblado hacia delante, aunque el golpe haya sido en la parte de atrás, y trata de tocarse la espalda con las manos para intentar calmar el intenso dolor.

—¡Hostia puta! —ruge.

—¿Estás bien? —Me agacho a su lado con la intención de verle la cara para comprobar la gravedad del asunto.

—Me podías haber avisado, joder —protesta entre dientes.

—No lo he visto, yo…

No me deja terminar de disculparme porque en un microsegundo se incorpora para cogerme en brazos. A mí, que me pilla desprevenida, se me escapa un chillido que consigue que la gente que hay a nuestro alrededor nos mire intrigada.

—¡Eres un rastrero! ¡No se bromea con estas cosas! —le reprendo molesta, aunque aliviada en realidad porque no se haya hecho daño.

—¡He sido un mal amigo, señores! —grita hacia la multitud sin dejar de caminar cargado conmigo. Acto seguido, baja el tono de voz para dirigirse solo a mí—. No te he dejado ser como quieres porque me mata imaginar que vayan a hacerte daño. Me gustaría evitarte cada herida, Sara. Daría lo que fuera porque me doliese a mí en vez de a ti, porque yo soy más fuerte.

Pongo los ojos en blanco.

—Llevamos así toda la vida. Ya hemos hablado mil veces de que no puedes ser mi escudo. Necesito volar, Joel, y para eso he venido a Madrid.

—Tienes razón y me has hecho ver que he de mentalizarme de que tienes tu propia vida y de que, tarde o temprano, no estaré en ella —se le quiebra la voz—. Lo siento, joder. Siento si soy demasiado protector, pero me sale solo. No puedo evitarlo y no quiero que esto nos aleje. Por eso quería pedirte que, si me paso de la raya, me lo digas, ¿vale?

—Vale —asiento riendo.

—¿¡Me perdonas, Pecas!? —Pone cara de angelito porque sabe que eso me desarma.

¿Cómo no voy a perdonarle? Si en mi mente comienza a sonar una melodía en plan *Flightless Bird* de American Mouth, caen pétalos de rosa del cielo y él brilla como Edward Cullen a la luz del sol. Solo falta un beso para culminar mi felicidad. Es imposible que no se dé cuenta de cómo resplandecen mis ojos cuando estoy con él. Como ahora mismo, aquí, entre sus brazos.

—¿Prometes no volver a ponerte en plan hermano mayor obsesivo? —inquiero.

—No.

—¡¿Cómo que no?! —Me asombro.

Le doy un manotazo en el hombro y suelta una carcajada.

—Que no —asegura.

—Entonces, ¿para qué has soltado todo ese discursito sobre dejarme ser? —me quejo reteniendo la risa.

—Lo he dicho para que me perdones —admite risueño.

—¡No pienso perdonarte si no hay propósito de enmienda!

—El propósito lo hay, pero no quiero prometerte que no volverá a pasar cuando no las tengo todas conmigo. Soy hombre de demostrar, no de prometer. Sabes que nunca te miento —afirma.

—¿Y no crees que sería más fácil que me concedieses lo que te pido para solucionar las cosas, que es lo que hacemos el resto de los mortales, en lugar de mantener tu honra de caballero incólume? —le pincho.

—¿Ya estás con tus palabrejas raras? —Sonríe—. No adelanto nada con prometerte ahora lo que tú quieres si más tarde vuelvo a hacerlo y se convierte en una nueva discusión. No soy así, contigo soy sincero.

Permanecemos un momento mirándonos a los ojos y enseguida me siento incómoda porque necesito agarrarle del pelo y besarlo con todas las ganas que acumulo desde siempre, así que le pido que me baje al suelo, obedece y caminamos juntos hacia mi casa.

—Ahora en serio, por lo menos promete que vas a intentar no agobiarme, Joel. Necesito a mi amigo junto a mí en esta nueva vida y no la sombra de mis padres —le explico.

—Te he dicho que lo voy a intentar, Pecas. Como tú comprenderás, no lo hago a propósito, al menos no para molestarte. Es que vives a lo loco, sin pensar en las consecuencias y, cuando veo que vas a darte la hostia, no puedo evitar correr a protegerte —me explica.

—¿Qué dices? ¡No tienes razón! —me defiendo, a sabiendas de que me conoce mejor que yo misma.

Él se detiene y niega con la cabeza. Me paro para mirarlo.

—¿Que no tengo razón? Eres un puto desastre, Pecas. No sabes ser normal. —Hace aspavientos con las manos.

Me sale una sonora carcajada.

—¡Tú sí que no sabes ser normal! ¿En qué te basas para soltar todas esas sandeces? —protesto a la vez que sonrío.

—¿En qué me baso?

—Sí, vamos, quiero saber a qué te refieres —lo animo—, quizá yo también tenga que corregir cosas.

—No tienes filtro, ni para hablar ni para actuar. Eres caótica en todo cuanto haces, hasta en tu maldita forma de vestir. Lo mismo cantas, que ríes, que lloras; joder, si una montaña rusa a tu lado parece un bálsamo de paz. Hay veces que no entiendo por qué te comportas como si vivieras inmersa en un maremágnum de emociones que te convierte en una bomba imprevisible a punto de estallar en mis manos, y eso a veces me acojona porque no sé cómo coño tratarte. Los tíos en esto somos mucho más simples. Tú me complicas la vida, pero es que la vida sin ti no tiene sentido.

Parpadeo, confusa.

¿Le complico la vida?

¿Su vida sin mí no tiene sentido?

Mi corazón galopa desbocado al viento en medio de un valle en plena noche donde brillan miles de estrellas mientras suena *I Believe I Can Fly*.

—No sé qué decir —musito.

—¡Vaya! ¡Por primera vez en su vida la señorita Guzmán no sabe qué decir! Pues podrías empezar por prometer que no vas a meterte en más líos para que no salga ese ogro protector al que tanto odias —propone.

—Lo siento, yo es que no hago promesas que sé que no voy a cumplir —lo provoco imitándole y él se ríe.

—Te lo pasas en grande tocándome los huevos, ¿a qué sí?

A decir verdad, me lo pasaría mucho mejor jugando al profesor enfadado con la universitaria que se ha portado mal y merece un castigo, pero me conformo con añadir:

—Pero prometo que ¡lo intentaré!

—Me vale —admite.

—Además, no creo que sea yo precisamente la que se mete en más líos de los dos —añado.

—Bueno, podríamos estar empatados —se ríe.

Al cabo de un rato le digo:

—Gracias por el portátil.

—No tienes que darlas. La secretaria me dijo que no lo habías llevado y recordé que no tenías.

—Aunque podías haber comprado el modelo básico. Creo que es un poco excesivo.

—¿Por qué dices eso? Si tú no entiendes de ordenadores —replica.

—Carlos ha insinuado que si alguien me regala semejante ordenador es que debo de hacer unas buenas mamadas —bromeo.

Se detiene en seco y me mira cabreado.

—¿Y quién cojones es ese gilipollas? ¿No te habrás quedado callada cuando te ha dicho eso?

Suelto una carcajada y niego con la cabeza. Es incorregible.

—No sé si me sienta peor tu exceso de protección o que me tomes por idiota —me defiendo.

—Vale. Lo siento.

117

La verdad es que me han entrado ganas de responderle que su madre las haría mejor que yo, pero no ha sido el caso. En cierto modo, Joel tiene razón, sigo permitiendo que me pisoteen.

Mete sus manos en los bolsillos y no vuelve a abrir la boca. Caminamos en silencio el resto del trayecto hasta casa.

Cuando llegamos al apartamento, sé que Fabio está aquí porque su olor impregna la entrada.

—¡Más vale que estés vestido, tío! —exclama Joel en voz muy alta mientras avanzamos por el pasillo hacia el salón.

—¿Por qué haces eso? —quiero saber.

—Esta mañana, cuando he venido a dejarte el portátil, andaba en gayumbos por la casa.

Se me escapa una risilla nerviosa al imaginarlo. Cada vez me arrepiento más de haberle dado las llaves de la casa a Joel.

—¿Y a ti eso te supone un problema? —Enarco una ceja, incrédula.

—A mí ninguno. Pero no quiero que te reciba así un tío al que no conoces de nada.

Me detengo en seco para mirarlo con reprobación, cruzándome de brazos en plan madrastra, pero él continúa caminando hacia el salón y le sigo.

—¡Acabas de prometer no hacer eso! —me quejo.

—¡¡No hacer qué!?

—¡Eso! ¡Meterme en la burbuja! —insisto, haciendo aspavientos con las manos—. ¿Qué pasa porque un tío que está buenísimo se pasee en bolas por la casa? ¿Acaso me voy a quedar ciega por ver abdominales?

—No va a pasar nada, pero no es necesario. —Se cruza de brazos muy serio.

—¡Claro que es necesario! ¡Así al menos me deleitaré la vista, ya que no hago nada más!

—Buenas tardes —nos saluda Fabio, que está sentado en el sofá—. ¿Ya estáis discutiendo de nuevo?

Yo le miro con cara de no haber roto un plato, tratando de disimular porque he olvidado que podría estar escuchando la sarta de sandeces que acabo de soltar, pero creo que ya nada de lo que haga o diga conseguirá cambiar el concepto de pervertida que este pobre hombre debe de tener sobre mí.

Joel ni siquiera lo saluda, pasa de largo para ir a la cocina, supongo que a por una cerveza.

—Siento estar vestido —se disculpa Fabio, señalando sus vaqueros negros y su camiseta azul.

Cierro los ojos intentando con todas mis fuerzas retroceder en el tiempo, pero no da resultado. Al abrirlos de nuevo, lo veo sonreír. ¡Qué guapo es!

—No hablaba en serio, solo lo hago por pincharle —susurro para que Joel no me escuche, señalando la puerta por la que ha salido.

—Tranquila, lo sé.

No me siento tan ridícula al pensar que se ha tragado mi bola.

—¿Cuánto tiempo vas a quedarte? —le pregunto, tomando asiento en el sillón que está frente al suyo.

—Pues estaba esperando a que llegases para contarte que por fin he conseguido hablar con tu tía esta mañana y me ha propuesto que negocie el asunto contigo.

—¿Qué asunto?

—Ha sugerido que te pague a ti la habitación para que tú decidas si me puedo quedar o no.

Joder. ¡Yo querría que se quedase incluso gratis!

—Ya te dije ayer que no tengo ningún problema con que te alojes aquí, Fabio —admito.

—Está bien, pues así lo haremos entonces y todos estaremos contentos —celebra.

—¡Perfecto!

—Bueno, todos menos tu novio. —Me guiña un ojo.

—¿Mi qué? —Dios, casi me atraganto con mi propia saliva.

—¿No sois pareja? —pregunta sorprendido.

—¡No! ¡Es mi amigo! ¡Ya te conté que era gay!

—Perdona, Sara, pero creo que ese tío de gay tiene poco.

—¿Por qué?

—Te mira como mira un hombre a una mujer, no te mira como un amigo y mucho menos como un amigo gay.

Yo suelto una risa. Es como si alguien tratase de convencerte de que la Tierra es plana a estas alturas de la vida.

—¡Créeme! ¡Es gay! —afirmo.

No parece quedarse demasiado convencido, pero nos sonreímos uno al otro, aunque mi sonrisa está llena de nervios y la suya de promesas de polvos increíbles a la luz de la luna.

—En cuanto puedas, me das tu número de teléfono para que te haga un bizum —me pide.

—¡Oh! Sí, vale, apunta. —Finjo no alegrarme porque me haya pedido mi número.

Se lo canto y él toquetea la pantalla. No tarda en llegarme un mensaje del banco informándome de que he recibido un ingreso de quinientos euros.

—¡Vaya! ¡Qué eficacia! —comento.

—Siempre pago mis deudas, como los Lannister.

—Pues espero que no acabes como ellos —bromeo.

Nos reímos los dos al descubrir que tenemos algo en común: somos frikis de *Juego de Tronos*.

—De momento te he ingresado solo el importe de esta semana porque todavía no sé si me quedaré más días. Espero que no te importe que lo hagamos así —expone.

¡Una semana!

¿¡Quinientos putos euros por una semana!? Mi cerebro está montando una fiesta en la que brinda con champán Taste of Diamonds y conduce un Lamborghini.

—Creo que no deberías pagar lo mismo que antes porque tu nueva habitación ni siquiera tiene baño —señalo al caer en la cuenta.

120

—No te preocupes por eso, en mi cuarto hay un pequeño baño con lavabo y retrete. Lo malo es que tendré que invadirte cada vez que quiera ducharme.

Lo hace a propósito. Estoy segura. Es nombrar la palabra «ducha» y mi mente se dispara por unos derroteros demasiado tórridos. Me lo imagino con el agua resbalando por su cuerpo y…

—¡Claro, no hay problema! —me sale del alma. Él suelta una carcajada al ver tanta efusividad por mi parte.

Joel va a tener razón cuando asegura que no tengo filtro.

—¿Has comido algo? —pregunta—. He hecho lasaña a la parmesana y ha sobrado más de la mitad.

Solo de imaginar la lasaña comienzo a salivar. Son las cuatro de la tarde y no he probado bocado en todo el día, a parte del café del Starbucks, obvio.

—¡Me muero de hambre! —confieso.

Él sonríe y se levanta del sofá.

—Ve a ponerte cómoda, que yo me encargo —indica, yendo a la cocina.

Acto seguido, Joel aparece para darme un beso en la mejilla y despedirse.

—¿Te vas? —pregunto.

—Sí, se me hace tarde.

—Quédate a comer. Fabio ha hecho lasaña —le ofrezco.

Mira el reloj y frunce el ceño.

—Son las cuatro. He comido a la hora habitual de las personas, Pecas. Eso viene siendo hace unas dos horas —bromea.

—¿No vas a estar cuando llegue Nuria?

Permanece muy serio.

—¡Mierda, no me acordaba! ¡Con las ganas que tenía de ayudarla a hacer la mudanza! —se queja con gran pesar.

—Quédate, aunque sea media hora, debe de estar al llegar —le propongo.

Él me contempla con expresión afligida y niega con la cabeza.

—Estaba de coña, joder. Paso de ser testigo de cómo dos locas discuten por quién se queda con más baldas del armario. Gracias por el ofrecimiento, pero prefiero cortarme las venas.

—¡Eres idiota! —me quejo riéndome.

Fabio aparece con una bandeja que huele que alimenta.

—¿Va a mudarse alguien al piso? —indaga.

Mi amigo hace una mueca de dolor para asustarlo.

—No me gustaría estar en tu lugar. Suerte, tío —le anima Joel con una sonrisa malévola, dándole una palmada en la espalda.

—Me voy. Esta noche tengo guardia —se despide, dándome un beso en la mejilla para después desaparecer por el pasillo.

Observo embobada cómo Fabio me sirve la comida. Me pregunto si tendrá algún defecto. De momento, es todo cuanto me gusta de un hombre, aunque, con el ojo que tengo, seguro que también es gay y terminan los dos enrollándose delante de mis narices. Ya lo estoy viendo.

—No puede con los celos —afirma Fabio al tomar asiento frente a mí.

—¿Qué?

—Tu amigo, el supuesto gay, se muere de celos —aclara.

Casi me atraganto.

—De verdad, Fabio, no es lo que imaginas. Somos amigos desde la infancia y sé de sobra que le atraen los hombres. Nunca me ha mirado como tú aseguras. Lo que pasa es que la confianza que tenemos puede llevar a conclusiones erróneas a quien no nos conoce, pero nada más lejos de la realidad. En serio.

—Piensa lo que quieras, pero ese, como mínimo, es bisexual. Puede que, a lo mejor, él ni lo sepa, pero siente algo por ti —insiste.

Permanecemos en silencio. No me sirve de nada convencer a alguien que nos ha conocido ayer de lo equivocado que está. Corto un trocito de lasaña y lo introduzco en la boca para degustarlo.

—¡Esto está de muerte! —exclamo con la felicidad reflejada en mis ojos mientras saboreo la comida.

—¡Me alegro!

—A Nuria la vas a conquistar solo por esto. Odia cocinar.

—¿Quién es Nuria?

—Es una amiga. Su casero le cobraba demasiado alquiler y le propusimos a mi tía que se trasladase a vivir aquí conmigo. Tiene que estar al llegar, hoy hace la mudanza —le explico.

—Pues si ocupáis otra habitación no sé dónde van a dormir el resto de inquilinos que vengan —comenta.

—¿Qué inquilinos?

—¿Crees que si Montse no me ha avisado a mí de que la casa está ocupada, habrá advertido al resto?

Nos miramos uno al otro.

—¿Al resto? —inquiero intrigada.

Él se encoge de hombros.

—Todos los que quieran quedarse. La casa sigue estando disponible en la aplicación.

Saca el móvil y me muestra en la pantalla una foto del piso donde reza: «Reserva unos días inolvidables en el centro de Madrid». El pánico se apodera de mí.

—Pero hay que hacer algo. Si mi tía no responde a las llamadas ni a los mensajes, habrá alguna otra forma de contactar con alguien que trabaje en la aplicación para informarle del problema —discurro nerviosa.

—Hay una agencia que lo tramita. Solo tienes que llevar tu contrato de arrendamiento para acreditar lo que ocurre.

—¡No tengo ningún contrato! ¡Es mi tía! —exclamo preocupada.

—No te alarmes. Buscaremos una solución —trata de calmarme.

Suena el timbre.

Nos miramos.

—¿Y si son nuevos inquilinos? —pregunto nerviosa.

Nos levantamos y nos dirigimos hacia la puerta de entrada.

12

La nueva inquilina

Gracias a Dios, al abrir la puerta aparece Nuria con la mejor de sus sonrisas, cargada con una maleta y tres bolsos colgados por cada parte de su cuerpo. Imagino que traerá el resto de sus cosas después.

Fabio se apresura a ayudarla y, mientras coge los bolsos, ella lo contempla atónita, como si se tratase del mismísimo Thor recién caído de Asgard.

—Hola, soy Fabio, encantado de conocerte. Tú debes de ser…

Se dan dos besos.

—¡Nuria! Soy Nuria, y más encantada estoy yo. Gracias por la ayuda.

Le sonríe y entra en la casa cargado con sus cosas como si no pesaran nada.

—¡Está jodidamente bueno! —susurra mi amiga.

—¡Calla! —Me río.

Avanzamos por el pasillo juntas.

—Si no lo quieres tú, me lo quedo yo, ¿eh? —insiste. Pongo los ojos en blanco.

Al llegar al salón, extiendo los brazos mientras ella se queda boquiabierta.

—¡Bienvenida a tu nuevo hogar! —celebro.

—¡Esto es enorme, tía! Solo el salón es como mi casa entera.

—¡Pues verás cuando veas la terraza!

—¡Sí! ¡La terraza! ¡He traído todo el arsenal para hacer mojitos!

—Chicas, perdonad, pero tengo que marcharme —nos interrumpe Fabio al tiempo que se pone una cazadora—. Bienvenida a casa de nuevo, Nuria.

—Gracias, rey —contesta ella, devorándolo con los ojos.

Él posa la mano en la parte baja de mi espalda y me susurra al oído:

—En cuanto a nuestro problemilla con los inquilinos, no te preocupes, que algo se me ocurrirá, preciosa —se despide de mí.

—Sí. Vale. Adiós —balbuceo mientras se me cae la baba.

Una vez que suena la puerta y sabemos a ciencia cierta que se ha marchado, miro a Nuria, que no ha apartado sus ojos recelosos de mí ni ha sido capaz de cerrar la boca. Señala la puerta de manera exagerada y suelta:

—Sara. Ese pedazo de tío está tirándote los trastos y lo peor de todo es que estoy segurísima ¡de que tú ni siquiera te has dado cuenta!

—¿Qué dices? ¿Estás loca? Solo quiere ser amable.

—¿Amable? ¿Lo has visto bien? ¡Ese es una bestia parda y te mira con lujuria!

Suelto un bufido seguido de una sonora carcajada.

—¿Lujuria? ¡Deja de ver porno, tía! Ves lujuria por todas partes —la reprendo.

—Pues tú también deberías verla. Más de dos posturas he aprendido gracias a eso —se defiende.

De pronto, suena el timbre. Ambas nos miramos.

—¿Esperas a alguien? —me pregunta mi amiga.

—No —mascullo con voz aguda—. Fabio y Joel tienen llaves.

Me acerco a la puerta seguida por ella. Compruebo por la mirilla que se trata de una señora de unos cincuenta años.

—¿Quién es? —pregunto, temiendo lo peor.

—Soy Leonor. He alquilado un cuarto para tres noches —me informa desde el otro lado de la puerta.

Cierro los ojos con fuerza. Esto no me puede estar pasando.

—¡Mierda! —gruño contra la puerta.

—Sara, ¿qué pasa? —indaga Nuria.

—Que voy a matar a mi tía.

Abro la puerta y sonrío, aunque la sonrisa me dura cero segundos, pues un mastodonte gris se abalanza sobre mí y consigue que caiga al suelo de espaldas. Los gritos que salen de mi garganta estarán siendo escuchados hasta en Japón y no tardan en unirse los de Nuria. La mujer trata de quitarme al gigantesco gran danés que se me ha echado encima, pero el animal ha decidido que se siente atraído por mi cuerpo.

—¡Socorrooo! —no dejo de gritar como loca, cubriendo mi cabeza con ambos brazos al darme cuenta de que el perro lo que pretende es mancillar mi honra con un movimiento de cadera que ni Shakira.

Al final, la tal Leonor consigue hacerse con el semental y lo aleja de mí para que pueda incorporarme, ayudada por Nuria, que me abraza como si volviera de la guerra de Irak.

—¡Lo siento! Es que Pichí está en celo y parece ser que le has gustado —se justifica la señora mientras el perro no deja de mirarme con ojos golosos.

—¡¿Pichí?! ¿Ese dinosaurio se llama Pichí? —se horroriza mi amiga.

—Pues claro, es un nombre tan válido como cualquier otro, joven. ¿O acaso el aspecto justifica las etiquetas? ¿Te parecería mejor que se llamase Brutus o Rambo? —se enoja la señora.

No, si al final le tendremos que pedir disculpas, encima.

—No, no, señora, el perro puede llamarse como a usted le venga en gana, ¡faltaría más! —la reconforta Nuria.

—Bueno, estoy muy cansada del viaje. Dejadme pasar a mi cuarto, que necesito descansar.

—¡¿A su cuarto?! —Nuria no deja de flipar.

Leonor y Pichí entran en el piso y se dirigen sin dudar a la habitación donde se supone que debía instalarse Nuria, por lo que supongo que ya conocen la casa. Una vez dentro cierran la puerta.

—¿Me vas a explicar qué coño está pasando aquí, Sara? —Nuria permanece ante mí con los brazos en jarra.

—Por lo visto, mi querida tía alquila habitaciones en una web y se ha largado al extranjero sin quitarla del mercado —le explico mientras nos dirigimos al salón.

—Pero…

—No sé nada más —la interrumpo—, no me lapides.

Me dejo caer en el sofá y me cubro el rostro con un cojín para poder chillar con todas mis fuerzas sobre él.

Nuria se sienta a mi lado con la mirada perdida.

—Por lo menos podría haber venido otro macizorro. Soy alérgica a los perros —musita.

Nos miramos y comenzamos a reírnos por los nervios.

Nos hemos bebido todas las reservas que tenía de cerveza y vino blanco en el frigorífico mientras vemos atardecer en la terraza para celebrar la original llegada a casa de mi amiga.

—Ahora es tarde para ir a ningún sitio. Dormirás conmigo esta noche y mañana ya veremos cómo podemos solucionar esta mierda, ¿vale? —propongo.

—Desde luego, lo que no te pase a ti, Sarita… no le pasa a nadie. Estoy deseando contarle a Sole que casi te deja embarazada Pichí.

Rompemos a reír de nuevo.

13

¡Quítate la corona y ponte la armadura!

Nuria está terminando la carrera de Periodismo y al mismo tiempo trabaja colaborando en un *podcast* como comentarista de *realities*. Necesita absoluto silencio para grabar y editar los audios. Por eso, una vez que hemos cenado, nos encerramos en mi cuarto para crear el ambiente idóneo, aunque con el pedal que llevamos las dos, no sé lo que saldrá de aquí.

Ella se sienta en una silla tras el escritorio, donde coloca su portátil y un montón de micrófonos, grabadoras, auriculares y aparatos varios. Yo me tumbo bocabajo sobre la cama para observarla con atención.

Suena la voz de una chica que critica a alguien que, a juzgar por sus palabras, deduzco que debe de ser muy famoso, aunque yo no lo conozca, pero mi ignorancia no debería servir como medidor de la fama porque vivo en los mundos de Yupi y no conozco a casi nadie.

La chica se mete tanto con él que hasta le anima a abandonar el programa donde trabaja. Nuria comienza a grabarse defendiendo a la persona con la que se ha metido la oyente y leyendo en el foro del programa opiniones contrarias a las de ella. Vamos, que es una especie de mediadora, o metemierda, según se mire.

—La gente se debe de aburrir mucho para tener que escuchar eso —protesto una vez que ha terminado la primera grabación.

—¿Qué dices? Mi *podcast* está entre los más escuchados de Podimo cada semana —se defiende con orgullo.

—¿Podimo?

—Es una plataforma de *podcasts*. Tienes que escuchar *Estirando el chicle*, te van a encantar esas dos locas, son muy tú, sobre todo Victoria —se ríe con malicia.

—No digo que tú lo hagas mal. Me refiero a que me resulta deprimente que haya gente que malgaste su vida discutiendo con los demás sobre temas tan absurdos como que le haya puesto los cuernos al novio. Prefiero leer un libro o ver una serie.

—Eso lo dices porque tú serías incapaz de generar debate. Todo te parece bien. Eres demasiado complaciente —ataca.

—¿Complaciente? ¿¡Qué dices!? —me defiendo.

—¿Te recuerdo aquella vez que te teñiste de morena porque a Rodrigo no le gustaba el pelo verde? ¿O cuando regalaste tu colección de muñecas a una niña porque a Sole le parecieron infantiles?

—Vale. Vale. No sigas. Está bien. No me gusta enfrentarme a la gente, prefiero complacerla. Tienes razón —admito.

—¿Ves? Lo estás volviendo a hacer, Sara. Tienes que cambiar, porque así solo te van a pegar hostias. Debes ser más asertiva y gritar al mundo lo que quieres, lo que te parece bien y lo que no. ¡Nada de ir por la vida transigiendo con todo! —grita emocionada. Si levanta el puño y le ponen música emotiva de fondo podría servir de Scarlett O'Hara.

—No creo que sea para tanto —le resto importancia a su discurso de mujer aguerrida y empoderada.

Ella se cruza de brazos y me observa con el ceño fruncido.

—¿Te recuerdo que tienes a dos desconocidos viviendo en tu piso porque no has sido capaz de echarlos? —me amonesta.

—Sí, claro, ni que fuera tan fácil —reniego.

—Nadie ha dicho que sea fácil, pero tienes que intentarlo. De hecho, ven aquí —me llama con un movimiento de la mano.

Me levanto de la cama para acercarme, creyendo que me va a enseñar alguna frase motivacional que tiene escrita en alguna parte, una de esas que te entran ganas de tatuarte; pero, lejos de eso, se levanta y me cede la silla. Me siento en lo que antes era su sitio sin poner objeciones. Me coloca los auriculares y me mira con una enorme sonrisa.

—Venga, el siguiente debate es tuyo. A ver cómo lo haces, listilla. No es complicado. Coges una opinión de estas, la lees en voz alta —me señala una lista que hay en el ordenador para después apuntar a otra que hay en el móvil— y la respondes con los comentarios de esta otra.

—Pero van a saber que no eres tú por la voz —argumento, nerviosa. El farol se me ha ido de las manos, para variar.

—No te preocupes, usamos distorsionadores de voz. No te va a reconocer ni tu madre.

—Y eso del distorsionador ¿qué es? ¿Voy a sonar como Robocop?

Nuria se ríe.

—¡No! Es como el Photoshop, pero para la voz. Dependiendo del filtro que uses, la voz suena más sexi o más grave. Para que te hagas una idea, es como la voz del Súper de Gran Hermano, pero menos cutre, claro. Así podemos grabar varias personas distintas los diferentes programas si alguien falta algún día.

—¡Qué pasada! ¡La de cosas que estoy aprendiendo! —celebro.

—¡Venga, todo tuyo!

Hago lo que me ha mandado hasta que me aburro y termino metiéndome en el debate de lleno, comentando en voz alta lo que discuten los oyentes y dando mi opinión sobre temas que ni me van ni me vienen. No puedo evitarlo, soy así. Ya que me lanzo, me lanzo a tope. Si esto no es generar debate, que venga Dios y lo vea.

Pasan más de dos horas y yo continúo avivando las redes, porque no solo se está grabando mi voz, también escribo en el foro a unos y a otros, sin discriminación, bajo la atenta mirada de Nuria. ¡Estoy en mi salsa! Y que encima le paguen por esto... Me siento tan cómoda que hasta comienzo a hablar sobre mí porque el tema ha derivado en dejar cosas por amor.

14

Podcast

—¡Hola, Madrid!

»Si decidí dejar todo para venir a vivir aquí fue porque escuché una frase del puto Shakespeare que me jodió la vida, o me la salvó, según se mire, claro. Entonces, me dispuse por fin a coger las riendas de mi desastrosa existencia para lanzarme en busca del amor.

»Si algo he descubierto en mi vida es que amar es algo que nos acojona, sí, incluso nos paraliza. Ocultamos lo que sentimos por miedo a que la otra persona se abrume y salga echando leches. Hemos condicionado la expresión de nuestros sentimientos a que la otra persona sepa cómo encajarlos y eso no es justo; si sientes, sientes y punto, ¿no?

»Aunque es lógico que el pánico que tenemos a amar nos impida dar el paso, porque una vez alguien fingió que sentía por ti lo mismo que tú por él y resultó ser una mentira. Grita conmigo, amiga: «¡Maldito cabrón, no te lo perdonaré nunca!». Y ahora que ya nos sentimos mejor, debemos saber que ahí fue cuando surgió el miedo.

»Sea lo que sea, la realidad es que nos morimos de ganas de amar, pero se nos pasa la vida temiendo que nos vuelvan a hacer daño. Nos gusta ir por la cuerda floja del amor, pero nos da miedo caernos, no vaya a ser que nos enamoremos y entonces estaremos jodidos. Amar se ha convertido en un continuo «sí, pero no». Sí porque nos gusta, no porque igual lo hacemos con demasiada intensidad y eso asusta a los demás. Es demasiado complicado y al final siempre vamos por el camino fácil.

»Pero ¿qué importa si se asustan? Debería darnos igual, porque si lo más fascinante que tenemos no lo hacemos con intensidad, ¿cuál es el significado de la vida entonces? Pensamos tanto lo que deberíamos sentir y cómo deberíamos hacerlo que se nos hiela el alma esperando a arder, joder. Yo soy muy intensa, lo admito, y tengo que vivir con ello, y al que no le guste… pues que le den.

»Todos tenemos una cara oculta, como la de la luna. La mía está tan escondida que a veces hasta se me olvida que existe, pero esta parte de nosotros mismos, la que solo conocemos a ojos cerrados, es tan importante como la cara visible porque, precisamente, es la pieza que forma el todo.

»Y ahora que hemos entrado en materia, necesito contar al mundo mi verdad, esa verdad que llevo años callando y guardando para mí porque me aterra pronunciarla en voz alta. Esa cara oculta de la luna. Jamás se lo he contado a nadie por miedo a ser juzgada, rechazada o simplemente incomprendida.

»No sé si me servirá de algo arrojar luz sobre este lado oscuro, pues me parece una *fucking* locura hacerlo, pero al menos, me sentiré arropada por vuestros comentarios, que espero que sean positivos porque de lo contrario os bloquearé, cabrones… ¡No puedo creer que por fin me atreva a gritar a los cuatro vientos lo que siento!

»En fin, como os iba diciendo, que un buen día gracias a Shakespeare, me di cuenta de que la vida que llevaba era una farsa y me dispuse a tomar cartas en el asunto. Para que os hagáis una ligera idea, decidí huir del mundo que hasta entonces consideraba mi hogar, dejando todo atrás para empezar de cero. Todo.

»Lo tengo que asumir como una oportunidad, pues no todos los días puedes comenzar una nueva vida, pero a la vez me cago de miedo, porque estoy justo al borde de la cuerda floja de la que os hablaba antes. Y os puedo asegurar que tiendo a pegarme hostias.

El equilibrio y yo somos opuestos en todos los sentidos, por eso no sé si debo subirme a la maldita cuerdecita.

»Venga, está bien, no me lío más. Agarrad bien los dos extremos de la cuerda, que voy a dar el primer paso. Os voy a contar mi gran secreto. Un secreto que dificulta bastante mi tarea de encontrar el amor… porque resulta que ya lo he encontrado.

»Estoy locamente enamorada de mi mejor amigo. ¡Sí! ¡Lo he dicho! ¡Lo he dichooo! Estoy colgada hasta las trancas. Por eso nunca podrá funcionar ninguna relación con otro hombre, porque mi corazón ya tiene un nombre tatuado a fuego y, por mucho que lo intente, ningún otro será como él.

»No os molestéis en aconsejarme que tengo que confesarle mi amor, ya lo hice cuando tenía diez años en un arrebato pasional y me partió el corazón. No me malinterpretéis, no lo hizo a propósito el pobre chico, es que después de leer mi emotiva carta de amor, decorada con miles de corazoncitos y purpurina por todas partes, me confesó que le gustaban los chicos.

»Aquel fue mi primer desengaño amoroso y, a partir de ahí, no he conseguido levantar cabeza. Es una cicatriz que no sanará nunca. Me tuve que enamorar del único gay que había en el colegio y, probablemente, en toda la ciudad, sí.

»He tenido un novio durante muchos años, pero el sentimiento nunca ha sido ni parecido al que tengo hacia mi amigo, por eso le he dejado. A mi novio. Lo engañaba a él y me engañaba a mí, y no era justo.

»Cada día que pasa me reprocho más por ocultárselo, porque no hay mentira peor que la que te cuentas a ti mismo, pues no te la crees ni tú. No obstante, si no lo hago es porque no quiero que nada cambie entre nosotros. Me moriría si eso sucediese.

»Veo que me estáis preguntando por el chat que cómo ocurrió. Pues juro que me enamoré de él sin querer, pero es que me resultó imposible no hacerlo: es la persona más maravillosa que existe en el mundo. Cuando habla sobre algo, da igual lo que sea, le brillan los ojos tanto que parecen estrellas, porque todo cuanto hace, lo hace con pasión. Me contagia sus ganas de comerse el mundo. Junto a él pienso que seré capaz de todo y por eso necesito estar a su lado. Cuando me abraza, trato por todos los medios de que no me afecte más de lo normal, como si me abrazase cualquiera, pero me resulta imposible porque su calor inunda mi cuerpo y, sin poder evitarlo, se convierte en mi refugio, en la vuelta al hogar. Su olor, su tacto, su respiración, sus labios, sus ojos azules… Amarle es algo instintivo para mí.

»¿Y por qué no se lo digo? Primero, porque nuestro amor es imposible, y saberlo supondría un enorme cargo de conciencia para él; no quiero hacerle infeliz; y segundo, porque tenemos una relación que por nada del mundo estaría dispuesta a dinamitar. Él es mi todo y lo único que me preocupa es que deje de verme como su mejor amiga, como a alguien que suma en su vida y nunca resta. Creo que no merecería la pena, ya me he mentalizado de que es una guerra perdida.

»Mi amigo, llamémosle… no sé… ¡Anakin! Sí, voy a llamarle Anakin porque le encanta ese personaje de *Star Wars*. Cada vez que me cuenta su historia me emociona su forma de vivirlo. Resulta que el pobre Anakin no puede evitar ser malo; aunque intente ser bueno, las circunstancias siempre se lo impiden. Yo tampoco puedo evitar contagiarme de su pasión al contarlo. Dice que él tiene un Anakin en su interior. Está loco, lo sé, y esa bendita locura es la que a mí me da la vida.

»Recuerdo que estuvo una tarde entera ensayando un baile al son de *Mr. Blue Sky* de Electric Light Orchestra, la ponía en bucle sin parar, porque, por lo visto, salía un árbol bailándola en una de las películas de Marvel, no me preguntéis más, y no paró hasta que lo consiguió. ¡Dios, cómo se movía de bien! Incluso le salió mejor que al propio personaje, añadiendo su toque especial, claro. Como era de esperar, terminamos los dos bailando, haciendo el ganso y muertos de risa. Creo que bailar con alguien es fundamental para enamorarte de él.

»Estoy segura de que la confianza se mide en la facilidad con la que muestras tu versión infantil con una persona y, obviamente, Anakin y yo ostentamos el nivel máximo de confianza, porque cuando estamos juntos no podemos evitar sacar nuestro lado payaso, el entusiasmo infinito de cuando eres niño, esa bendita inocencia. Mi niña interior solo quiere vivir el presente y saborear cada segundo a su lado como si fuese el último, y eso solo me ocurre con él. La adulta interior quiere saborear otras cosas, claro, pero no nos desviemos del tema.

»Anakin es divertido, alegre pero con carácter, tiene clase, es moderno, culto, buen conversador, buen consejero, siempre está disponible para mí, le afectan mis problemas mucho más que a mí misma y se alegra por mis aciertos tanto o más que yo. Además, para terminar de volverse loca, según me cuentan, es una fiera en la cama. No os voy a mentir, no me ayuda nada que no pare de darme consejos sexuales sobre hombres, porque todas y cada una de esas escenas me las imagino protagonizadas por él y me suben unos calores…

»No dejo de soñar en cómo sería ceder a la tentación y ser una pareja normal. Besarle de verdad, sin tener este miedo constante a no poder hacerlo. Amarnos. Sentirlo sobre mi cuerpo. Hacer el amor con él. Follar con él. Que me mire enamorado. Reír a carcajadas. Pasear cogidos de la mano bajo la luz de las estrellas. Solo me apetece hacer cosas ñoñas con él, aunque odie todo eso porque no cree en las relaciones a largo plazo. Sé de sobra que lo nuestro no puede ser, pero… ¿por qué parece tan bonito en mi cabeza? Supongo que por eso precisamente, porque solo está en mi cabeza.

»Podría estar durante horas cantando las alabanzas de Anakin, o contando anécdotas que hemos vivido juntos, pero no quiero aburriros; lo que pretendo es que me ayudéis a afrontar esta situación que cada vez me resulta más insostenible, para lograr avanzar porque, de lo contrario, moriré de amor y eso ya no se estila en la época en la que vivimos.

»Me he planteado muchas veces alejarme de él, pero creo que, en el fondo, soy masoquista, y por eso me he venido a vivir a su misma ciudad, porque me encanta estar a todas horas con el calentón a cuestas. No, ahora en serio, no quiero alejarme porque le echaría demasiado de menos, lo necesito en mi vida, es como una droga para mí. Podría vivir sin aire, pero no sin él. ¡Qué profunda soy, joder!

»El problema es que alguien se ha cruzado en mi vida y la ha puesto patas arriba de repente. Sin darme cuenta ha avanzado tantas casillas que casi se encuentra en la meta. *Instalove* total. Y eso me horroriza, porque siento que le estoy mintiendo, o más bien, que me estoy mintiendo a mí misma. No sé si seré capaz de amar a alguien más. No sé si aprendería a quererlo… ¿Veis? Me gusta un tío al que conozco de dos días y ya suenan campanas de boda en mi cabeza. Estoy fatal.

»En realidad, no sé dónde quiero ir a parar con todo esto, si me servirá de terapia o, por el contrario, conseguirá destrozarme. Aunque parece que el simple hecho de haberlo pronunciado en voz alta me ha liberado de la pesada carga que llevaba soportando yo sola durante toda la vida. Se supone que compartir es vivir, así que solo espero poder vivir mejor ahora que he compartido mi secreto con vosotros.

»Pensándolo mejor, creo que ha sido una soberana estupidez grabar este *podcast*. Espero que mi querida amiga lo borre con todo su cariño en cuanto consiga cerrar mi bocaza. Eso sí, lo hará cuando digiera que acabo de confesar todo esto a la humanidad antes que a ella. Me estrangulará con sus propias manos y esconderá mi cadáver para que nadie lo encuentre, estoy segura. La tengo a mi espalda, no veo su cara, pero puedo imaginarla. ¡Madre mía, ahora sí que siento miedo de verdad! Espero que en su bondad infinita de mejor amiga me perdone, porque es tan guapa y tan generosa, y tan maravillosa y tan comprensiva…

»Ha sido un placer. Nos vemos, bueno, nos leemos y nos oímos… o lo que sea.

15

Después de la tormenta, viene el chaparrón

—¡No puedo creerlo! —Nuria da vueltas por el cuarto con una mano sobre la frente y la otra en la cadera.

Lástima que no me quede alcohol en casa, pues sería un buen momento para beber hasta perder el conocimiento y librarme de esta ridícula situación.

—¿Qué pasa? No creo que lo haya escuchado demasiada gente. Bórralo y punto —me defiendo—. La culpa la tienes tú por dejarme hablar borracha y sin filtro. ¡Ya me conoces! Tenías que haberme parado.

Ella se detiene para clavar sus ojos acusadores en mí.

—¡¡¡¿¿¿Estás enamorada de Joel???!!!

Pongo los ojos en blanco. Me impresiona demasiado que semejante frase se pronuncie en voz alta. ¿Sabes cuando te arrepientes de hacer algo justo después de hacerlo? ¡Pues eso me pasa a mí ahora mismo! Lo malo es que no he bebido tanto como para escudarme en ello, me encuentro en plenas facultades.

—Bueno, a ver… —balbuceo tratando de encontrar las palabras adecuadas.

—¿Desde cuándo nos conocemos, Sara? —me interrumpe enojada—. ¡Oh, solo desde que nacimos! ¡Joder, yo te he contado todo cuanto concierne a mi vida! Y cuando digo todo, ¡es todo! ¿Cómo crees que me siento al descubrir que no has sido capaz de confesarme que estás enamorada de tu mejor amigo?

—Nuria, yo…

—¡Se supone que somos amigas! —vuelve a interrumpirme. Está flipando y no es para menos.

Me levanto de la silla, suelto los auriculares sobre la mesa para situarme frente a ella y poderla mirar a los ojos, a ver si así consigo calmarla.

—Nuria, no te lo he contado antes porque no quiero que se entere —le explico muy seria—. No lo sabe nadie, solo yo.

—Y ahora miles de personas —añade.

—¡Oh! —reniego—. No comprendo qué leches me ha ocurrido. Me he poseído. Ha sido como una especie de terapia. Necesitaba contarlo. Me he venido arriba y ni siquiera soy consciente de lo que he soltado… pero bueno, como lo vas a borrar…

—No lo voy a borrar —me interrumpe.

—¿Cómo que no? ¡Claro que vas a borrarlo! Eso no puede existir —exclamo aterrada.

—Lo que acabas de hacer, independientemente de que a mí me duela, es oro puro, Sara, y en cuanto lo escuchen mis jefes se van a volver locos por ti —festeja.

—¿Qué? ¡Ni de coña! —chillo histérica—. No te doy mi consentimiento.

—¡Da igual, ese no es el tema ahora mismo! ¡¡¡Estás colada por Joel!!! Quiero saberlo todo. ¡Y ya! —Retoma su pose de amiga ultrajada.

Me siento en la cama y ella hace lo mismo frente a mí. Estoy muy nerviosa porque nadie sabía mi secreto, para mí era algo sagrado, pero también secreto, y el hecho de hacer partícipe a Nuria lo convierte en algo real. Cuando llevas una máscara nadie sabe lo que escondes debajo. Tú controlas lo que quieres mostrar y lo que no, representas tu papel y punto. El problema viene cuando te la quitas, porque la verdad sale a la luz y pierdes el control. Y así es como me siento ahora, perdida.

—¿Y qué te voy a contar? —susurro.

—¿Lo estás diciendo en serio? ¡Todo! Lo más importante: ¿lo sabe él?

—¿¡Qué!? ¡¡¡Nooo!!! Y nunca debe enterarse, Nuria, prométemelo —suplico alterada.

—Pero ¿por qué? Sara, eso que acabas de contar ahora mismo es precioso. Yo mataría porque alguien sintiese algo así por mí. Lo he comprendido todo al escucharte y tienes razón, es imposible que puedas enamorarte de alguien más cuando sientes algo tan grande. Todos serán solo su sombra.

Miles de lágrimas recorren mis mejillas y ni siquiera sé cuándo han comenzado a hacerlo. Supongo que haberme liberado de la carga que llevaba yo sola ha conseguido que me sienta débil. Demasiado vulnerable.

—Es absurdo querer a alguien que sabes que nunca te corresponderá —sollozo—, y ese pensamiento me mata.

—¿Y por qué no va a corresponderte?

—¿Cómo que por qué? ¡Porque le gustan los tíos! —Lloro con más ganas.

—Sara, si no le confiesas lo que sientes, nunca lo sabrás —afirma Nuria para animarme.

—¿Qué adelantaría confesándole que me gusta? Lo único que podría pasar es que nos distanciásemos y entonces me moriría. —Me tumbo bocarriba, rota de dolor y desesperación.

—Ay, qué dramática eres siempre. —Me abraza mi amiga, tumbándose a mi lado—. Mira, tía, a Joel le pueden gustar los hombres, pero estoy segura de que siente algo muy especial por ti. Solo hay que ver cómo te mira y cómo te trata. Cualquiera que haya estado con vosotros lo sabe.

—Eso son imaginaciones tuyas.

—No lo son. Sabes que siempre he creído que tu pareja ideal es él, aunque lo dijera de broma pensando que no sentías nada, pero es que no hay más que veros juntos para saber que eso es amor.

—Pero no es el tipo de amor que yo necesito. Es un amor

fraternal por su parte. No hay deseo. Soy su mejor amiga, no hay más. Y no me queda más remedio que asumirlo, Nuria, todo lo demás son fantasías de niña tonta —admito.

—Eso no lo sabes.

—¡Claro que lo sé! —insisto.

—Hay personas a las que les gustan las personas, es decir, no se fijan en el exterior y no les importa si son hombres o mujeres para tener pareja o simplemente sexo. Hoy en día no hay tanta censura como antes, Sara, somos libres de amar a quien queramos. ¿Y quién te dice que Joel no es así?

—Ojalá lo fuera, pero le gustan los hombres y eso es igual de respetable que al que le gustan las mujeres o el que no se fija en el género. Lo importante es respetar lo que haga el prójimo y no criticarlo. Yo no puedo obligarle a que me quiera ¡y mucho menos a ponerse cachondo! Cuando me mira es como si mirase una flor. Créeme, hemos dormido mil veces juntos.

Ella me examina con atención.

—Habéis dormido mil veces juntos, ¿y nunca se ha empalmado? —indaga.

—¡Claro! Pero es que por la mañana todos los hombres se levantan así. No era por mí.

—¡Eso no lo sabes!

Cierro los ojos porque esta conversación ya la he mantenido conmigo misma durante años y no llega nunca a ninguna parte. Me incorporo para sentarme en plan indio y mirarla a los ojos.

—Nuria, cariño, sé que me quieres, sé que lo haces por mi bien, para que me sienta mejor, pero esta batalla no voy a librarla. Hay que saber sopesar cuándo se puede ganar y cuándo no. Joel nunca se ha sentido atraído por mí y no va a hacerlo a estas alturas. Lo único que puedo conseguir contándole mis sentimientos es que se aleje de mí o que cambie su comportamiento conmigo para que yo no me confunda, y no quiero que lo haga. Me basta con tenerlo en mi vida y verlo feliz. No necesito más.

Ella me contempla apenada y después se incorpora para sentarse frente a mí.

—Creo que te equivocas, pero es tu decisión. A mí, si fuese él, me gustaría saberlo y tener la opción de decidir. Le ocultas a tu mejor amigo lo más importante que acontece en tu vida y, además, estás impidiendo que ocurra algo que podría ser precioso —musita.

—También podría ser un infierno.

—¿Por qué?

—Porque tú no te estás planteando en ningún momento que me rechace, Nuria.

—¡Porque no puede rechazarte! Eres la persona que más quiere del mundo, ¿cuántas veces te lo ha dicho? —insiste enojada.

—Pero no me quiere de la misma forma que lo quiero yo. Si lo hiciera, ya me lo habría hecho saber —me defiendo.

—Sí, claro, como has hecho tú, ¿no? ¿Y si piensa lo mismo que tú? —sugiere.

—Eso es absurdo, porque a mí sí que me gustan los hombres.

—Pero no te gustan todos los hombres. ¿Y si él cree que no te gusta y al confesarte su amor jode vuestra amistad? A lo mejor piensa igual que tú y no quiere estropear lo que tenéis —me plantea.

Permanezco un momento en silencio.

No.

Es imposible.

Ya he pasado por esa etapa. Lo tengo más que asumido.

—Da igual, Nuria. Prométeme que nunca vas a contarlo —le pido muy seria.

Permanece pensativa porque no está convencida.

—¿Y Sole? No podemos ocultárselo, la estaríamos traicionando, Sara.

Dejo escapar un suspiro. Me agobia que lo sepa tanta gente de repente.

—Vale. Yo se lo contaré, pero a su debido momento. Dame tiempo para asimilarlo. Prométeme que no vas abrir la boca.

—¡Qué pesada con las promesas! —se queja.

—¡Todavía no lo has prometido!

—Te lo prometo. Pero no estoy de acuerdo —añade.

—Me vale.

Al cabo de un rato, cuando ya estamos las dos acostadas en la cama y todo permanece a oscuras...

—Sara.

—Dime.

—Yo sí que podría enamorarme de ti porque eres perfecta —susurra.

—¡Oh, por Dios! ¡Duérmete!

Nos reímos.

Para eso están las amigas, para cogerte del suelo cuando te has caído y levantarte a base de risas. A base de amor. Y ese amor no es menor al que sientes por tu pareja.

Joel (segunda consulta)

—¡Has vuelto a beber? ¡Prometiste no volver a hacerlo! —chilló mi madre en la planta de abajo.

—¡Déjame en paz, zorra! ¡Hago lo que me sale de los cojones! —contestó con su asquerosa voz de alcohólico.

Sonaron varios golpes y cristales rompiéndose al caer al suelo.

—¡No vuelvas a ponerle una mano encima o llamaré a la policía! —Las voces y el llanto de mi madre me advertían de lo que me esperaba. Quizá lo hacía por eso. Con la esperanza de que alguna vez escapara.

Yo estaba en la planta de arriba y no tenía manera de poder huir. Varias veces había sopesado la posibilidad de tirarme por la ventana y terminar de una vez por todas con aquel infierno, pero eso sería servirle la victoria en bandeja y era algo a lo que no estaba dispuesto.

Le escuchaba subir los peldaños mientras insultaba a mi madre, que una vez más intentaba impedirle que me hiciera daño, aunque nunca lo consiguiera. Tampoco es que pusiera demasiado empeño, para ser sincero.

—Es por su bien —gritaba el bastardo—, en el futuro me lo agradeceréis los dos. Tengo que terminar con esa enfermedad y solo hay una manera.

—¡Es un niño, por el amor de Dios! ¡Déjale! ¡Cuánto más le obligues, más querrá rebelarse! —gritaba ella.

—¡Si tanto le gusta chupar pollas, se va a hartar!

Mi cuerpo comenzaba a temblar de manera instintiva en cuanto le escuchaba acercarse. Recuerdo que aquel día mi madre me había subido la merienda al cuarto y tenía un vaso de cristal sobre la mesa. Lo rompí, cortándome al hacerlo, pero ese dolor no sería nada comparado con el que me esperaba de no intentarlo.

En cuanto la puerta se abrió, yo ya lo estaba esperando con una mano ensangrentada metida en el bolsillo del pantalón.

Cualquier excusa le servía para asestar el primer golpe. Si le contestaba al saludo, porque lo había hecho demasiado bajo. Si no le contestaba, porque era un maleducado. Todos mis esfuerzos por calmarle fueron en vano. Hasta que me di cuenta de que, hiciera lo que hiciera, la historia siempre terminaría de la misma manera. Por eso ya ni lo intentaba, solo dejaba que se desahogara de la manera que le apetecía, dependía del día, y después se marchaba satisfecho por dejar a su hijo destrozado. Sin un ápice de motivos para sonreír.

Pero aquel día sería distinto. Aquel día por fin se cumplirían mis sueños. Lo mataría.

Después de los primeros golpes, consiguió tumbarme sobre la cama. Se desnudó, dispuesto a rematar la barbarie, cuando saqué el cristal con la mayor agilidad que el miedo me permitió. Aquella vez el odio venció al miedo y se lo clavé con todas mis fuerzas en la yugular.

La pena fue que no me dio tiempo a moverlo a lo largo del cuello porque la sangre salía a borbotones, se me resbaló la mano y perdí el tacto. Solo pude clavárselo, aunque lo bastante profundo como para que se quitara de encima y poder salir corriendo.

Bajé las escaleras orgulloso de mi proeza. Mi madre, al escucharle gritar como un cerdo en el matadero, clavó sus ojos horrorizados en mí.

—¿Qué has hecho, hijo? —preguntó aterrada.

—Lo que tú no te has atrevido a hacer nunca.

—¡Dios mío!

Subió a toda prisa las escaleras para socorrerlo. Yo esperaba que me consolara y tratara de tranquilizarme a mí, a su hijo, pero no lo hizo. Nunca hizo nada. Nada.

Cuando cedes al dolor más brutal, al jodido de verdad, lo peor que puede sucederte es cuando te entregas y dices «vale, que venga, que me invada, que me vapulee, que me destroce, total, mi vida no es tan importante». Cuando miras al miedo a los ojos y te enfrentas a él, te libera. Cuando haces eso, el cerebro reajusta tu escala de valores y es entonces cuando tienes claro lo que es importante y lo que no lo es; por lo que merece la pena vivir y por lo que no; por lo que merece la pena amar… y lo tienes claro. Nunca jamás volverás a dudar.

Y entonces corrí. Recuerdo que corrí como nunca antes había corrido en mi vida. Corrí hasta que todas las articulaciones me ardían. Como si a cada paso estuviera más cerca del final. Corrí hasta que mis piernas no soportaron el peso de mi cuerpo. Pero cuando me caí, lo hice con una sonrisa de oreja a oreja porque, por primera vez en mi vida, me sentía libre, feliz, con la esperanza de que aquel monstruo hubiese muerto.

Pero, para mi desgracia, no murió.

16

La ducha de mi vida

No me gusta dormir con la persiana levantada, pero Nuria ha debido de subirla en algún momento de la madrugada sin que me diese cuenta porque entra la luz del sol por la ventana como si fuese el fin del mundo. Encima es sábado y hoy no contaba con madrugar. Debe de ser muy temprano a juzgar por el sueño que tengo, aunque también podría deberse a la resaca. No sé tú, pero yo las resacas de cerveza las llevo fatal.

«Se va a enterar esta cuando se despierte», la amenaza mi mente maquiavélica mientras la observo dormir babeando placenteramente, sin sospechar que ahora mismo la odio.

Me dispongo a levantarme de la cama para bajar la persiana y así tratar de volverme a dormir, cuando llaman a la puerta de la habitación. Nuria levanta la cabeza como si la hubiese llamado el anticristo y sonrío al ver los pelos de loca que luce junto a su cara de drogadicta.

«Mira la Courtney Love, ¿te crees que tú estarás mucho mejor que ella?», me recrimino a mí misma.

—¿Sí? —pregunto quién es.

—Por Dios, que no sea Pichí —balbucea Nuria medio dormida.

La puerta se abre y tras ella aparece el torso desnudo de Adonis hecho hombre, digo, de Fabio.

—Buenos días —me saluda con una enorme sonrisa, pero al descubrir a Nuria se le cambia la expresión y enseguida se apresura a agregar—: ¡Oh! Disculpa, no sabía que estabas acompañada.

—¿Qué? —Miro a mi amiga con cara de chusma—. ¡No! No estoy acompañada —asevero.

Él me observa sorprendido.

—¿No? —insiste.

Estará pensando que le estoy tomando por idiota, pues resulta más que obvio que mi amiga está ahí, no es invisible.

—Me refiero a que no estoy acompañada de *acompañada* —enfatizo la palabra—. Es Nuria, mi amiga, la que va a vivir conmigo, te la presenté ayer, aunque es normal que no la reconozcas, el maquillaje hace mucho —bromeo y ella me asesta un codazo—. Ha dormido conmigo porque en la otra habitación hay una señora con un perro gigante. ¿Recuerdas que íbamos a pensar algo para solucionar el *problemilla* con el piso? ¡Pues resulta que se ha agravado!

—Sara —me increpa Nuria—, ¿me dices por qué le estás dando tantas explicaciones al pobre chico? Le vas a abrumar y se va a ir.

Él me sonríe con ternura al ver mi cara de *gremlin* bueno arrepentido. Está claro que mi amiga es un *gremlin* malo, uno de esos verdes asquerosos con risa maligna.

—No te preocupes. Puedo volver luego. No quiero molestaros. Solo venía a ducharme —comenta.

—¡Oh! ¡No! ¡No! ¡No molestas! ¿A que no, Nuria? ¡Dúchate! —Parece una súplica.

Nuria suelta un bufido seguido de una carcajada.

—¡Te ha faltado ofrecerte a frotarle la espalda! —dice entre risas.

Fabio se contagia por su risa y por su comentario mientras yo me pongo roja como un tomate.

—¡¿Eres tonta?! ¡Es que en su cuarto de baño no hay ducha! —le explico.

Él entra con paso grácil y atraviesa la habitación hasta el baño, ataviado únicamente con una toalla blanca alrededor de la cadera. Ese es el hecho objetivo, pero en mi mente camina a cámara lenta mientras su pelo ondea al viento, rodeado por una luz celestial al tiempo que suena *Tick Tick Boom* de Sage The Gemini.

Soy consciente de que, tanto Nuria como yo, lo miramos sin reparo, como dos babosas pervertidas, pero es que resulta imposible apartar los ojos de ese torso como esculpido en mármol. Una vez que ha cerrado la puerta tras de sí y nosotras conseguimos reaccionar, mi amiga se deja caer sobre la almohada.

—Dios, ese tío no es normal, voy a masturbarme pensando en él el resto de mi vida —lloriquea cubriéndose el rostro con las manos.

—Si te sirve de consuelo, yo he bautizado a mi *satisfayer* como Fabio.

Me mira atónita.

—Somos patéticas.

—Mucho.

Nos da un ataque de risa.

—Sería una buena opción para ayudarte a olvidar a quien tú ya sabes —propone.

—Pues sí, tienes toda la razón —le sigo el rollo en plan coña.

—¿Entonces? —se emociona.

—¿Entonces qué? Nuria, ¿has visto a ese tío? ¿Imaginas con qué tipo de mujeres debe de acostarse? Por Dios, si solo con pensar en quedarme en pelotas delante de él me entran ganas de cubrirme con el edredón —declaro.

—Ese te quita todas las tonterías al primer pollazo, Sara.

—¡Qué bestia eres!

Nos partimos de risa las dos.

—¿Te imaginas? El dios del sexo y la modosita que no ha pasado de hacer el misionero con su novio de toda la vida —bromea.

—¡Madre mía, vaya cuadro! —me lamento.

—Pues a lo mejor es lo que le pone cachondo, porque seguro que está aburrido de mujeres perfectas que follan como Dios —añade.

—¡Vaya! ¡Gracias! ¡Sabrás tú cómo soy yo en la cama! —me quejo—. Pensaba que ibas a decirme algo en plan «No, cariño, no seas exagerada, que tú vales más que todo eso», o algo como que la belleza está en el interior, no sé.

Ella clava sus ojos en mí llenos de indignación.

—¿Quieres que te diga esa cursi-mierda de amiga falsa? ¿En serio?

Nos miramos.

—No.

—Menos mal. Se me notaría demasiado que estoy mintiendo —espeta.

—¡Zorra!

Volvemos a reírnos.

—Si no estuviera en tu casa, entraría en esa ducha ahora mismo y le haría hombre —suelta.

Una inesperada punzada de celos me asalta de repente.

—Pues nada te lo impide —miento.

Es extraño, pero en el sagrado código ético de la amistad, uno que nosotras mismas nos hemos inventado, la que lo ve primero tiene derecho de tanteo. No se entendería que Nuria se liase con él si yo también estoy interesada. ¿No te parece lo normal a ti también? ¿O me estoy volviendo loca?

Al cabo de un rato, la puerta del baño se abre de nuevo y el vapor inunda la habitación. Fabio emerge entre la bruma cual dios del Olimpo, oliendo a hombre peligroso y limpio. Y *Tick Tick Boom* comienza a sonar de nuevo en mi cabeza hasta que:

—¡Ten cuidado, bombón, a ver si se te va a caer la toalla! —exclama Nuria sin poder apartar los ojos de su anatomía. A lo que él responde con una enorme y embaucadora sonrisa que consigue derretirnos más todavía.

—¡Nuria, cállate! —la reprendo muerta de la vergüenza.

Su culo prieto, la toalla, y su enorme espalda llena de gotitas de agua resbalando por ella desparecen de nuestra vista. Todo se queda en silencio durante cinco minutos.

—Cualquiera se duerme ahora con el calentón que tengo.

El comentario de mi amiga consigue que nos tronchemos de risa otra vez y decidamos levantarnos a desayunar.

17

Ir de compras nunca fue tan complicado

Mi madre me llama al móvil, se lo cojo y le confirmo que sigo viva. Ella me da consejos vitales de supervivencia y nos despedimos.

—Tu madre es muy pesada, tía.

—¿Me lo dices o me lo cuentas?

—Tengo una sorpresita para ti —canturrea Nuria, moviendo su móvil delante de mi cara mientras preparo el desayuno.

Esa sonrisa ya me la conozco y no me gusta un pelo. Es la misma que le ponía yo a mi madre cuando llevaba algún suspenso.

—¿Qué has hecho, Nuria? Ten en cuenta que ahora mismo no estoy para tonterías. Todavía no he tomado mi dosis de cafeína y cualquier nimiedad podría desencadenar una ristra de asesinatos. Piénsatelo antes de hacer nada —la advierto.

Ella suelta una carcajada.

—Anda, tonta. Mira.

Me pasa su teléfono para que lea un texto:

Hola, Madrid (como no sé tu nombre, te llamaré así).
He escuchado tu *podcast* por casualidad y me ha llamado poderosamente la atención.
En primer lugar, quiero decirte que me pareces una heroína por dar la cara y compartir tus sentimientos más íntimos con los demás. Hay que ser muy honesta y real para mostrarse así de

vulnerable y eso me parece el acto más valiente que haya hecho nadie jamás. Felicidades.

Aunque no lo creas, a muchos nos darás alas para atrevernos a confesar nuestros sentimientos o, simplemente, nos ayudarás a no vernos solos, a sentirnos comprendidos y a seguir luchando por lo que amamos, aunque estemos abocados al fracaso y el mundo nos grite que es imposible. Por lo tanto, gracias por esa parte.

En segundo lugar, me gustaría animarte a confesarle a ese chico la verdad. Él merece saberlo y tú necesitas soltar tu carga. Cuanto más ocultas algo que te daña sin enfrentarlo, más fuerte se hace. No puedes pasarte la vida escondiendo algo tan bello por miedo al rechazo. Te puedo garantizar que una vez que lo hayáis hablado, todo será distinto. Quizá no seas correspondida, pero al menos podrás decidir qué hacer con el resto de tu vida.

No mereces continuar esperando una quimera, hay que avanzar. Si sois amigos de verdad, estoy seguro de que nada cambiará entre vosotros. Y si no te atreves a hacerlo, puede que dejes pasar los mejores recuerdos de tu vida.

Espero que no te moleste mi comentario y haberte ayudado en algo, pero, sobre todo, espero haberte influido, aunque sea lo más mínimo, para no tirar la toalla en el amor y para que sigas grabando más *podcasts*.

Te mando toda mi fuerza, Madrid, y no olvides que el mundo es de los valientes.

Darth Vader

Después de haberlo leído unas cuantas veces, levanto los ojos hasta los de mi amiga, que se muerde la uña del dedo meñique, nerviosa, mientras me observa reteniendo la risa.

—¿No querías que los oyentes diesen su opinión? ¡Ahí tienes una! —celebra.

—¿No lo borraste? —susurro muy bajito.

—¿Cómo iba a borrarlo? Te dije que era oro. ¡Mis jefes han flipado contigo, Sara, quieren contratarte! El *podcast* está entre los más escuchados hoy.

—Nuria —la interrumpo muy seria—, te pedí que lo borraras.

—¿Por qué?

—¡Porque Joel se va a enterar, joder!

En momentos como este es cuando pienso por qué siempre elijo la peor opción posible de todas las que se me plantean. ¡Ah! Sí, porque soy rematadamente idiota y, no solo eso, sino porque también tengo la patológica manía de hablar sin pensar.

—Eso es imposible. No puede saberlo —me tranquiliza.

—¿Por qué? ¿Y si lo escucha? Él conoce tu *podcast*.

—Para empezar, porque pensará que soy yo, no se distinguen las voces y, para terminar, porque creerá que es algún guion que se ha inventado el programa para generar debate en redes. ¿Cómo va a imaginar que eres tú?

—¡Porque he contado cosas que han sucedido de verdad!

—Pues le decimos que me has dado tú la idea en vez de los guionistas. No te agobies. De todas las opciones posibles, la que jamás pensará es que realmente estás colada por él.

La miro dubitativa.

—Esto era lo único que me faltaba para terminar de volverme loca.

Después de desayunar, Nuria se ha tenido que marchar porque debía terminar de gestionar algunos contratos y reclamar la fianza a su antiguo casero. Según mi amiga, los caseros son buena gente mientras eres su inquilina, luego, de repente, se transforman en monstruos despiadados cuya única misión en la vida consiste en quedarse con la fianza.

Yo no dejo de marcar el número de mi tía Montse durante media hora, pero no hay manera de que me responda. El día que me conteste la voy a dejar sorda porque estoy acumulando mala leche a raudales.

Me ducho y me lavo el pelo. Una vez que lo tengo seco, me maquillo un poco para estar mona. Miro mi armario vacío. Da pena. Necesito ropa de manera urgente.

Llamo a Sole para que me acompañe a comprar, pero me recuerda que este fin de semana está con su amante/relación en ciernes en un hotel de Rascafría. Le deseo que se lo pase bien y nos despedimos.

Después hablo un rato con mi madre, que me llama para contarme que lo está pasando fatal porque me echa mucho de menos, que la casa está vacía sin mí y que mi padre, para variar, no le hace caso. Pobrecillo, si le hiciese caso se volvería loco. Le contesto que yo también la echo mucho de menos, aunque sea mentira, y le prometo ir pronto a verla. La quiero mucho, pero no la echo de menos en absoluto, más bien me siento liberada.

Iba a llamar a Joel también, pero recuerdo que anoche tuvo guardia y que ahora estará durmiendo.

¿Entonces? ¿Qué hago? ¿Voy sola de compras? ¡Qué aburrido!

Una descabellada idea se me pasa por la cabeza como una centella. «No, ni loca. Ese pobre chico ya sospecha que eres una perturbada, no querrás que lo confirme viéndote elegir ropa hortera multicolor, ¿verdad?», me reprendo.

Me pongo un pantalón vaquero y un jersey negro de Nuria que me parecen de lo más soso, junto con unas deportivas de color fucsia. Me miro en el espejo nerviosa. Estoy muy bien. Me veo fantástica.

¿Voy a hacerlo?

¡Voy a hacerlo!

Llamo a la puerta de su cuarto y, en cuanto los nudillos entran en contacto con la madera, comienza a temblarme la mano.

—¿Sí? —Escucho su voz desde el interior y me pongo más nerviosa todavía.

—Soy yo, Sara. ¿Puedo pasar?

Se escuchan unos pasos acercarse. La puerta se abre enseguida y su radiante sonrisa consigue impresionarme. No me acostumbro a que sea tan guapo. Su mirada parece prometerme noches salvajes y yo tengo que fingir que no lo noto. Lleva una sudadera Nike negra y un pantalón de algodón del mismo color que parecen hechos a su medida. Me resulta increíble que le siente tan bien cualquier prenda de vestir. No puedo evitarlo, me gusta.

«Claro, como al resto de las mujeres del universo, mira esta, ¡qué lista!», añade mi subconsciente poniendo los ojos en blanco.

—Creí que nunca vendrías —susurra en un tonito más que sugerente, apoyado de brazos cruzados en el marco de la puerta, consiguiendo que me sonroje.

—Venía a preguntarte si te apetecería acompañarme a comprar algunas cosas.

¡Ya está! ¡Ya lo he soltado!

Esto es fruto del ensayo y la meditación realizados a conciencia para tal fin durante varios minutos previos en mi cuarto, no te creas que de repente me ha dado un aire y me he convertido en una mujer segura de sí misma y con las ideas claras.

—¿Ropa interior? —pregunta.

—¡¿Qué?!

—Que si vamos a comprar ropa interior —repite.

—¡No! —exclamo muerta de vergüenza.

Él suelta una carcajada.

—Estaba bromeando —me explica al ver mi cara de mujer puritana vilipendiada.

—Ya me imagino —miento, tratando en vano de que no perciba mi apuro.

—Dame un minuto para que me cambie y voy —me pide, levantando el dedo índice.

Observo que tiene la habitación ordenada a la perfección, de hecho, no hay nada, solo veo su maleta junto a la cama antes de girarme para colocarme de espaldas a la puerta y así no ver cómo se cambia de ropa, pues ha dejado la puerta abierta. ¡Por Dios bendito!

—El sábado que viene es mi cumpleaños y quiero comprarme algo especial para ese día, pero mis gustos son demasiado estrafalarios y me gustaría contar con la opinión de alguien normal —le explico mientras permanezco de espaldas a él.

No sé si a ti te pasa, pero yo, cuando estoy nerviosa, hablo. Mucho. Hablo mucho. Y rápido. Hablo, mucho, rápido y no sé ni lo que digo.

De pronto, su olor, demasiado cerca, provoca que se me erice el vello.

—Gracias por considerarme alguien normal —susurra en mi oído, por lo que doy un saltito y me vuelvo para mirarlo. Ahora se ha puesto unos chinos de color azul oscuro, un jersey verde agua y unas deportivas azul marino.

—¿Ves por lo que te quiero de consejero? —Señalo su ropa—. Tú sabes combinar colores.

—¿Y tú no? —pregunta, deteniéndose en seco—. ¿La ropa que llevas no es normal?

Me dedica una mirada extraña, como si me viese por primera vez en su vida. Es como si no hubiera reparado en la ropa que he llevado estos días, que sí era mía. Por un momento me siento bastante ridícula. No se ha fijado en mí.

—Me resulta muy complicado acertar con los colores —le explico avergonzada.

—A mí me gusta cómo vistes siempre. Te hace ser diferente. ¿Por qué quieres ser como el resto?

Sí que se ha fijado.

Lo miro como si me hubiese confesado algo trascendental. No hay mejor *match* que la persona que te hace sentir que ser tú es lo más valioso del mundo.

—¿Lo dices en serio? —musito.

—Me encantan tus colores, Sara, y no solo los de tu ropa —asegura.

155

Permanecemos un breve instante mirándonos, pero lo suficiente como para que yo sienta algo despertarse en mí. Algo diferente a la atracción física. Algo… especial.

—Siempre se han metido con mi forma de vestir —le confieso, desviando la mirada.

Él toma mi barbilla con uno de sus dedos para que vuelva a mirarle a los ojos.

—La vida es muy corta y pocas veces te cruzas con gente especial. Ojalá hubiese más como tú en el mundo, Sara. A mí me gusta la gente feliz y me gusta que tú siempre sonrías. Antes de morir hay que vivir. ¿Qué más da lo que opinen los demás? Te tienes que gustar a ti misma ¡y que le den al mundo!

—Vaya… gracias —titubeo.

¡Y que le den al mundo!

Se está creando un momento mágico entre nosotros y no estoy preparada, así que me separo de él a toda prisa para dirigirme a la puerta de salida y él me sigue en silencio.

Mientras vamos caminando a Gran Vía, que es donde se encuentran las tiendas que me ha recomendado Sole, le pido que me explique en qué se basa él para combinar los colores de la ropa.

—Pues no es nada complicado, solo tienes que elegir un color que te guste y después conjuntarlo con la misma gama cromática. O bien con colores neutros. De momento, olvidamos los colores análogos y los opuestos, eso lo dejamos para la *masterclass* de otro día. —Me sonríe con dulzura al mirarme.

—¿Cuáles son los colores neutros?

—Blanco, negro, gris y beis.

—Solo de pensarlo me aburro.

Él se ríe.

—Si tienes que asistir a algún evento donde te exijan ir de cierta manera o simplemente porque a ti te apetezca cambiar algún día por ser especial, puedes hacerlo, pero si no, no tiene sentido.

Tienes que ser siempre tú misma y sentirte cómoda con lo que llevas. La ropa es un lenguaje universal.

—Estoy de acuerdo —admito.

Mientras charlamos y reímos, sin darme cuenta hemos llegado a Primark.

—Aquí es donde me ha dicho mi amiga que venga —le informo—, por lo visto es la mejor tienda para comprar básicos y fondo de armario.

—¿Por qué aquí?

—Porque el dinero que me has pagado de alquiler es mi único ingreso y tengo que dividirlo entre ropa y comida, no puedo ir a Gucci —bromeo.

Él me mira con cara de pena.

—¿Y el trabajo?

—Soy becaria. No me pagan.

Hace una mueca de fastidio.

—Yo podría…

—¡Ah, no! —le interrumpo—. Lo de hacerse un *Pretty Woman* ya no se lleva. Yo me compro mi ropa, Richard.

Se parte de risa y niega con la cabeza.

—¡Eres tremenda! Iba a proponerte un trabajo donde te pagasen, no regalarte mi tarjeta de crédito. De momento no has hecho méritos para tanto. —Se pasa la lengua lentamente por sus labios carnosos para terminar mordiéndose el labio inferior y casi me da algo.

Me entra un calor al escuchar la palabra «méritos» que estaría dispuesta a hacer todos los que me pidiese, ¡y con nota!

Entramos en la tienda y por supuesto todas las dependientas se lo comen con la mirada. Me entran ganas de cubrirlo con algo para que no lo miren así. Después, sus ojos se dirigen hacia mí y sonríen con maldad. Por Dios, qué estrés.

Tras varias horas buscando cosas que llevarme al probador, pues he visto muchas que me gustan, pero me da vergüenza que

157

sepa que pretendo salir vestida con ellas a la calle, he seleccionado algunas.

—No me has ayudado en nada —me quejo.

—Tienes que elegir tú.

—Pues no sé para qué has venido entonces.

—Ahora lo sabrás —retiene una sonrisa canalla.

Miedo me da.

Entro tras la cortinilla del probador y él espera fuera.

Me pongo una falda rosa y una sudadera roja más larga que la falda. Me miro al espejo y dudo si salir porque, aunque a mí me guste, dudo si le gustará a él. No sé por qué, pero me siento muy poca cosa a su lado.

De pronto, se abre la cortina y doy un saltito por el susto. Su cuerpo invade casi todo el espacio del cubículo y su perfume mis fosas nasales.

—Sabía que no ibas a salir —alega.

Me examina sin apartar la mirada de mis piernas.

—Me gusta la falda, pero la sudadera camufla tu cuerpo —sentencia al final.

¿Cómo sabe que llevo una falda si no se ve? ¿Tendrá rayos X?

—Es lo que pretendo —confieso, bajando la sudadera *oversize* para cubrir mis muslos.

—Lo sé. Eres transparente y no tienes dobleces. Todavía conservas esa inocencia.

—¿Y cómo lo sabes?

—Lo he visto en la dulzura de tu mirada.

De repente, quiero estar guapa y sentirme una diosa para que él me mire, pero no para que me mire como lo está haciendo ahora, sino para que lo haga muerto de deseo, como si fuese la única mujer que existiese en el mundo.

—¿Por qué quieres esconderte, Sara? —me pregunta.

—No lo sé. Me siento más cómoda sin ir apretada —me excuso.

—¿No crees que entre ir apretada y esto hay un abismo? —Coge uno de los lados de la sudadera y lo extiende para que compruebe que aquí caben seis Saras más.

Me río.

—Quizá me haya pasado con la talla, siempre cojo la XL.

—¿A ti te gusta así o lo haces por miedo a que te miren?

—¿Por qué adivinas lo que pienso? —protesto con media sonrisa sin atreverme a mirarlo a los ojos.

—Sara, tienes un cuerpo precioso…

No he podido seguir escuchando nada más después de esas cinco palabras. Mi cerebro ha desconectado para entrar en modo *Crazy in love*. Soy consciente de que ha seguido hablando y de que ha entrado en el probador varias veces con distintos modelitos para después salir mientras me los probaba y poco más.

Es lo mismo que me ocurrió cuando me dio su tarjeta, que me quedé tonta, pues ahora me ha pasado igual. Este hombre me bloquea las neuronas.

—Sara, llevas un rato sin decir nada. ¿Te gusta o no? Podemos ir a otra tienda si quieres, aquí tampoco es que tengan demasiadas cosas donde elegir…

—¡Sí! —lo interrumpo.

—¿Qué?

—¡Me encantas! —«¿Que te encanta? ¿Quién?», me recrimina mi subconsciente aterrado—. ¡Oh, mierda! Quiero decir que me encanta la ropa que me has traído… yo… ¡me lo llevo! ¡Todo! ¡Me lo llevo todo!

Consigo reaccionar para coger el pelotón de ropa que hay sobre el taburete mientras él sonríe ante mi repentino entusiasmo.

—No te va a quedar dinero para comida —bromea mientras me sigue en mi accidentado camino hacia las cajas.

—Algo se me ocurrirá. Soy una chica de recursos.

Da igual, quiero salir de aquí cuanto antes porque me está entrando demasiado calor y si no me da el aire enseguida, voy a marearme. La compra de pijamas y bragas puede esperar.

Una vez que he pagado la ingente cantidad de pantalones,

faldas, vestidos, blusas, cazadoras y jerséis, por no hablar de los bolsos y zapatos que ha elegido Fabio para mí, no debe de quedarme demasiado dinero en la cuenta. «Pero tendrás ropa hasta los noventa años», me anima mi yo positivo.

Caminamos por Gran Vía de vuelta a casa cargados con al menos veinte bolsas. Menos mal que el suplicio dura tan solo un minuto, porque él se detiene en seco, deja sus bolsas en el suelo y se acerca al borde de la acera para llamar a un taxi levantando un brazo con un movimiento grácil. La verdad es que a mí me parece que todo lo hace bien, tiene una elegancia natural que no se puede aguantar. No tarda en parar un vehículo frente a él.

Fabio se acerca a mí para cogerme las bolsas. Enseguida siento un gran alivio al comprobar que la sangre vuelve a circular por mis dedos. Después rescata las demás bolsas que había dejado en el suelo y mete todo en el maletero del taxi, se asoma por la ventanilla del conductor para hablar con él y le da un billete de cincuenta euros. El coche arranca y se aleja.

Contemplo cómo mi ropa se pierde entre la multitud del tráfico como el que se queda observando cómo se aleja el amor de su vida en la oscuridad sin poder remediarlo.

—¿Dónde se lleva mis cosas? —musito.

Fabio se parte de risa al verme.

—Tranquila. Te lo llevará todo a casa. Así podremos estar libres para tomarnos un café. ¿O preferías ir cargada como una mula hasta el piso?

—¡No! Estaba de broma —me río yo también, como si esa fuese la idea más descabellada del mundo.

La camarera nos trae la carta y sonríe a mi acompañante de una manera muy obscena, sin cortarse ni un pelo, a pesar de que yo podría ser su novia. ¿O es tan obvio que no lo seré nunca? Le pedimos dos chocolates y una ración de churros.

—¿No te resulta molesto que te miren así todo el tiempo? —le pregunto una vez que hemos tomado asiento en la terraza de San Ginés, una churrería cercana a la plaza Mayor que por lo visto es muy famosa.

—¿Quién me mira todo el tiempo? —Inspecciona su alrededor fingiendo estar asustado.

—Vamos, no te hagas el tonto. ¡Todas las mujeres! —Me río.

—¡Ah, vale! Pensé que me estaban vigilando —bromea.

—¡Anda ya!, sabes a qué me refiero.

—Bueno, es normal, ¿no? A ti te miran los hombres —alega.

—¿A mí? ¡Sí, claro! Me mirará alguno y por accidente.

Él clava sus ojos en mí.

—Sara, hay mucha diferencia entre ser modesta y tener falta de autoestima. Lo tuyo comienza a preocuparme. Dime, ¿cómo te ves?

—¿Cómo me veo? ¿Yo? ¿A mí?

La camarera trae dos chocolates calentitos y un plato de churros que pone en el centro. Al marcharse le guiña un ojo a mi acompañante. Esto ya es provocación, me está retando, pero él pasa de ella por completo.

—Sí. Yo, por ejemplo, sé que soy un tío con un físico atractivo. Sé que gusto a las mujeres. No me escondo ni lo niego, me siento orgulloso, entre otras cosas porque me lo curro mucho en el gimnasio con horas de trabajo y manteniendo una dieta estricta. También soy consciente de que tengo un rostro agradable. —«¿Agradable? Jodida y escandalosamente perfecto, diría yo», pienso—. Esos son mis puntos fuertes, pero también sé cuáles son mis puntos débiles y no trato de camuflarlos. Los asumo y convivo con ellos. Nadie es perfecto. Y ahora dime, ¿qué hay de ti?

«Perdona, bonito, te he visto en toalla y, créeme, ¡no tienes puntos débiles!», le grita mi yo lujurioso.

—Pues yo… no sé… me gusta mi pelo.

—Vale, está bien. ¿Qué más cosas positivas tienes?

—Mis ojos. Me gusta el color de mis ojos. Y mis dientes, son blancos y están alineados.

—¿Y qué hay de ese hoyuelo tan sexi que te sale solo al lado derecho de la boca cuando sonríes? —Señala hacia ese lugar en mi rostro. ¿Se ha fijado?

Noto cómo me sonrojo.

—Vale.

—¿Y tu cuello? Me encanta tu cuello porque armoniza muy bien con tus hombros definidos y torneados. También me resulta muy atractiva tu cintura. ¡Por no hablar de tus muslos!

Se me abren los ojos como platos.

¿En serio?

—¿Muslos? —repito tartamudeando.

—Te advertí que por algo te acompañaba de compras —sonríe de manera canalla—, hice trampa y te vi entre las cortinas.

¡¡¡Nooooooo!!! ¿Ha visto mis bragas cutres? ¡Y mi sujetador sin relleno! ¡Oh, por Dios! Quiero morirme.

—Eso es delito —me quejo.

Él se ríe a la vez que se mete medio churro en la boca para masticarlo despreocupado. ¿Por qué algo así en él es sexi y si lo hiciera yo sería una cerda que se pringaría de chocolate?

—Sara, nada de lo que te he dicho tiene ni siquiera comparación con lo poco que he podido conocer de ti. No solo he visto lo físico, sino que me he dado cuenta de que eres sensible, tierna, generosa, bondadosa, alegre…

¡Guau!

—¿Todo eso?

—Si te vieras con mis ojos, lo entenderías todo.

La camarera pasa junto a nuestra mesa. Esta vez no le sonríe como una víbora en celo porque ha visto algo que no le da pie. Y yo también.

—Fabio…

—¿Por qué tienes ese pobre concepto de ti misma?

—No lo sé. En realidad, creo que es porque al llevar cuatro años con mi ex, me he ido creyendo las cosas horribles que me echaba en cara cuando nos peleábamos. Cuando solo tienes una opinión negativa de ti, te la terminas creyendo. Él nunca me decía piropos ni nada por el estilo. Tampoco he salido nunca por ahí a ligar como hacen mis amigas, ni miles de tíos me han halagado exaltando mis virtudes, ni siquiera para llevarme a la cama. Y al final, si nadie te lo dice, crees que no es real.

Rodrigo pasa por mi cabeza como un recuerdo lejano. Resulta asombroso cómo alguien, que en algún momento ha sido lo más importante de tu vida, se convierte en algo que solo deseas olvidar. Un simple borrón en el cuaderno sobre el que seguir escribiendo tu historia. Un atisbo de nostalgia me asalta porque me hubiera gustado no terminar tan mal con él.

Fabio me observa con expresión de pena.

—Pues yo voy a decirte todo cuanto no te dijo el desgraciado de tu ex en todos estos años, Sara. Quiero que sepas que eres la mujer más…

—¡Vaya! ¡Pero si son Romeo y Julieta! —lo interrumpe la voz de Joel a mi espalda y consigue que dé un brinco.

¡Qué oportuno!

18

Calor de invernadero

Cuando me giro en la silla para mirarlo y me encuentro con sus ojos, sé al instante que algo no va bien.

—Joel —me pongo en pie—, ¿qué pasa?

Una mirada de soslayo a mi acompañante me indica que no puede hablar.

—No pasa nada, salgo de trabajar ahora y estoy muerto.

—¿Ahora? —Me sorprende porque es mediodía.

—Sí, una compañera ha llegado tarde y la he tenido que sustituir. Vengo a por unos churros para reponer fuerzas —asegura dándome un beso en la mejilla—. Vivo justo enfrente. —Señala hacia la puerta cambiando el tono a uno de reproche—. Pero como todavía no te has dignado a hacerme ni una triste visita, pues no lo sabes.

Acaba de ponerse la coraza del humor y odio que haga eso conmigo. Sé que no es el momento de que me cuente nada, pero podría dejar de tratarme como a una extraña. Me entran ganas de gritarle: ¡Soy yo!

—¿Quieres desayunar con nosotros? —le ofrezco.

Ellos dos se dedican una mirada extraña.

—No, Pecas, gracias. Solo necesito dormir. Luego te llamo. —Vuelve a darme un beso en la mejilla y se marcha sosteniendo en una mano una bolsita de papel marrón donde supongo que llevará los churros y una mochila en la otra.

Tomo asiento de nuevo, pero ya no soy la misma. Me ha dejado preocupada.

—Sara, ¿qué hay entre vosotros? —quiere saber Fabio.

Lo miro a los ojos fijamente.

—No hay nada. Te he dicho que es gay —le sonrío, restándole importancia.

—Eso no implica nada.

—¿Ah, no? Pues yo creo que lo implica todo.

Permanecemos un momento en silencio.

—¿Estás enamorada de él?

Siento cómo los nervios se apoderan de mi estómago. Ni yo misma me creo mis propios argumentos, pero llevo años actuando, soy una profesional y he mejorado mi interpretación con el paso del tiempo, dando como resultado un trabajo magistral.

—¡¿Qué?! ¡¡No!! ¡Por Dios! Somos amigos desde que tengo uso de razón, ¡déjate de chorradas!

—Si tú lo dices. —Se encoge de hombros.

Cuando terminamos el exquisito chocolate con churros, nos vamos a casa.

Aprovecho que en el trayecto Fabio se detiene a hablar con un amigo que se ha encontrado para escribirle un wasap a Joel:

> Te he visto raro y sé que algo te pasa.
> A mí no me la das.

No tarda en contestar:

> **Joel**
> No me pasa nada, Pecas. Solo estoy cansado.

Le vuelvo a escribir:

> Cuando te despiertes, llámame.

165

Me manda un *gif* de una chica con cara de aburrimiento, seguido de un:

> **Joel**
> Deja de acosarme. Eres peor que tu madre.

Sonrío y retengo las ganas de contestarle con alguna chorrada porque nuestras conversaciones son eternas siempre, pero sé que debo dejarle dormir y solo le envío el emoticono de un corazón.

Al llegar a casa y entrar en el salón, me encuentro todas las bolsas de la compra del Primark sobre la mesa. Son tantas que la cubren por completo.

—Tengo que irme, Sara. Me lo he pasado muy bien estos días gracias a ti —se despide Fabio.

—¿Te marchas ya? ¿Y cuándo vuelves?

—No creo que vuelva. Ahora este piso es tuyo y siento que estoy invadiendo tu espacio. Pero, si quieres, podemos tomar algo cuando esté por aquí.

Lo miro a los ojos y de repente me doy cuenta de que siento cosas. Hasta ahora creía que era simple atracción, pero me descubro echándolo de menos. Su mirada, su sonrisa, su olor, su sola presencia, su apoyo... Él.

No comprendo demasiado bien el nivel de intimidad que he alcanzado con él en tan poco tiempo, pero tengo más confianza que con mucha gente que conozco de toda la vida. Me ha transmitido tanta seguridad que me he abierto con él y ha sido algo inesperado, pues somos dos completos desconocidos. Sin embargo, comprendo que no todo tiene que tener un motivo. Hay cosas que suceden sin más, sin señales previas, como las estrellas fugaces.

No puedo seguir ignorando mis sentimientos y huyendo. Este podría ser el final de todo, pero me niego a que lo sea. Dicen que los trenes solo pasan una vez en la vida y ya es hora de que coja el mío. Ya es hora de cambiar de estación, porque siempre espero en la parada equivocada. Mi destino depende de ello. Me voy a subir en este maldito tren, aunque está casi marchándose y a pesar de saber que su único destino es estrellarse contra un muro.

Lo agarro del jersey para atraerlo hacia mí y besarlo con todas las ganas que he estado conteniendo desde que lo vi. El vértigo del rechazo aprisiona mi estómago, pero me vence la esperanza. Todo mi cuerpo se pone en tensión en cuanto mis labios entran en contacto con los suyos porque no me esquiva, más bien me rodea la cintura con sus manos para atraerme más hacia sí y besarme con ganas.

Después de un beso tan intenso como breve, abro los ojos al separarme de él, con miedo a lo que puedo encontrarme, pero se desvanece en cuanto abre los suyos, pues lo que veo es algo muy bonito y transparente. Real.

—¿No estarás para mi cumpleaños? —musito un tanto avergonzada.

Fabio me sonríe con ternura.

—¿Quieres que esté?

—Me gustaría, sí.

—Pues tienes mi número. Solo dime el sitio y la hora y allí estaré.

—Vale —sonrío como una tonta sin poder evitarlo.

Me coge la mano y la besa con dulzura sin dejar de mirarme a los ojos.

—Me alegro de que por fin te hayas arriesgado, Sara. Nunca lo hubiera imaginado. Eres una caja de sorpresas. Nos veremos pronto.

Me da la espalda y desaparece de mi vista para ir a su habitación y recoger sus cosas.

Permanezco en una nebulosa hasta que el sonido de la maleta al rodar y después la puerta al cerrarse me indican que se ha ido. Me pongo a saltar y a bailar como una quinceañera enloquecida hasta que algo chirría a mi espalda. Me vuelvo de golpe al escuchar el ruido y me encuentro de frente con la cara de Nuria, que todavía no ha conseguido cerrar la boca. Suelto un grito por el susto que me da.

—¿Qué haces aquí? —exclamo con la mano en el pecho.

—¡Estaba comiendo! —Señala la mesa a modo de excusa.

—¿Has estado aquí todo el tiempo?

¡Vaya pillada!

—¡Pensaba que me habías visto!

—¿Cómo iba a verte si te cubrían las bolsas? Podrías haber saludado o algo.

—No me ha dado tiempo, ¡os habéis empezado a comer la boca sin previo aviso! —se queja.

—¡Joder! ¡Qué vergüenza! —Me cubro el rostro con ambas manos.

—¿Vergüenza de qué?

—No sé. No puedo pensar ahora —admito.

—Sara, ¿qué pasa?

Me acerco al sofá y me dejo caer sobre él. Mi amiga se sienta a mi lado.

—Creo que soy bipolar. Se supone que debería estar contenta, o sintiendo mariposas en el estómago, de hecho, lo estaba, pero…

—Perdona, ¿ese bailecito ridículo que estabas haciendo no era porque estabas contenta? —critica.

Pongo los ojos en blanco.

—Ha sido la emoción del momento, pero solo puedo pensar en qué le ocurrirá a Joel.

—¿Joel? ¿Qué le pasa a Joel ahora?

—Pues que antes lo he visto raro y me ha dejado preocupada. Creo que desde que estoy aquí me estoy obsesionando más con él, no dejo de pensarlo. Y encima me siento culpable por Fabio, es como si le estuviese engañando y eso me hace sentir peor persona aún.

Nuria hace aspavientos con las manos para que me olvide de todo.

—Vamos a ver, no eres mala persona por estar enamorada. Lo importante es que te hayas lanzado y hayas dado el paso para besar a ese pedazo de tío, ¡eso es todo un logro viniendo de ti! Estoy muy orgullosa. Yo, por mucho que alardee, no me hubiese atrevido. Y si no has sentido nada, no es culpa tuya, al menos lo has probado, ¿no? Es mejor eso a quedarse con la duda.

—Sí que he sentido algo, pero no lo que esperaba —respondo.

—A lo mejor lo que esperas no es más que una ilusión que ha creado tu imaginación, Sara. No hay nada peor que las expectativas, y tú llevas muchos años alimentándolas —conjetura—, deben de tener el tamaño de un puto tiranosaurio, tanto es así, que si alguna vez tienes algo con Joel, nunca va a estar a la altura.

—Puede ser —me río.

—No le des más vueltas a esa cabecita, que te conozco. Ha sido un simple beso. No suenan campanas de boda ni su familia deshonrada va a exigir un duelo al sol por dejarlo plantado en el altar —bromea, mirando la hora en la pantalla de su móvil—. Tengo que irme. —Me da un beso fugaz en la mejilla al tiempo que se levanta—. Prométeme que luego me enseñarás toda esa ropa que te has comprado.

—¿Adónde vas? —investigo.

—He quedado con un *match* de Tinder, después te cuento.

—¿Qué tal con tu casero? —pregunto.

—¡Bien!

—Pásalo bien. Te quiero. —Le sonrío orgullosa.

—Eso espero, porque llevo diez condones dispuestos a estrenarse. Te quiero. —Lanza un beso al aire y se marcha.

Nuria es una de esas mujeres que brillan con luz propia y te ayudan a brillar a ti. Es como un arcoíris en mis días grises. Una persona vitamina. Ella tiene sus problemas, claro que los tiene, pero se esfuerza siempre en hacer felices a los demás, hasta ha hecho de ello su profesión, y por eso la quiero infinito.

Deliberando sobre lo que acabo de hablar con ella y lo que ha sucedido con Fabio, he llegado a la conclusión de que es mejor preguntarse «¿te acuerdas?» que «¿te imaginas?». Y como dice una de mis canciones favoritas, *Hazlo* de Leiva, no hay que quedarse con las ganas, hay que vivir como si hoy fuese tu último día. Ese ha sido mi mantra en la vida: vivir y hacerlo con una enorme sonrisa, buscando siempre el lado bueno de las cosas.

Pero últimamente tengo la sensación de estar perdida, supongo que será por todos los cambios que han acontecido de golpe en mi vida. Siento vértigo. Pero debo pensar que no pasa nada, aunque me equivoque, porque incluso los errores cometidos en el pasado me han servido para convertirme en la mujer que soy hoy. Al fin y al cabo, de los errores se aprende, ¿no? Y, si algo he aprendido, es que para poder querer bien a los demás, lo primero es quererse a una misma.

Por eso el gran amor de mi vida soy yo. Me ha costado mucho entenderlo, pero al final he descubierto que tengo que repetirme lo que me quiero cada día, como se lo digo a los demás, para que no se me olvide, por si ese día fuese el último y porque me lo merezco.

Recojo las bolsas del salón. Me paso la tarde colocando ropa en el armario y esperando a que suene el teléfono. Pero no lo hace. Bueno, miento. Mi madre me llama al móvil, se lo cojo y le confirmo que sigo viva. Ella me da consejos vitales de supervivencia y nos despedimos.

19

Sorpresa

Hoy es lunes y me encuentro en mi puesto de trabajo. He estrenado uno de mis nuevos modelitos. Un vestido vaquero muy cortito con unas botas de color beige de ante. Me he hecho dos trenzas y me siento divina.

El domingo estuve sola porque Nuria se quedó en casa del chico que había conocido, por lo visto han conectado muy bien. Bueno, que estuve sola es un decir, pues escuché entrar y salir varias veces a Leonor con el perro. Creo que hoy se irán por fin.

Como he terminado lo que tenía que hacer, saco el móvil para entrar con la clave que me ha dado Nuria en mi *podcast*. Así puedo responder yo misma a los comentarios que me vayan dejando.

Compruebo que desde el otro día hay muchos más, unos veinte. La mayoría me anima a confesar mis sentimientos a Joel. No les hago ni caso. Yo solo tengo intención de responder uno en concreto. Me pongo a escribir:

Querido Darth Vader:
En primer lugar, gracias por tu comentario. Solo el hecho de que alguien se tome la molestia de invertir su tiempo en preocuparse por los demás ya indica que eres una buena persona.
Me dices que soy una heroína por confesar mis sentimientos en público, pero yo no me atribuiría semejante hazaña, pues lo hice

obligada por mi amiga, y he de admitir que un poco borracha también, aunque si te ha servido de ayuda, a ti o a otras personas, pues ya por eso ha merecido la pena la vergüenza que tengo ahora mismo.

Siento curiosidad por saber qué es eso que no te atreves a contar. Ya que yo he soltado todas mis miserias ocultas, te animaría a hacer lo mismo. Al fin y al cabo, somos personas anónimas y no estamos aquí para juzgar a nadie, sino para compartir inquietudes y tratar de ayudarnos, ¿no? Y ya de paso te confieso que soy una cotilla empedernida y que, si no me lo cuentas, no volveré a dormir el resto de mi vida.

Hay algo que comentaste que me ha hecho pensar: «Si sois amigos de verdad, estoy seguro de que nada cambiará entre vosotros. Y si no te atreves a hacerlo, puede que dejes pasar los mejores recuerdos de tu vida».

En cuanto a lo de animarme a confesarle mi amor, estaría de acuerdo en hacerlo si no fuese gay, pero los hechos son los hechos y sería tan absurdo como declararse a un oso panda. Si sabes que es imposible, ¿para qué arriesgarse a perder una amistad de las buenas? Porque, aunque él no cambiase conmigo, sé que yo sí lo haría con él y no me compensa asumir el riesgo.

Y con respecto a dejar pasar los mejores recuerdos de mi vida, te cuento un secreto: estoy dando los pasos necesarios para el cambio de estación que me aconsejaste. Espero llegar a tiempo a ese tren y que no vuelva a descarrilar.

Gracias por todo y espero volver a tener noticias tuyas.

Un beso,

Madrid

—¡Sara! —La cantarina voz de Beli me pone en alerta.

Doy a enviar el mensaje sin ni siquiera repasarlo.

Me levanto corriendo de mi sitio para dirigirme hacia la

entrada y ver qué mosca le ha picado a la secretaria. En cuanto llego, dos ojos de color índigo impactan contra mí.

—Ha venido Joel, ¿te acuerdas de él? —me informa ella tan feliz—. Quiere saber si ya tienes su presupuesto.

Lo miro con cara de asesina.

—Pues… no. He estado muy liada y no me ha dado tiempo. Pero me pondré con él a lo largo de la semana. —No suelto que no pienso hacerlo porque ella no lo entendería.

Sé de sobra que no quiere ningún presupuesto de nada. Se lo ha inventado para venir a tocarme las narices. No entiendo qué mosca le habrá picado. He estado todo el fin de semana esperando a que me llamase y ahora, de repente, se presenta aquí sin motivo.

—No entiendo qué hay más importante que un nuevo cliente. Si no fuera por ti, me iría a otra empresa —añade él, sin dejar de mirar a Beli.

Ella, que ahora mismo está obnubilada con el capullo de mi amigo, me hace un gesto con la mano para que desaparezca, cosa que hago a regañadientes, pero no sin antes echarle un mal de ojo al idiota que tengo por amigo.

¿A qué viene todo esto?

En cuanto me siento en mi silla, cojo el móvil y le mando un wasap:

> ¿Eres tonto? ¿Qué pretendes? ¿Que me despidan?

Como es obvio, no obtengo respuesta porque está de risitas con la otra.

Le escribo de nuevo:

> No sé qué leches te pasa, pero si tienes un día malo no lo pagues conmigo. Te prefería cuando solo te veía una vez al mes.

Esta vez sí que contesta:

> **Joel**
> Lo sé.

Me obligo a no escribir nada más porque estoy enfadada y, cuando haces las cosas en caliente, todo sale mal.

El resto del día no logro concentrarme. Solo puedo verlo con esa mujer.

Al llegar a casa, mientras abro la puerta escucho voces. Miro al techo con cara de «no quiero entrar, me largo de aquí», pero algo me infunde valor y me anima a pasar al salón, donde me encuentro con todo un espectáculo.

Pichí está despatarrado, de manera literal, en el sofá. Dos niños de unos seis años juegan al pilla pilla entre la mesa y las sillas, descolocando y tirando todo cuanto encuentran a su paso entre risas. Un señor de unos cincuenta años se encuentra sentado en uno de los dos sillones que hay junto al sofá viendo la televisión, que está a todo volumen porque los gritos de los niños no le dejan escuchar.

—Pero ¿qué coño pasa aquí? —protesto—. ¡¿Quién es toda esta gente?!

Estoy a punto de volverme loca.

—¡Eso mismo digo yo! ¡Este mes no pienso pagar el alquiler! ¿Eh? Ya te voy avisando —protesta Nuria, que aparece junto a mí de brazos cruzados.

—Vamos a la cocina, que allí por lo menos nos escucharemos —le propongo.

Llegamos a la cocina y nos encontramos a Leonor sentada en uno de los taburetes, charlando con una chica de nuestra edad que lleva un bebé metido en una especie de bandolera sobre su pecho.

Ambas están bebiendo cerveza, pero la madre se bebe los botellines de dos en dos, como si fuesen zumo de frutas.

—… lo importante es que no sepan que tienes miedo, que no te vean titubear, porque los niños son como los perros, lo huelen —le aconseja la dueña de Pichí a la madre.

—¿Se puede saber qué hace toda esta gente aquí? —me quejo.

Ellas dos me miran tan tranquilas.

—No te preocupes. Acabo de venir de la agencia de poner una reclamación —me informa Leonor indignada.

—¿La agencia? —repito confusa.

—¡Claro! Hay el doble de reservas que habitaciones y tendrán que hacerse cargo. Todos hemos pagado y a ver ahora quién se queda en la calle.

—¡Por lo menos que nos manden a un hotel! —añade la madre.

—Nos tendremos que apañar como sea.

—¡Tu tía está loca, Sara! —me recrimina Nuria indignada.

—¡Cállate! —la reprendo para que nadie se entere de que soy la sobrina de la persona que ha montado todo este circo. Porque ya lo que me faltaba es que me pidiesen responsabilidades a mí.

Mi cerebro echa humo.

—¿Podríais decirme dónde se encuentra la agencia? Yo también voy a poner una reclamación —les pido.

Cuando Leonor me pasa un trozo de papel donde ha escrito el número de la agencia, aparecen los dos niños pegándose como si estuviesen luchando a muerte y me arrancan el papel de la mano para hacerlo trizas.

—Necesito gritar. —Coloco ambas manos sobre mi cabeza, que me va a explotar.

—¡Ya lo tengo! —exclama Nuria—. Ven.

Me coge de la mano para llevarme a mi cuarto, que está lleno de cosas que no son mías, como por ejemplo, un carro de bebé y miles de maletas. Está empezando a temblarme el ojo, estoy a punto de convertirme en Mrs. Hyde.

Nuria cierra la puerta una vez que estamos dentro.

—¡Nuria! ¿Qué haces?

—¡Calla! Siéntate —ordena al tiempo que separa la silla del escritorio para que la obedezca.

Me planta los cascos en las orejas, los micrófonos delante de mí y pulsa el botón de grabar de su móvil.

—Tú solo fluye, déjate llevar. Has nacido para esto, Sara. Hazme caso, que te va a servir para desahogarte —me anima.

20

Podcast

—¡Hola, Madrid!

»La dueña de este *podcast* que ahora mismo estoy usurpando para vomitar mi ira y quedarme relajada cree que si cuento en voz alta lo que se me pasa por la cabeza el mundo brillará más. Ese nivel de tara mental tenemos. Así que allá voy.

»¿Vosotros qué esperaríais si alguien os ofreciese vivir en su casa? No sé, porque a lo mejor soy yo la rarita y lo que me está pasando es lo más normal del mundo. Se suponía que iba a ser algo de lo más sencillo. Lo típico. Llegas al nuevo piso, te instalas, pagas tu alquiler o no, dependiendo del parentesco que tengas con la propietaria de la vivienda, compartes gastos de suministros… y poco más. Para mí eso sería lo lógico.

»Lo que no es normal es que te encuentres tan feliz en tu nueva casa y que de repente comience a aparecer gente por todas partes. Lo peor de todo es que, si todavía esas personas fuesen formales, hasta podría hacer la vista gorda, ¡pero es que son raros! ¡Muy raros!

»Para que os hagáis una ligera idea. El primero que llegó fue el hombre de mis sueños… Vale. Lo admito. Este no cuenta como gente rara y, además, podría quedarse a vivir aquí de por vida sin importarme en absoluto. Él parece bastante normal…, perdón, voy a ser sincera, ¡sus abdominales no son nada normales! Joder, tendríais que verle cuando viene a ducharse a mi baño con una toalla a la cadera. Parece un modelo de calzoncillos. Está para morir pecando. ¡Jesús!

»Os estaréis preguntando por qué viene a ducharse a mi baño. Luego os lo cuento. Lo importante es que él fue quien me contó que alquilaba una de las habitaciones de manera habitual y por eso tenía llaves. No me convenció el tema demasiado, pero una es débil y me cegó su físico... ¡Ah! Eso, y que cocina como mi abuela de rico, por lo que no me importó ficharlo como compañero de piso.

»Mi tía, la avara propietaria del piso en cuestión, le ofreció a una amiga alquilarle una habitación a un módico precio para que yo no estuviese sola y ella aceptó, pues mi madre sufre de un inquietante síndrome de posesividad por el cual no me deja ni respirar. Este síndrome consiste, básicamente, en creer que voy a morir si ella no está a mi lado, y lo peor es que es contagioso.

»Vale, pues ya estaban las tres habitaciones del piso ocupadas. Se suponía que mi amiga, el hombre de mis sueños y yo íbamos a ser felices los cuatro, pues ya sabéis que mi amor platónico, Anakin, siempre está en mi mente. ¡Ay, pero qué ilusa fui! Todavía faltaban por sumarse a la fiesta Pichí, Leonor, una madre alcohólica de mellizos poseídos por el diablo y un hombre sordo.

»Para que os hagáis una idea. Pichí es un perro que bien podría confundirse con un bisonte americano, cuya llegada al piso fue tratar de violarme. Gracias a que estaba mi querida amiga cerca porque, de lo contrario, no sé qué habría sido de mí. No entiendo cómo Leonor se pasea con semejante dinosaurio tan tranquila por la calle si ni siquiera puede sujetarlo. Tener ese tipo de perro si pesas menos de cien kilos debería estar prohibido. Yo pasé terror de verdad. Creo que me he traumatizado para el resto de mi vida. Y mi madre en casa tan tranquila. Por cierto, Pichí y sus gigantescas pelotas están monopolizando el sofá en este preciso instante.

»Y ya, como colofón final, tenemos a la madre de dos mellizos y un bebé, que bebe cerveza sin parar, la madre, no el bebé, porque no sabe enfrentarse a ellos. Como no le hacen ni caso, ella prefiere no mirar mientras destrozan casas ajenas jugando a correr y gritar como si fuesen Tarzán y Chita en la selva. A todo esto, un señor de mediana edad ha aparecido misteriosamente sentado en un sillón junto a Pichí, con la tele puesta al máximo volumen, pero no se mueve ni habla. Solo respira, o eso creo.

»Quiero prender fuego a la casa para que salgan todos de aquí y así poder cambiar la cerradura. Pero puede que me metan en la cárcel si hago eso, ¿no? ¿Hay algún abogado por ahí?

»Aunque, si queréis que os sea completamente sincera, esta mala leche que me gasto hoy no se debe a que mi casa parezca el coño de la Bernarda, no, todo tiene una explicación y es muy sencilla: tengo un ataque de celos como un castillo y no sé gestionarlo.

»Nunca antes había visto a Anakin tontear con una mujer y, al hacerlo, ¡joder!, me he vuelto literalmente loca. Bueno, para seros sincera, tampoco lo he visto nunca con ningún chico, pues siempre se ha cuidado muy mucho de que nadie lo pillase con pareja. Pero creo que no me sentaría tan mal verlo con un hombre como con una mujer.

»Tenía más que asumido que estaba solo con hombres y no me ha hecho ninguna gracia comprobar que también hace el idiota con mujeres. En mi interior me había construido la maravillosa y a la vez absurda idea de que, si algún día decidiese estar con una mujer, yo tendría opción preferente. Entonces, el hostiazo de realidad que me he dado al ser consciente de que eso podría no ser así es lo que ha rematado el día.

»¡Qué difícil es redirigir los sentimientos cuando ellos ya han elegido por su cuenta a quién amar! Es una mierda, porque no he podido pensar en otra cosa el resto del día, y ahora mismo sería capaz de matar a alguien con mis propias manos, como por ejemplo a Leonor y a Mancillator. Volviendo al tema: que a duras penas me aguanto a mí misma. Los he imaginado juntos, cogidos de la mano, paseando por el parque… ¡si hasta he visto a sus hijos, por Dios Santo! Estoy fatal.

»Como ya sabéis, no me caracterizo por ser la más comedida del mundo, pues no sé mantener la boquita cerrada. Todavía no comprendo cómo he conseguido no preguntarle en todo el día si de verdad se siente atraído por ella o es solo un juego, ya que se supone que las mujeres no son lo suyo. Las mujeres para Anakin tenemos el mismo atractivo que una boñiga seca en medio de la calle. Pero, entonces, ¡¿por qué coño lo hace!?

»Me gustaría saber por qué tengo ese maldito sentimiento de posesividad hacia él. Siempre he escuchado que el amor no es retener, sino soltar y que, en esa libertad, la persona quiera volver a ti. En teoría, si vuelve, es que te ama, y si no vuelve, es que nunca lo hizo. Y a mí esto no me queda demasiado claro: ¿No se puede obligar a alguien a amarnos? Es que yo no quiero soltarlo, yo lo que quiero es apretarlo muy fuerte contra mi pecho para que no se vaya nunca. Entonces, ¿no sería amor? ¡Vaya jaleo!

»Está visto que enamorarme de personas imposibles *is my passion*. Comencé enamorándome perdidamente de Mario Casas a los doce años. Recuerdo los besos que le daba a aquel pobre póster que tenía colgado en la pared, uno de los que regalaban con la revista *Súper Pop*. Los besos al principio eran castos y puros, pero después comenzaron a ser menos ingenuos y a contener lengua, hasta que al final el pobre Mario se quedó sin boca y me vi obligada a tirarlo a la basura con gran pesar para que mi madre no descubriese mis actos impuros.

»Después vino Nick Bateman… ¡Oh! Con Nick he pasado muy buenos y tórridos momentos. A él le siguieron muchos más que no pienso nombrar porque seguro que los *millennials* como yo ni los conocen. Yo no es que sea *centennial*, como mi madre, pero sus gustos anticuados, en cuanto a hombres se refiere, me han dejado huella. Bueno, que me lío, lo que vengo a decir es que en mi vida real he terminado enamorada del chico que tenía más cerca, que era, a la vez, el que siempre estuvo más lejos. ¿Y qué significa esto? Pues que tengo más posibilidades con Mario Casas que con él.

»"No te enamores con el primer beso", me advertían siempre mis amigas, ¡y yo, como buena idiota que soy, me enamoré sin ni siquiera besarlo! A día de hoy sigo soñando con nuestro primer beso. ¡Seré gilipollas!

»Puede que sea rara, pero no sé sentir menos, siento con todo, no puedo vivir con el freno de mano puesto, estoy harta de tanta represión de mí misma, siento sin pensar en las consecuencias, todo lo hago sin pensar, según me viene, y así me va. Me gustaría poder romper todos los tabúes, acabar con los roles y dejar de lado los mitos sobre homosexualidad y heterosexualidad, porque somos almas libres y amamos el interior del individuo, lo que es por dentro, su esencia y no solo su género.

»Encasillándonos en esto nos estamos perdiendo gente maravillosa. Es injusto que te obliguen a amar a alguien por ser lo correcto o porque la mayoría lo haga. ¿Desde cuándo el amor es correcto? ¿Desde cuándo se rige por leyes? El amor debe ser libre, salvaje, pasional. ¿No es esa su propia naturaleza? Yo lo amo precisamente por eso, porque él no frena mis sueños, siempre ha desplegado mis alas, y no voy a ser yo la que corte las suyas.

»Nos pasamos la vida pensando en lo que debemos hacer o no, en lo que podría haber sido y no fue, pero nos tenemos que quedar con lo que realmente es y no con lo que soñamos que sea. Las medias tintas no sirven para escribir historias bonitas.

»Debo asumir de una maldita vez por todas que el amor de mi vida solo está en mi imaginación, nunca será real, o al menos no de la forma que a mí me gustaría que fuera, porque real es. He aguardado demasiado y no quiero que se me pase la vida esperando un tren que ni siquiera tiene estación aquí. Sé que debo avanzar y abrir mi corazón a otras personas, pero si quererle me da miedo, os confieso que no hacerlo me aterra. Y hoy he sentido ese terror por primera vez.

»De repente, no tengo interés por gustarle a nadie más que no sea él. Me resulta imposible imaginar que se fije en mí porque, para empezar, ni siquiera le gusta mi peculiar forma de vestir; además, he de mentalizarme de que ¡le atraen los hombres! Y, de atraerle alguna mujer, lo haría otro tipo de mujer, una diosa perfecta, no el desastre personificado que soy yo, llena de curvas e inseguridades.

»No suelo compararme con otras chicas porque he aprendido que no es el físico lo único que importa en la vida y que ya bastante daño nos ha hecho la Historia como para seguir avivando la llama del odio entre nosotras. Meterse con otra mujer ya está pasado de moda, lo único que demuestra es la poca autoestima y educación que tiene quien lo hace, aunque ahora mismo me resulte inevitable envidiar sus piernas infinitas, su larga melena azabache, su sonrisa perfecta y cómo lo mira, con ojos de leona en celo, dejándole más que claro que se lo tiraría en el baño sin dudarlo. Yo, sin embargo, ni siquiera soy capaz de decirle lo guapo que es.

»No, definitivamente creo que debo centrarme en otra relación, como me ha recomendado Darth Vader, y he descubierto que una conmigo misma es lo que necesito de verdad, pues acabo de dejar a mi novio de hace cuatro años y ni siquiera me conozco. No sé quién es esa mujer en la que me he convertido cuando me miro al espejo. Dudo si quiero seguir siéndolo o deseo volver a mis orígenes. Aunque tampoco descartaría tratar de ligarme a mi nuevo compañero de piso/okupa, pues está para mojar pan y bragas. ¡Madre mía, deberíais verlo! Pero no es solo eso. Me hace sentir... especial.

»Lo siento. Esto no me lleva a ninguna parte, estar confesando mis debilidades en público me hace sentir vulnerable y perdida. Espero que se me pase pronto este cataclismo emocional que me han provocado los celos y Pichí, para lograr convertirme en una mujer madura de la hostia, que para eso se supone que he venido a Madrid. Estoy segura de que algún día lo conseguiré y será entonces cuando encuentre a mi tornillo perdido y seremos felices juntos.

»Hasta pronto, Madrid.

21

La vida comienza
cada día por primera vez

Mi madre me llama al móvil, se lo cojo y le confirmo que sigo viva. Ella me da consejos vitales de supervivencia y nos despedimos.

Nuria y yo nos miramos, negamos con la cabeza y termina recriminándome:

—¿Vas a hablar con ella alguna vez en tu vida?

—Nunca encuentro el momento, pero me tiene frita.

—Pues creo que estás tardando demasiado.

—Yo también.

Pasado un rato, Nuria sigue alabando mi desparpajo frente a un micrófono, afirmando que he nacido para esto. Suena el timbre y ambas nos miramos.

—Como venga algún inquilino más, te juro que lo empujo por las escaleras —amenazo mientras salgo hacia la entrada como un miura, sin dar opción a mi amiga de detenerme.

En cuanto abro la puerta, me quedo paralizada al encontrarme de frente con Joel, que no entiendo por qué llama si tiene llaves. Ahí está, con su mirada de perdonavidas y su pose de dios del mundo. Lleva unos vaqueros roídos, una camiseta blanca y una cazadora de cuero. Me debato conmigo misma entre cerrarle la puerta en las narices o dejarlo entrar.

—Cuando me encuentro en medio de una maldita guerra interna, te miro y me siento a salvo, Pecas.

—¡Muy bonito! Pues a mí me ocurre justo lo contrario contigo. ¡Te miro y quiero aniquilarte! —Le sonrío de manera muy falsa a propósito y él finge que se le ha clavado un puñal en el pecho.

De pronto, se me viene a la cabeza aquella canción de Sabina que habla sobre amores que matan y por eso nunca mueren. Y es que a mí este amor me está matando, pero el cabrón cada vez es más fuerte.

—¿Qué haces aquí? —pregunto, sin dejarle entrar.

—¡Oye! Me esperaba otra bienvenida —se queja—. Siempre me has recibido con un beso y un abrazo.

—Eso era antes de que te propusieras que me despidiesen.

—Eso es lo que más me gusta de ti, que pasas de ser un ángel a la más zorra del mundo en un solo segundo. —Sonríe de medio lado.

—¿Zorra yo? Voy a ir esta noche al hospital para contarle a tu jefe lo mal que trabajas, a ver qué tal te sienta —protesto.

—Yo sé que soy el mejor. Me da igual lo que le cuentes a mi jefe. —Se encoge de hombros.

—¡Oh! No esperaba menos del dios de la modestia —me quejo.

—Dejemos las discusiones, Pecas. He venido a buscarte.

Mi corazón da un vuelco. «Deja de emocionarte por cualquier chorrada que te diga, idiota», le ordeno, molesta por sus intensas palpitaciones.

—¿A buscarme para qué?

—Para que te vengas a mi casa. Coge el cepillo de dientes.

—¿Por qué?

—¿Cómo que por qué? ¿Tienes que tener un motivo para venir a mi casa? Lo que no entiendo es que no lo hayas hecho ya… ¡Ah…! Porque ese tío te tiene monopolizada —me reprocha.

Si no tuviera tan claro que le gustan los hombres, juraría que hay un atisbo de celos en su mirada.

—¿¡Cómo!? ¿Me estás echando en cara que haya salido con Fabio?

—¡Claro que sí!

184

Mi boca no es capaz de cerrarse.

—¿Estás loco? No te reconozco. ¿Ahora vas a actuar como un novio celoso?

«Sí, ya te gustaría», me digo.

Él se cruza de brazos para mirarme a los ojos.

—Claro que estoy celoso, Pecas. Desde que has llegado no has tenido ni un solo minuto para mí. Al principio pensaba que sería porque te estabas adaptando, pero luego he descubierto que no, que para el único que no tienes tiempo es para mí.

Mi gozo en un pozo, solo son celos de amigo.

—Has estado trabajando de noche y durmiendo de día. ¿Qué quieres que haga? No te he querido molestar…

—Pecas, no quiero reñir contigo. Te perdono. Venga, coge el cepillo de dientes. —Me mira con esa sonrisa pícara que solo él sabe poner.

—¡Pues yo no te perdono a ti! —Me cruzo de brazos para hacerme la digna.

—¿Ves por lo que nunca podría estar con una mujer? Os gusta regodearos en el drama y en las broncas, en vez de pasar del tema y seguir de buen rollo.

—Yo no quiero regodearme en nada, no seas idiota.

—¿Entonces? ¿Qué coño te pasa?

«¿En serio no lo sabes?».

—Lo que me pasa es que no entiendo que te presentes en mi trabajo para ridiculizarme delante de mi jefa y que luego vengas con el cuento de que me perdonas… ¡¿Tú?! ¡Te tendría que perdonar yo! —Me muerdo la lengua para no añadir que también me saca de quicio que se ponga a tontear con ella.

—Para tu información, he ido a tu oficina para dejarle bien claro a la cotilla de la secretaria que nadie te ha regalado el ordenador por hacer mamadas y para que no sospechase que somos amigos, me he visto obligado a tratarte mal. Solo estaba disimulando. Así que perdóname, va.

—¿Qué? ¡No! ¡Así no se pide perdón! —insisto.

Él niega con la cabeza.

—Está bien, tú lo has querido.

Se agacha para cargarme en su hombro como si fuese un saco de patatas. Yo suelto un chillido y pataleo para que me deje, pero, lejos de eso, entra en el piso, camina hasta mi habitación, donde se encuentra Nuria, que grita al vernos aparecer de repente.

—Hola, Nuria —la saluda tan pancho.

—¡Nuria, ayúdame, joder! —chillo al verla sentada en la cama, mirándonos tan tranquila.

Ella sonríe y levanta las manos en señal de inocencia.

—Yo no quiero saber nada. —Se parte de risa.

—¡Traidora! —grito enervada.

Joel coge el cepillo de dientes y una mochila en la que mete cosas que no veo. Vuelve a salir por el pasillo. Cierra la puerta del piso con el pie y baja las escaleras conmigo a hombros gritando y pataleando como una loca.

—¡Bájame! ¡Que se me ve el culo!

Al llegar a la calle, me deja en el suelo y le doy con el puño varias veces en el estómago, cosa que no le hace ni cosquillas.

—¡¿Eres tonto?! ¡Esto es secuestro! —protesto mientras trato de peinarme con las manos y recuperar mi dignidad.

Él suelta una carcajada.

—Venga, Pecas, no te hagas la dura. Tienes que ver una cosa muy importante y no nos va a dar tiempo si continúas con estas chorradas. —Me da la mochila. Me la pongo a la espalda a regañadientes. El enfado deja paso a la curiosidad.

—¿Qué es lo que tengo que ver?

—Una cosa que no olvidarás nunca. Quiero compartirlo contigo porque eres la única que merece verlo.

Se acerca a una moto negra enorme, se monta y todas mis fantasías eróticas se convierten en realidad. Mi mente no puede evitar verme encima de él, moviendo mis caderas mientras…

—Toma, ponte esto. —Me pasa un casco que hay colgado en el manillar y rompe el momento polvo motero.

—¿Tienes una moto? —pregunto mientras se abrocha el casco.

—Es lo más cómodo para ir al trabajo. Odio el metro y con un coche te comes todo el atasco.

«Yo te comería todo el atasco con mucho gusto», piensa mi mente todavía perturbada por la imagen de Joel sobre una moto. No sé por qué me resultan tan sexis los hombres en moto.

Tiende su mano hacia mí y la cojo para que me ayude a montar en la parte de atrás, pues es muy alta. Tiro del vestido para que no se me vean las bragas. Me indica dónde debo apoyar los pies, lo hago y me agarro a la parte trasera de la moto.

—Agárrate fuerte a mí o saldrás volando en la primera curva —ordena mirando hacia atrás a través del casco. Pero no le hago caso. Todavía estoy enfadada.

Entonces acelera con fuerza y frena en seco, consiguiendo que me empotre contra su espalda y me agarre a su cuerpo por inercia.

—¡Así me gusta! —exclama por encima del sonido del motor con una sonrisa triunfal.

—¡Cabrón!

La moto comienza a moverse de nuevo. No puedo evitar recrearme en la sensación que me produce rodear con mis brazos su torso duro. Apoyo la cabeza en su espalda y observo cómo sortea los coches a derecha e izquierda. Nunca he montado en moto, pero creo que a partir de hoy me convertiré en adicta.

En cuanto entro en su piso reconozco su energía al instante. Podría relacionar perfectamente esta casa con mi amigo sin saber que es suya. No sé por qué, quizá por su olor, o por su esencia. Todo está colocado a la perfección, limpio de manera pulcra, sin nada por el medio. Los únicos colores son blanco y negro. Está claro que somos polos opuestos.

—¡Bienvenida a mi humilde morada, Pecas! —exclama abriendo los brazos.

—Sí, claro, tan humilde como todo lo que te rodea. Siempre serás un pijo que se disfraza de pobre.

Él sonríe porque sabe que se lo digo de broma. A cualquier otra persona le partiría la cara.

Me siento en el precioso sofá de cuero blanco que preside el enorme y luminoso salón, me recuesto y cierro los ojos para respirar hondo.

—Nunca creí que echaría tanto de menos el silencio —susurro.

Él se sienta a mi lado, pero de costado para mirarme de frente, con un pie en el sofá.

—¿Por qué no hemos parado de discutir desde que has llegado? —suelta.

—Se acabó el silencio —protesto.

—No quiero reñir contigo, Pecas.

—Ni yo contigo, pero si te comportas como un gilipollas, no me queda más remedio.

—Pues creo que la que se comporta como una idiota eres tú.

—¿Para eso querías que viniera? ¿Para seguir discutiendo hasta que te dé la razón?

—No. Solo quiero aclarar las cosas. Pensé que al vivir aquí estaríamos todo el tiempo juntos, y resulta que casi tengo que pedirte audiencia. Encima, voy a verte al trabajo y en vez de alegrarte, casi me echas a patadas —alega molesto.

—Joel —cierro los ojos un segundo para armarme de paciencia—, tengo el piso lleno de gente extraña. Esa gente hace gastos que no sé quién va a pagar. Me llevo trabajo a casa y encima lo hago gratis. Tú trabajas de noche y duermes de día. ¿Crees que he tenido tiempo o ganas para irme de fiesta contigo? El sábado te dije que me llamaras cuando te despertases y no lo hiciste.

—No quería molestar.

—¿Por qué ibas a molestar? —pregunto.

—Por si estabas con ese tío.

—¿Con Fabio?

—Como se llame. Pensé que estabas con él —arguye.

—¿Y qué tiene eso que ver con que me llames? ¿No puedo hablar contigo, aunque esté con él?

Se mantiene un momento en silencio. Cuando algo no le cuadra se encierra en sí mismo y espera a que escampe.

—Puedes quedarte aquí si quieres. Al menos hasta que se vaya toda esa gente. No sabía que habían llegado tantos.

Me sorprende que me proponga tal cosa. Vivir con él debe de ser como estar en un régimen dictatorial lleno de normas, porque es muy cuadriculado, solo hay que ver cómo están colocados sus libros.

El sonido del móvil interrumpe lo que iba a decirle.

—Es Nuria —le informo—, como me has secuestrado, estará preocupada.

—¡Oh, sí! A juzgar por su risa, estará preocupadísima. Cógelo. Yo voy a ducharme. En media hora entro al curro y te vienes conmigo.

—¿Cómo que voy contigo?

Se levanta del sofá, me guiña un ojo mientras sonríe y se marcha dejándome con miles de preguntas en la punta de la lengua y suspirando por ese culo prieto que tiene. Da igual, luego lo hablaremos.

—¡Hola, Nurita! —respondo al teléfono.

—¡Nurita mis cojones! —grita mi amiga—. ¿Se puede saber dónde coño os habéis metido? Estaba al borde del infarto. Casi llamo a la policía y todo.

—Pero si has visto que estaba con Joel, ¿qué me va a pasar? —me río.

—Eso mismo le he dicho a Sole, pero ha empezado a meterme mierda en el cerebro, que si un secuestro…

—¡¿Qué?! —la interrumpo.

—Yo qué sé. Aparece Joel contigo a hombros gritando y nunca más se sabe de ti, joder. Creía que ibais a volver, pero no volvéis. Tampoco contestabas mis llamadas. ¡Estaba al borde del infarto!

Mientras habla sin parar, miro un segundo la pantalla y compruebo que, efectivamente, tengo veinte llamadas perdidas suyas y otras diez de Sole. Por suerte ninguna de mi madre, que ya habría llamado a los geos para que acudieran a rescatarme.

—Vale. Vale. Tienes razón. Lo siento. Joel me ha llevado a la calle y no he caído en la cuenta de avisarte —le explico.

—¿Cogida? —La escucho reírse.

—Sí, me ha llevado por las escaleras como me has visto, cargada al hombro como un saco de patatas. Todo muy romántico. Ahora estoy en su casa porque me quiere llevar a su trabajo esta noche. No me preguntes más, yo tampoco sé por qué. Ya conoces sus misterios. Así que supongo que me quedaré aquí a dormir —le explico.

—Madre mía. Vaya tontería que os traéis los dos —farfulla riéndose—. ¡Oye! ¡Tengo un notición! ¿Estás sentada?

—A ver, déjame adivinar, tu *match* del otro día te ha pedido matrimonio —la vacilo porque es alérgica al compromiso—. Por cierto, no pienso perdonarte que no me hayas contado nada todavía.

—No hemos tenido tiempo de hablar nada, tía, bastante tenemos con esta casa de locos en la que me has dejado tirada. Además, Sole tampoco ha contado nada de Rascafría, ni tú a ella de tu morreo con el macizo, así que estamos las tres empatadas en secretos.

—Venga, vale —claudico.

—¡Escucha bien! ¡Mis jefes van a crear un *podcast* solo para ti!

—¿¡Qué!? ¡Ni de coña! —exclamo.

—¡Que sí! ¡Que sí! Se llamará *En busca de mi tornillo perdido* y tienes libertad para decir y hacer lo que quieras…

Siento cómo el pánico se va apoderando de mi cuerpo mientras escucho la emocionada voz de mi amiga. Las piernas me tiemblan y el párpado del ojo derecho también.

—Nuria, te he dicho que no —sentencio, haciendo acopio de la poca fuerza de voluntad que tengo.

—Sara, son quinientos euros por *podcast*. Solo tienes que hablar delante de un puto micrófono sobre lo que te dé la gana. Nadie entiende por qué, pero a los oyentes les gustas. Además, ya sabes que podemos camuflar tu voz para que Anakin no te reconozca. Piénsalo, ¿vale? ¡Pero estarías loca si dijeses que no!

—Ya lo hablaremos. Ahora no puedo pensar. Tengo que dejarte —miento.

Esto es una auténtica locura, ¡si yo solo suelto tonterías que se me van pasando por la cabeza sin ningún tipo de orden! Pero necesito ese dinero. Y también necesito pensar en otra cosa.

Como Nuria me dio las claves para entrar en su cuenta, compruebo si tengo algún comentario en el último *podcast* y sí, ¡lo tengo!

Joel (tercera consulta)

—¿Qué te pasa, tío? Estás raro.

—¿Ya estamos otra vez con lo mismo? —renegué.

—¿Y qué pretendes? ¿Que no te diga nada? Llevo más de media hora haciéndote una puta mamada y la tienes más blanda que un puto flan.

Me levanté del sofá y me subí los pantalones de mala hostia. Ni siquiera me había dado cuenta de lo que estaba haciéndome porque estaba pensando en otras cosas. Él me miró con suspicacia.

—Te lo he advertido. No tenía ganas y has insistido —le reproché.

—El problema es que últimamente no tienes ganas nunca —insistió.

—¿Y qué quieres que haga? Ya te he dicho que estoy muy agobiado. El trabajo me tiene demasia...

—Es por ella, ¿a que sí? —me interrumpió.

—Joder, tío, ya empiezas a aburrirme con tus jodidas paranoias de mierda.

Me fui a la cocina para que hubiese más oxígeno entre nosotros, porque me estaba atosigando demasiado y, cuando me sentía acorralado, salía el monstruo que siempre trataba de esconder y era bastante peligroso. Él me siguió.

—Joel, puedo entender que estés confundido, pero lo que no

entiendo es que lo niegues. Siempre nos hemos prometido sinceridad —me reprochó enojado.

—¡Yo no te he prometido nada! ¡No te equivoques! Sabes lo
que hay desde el principio. Nunca te he mentido —rugí furioso.

—Quizá a mí no me hayas mentido, pero te mientes a ti
mismo cada día, que es peor. ¿Qué adelantas con fingir que eres
gay?

Clavé mis ojos inyectados en sangre en los suyos. Si me hubiese dejado llevar, le habría pegado una buena hostia en esa cara perfecta que tiene.

—¡¿Fingir?! ¿Quién está fingiendo? ¡Claro que soy gay! Si no se
me levanta la polla contigo a lo mejor no es por mi culpa —bramé
lleno de ira.

Él trataba por todos los medios de mantener la compostura
porque sabía que si se ponía a mi nivel estaba perdido. A pesar de
mis años de terapia, no conseguía controlar la ira.

—Llevamos más de un año saliendo, Joel, pero me escondes
como si te avergonzaras de mí. ¿No me dijiste que habías salido del
armario? ¿O acaso entras y sales según te interesa?

—Yo no estoy saliendo contigo. No te equivoques. Follamos
de vez en cuando y punto —le contradije.

—No puedo creer que me estés diciendo esto después de todo
lo que hemos vivido —dijo molesto.

—Pues has tenido todo un año para asimilarlo. En ningún momento has sido nada más para mí y te lo advertí desde el primer día.
Si no has querido ver la realidad como era, es tu problema. Te pedí
que no te enamorases de mí. Yo no sé amar y, además, no quiero
hacerlo. No entiendo la puta manía que tiene todo el mundo de
querer cambiar a los demás. Acéptame como soy y si no, vete a la
mierda. Yo no pienso cambiar para gustarte.

—Me resisto a asimilar que seas tan cruel. —Negó con la cabeza, dolido.

—Y yo me resisto a admitir que seas tan dramática —lo dije en femenino a propósito, porque sabía que lo odiaba, pues él era muy masculino.

—¿Dramático? Tú eres quien se empeña en esconderse bajo ese personaje que has creado, pero déjame que te diga una cosa: no te lo crees ni tú. Estás enamorado de esa tía hasta los huesos y a mí no me la das. No podrías mirar a nadie más como la miras a ella.

Solté una risa irónica a modo de provocación.

—Estoy harto de tus celos infundados. Si no sabes admitir una derrota, cara guapa, no es mi problema, siempre hay una primera vez. Pero deja de ver fantasmas donde no los hay.

—¿Ni siquiera te lo has planteado? —preguntó, cruzándose de brazos.

—¿Plantearme qué?

—Tirártela. Así saldrías de dudas.

«Tirártela» resonó en mi cabeza como un agravio titánico, la estaba tratando como si fuese una cualquiera en mi presencia y eso era algo que no estaba dispuesto a permitir. Ella era sagrada. Lo cogí por la pechera de la cazadora y lo estampé contra la pared. Pegué mi frente a la suya y lo miré con cara de asesino.

—Como vuelvas a referirte a ella en esos términos, te partiré la cara —rugí contra su boca—. No tienes derecho a insultarla.

—Vale, lo retiro. Lo siento, pero ¿no te das cuenta de lo que estás haciendo? —Trató de zafarse de mí, pero lo apreté más contra la pared. Cuando me cabreaba tenía una fuerza descomunal a pesar de ser menos corpulento que él.

—Lárgate de mi vista. Recoge tus cosas y vete. No quiero volver a verte —le solté de golpe.

—¿Qué? ¡No puedes estar hablando en serio, Joel! ¿Me echas así de tu casa? ¿Sin más?

—Si no respetas a mis amigos, no me respetas a mí. Esto ya está más que quemado. Es mejor dejarlo así —afirmé algo más sereno ante la perspectiva de que se fuera.

—Yo no estoy quemado. Estoy enamorado de ti hasta las trancas y lo sabes. Pero ya veo que tú no lo has estado nunca de mí. Esperaba un día tras otro, porque estaba seguro de que con el tiempo aprenderías a quererme, pero me equivoqué —sollozó con los ojos anegados en lágrimas. Era la primera vez que le veía llorar, pero no sentí nada.

Nada.

—Lo siento. Me hubiera gustado que terminásemos mejor, pero no sé qué ha pasado y ahora ya es tarde —admití para que no se sintiera tan mal. Al fin y al cabo, se había portado muy bien conmigo. Al César lo que es del César.

—Yo sí sé lo que te ha pasado y, aunque no lo quieras admitir, deberías hablar con ella y aclararlo. Joel, no eres gay. Puede que seas bisexual, pero esa mujer te atrae y no puedes negarlo. Da igual que no seas capaz de decirlo en voz alta. Pero al menos deberías ser sincero contigo mismo.

Ya me estaba tocando los cojones con que no era gay.

—¿Y tú qué eres ahora, el que reparte el carné para ser gay o qué? —arremetí.

—No, pero nos ha costado muchos años conseguir el respeto de la gente y ganarnos ciertos derechos, como para que ahora llegues tú riéndote de lo que implica ser homosexual.

Me revolvió el estómago esa puta basura que acababa de soltar por su bocaza. Estaba harto de tanta hipocresía.

—No te voy a permitir que uses ese discurso contra mí. Estoy harto de que haya gente que se crea superior a los demás por el mero hecho de pertenecer a un colectivo. Yo no necesito que me pongas una etiqueta para saber quién soy y cómo soy. No necesito que me reconozcan ningún mérito. No quiero que me clasifiquen por ser más o menos gay que nadie, ni que me den un premio. ¿Quién eres tú para decidir si soy gay o no? ¿Acaso te crees mejor que yo? Me acuesto con quien quiero y soy libre de hacerlo. A nadie le importa mi condición sexual y nadie debería juzgarme por ello. ¿Qué importa si me gustan los hombres, las mujeres, las dos cosas, si me siento un día una cosa y al siguiente otra, si me gusta amar a ocho personas, a dos o a ninguna? ¿Qué coño le importa a los demás con quién follo? Lo que debería importar es que seamos buenas personas y no hagamos daño a otros, ser nosotros mismos, lo demás es una mierda. ¿O es que acaso si me atraen los hombres soy mejor? ¿Ya no me vais a ajuntar en vuestro grupito? ¿Quién es el que está discriminando a quién? Solo por el simple hecho de pensar diferente a como piensas tú, ¿ya no pertenezco a un colectivo? ¿Vas a ser tú quien me expulse? Pues yo creo que ser homosexual, heterosexual, asexual, pansexual, demisexual, lithsexual, autosexual, antrosexual, bisexual o lo que coño queramos ser, no depende de dar explicaciones, sino de luchar por los derechos de todos para que gente como tú no nos juzgue ni nos critique por no pensar como ellos. Porque esto es una dictadura. Ni todos los gays somos iguales, ni todos los heterosexuales lo son, joder. En el momento en el que diferenciamos a unos de otros ya estamos discriminando. Pero ¿cómo quieres que no nos discriminen los demás, si tú mismo lo estás haciendo conmigo? Pongámonos en el supuesto caso de que me hubiese enamorado de una mujer, como tú dices, entonces, ¿ya no soy gay? ¿Qué sería? ¿Ya no tendría identidad? Perdona que te diga, pero es lo más absurdo que he escuchado en mi vida. En mi DNI no pone que soy gay, pone que me llamo Joel Martínez Inojosa y esa persona es libre de ser lo que le salga de los cojones. Yo he nacido gay, me atraen los hombres y me siento orgulloso de serlo, es mi naturaleza y punto. Además, me ha costado muchos palos izar esa bandera. Pero si me siento atraído por una persona, por su interior, por cómo me hace sentir, y resulta que es del sexo opuesto… ¿qué soy? ¿Un monstruo? No me gustan las mujeres, me gusta ella y solo ella. Punto. No veo justo que me critiques por ello, ni mucho menos que me condiciones. Eso no es nada inclusivo y me hace sentir menospreciado. Justo lo que llevamos criticando desde que todo comenzó. Justo lo opuesto a nuestra reivindicación.

—Vaya. Te has quedado a gusto.

—Todavía no he terminado. Formar parte de un colectivo no significa que pensemos todos igual y que actuemos todos igual. No somos un rebaño de borregos. Somos individuos libres. Formar parte de un colectivo significa que todos luchamos por la misma causa y que compartimos los mismos ideales. De ahí a obligarme a tener que ser como tú, hay un abismo. Eso es una dictadura y nadie dice que tu manera de pensar sea mejor que la mía. Si no respetamos al prójimo, ¿cómo coño nos van a respetar a nosotros?

—Por lo menos he conseguido que admitas que la quieres.

No le respondí. Cogí las llaves de la moto y el casco. Me dirigí hacia la puerta y antes de salir, me volví para mirarlo.

—Cuando vuelva, no te quiero ver aquí.

—Joel, espera, por favor, podemos...

Cerré la puerta esperando no volver a verlo en la vida.

¡Qué equivocado estaba!

22

Nunca se sabe el origen de la alegría

Hola, Madrid:

Quiero darte la enhorabuena una vez más por tu *podcast*; no sé lo que tienes, pero consigues que me quede enganchado hasta el final cada vez que te escucho y eso es raro en mí, porque el tiempo no me sobra precisamente. Será que me siento identificado con cada cosa que cuentas, o también podría deberse a tu frescura al narrarlo, da igual, al final lo que importa es que estoy enganchado a tu historia con Anakin, o más bien a ti. Se nota que no hay edición, trampa ni cartón, y eso hoy en día, en tiempos de filtros y perfiles falsos, es algo que vale oro.

A juzgar por lo que cuentas de que el tal Anakin (que ya le podías haber puesto otro nombre al pobre muchacho) ha tonteado con esa chica, creo que lo hace porque necesita ser liberado de sí mismo. Parece que no tiene demasiado claro lo que quiere o le gusta. Desde mi punto de vista, puede ser que no le atraigan solo los hombres, sino que se haya visto obligado a cargar con esa armadura por algún extraño motivo…, no sé, ¿quizá debido a algo que ocurriese en su infancia? Da la impresión de sentirse atraído por las mujeres también. De igual forma, deberías aclararlo con él. Sois adultos. Es mi humilde opinión.

Cada cosa que dices de él es contradictoria, de lo que deduzco que tú tampoco lo tienes demasiado claro. No parecéis amigos.

Los amigos de verdad no deberían ocultarse cosas tan importantes, ni por tu parte ni por la suya. Espero que algún día te atrevas a dar el paso y también que nos lo hagas saber.

Con respecto a tu curiosidad en cuanto a mi experiencia en el amor, tienes razón, somos anónimos y no nos juzgamos, solo conversamos para tratar de ayudarnos, así que te confieso que a mí me sucede algo parecido a lo tuyo: un amor no correspondido. La diferencia es que ella no es homosexual, simplemente le gusta otro hombre, que al final es peor, pues tú no tienes la culpa de no gustarle, es su naturaleza. Lo mío es harina de otro costal.

Desde niño me he sentido excluido del mundo. No encajaba en ninguna parte, ni siquiera en mi propia familia. ¿Sabes lo que es una oveja negra? Pues te presento a la más negra de todas. No entendí mi lugar en el mundo hasta que ella me sonrió; a partir de entonces comprendí que viviría para ver esa sonrisa y que haría cualquier cosa para que jamás se apagase. La pena es que nunca brilla por mí, porque su corazón ya está ocupado y debo aceptarlo. Ese es mi pesar, contado *grosso modo*.

Espero que con mi escueta confesión hayas saciado tu vena cotilla y que logres dormir tranquila esta noche.

Un beso,

Darth Vader

Una involuntaria sonrisa se dibuja en mi rostro según voy leyendo sus palabras. Las yemas de los dedos me arden porque quiero contestarle mil cosas. Y lo hago:

Hola, Darth:

Creo que sería conveniente dejar de darnos las gracias por todo e ir al grano, que ya hay confianza.

En cuanto a Anakin, creo que tiene muy claro que le gustan los hombres, no duda en absoluto. Lo sé porque a mí nunca me ha echado una triste ojeada, ni siquiera cuando hago *topless* en la playa, y mira que le pido que me dé crema, pero nada, siente la misma excitación que el que unta mantequilla en el pan. Lo que he aclarado con él ha sido el motivo por el que ha ido a mi trabajo para tontear con esa mujer en mis narices y su respuesta ha sido que quería llamar mi atención porque no le hacía suficiente caso. Que está celoso de que no le dedique más tiempo. Yo no me lo creo, ¿y tú? Aquí hay gato encerrado.

Cuando he leído todas esas cosas de la oveja negra me has recordado a mi amigo. Él es igual. Os llevaríais bien. Puede que algún día quedemos todos y nos riamos de esto. Debo añadir que, con las cosas tan bonitas que dices de esa mujer a la que tanto amas, no entiendo que ella no te corresponda. A ver, no te conozco, pero pareces una persona educada y con mucha sensibilidad. Seguro que por eso no le atraes, porque las mujeres somos tan tontas que solo nos gustan los malos, los que sabemos que nos va a hacer sufrir. Esos que llevan el cartel de *motherfucker* escrito en la frente. Pero eso lo llevamos de serie, no va a cambiar. Y ya que tanto me aconsejas a mí declararle mi amor a Anakin, ¿por qué no intentas tú lo mismo? ¿O ya lo has hecho? Espero que no sea así y me lo cuentes todo con pelos y señales. Ya sabes que si no sacias mi vena cotilla me cuesta dormir.

Tengo que irme, viene Anakin.

Un beso.

P.D.: Me han dado un espacio para que grabe el *podcast* de manera habitual. ¿Qué te parece?

Estaría durante horas hablando con esta persona a la que no conozco, pero con la que, en cierta manera, he conectado. La cercana voz de Joel consigue que bloquee el móvil a toda prisa.

—¿Qué haces? —pregunta.

¿Que qué hago? Admirarte. Babear. ¿Cómo es posible que a alguien le quede tan bien un pijama de enfermero, joder? Trato de que no se me note demasiado que lo miro más de la cuenta, pero es que esos pantalones de color azul se le ajustan al culo y le hacen un cuerpazo de escándalo. Además, la camiseta de manga corta deja adivinar sus fibrosos brazos y el escote en pico ese cuello aterciopelado que tanto me gusta...

—Nada —contesto.

—¿Por qué escondes el iPhone? —insiste.

—No lo escondo, está aquí —chillo con una voz demasiado aguda.

Él eleva una ceja y me observa.

—Pecas.

—¿Qué?

—¿Qué me ocultas? Últimamente estás muy rara.

—¡Nada! Te queda muy bien el uniforme. —Cambio de tema.

—Bueno, luego te someteré al tercer grado. Ahora tenemos prisa. Vamos.

—¿En serio voy a ir contigo?

—Claro.

23

Una declaración de amor en toda regla

¿Alguien cree que el amor puede tener edad? Pues el que piense eso está muy equivocado y voy a demostrar por qué.

De camino al hospital nos hemos parado en un Rodilla para cenar un par de sándwiches y hacer tiempo hasta la hora de entrada de mi amigo, que es a las once de la noche.

Cuando Joel y yo llegamos a la quinta planta del Ramón y Cajal, nadie parece darse cuenta de que voy a su lado, pues solo lo saludan a él. Eso sí, las mujeres de una manera mucho más efusiva que los hombres, lleven bata o no.

—¿Saben que eres gay? —susurro muerta de celos cuando nadie nos oye mientras avanzamos por uno de los pasillos.

—¿Acaso tú vas contando al mundo que eres hetero? —gruñe.

—No.

—Entonces, ¿por qué he de hacerlo yo?

—¡Porque todas babean por ti! ¿No lo ves? Eso es hacer trampa.

—Pecas —se detiene frente a mí para cogerme por los hombros y mirarme a los ojos—, ¿puedes olvidarte por un momento de tus chorradas y prestar atención a esto? Necesito que me hagas un enorme favor y es muy importante que no te distraigas. ¿Crees que serás capaz?

—Depende de…

Me zarandea un poco para que deje de hablar y me río al ver su cara.

—Probemos de nuevo. ¿¡Crees que serás capaz!? —repite.

—¡Sí, señor! —exclamo como si fuera un marine.

—Así me gusta.

Nos dirigimos hacia una pequeña sala de curas, donde hay dos chicas que llevan el mismo uniforme que Joel, supongo que son enfermeras. Estaban charlando y riendo hasta que hemos aparecido.

—Hola, bombón —lo saluda la morena exuberante de ojos verdes.

—¿Qué tal, Roxana? —responde él tan tranquilo mientras ella lo devora con la mirada.

—¿Has descansado? —le pregunta la rubia en un tono menos sensual.

—Un poco, gracias, Sonia.

Roxana y Sonia pasan de mí como de comer mierda, literal, ni me miran.

—Buenas noches —las saludo, haciéndome la simpática.

Ellas clavan sus felinos ojos perfectamente delineados en mí y al final la rubia contesta.

—¿Puede esperar fuera? No está permitido que los pacientes ni los acompañantes entren aquí. Enseguida la atenderé.

Joel me mira con cara de chiste y suelta una risa.

—Es amiga mía, Sonia, no es una paciente —le explica—, se llama Sara y le he pedido que me ayude esta noche con lo que ya sabéis.

—¡Oh! ¡Perdona! —se disculpa apurada.

—Encantada de conocerte, Sara. Pensábamos que Joel no se relacionaba con el resto de humanos del planeta, por eso ni se nos pasó por la cabeza que vinieras con él —bromea Roxana.

Yo sonrío algo cortada.

—No me relaciono con quien no quiero —aclara él.

—Con nadie —agrega ella.

—Porque no quiero —añade él.

—Vale. Venga. Dejaos de tonterías —media Sonia—, ¿habéis traído las flores?

—Sí, las he puesto ahí —contesta Roxana.

—Está bien. Las pancartas las han coloreado los niños. ¿Y tú? —se dirige a mi amigo.

—Yo la he traído a ella.

Ambas me observan como si fuese un perro verde. No sé dónde meterme.

—Necesitamos que alguien entretenga a Jimena mientras preparamos todo, ¿no? Esa niña nos descubriría a los dos segundos si nadie la mantuviese en su habitación. Para eso está Sara —explica él.

—Vale. Bien. —Les parece buena idea a ambas.

—¡¿Qué!? ¿Quién es Jimena? ¿Y cómo voy a entretenerla? —protesto.

—Ahora te lo cuento.

No logro hacerme una idea de cómo deben de sentirse todas y cada una de las personas que trabajan aquí. Tienen que tener un corazón enorme, pero a la vez una mente muy fría para no permitir que ese corazón se rompa cada vez que se vacía alguna de estas habitaciones.

—¡Hola, princesa!

—¡Joel! —Una niña pequeña de unos seis años, muy delgadita y sin nada de pelo, corre a abrazarlo. Lleva un camisón azul de *Frozen*.

—No aguantaba más sin verte, estaba deseando que llegasen las once para poder venir a felicitarte —le dice él, que ahora está arrodillado con la niña abrazada a su cuello y riendo.

—Ya lo sabía —contesta ella, ahora un poco cortada.

—Mira, Jimena —Joel la coge de la manita para traerla hasta mí—, quiero que conozcas a la persona más especial que hay en mi vida, después de ti, por supuesto.

—¿No será tu novia? —Frunce el ceño y él se parte de risa.

—No. Es amiga mía desde que teníamos tu edad y ha venido para conocerte. Se llama Sara.

Me agacho para mirar de frente a una niña preciosa cuyos ojos azules reflejan las enormes ganas de vivir que tiene ese cuerpecillo menudo. Admiro cómo se enfrenta a una lucha tan cruel ella solita, con una espada que pesa mucho más que ella. Sin saber qué le deparará el futuro. Sin entender por qué le ha tocado a ella.

—Hola, preciosa. Joel se pasa el día hablando de ti, ¿sabes?

—Me gustan tus trenzas —gorjea.

—¡Gracias!

Mi amigo me dedica una mirada que, si no es de amor, entonces es que no entiendo nada de la vida.

Ella sonríe algo avergonzada.

—No podemos ser novios porque es demasiado mayor para mí —se encoge de hombros, como si fuese la explicación más lógica del mundo, y me hace reír. Bendita inocencia.

—Anda, mentirosilla —interviene él—, cuéntale a Sara tu secreto, no seas zalamera, que yo no me enfado. Así, mientras habláis vosotras de cosas de chicas, yo voy a por tus medicinas, que se me han olvidado con la emoción del cumple, ¿vale?

—¡Pero vete de verdad! ¡No nos escuches! —Ella se parte de risa al ver a mi amigo haciéndose el escondido detrás de la puerta, porque se le ve todo el cuerpo. Yo me río también por sus ocurrencias.

—Está bien, me voy —se despide él.

Nos encontramos en medio de la habitación de Jimena. Me lleva hasta la camita, que es más pequeña de lo normal en un hospital. Las paredes que nos rodean están repletas de dibujos y fotos. Todo es color. Supongo que será para camuflar un poco la cantidad de botes, máquinas y cables que hay junto al cabecero.

—Si te cuento mi secreto, me tienes que prometer que no se lo dirás a nadie —me pide.

—¡Lo juro! —Levanto la palma de mi mano derecha en alto a

modo de promesa, pero ella me la coge para enlazar su meñique en el mío.

—Juro. Juro. Y rejuro por Arturo —canturrea mientras sube y baja nuestro lazo de meñiques.

—Se nota que estoy desfasada en juramentos infantiles —comento una vez que nos hemos soltado y ella se ríe.

—Es que Víctor y yo vamos a casarnos —susurra muy bajito.

—¿¡Víctor!? —Abro mucho los ojos.

—Sí. Llevamos mucho tiempo siendo novios y mamá ya me ha dejado casarme con él.

Al oírla pronunciar la palabra «mamá» se me eriza el vello y un fuerte escalofrío recorre mi columna. Esa madre. ¿Qué no le permitirías a tu hijita de seis años que está al borde de la muerte? Estoy segura de que si de ella dependiese le cedería la vida sin dudarlo ni un segundo. ¿Cuántas noches se habrá despedido pensando que sería la última? ¿Cuántas lágrimas le quedarán? Sin darme cuenta, tengo los ojos encharcados y me limpio como puedo para que ella no se dé cuenta, aunque mucho me temo que está más acostumbrada a ver llorar que reír.

Un sonido me saca de mis pensamientos. Ambas nos miramos y después a la puerta, sorprendidas. Comienza a sonar una canción y ella se emociona, dando palmaditas y riendo. La reconoce. Se trata de *Photograph* de Ed Sheeran.

—¡Lo sabía! ¡Sabía que tendría una fiesta! —grita.

Pero el gesto le cambia en cuanto ve a un pequeño aparecer en medio de la puerta. Su expresión refleja amor, pero amor puro, del que se debe sentir cuando estás cerca de Dios.

—Víctor —susurra para sí misma con sus ojillos brillando.

Se levanta de la cama y se acerca muy lentamente a la puerta, aunque no demasiado porque le da vergüenza.

El pequeño Víctor no tiene más edad que ella, no está más rellenito que ella ni tampoco tiene más pelo que ella, pero sí que le brillan los ojos del mismo modo. Lleva un traje de chaqueta y corbata azul marino pequeñito que sus padres habrán estado encantados de comprarle, supongo que por todas esas cosas que no podrán comprarle cuando ya no esté.

Lleva en sus manitas un ramo de flores y un unicornio rosa de peluche. Se le ve muy nervioso. No sabe qué hacer. Yo hace rato que estoy llorando sin poder contenerme.

—Hola, Jimena —dice él con su vocecita.

—Hola, Víctor. —Jimena pone sus manitas a la espalda para tratar de disimular sus nervios.

—Quería desearte un feliz cumpleaños y te he traído estos regalos. —De nuevo la vocecilla inocente de él, que la mira con devoción. Parece un hombrecito educado y yo muero de amor.

Ella sonríe y se acerca un poco más. Él también se acerca y le da los regalos. Jimena los coge como si fuesen lo más valioso que ha tenido nunca entre sus manos. Huele las flores y abraza el peluche.

—Son preciosos. ¡Gracias! —exclama ella.

Él no sabe muy bien qué hacer. Se toca las manitas nervioso. Entonces, una de las dos mamis, que están contemplando la escena asomadas a la puerta, entra para darle un toque en la espaldita a Víctor, lo que le ayuda a reaccionar y abre sus bracitos, no muy seguro de sí mismo por si ella lo rechaza. Pero ella deja las flores y el peluche sobre una mesa y se abraza a él con todas sus fuerzas.

Ese abrazo es lo más bonito que he presenciado en mi vida. Esas caritas de felicidad son lo más cercano al amor que haya visto jamás. No puedo dejar de llorar, como todos los presentes, menos Joel, al que hace años que se le secaron las lágrimas. Es todo tan bonito. Tan tierno. Y a la vez tan cruel.

Víctor y Jimena se separan. Él da dos pasos atrás como muestra de respeto y ella lo mira embobada sin poder dejar de sonreír. Cuando la canción termina y todo queda en silencio, el pequeño le pide a su madre que lo lleve a la habitación porque imagino que con tantos nervios se habrá cansado mucho.

—Buenas noches, Jimena, deseo que cumplas muchos más —se despide el pequeño desde los brazos de su madre.

Y con esta frase termino de romperme.

Salgo corriendo de allí, cruzándome por el pasillo con niños que llevan pancartas y globos. Llenos de alegría. Cumplir años aquí es toda una proeza. Una vez dentro del ascensor, pulso el botón a la planta baja a toda prisa. Necesito respirar.

24

La vida es bella

—Pecas, ¿estás bien?

La voz de Joel a mi espalda me sobresalta. No contaba con que me encontrase porque me he escondido a propósito en uno de los jardines que hay frente al hospital para poder llorar a gusto sin que nadie me pregunte nada.

Estoy tan triste que ni siquiera sé qué contestar ni cómo hacerlo.

Se sienta a mi lado y me rodea los hombros con un brazo para atraerme hacia sí y apoyarme sobre su pecho. Y lloro. Lloro como creo que nunca lo había hecho. Y él solo me abraza y acaricia mi cabello, en ningún momento me pide que pare, porque él sabe lo que significa el llanto y lo que implica retenerlo dentro.

Al cabo de un buen rato, cuando consigo calmarme un poco, me separo de su pecho para mirarlo de frente. Él limpia alguna lágrima solitaria de mis ojos con un beso.

—¿Se puede querer con todo el corazón sin perderlo? —le pregunto.

—No. Si quieres con todo el corazón siempre pierdes.

—Entonces, ¿qué sentido tiene hacerlo?

—Porque mientras quieres así, sientes la felicidad plena. Comprendes el sentido de las cosas. El motivo de tu vida.

—¿Para qué? Si luego te lo arrebatan.

—Para que aprendas a valorarlo.

209

—No te entiendo. —Niego con la cabeza.

—¿Crees que esas madres serían conscientes del amor que sienten por sus hijos si no tuviesen los días contados? Seguramente irían corriendo de un lado a otro sin tiempo para estar con ellos. Ahora se pasan el día y las noches empapándose de su compañía. Obligándose a recordar cada gesto de sus rostros por si dejan de verlos.

—Es demasiado cruel. Una madre no debería sobrevivir a su hijo jamás.

—Tienes razón. Pero si algo he aprendido trabajando aquí es que el ser humano no valora nada hasta que no tiene miedo a perderlo. El sufrimiento y el dolor son inevitables y por eso deberíamos aprender a ver sus beneficios.

—¿Cómo va a tener beneficios el dolor? —protesto.

—Claro que los tiene. Mira, por ejemplo, el sufrimiento te acerca como nada a los demás. Nos une. Se crean vínculos de por vida, brutales. Porque ante el dolor propio o ajeno, nos quitamos las caretas y nos ofrecemos a ayudar sin límites, y es ahí donde realmente encuentras una comunión fuera de lo normal. Te das cuenta de lo que es vivir y amar al prójimo.

—No sé, no creo que tengas razón —musito indecisa.

—La madre de Jimena es una empresaria que pasaba semanas enteras fuera de casa, siempre estaba de viaje y preocupada por los negocios. Ahora todo el dinero que ha ganado no le sirve para nada. Lo único que llena su corazón de alegría es ver a su hija abrir los ojos cada mañana. Cada día juntas para ella es un milagro. ¿Crees que eso lo hubiera valorado de no tener Jimena un cáncer terminal?

—No. Pero eso no la convierte en peor madre. Tiene que trabajar.

—Nadie ha dicho que sea mala madre. Seguramente lo hiciera para que a su hija no le faltase nada, pero ¿de qué le ha servido? Ahora no deja de arrepentirse por todo el tiempo que no ha estado con ella. Por las veces que estaba cansada y ni siquiera entró en su cuarto a darle un beso de buenas noches.

—Es muy injusto. —No logro dejar de llorar.

—Es una puta mierda, pero es la vida. Luego tienes al malnacido de mi padre que no se muere ni colgándolo.

Cojo su mano.

—No digas eso, Joel.

—Es cierto. Muchas veces, cuando esos angelitos se van, lo pienso. ¿Por qué no morirá la gente mala en vez de ellos?

—¿Y tú?

Le sorprende mi pregunta.

—¿Yo? ¿Qué?

—¿No te afecta que mueran? No has soltado ni una lágrima.

—Claro que me afecta. Por mucho que trates de evitarlo, terminas cogiéndoles cariño. Tienen miedo, tanto ellos como sus familiares, y tú eres lo único que los mantiene fuertes. Tengo que fingir que todo es normal y que no pasa nada. De lo contrario, todos nos derrumbaríamos. Pero cuando llego a mi casa lloro a mares.

—Te admiro. Yo no podría.

—Siempre hay alguno especial, como Jimena. Cuando se vaya me costará mucho, no voy a negártelo, pero ¿sabes qué?

—¿Qué?

—Me ha hecho prometerle que le llevaré flores a su lápida para que siempre esté bonita y que haré todas esas cosas que ella no va a poder hacer —susurra a modo de secreto.

No logro ver a través de las lágrimas. Solo soy capaz de llorar.

—¿Y lo harás?

—Claro que lo haré. Se lo debo. Y tú deberías hacer lo mismo, Pecas. Sería muy egoísta por nuestra parte seguir aquí desperdiciando la vida, ¿no crees?

—Joel…

—¿Qué?

—Te quiero.

Lo abrazo con todas mis fuerzas, hundiendo mi rostro en su cuello, y él me aprieta contra su cuerpo.

—Y yo a ti, Pecas. Y yo a ti.

25

Un lugar en el mundo

Son las seis de la mañana y acabamos de llegar a casa de Joel. La compañera a la que cubrió el otro día ha venido antes para que él pudiera salir temprano.

Yo he dormido a ratos en un sillón de la sala de curas, pero no he conseguido descansar porque a cada momento sonaba una alarma distinta. Joel, por supuesto, ni ha pegado ojo ni ha parado un solo segundo. He sido testigo de cómo sufre el dolor de esos niños como propio y eso le convierte en un superhéroe a mis ojos.

—No pensé que a estas alturas pudieras sorprenderme —comento mientras bostezo al entrar en el salón de su piso.

Me descalzo, me quito las medias y me dejo caer en el sofá. No puedo con mi alma. Necesito dormir.

—¿A qué te refieres?

—A que creía que te conocía, pero me he dado cuenta de que sigues siendo un chico oscuro y misterioso, incluso para mí —musito medio dormida.

Él me contempla como si quisiera decirme algo, pero al final susurra:

—No soy misterioso. Oscuro sí.

Percibo que me coge en brazos como si no pesara nada, supongo que para llevarme a la habitación de invitados. Me acomodo soñolienta en su pecho. Huele siempre tan bien. Al llegar a su

212

habitación, se agacha para no soltarme mientras retira con dos dedos el edredón hacia atrás. Me deja con sumo cuidado sobre las sábanas y después me tapa con el edredón. Lo del beso en la mejilla no tengo muy claro si lo sueño o no. No recuerdo nada más porque me quedo dormida por completo.

Se supone que todo debería estar en calma y silencio. No obstante, lo está todo menos mi libido. Me encuentro en un duermevela ligero que se ve alterado por el repentino abrazo de un cuerpo enorme y caliente. Sonrío al recordar que, cuando dormimos juntos, se queja porque siempre tengo los pies congelados y los pego a sus piernas para aclimatarme. «Eres una sanguijuela del calor», me dice. Pero no se aparta.

Acaba de pasarme un brazo por encima de la cintura para atraerme hacia su cuerpo, de tal forma que mi espalda se pega a su torso. Inspira el olor de mi cuello y deja su rostro apoyado en esa curvatura que se forma hasta llegar al hombro. No me hago ilusiones, porque desde que éramos niños hemos dormido así. No hay sospechas de deseo sexual por ninguna parte. Bueno, por la mía sí.

De hecho, creo que el calentón está alcanzando niveles estratosféricos, yo diría que incluso preocupantes. Necesito desahogarme como sea, pero no con el *satisfayer*, no. Necesito el calor humano y la pasión que sentía en tiempos ancestrales. El mirarlo a los ojos y encenderte. El revolcarte por toda la casa. El no poder parar.

¿Y si comienzo a mover la cadera en plan refriegue? Oye, solo por tantear. ¡No! ¡Sara! ¡Mala! ¿En qué diablos estás pensado? ¿Y si se despierta? ¡Esa es la idea, que se despierte y me eche el polvo de mi vida! ¿Y si no solo te rechaza, sino que cambia vuestra relación para siempre? ¿Una vez que hayamos echado el polvo o sin polvo?

¡Oh, joder! Las conversaciones conmigo misma no deberían estar permitidas en fase REM. Pero ¿qué hago? ¿Me voy al baño? Siento tanto calor en mi entrepierna que no sé si podré controlar mis impulsos.

213

Trato de separarme un poco de su cuerpo para ver si así se me pasa el sofoco, pero él vuelve a atraerme con más ímpetu y esta vez sí que siento su sexo bien duro contra mi trasero.

Dejo escapar un gemido ahogado al sentirlo.

¡Mierda! No voy a pegar ojo.

Noto cómo nacen gotitas de sudor en mi frente. Ya solo me hace falta que me suba la fiebre.

No lo pienso. Como suelo hacer con cada cosa que acontece en mi vida. No pienso en las consecuencias. Echo mi trasero hacia atrás buscando alguna reacción. La que sea. Y la obtengo. Siento a través de la tela de mis braguitas cómo su miembro se yergue más. Entonces, sin previo aviso, su mano desciende desde la cintura hasta mis muslos desnudos, donde sus dedos se clavan.

—Mmm..., cómo me pones, Óscar —jadea en mi oído.

—¡¿Óscar?! —grito indignada, incorporándome en la cama.

Él abre los ojos asustado y me mira como si no entendiese nada.

—¿Qué pasa? —murmura medio dormido.

Adiós calentón.

—Nada, nada. Duérmete —le calmo.

Él se gira para darme la espalda y sigue durmiendo tan tranquilo.

Yo tardo un rato en volver a conciliar el sueño.

¿Quién coño es Óscar?

No sé qué hora es, pero supongo que debe de ser tardísimo a juzgar por la luz del sol que entra por la ventana. Miro a mi alrededor algo atontada. Los muebles son modernos, en tonos blancos y negros, entonces recuerdo que estoy en casa de Joel porque él es así, o blanco o negro. Me desperezo tranquilamente hasta que mi mano choca con algo. Abro los ojos asustada y descubro sus ojos resplandecientes, mirándome.

—¡Buenos días, Pecas! —susurra.

¡Ay, madre mía! «Que no recuerde lo de anoche», suplica mi mente.

—¡Joel! ¿Qué hora es? —grito, levantándome de la cama a toda prisa.

—Son las cuatro de la tarde. —Apoya la cabeza sobre una mano con el brazo flexionado para observarme con cara de chiste. Qué guapo está recién levantado el muy cabrón. A diferencia de mí, que debo de estar hecha unos zorros—. ¿Qué se supone que haces?

—¿Cómo que qué hago? ¡No he ido al trabajo! ¡Ni he avisado! Joder, con la bronca que me echó Beli por no tener tu presupuesto hecho… esto ya era lo que me faltaba. ¿Dónde está el maldito móvil? —No paro de dar vueltas por la habitación como una loca buscando mi bolso.

Joel se levanta despacio. Tiene el torso desnudo y lleva unos pantalones oscuros de tela anchos a punto de caerse. Si me lo pidiera le hacía un traje de saliva ahora mismo. Se planta delante de mí, posa sus manos sobre mis hombros para que me detenga y lo mire.

—Pecas, céntrate. Son las cuatro de la tarde. Tu hora de salida del trabajo. ¿Qué pretendes hacer?

Me revuelvo el pelo con ambas manos.

—¡Me van a despedir!

—¿Y qué?

—¿Estás loco? ¡No puedo perder el trabajo!

Me separo de él para seguir en vano buscando el móvil, que no recuerdo donde dejé.

—Vamos a ver, ¿para qué se trabaja? Para ganar dinero, ¿no?

—Claro.

—¿Tú ganas dinero?

—No. Ahora no. Pero en tres meses lo haré.

—No. En tres meses ese capullo te echará a la calle y contratará a otra pringada que te sustituya —argumenta.

Lo miro como si estuviese viendo la reencarnación del diablo.

—¿Por qué dices eso?

215

—Beli me ha contado que ese es su *modus operandi*. Cuando me dijiste lo de las prácticas me mosqueé y por eso traté de seducirla, para que soltase prenda. La gallinita cantó y me confesó varias cosas, una de ellas es que cada tres meses tienen chica nueva en la oficina.

Vale, ahora me siento menos celosa, aunque muy enfadada. Y muy tonta.

—¡Pero el dueño es amigo de mi tía, no me haría algo así! —Trato de autoconvencerme para no volverme loca.

—Puede inventarse cualquier excusa para despedirte, Pecas, no seas ignorante.

Aguardo un momento en silencio para después dejarme caer sobre la cama.

—Mi vida es un completo desastre. Me veo volviendo a Ávila… ¡con mi madre! —Me cubro el rostro con las manos y me pongo a llorar.

Él se tumba a mi lado. Me aparta las manos de la cara para que lo mire y advierto que está a punto de reírse, por lo que se me corta el llanto al instante.

—No seas dramática. Eso le pasa a todo el mundo, joder —me reprende.

—¿En serio? ¿A todo el mundo le pasa que se le llene la casa de gente rara? ¿A todo el mundo le pasa que no le paguen en su trabajo? —Del *podcast* mejor ni hablamos y de estar enamorada de mi mejor amigo, que encima es gay, tampoco.

—Bueno, lo del piso okupa he de reconocer que solo te podría pasar a ti. —Se parte de risa—. Pero gracias a eso has conocido al amor de tu vida, ¿no?

—¿Qué dices? —Me había olvidado por completo de él.

—No te hagas la loca, que conozco esa mirada de tontita que pones cuando te gusta un tío.

Ay, si supieras lo equivocado que estás.

—Que me resulte atractivo no quiere decir que sea el amor de mi vida. ¿Luego soy yo la *drama queen*?

Me incorporo para sentarme sobre la cama en plan indio, mientras él continúa tumbado con los brazos tras la cabeza.

—Venga. Cuéntame —insiste.

—Pero ¿qué voy a contarte? ¡No hay nada que contar! —Me traiciona la risa.

—Esa risa tonta te delata, Pecas, dime, ¿por qué estabais tan juntitos el otro día en San Ginés? ¿Te lo has follado?

Le encanta pincharme. Sabe de sobra que sería incapaz de acostarme con un tío sin conocerlo de al menos mil años.

—No estábamos juntitos. Estábamos hablando tranquilamente.

—Claro, y te fuiste a desayunar con él así porque sí. Algún motivo tenía que haber, que nos conocemos.

Pongo los ojos en blanco. Tendría que asumir que no me sirve de nada tener secretos con él.

—Le pedí que me acompañase a comprar ropa —admito.

Él se incorpora de la cama y me lanza una mirada de odio mortal.

—¡¿Qué?!

—Que vino conmigo a comprar ropa.

—¿En serio? ¡No puedo creerlo! —reniega molesto.

Ahora sí que alucino.

—Pero ¿qué pasa?

—Hace más de quince putos años que nos conocemos y nunca me has dejado ir contigo a comprar ropa porque dices que me meto contigo y te condiciono. ¡¿Pero resulta que ahora vas con un tío que conoces de cinco minutos!?

—Se suponía que tú estabas durmiendo y ni Nuria ni Sole podían —me excuso.

—Claro, y tenías que ir a comprar justamente ese día.

—No me quedaba ropa limpia. Y mi madre no me manda mis cosas. ¿Qué iba a hacer?

—¡Pues lavarla! O que te la dejase Nuria, como haces siempre —protesta—. Ya decía yo que la que tenías en el armario era demasiado normal para ser tuya. ¡Mira ese vestido! ¡Podría llevarlo cualquiera!

¿Se ha vuelto loco? No entiendo qué mosca le ha picado.

—Pero ¿qué hay de malo en que fuese a comprar con él? ¿Te estás viendo? ¡Se te ha ido la pinza! —me quejo.

—Si la cuestión no es que haya algo malo en ir con él, a mí lo que me jode es que no seas sincera y te inventes mierdas para enmascarar la verdad —ataca.

—En serio, no te pillo —admito.

—Contéstame: ¿por qué querías ir con él?

—Porque él no se mete conmigo, respeta mis gustos. Solo me acompañó. Ni siquiera opinó. No me criticó. Y tú siempre te ríes de mí —confieso.

Me observa con cara de pena.

—Vamos a apostarnos algo —propone—: si ganas tú, me pides lo que sea, y si gano yo, te lo pido a ti.

—Ni de coña.

Este es capaz de hacerme ir disfrazada de gallina por la calle.

—Vamos, no seas cobarde. Si adivino una cosa, he ganado y, si me equivoco, ganas tú.

—Venga, vale.

—¿A que no compraste la ropa que tú querías? —suelta.

Ambos nos miramos. Los dos sabemos que tiene razón. Pero debo pensar algo rápido para no dársela.

—Compré ropa que me gustó y que necesitaba, dentro de mis posibilidades económicas, claro, que son nulas —me excuso.

—¡Ja! ¡Lo sabía! —festeja.

—¿Qué sabías? —Parpadeo confusa.

—Que solo querías que te acompañase para comprar ropa que le gustase a él —alega.

Me levanto de la cama como un resorte y me planto delante de él con los brazos cruzados.

—¡No tienes razón! Sabes de sobra que siempre me ha importado un bledo la opinión de los demás y que me visto como quiero —me defiendo.

—Hasta ahora —añade.

—¡No!

—Da igual, Pecas. No pasa nada. Todos maduramos. Tarde o temprano tenías que convertirte en alguien normal. Tranquila.

Si está diciendo todo esto para sacarme de mis casillas, lo está consiguiendo.

—Eso no es madurar, es ser un borrego sin personalidad. Además, ¡yo soy normal! No sé por qué me estás haciendo sentir culpable —exclamo enfadada.

—¿¡Yo!?

—¡Sí, tú!

—No pretendo que te sientas culpable. Solo quiero que admitas que ese tío te gusta. Me jode que me lo ocultes. Y me jode más aún que cambies tu forma de ser por un hombre. Ya lo hacías con Rodrigo. No quiero que vuelvas a cometer el mismo error porque después te sentirás como una mierda. Tienes que ser tú misma y no cambiar para gustar a los demás. ¿De qué te ha servido cortar con el cretino de tu ex si no aprendes nada de ello? —me explica.

Tiene razón. Me tranquilizo un poco al saber que van por ahí los tiros.

—Lo sé. Pero no creo que sea como lo enfocas, Joel.

—Yo, de momento, voy a ir pensando qué pedirte. Quizá un masaje, que tengo muchas contracturas. —Hace un gesto como si tuviese dolor de espalda.

—¡Oye! ¡No tengas morro! —me quejo.

Se ríe mientras se dirige a la cocina.

—Vamos a desayunar, anda. Hoy nos espera un día duro. —Escucho a lo lejos.

—¿Y eso? ¿Por qué? —grito para que me oiga.

—Te tengo preparada una sorpresita.

No le respondo porque pone *Como si fueras a morir mañana* de Leiva a toda pastilla.

O sea, que ya contaba con que hoy no fuese a trabajar el muy tramposo.

Cojo la mochila que me preparó ayer y me pongo una minifalda plisada amarilla con un jersey de rayas marinero, las deportivas blancas y lista. Ha metido otro par de cosas más, pero mejor me quedo con esto. Se le han olvidado las medias, porque ya hace fresco, menos mal que tengo las que llevaba ayer. ¿De dónde habrá sacado que no me gusta lo que llevo? ¡Me encanta!

26

Sorpresita

Avanzo de manera lenta con los brazos extendidos porque el anormal de mi amigo me está tapando los ojos con sus manos desde atrás, partiéndose de risa mientras me grita «¡Cuidado!» al oído y yo chillo aterrada por si hubiera algo peligroso a mis pies. Eso después de haberme traído en la moto con un pañuelo puesto en el visor del casco para que no descubriese dónde me llevaba y casi perderme por el camino.

—Te lo estás pasando en grande, ¿eh?, pedazo de cabrón —me quejo.

—Si quieres tu regalo de cumpleaños, tienes que ganártelo. —Se troncha de risa.

Este tipo de cosas son las que me gustan de él: consigue que cada día sea distinto al anterior. A su lado la vida es una aventura. Lo mismo nos pasamos un domingo viendo películas en el sofá como aparecemos de repente en Venecia. Si algo he aprendido en mi vida es que soy de las que necesitan *vivir* y para ello hay que ver, oler, reír, saltar, bailar, abrazar, besar, viajar, soñar… Quiero hacer todo eso y no quedarme con las ganas de nada. Y Joel me da alas para ello.

—¿Estás preparada? —pregunta con voz misteriosa.

Noto un atisbo de risa en su voz, así que puedo estar perfectamente al borde de un barranco o en medio de un karaoke. Tratándose de él, cualquier cosa podría ser posible.

¿Sabes cuando te proponen dar un salto de fe y tú desconoces si alguien te salvará o simplemente vas a lanzarte al vacío? Pues así me siento yo ahora mismo, aunque, dado que estamos hablando de Joel, obviamente me lanzo al vacío de cabeza, claro, porque sé que él siempre estará ahí para amortiguar la caída.

—Esto cambiará tu vida. Piensa bien si quieres que te destape los ojos o no —me advierte.

—¡Venga, hombre, que me va a dar algo! —me quejo con una risa nerviosa.

—Tú lo has querido.

Aparta sus manos con lentitud de mis ojos, pero yo los abro a toda prisa.

Lo que veo consigue que se me encharquen los ojos de lágrimas. Me arrodillo en el suelo y un montón de pelotitas peludas de color canela se abalanza sobre mí. Siempre he querido tener un perrito, pero mis padres nunca me dejaron.

—¡Feliz cumpleaños, Pecas!

Mi cumpleaños no es hasta el sábado, pero él siempre se adelanta para ser el primero, es una tradición.

—Pero… —balbuceo—, pero…

—¿No has querido siempre un perrito? ¡Pues aquí tienes un montón para elegir!

Me pongo en pie y lo abrazo con todas mis fuerzas. Casi nos caemos por el ímpetu, pero él consigue agarrarse a algo para evitar la inminente caída al suelo en el último momento.

Estamos en un centro de acogida de animales. Ya decía yo que me olía raro. Lo que me extraña es que no haya escuchado ladridos, pero es que aquí no hay demasiados perros. La mayoría son cachorritos y están dormidos.

—Mira, Sara, te presento a Gema. —Señala hacia mi espalda y veo a una chica de unos treinta años ataviada con un chándal verde que me sonríe. Ni siquiera me había dado cuenta de que estaba ahí—. Es una compañera del hospital y en su tiempo libre se encarga de cuidar a estos pequeñines.

Me acerco a ella para estrechar su mano.

—Encantada de conocerte, Gema —la saludo.

—Lo mismo digo. Me alegra mucho que hayáis venido. Estos chiquitines necesitan un hogar y estoy segura de que vosotros crearéis una bonita familia donde puedan vivir.

Los tres miramos a los cachorritos mestizos que juegan entre ellos sin preocupaciones y cada uno de nosotros seguro que piensa en cosas totalmente opuestas. En mi mente, por ejemplo, se ha grabado a fuego la palabra «familia» referida a Joel y a mí.

—Venga, Pecas, elige uno. Gema tiene que marcharse. Me ha hecho el favor de esperarnos —me explica mi amigo.

Miro a los pequeños y no sé cuál elegir. Son todos tan monos…

—No sé cuál coger. Me da pena que se queden aquí los demás —suspiro.

—¡Pues llévatelos todos! —bromea él.

—No te preocupes por eso, Sara. Los cachorros no tienen problema, se los llevan enseguida —alega Gema—. El problema lo tienen los que están allí. —Señala con la mano hacia una especie de nave pequeña que tenemos a la derecha.

—¿Qué hay allí? —indago.

—Los desahuciados.

—¿Cómo que desahuciados?

—Son los que nadie quiere. Los mantenemos aquí un tiempo y después los sacrifican —nos cuenta.

—¡No! —exclamo horrorizada.

—Joder, Gema —se queja Joel, que ya me conoce.

—Es una pena, pero no se podrían mantener tantos perros al ritmo que llegan. La asociación no tiene ni espacio ni presupuesto para soportarlo. Todos los que venimos somos voluntarios que no cobramos, pero los animales tienen una serie de necesidades que sí cuestan dinero.

—¡Pues quiero uno de allí! —afirmo.

Joel me mira y pone los ojos en blanco. Lo sabía.

—Ni siquiera sabes los perros que hay allí, Pecas. Recuerda que estos son muy monos —trata de convencerme.

—No me importa. Estos chiquitines tendrán una vida feliz sí o sí. Los demás están al borde de la muerte. ¿Por qué no salvar a alguno? Ojalá pudiera hacer más —argumento.

—Me gusta tu amiga —admite Gema mientras saca unas llaves del bolsillo del pantalón, sale del jaulón donde nos encontramos y se dirige hacia la nave en cuestión.

Joel me deja salir a mí primero y cierra el portón de hierro para que los perritos no se escapen al seguirnos. Vamos detrás de Gema y en cuanto abre la puerta del otro edificio escuchamos gemidos, ladridos y lamentos. Supongo que la estancia está insonorizada para no molestar a los escasos vecinos que hay por aquí.

Cuando entro en la nave se me rompe el alma: decenas de perros, unos de raza, otros mestizos, grandes y pequeños... todos se ponen nerviosos al vernos. Hacen cualquier cosa a cambio de un poco de atención. Pobrecitos. Gema nos va narrando la historia de cada animalito mientras caminamos por el pasillo central. La gran mayoría han sido abandonados por sus dueños y solo pienso en una cosa: ¿Cómo es posible que el ser humano pueda llegar a ser tan cruel?

De repente, al pasar por delante de una de las jaulas, mi corazón da un vuelco. Me detengo delante de la puerta y me agacho para mirar de frente a la perrita que se encuentra al otro lado. En cuanto ella me devuelve la mirada sé que no hace falta buscar más.

—¡Esta! —exclamo.

—¿Estás segura? —pregunta Joel, mirando a la criatura con recelo.

—Se llama Frida. Es muy buena, pero te vas a tener que ganar su cariño. Ha sufrido mucho y tiene fobia a los humanos —me advierte Gema—, no sé si te la recomendaría como primera mascota.

Miro a Joel y le guiño un ojo.

—Tranquila. Soy experta en ese tipo de especímenes.

Él sonríe y Gema también.

Se trata de una perrita mestiza de pelo largo y color gris azulado, creo que ese color se llama merle. Debe de ser un border collie. Tiene los ojos azules y una mirada de pena que atraviesa el alma.

Gema abre la puertecilla para ofrecerle una golosina, pero Frida se acurruca temblando en una esquina.

—Lo vamos a tener difícil. Tiene pánico. Es la única a la que no sacamos a pasear ni bañamos —se lamenta ella.

—¿Y por qué no…? —tantea mi amigo.

—No —lo interrumpo—. La quiero a ella. Solo tiene miedo y eso se supera.

Joel y Gema se miran.

—Si queréis, podéis esperar a mañana para que José, el veterinario, se encargue de entregárosla —propone ella.

—Vale, pobrecita, no queremos que sufra —admite Joel.

—No. Déjame intentarlo, Gema, por favor —le pido la golosina. Ella me la da riéndose.

—Vaya huevos tiene tu amiguita —le dice a Joel.

—¿Qué me vas a contar a mí? —se queja él.

Yo me concentro en lo mío.

Me agacho para entrar en la perrera y, una vez dentro, permanezco quieta en la esquina opuesta, esperando a que me huela y se acostumbre a mi presencia en su territorio. Como ella sigue temblando en su esquina, tratando de evitar el contacto visual conmigo, avanzo un poco hacia su sitio, pero entonces me gruñe, enseñando los dientes.

—¡Sara, sal de ahí ahora mismo! —exclama Joel, acercándose a la jaula.

Ella se asusta más y gruñe más fuerte, mostrando sus dientes al máximo, pero esta vez mirando hacia él.

—¡Cállate! —le ordeno—. Frida, tranquila —susurro.

Cuando se ha calmado un poco, avanzo otro poquito más y así hasta conseguir estar a su lado. Ella mantiene el rabo entre las patas y tiembla mucho. Extiendo la mano para que me huela, pero de pronto se encoge, haciéndose un ovillo y chillando como si fuera a pegarla, recordando las atrocidades que alguien le hizo en el pasado. Me duele tanto verla sufrir así que, sin pensarlo, la abrazo y meto la cabeza en su pecho.

Todo se queda en silencio.

Pasamos así un buen rato. Ella no se mueve, la he pillado desprevenida y se ha quedado petrificada entre mis brazos. Lo mejor es que no trata de huir y ha dejado de temblar. Alguna parte de su cerebro también recuerda que un día recibió amor.

—Si no lo veo, no lo creo —musita Gema.

Es entonces cuando siento la cabeza de la perrita apoyarse sobre la mía. Se ha relajado y parece que me devuelve el abrazo. Levanto la vista con sumo cuidado y me encuentro con su mirada, pero esta vez no veo el miedo reflejado en sus ojos, sino curiosidad. Es asombrosa la nobleza que tienen los animales. Con un solo segundo de cariño ha olvidado años de maltrato.

Me separo de ella, aunque permanezco sentada a su lado con las piernas cruzadas. Enseguida es ella la que se acerca a mí para acurrucarse en mi regazo. La abrazo de nuevo y ahora le ofrezco la golosina, que muerde poco a poco hasta que la termina.

—¿De dónde la has sacado? —le pregunta Gema a Joel refiriéndose a mí—. ¿Sabes que los perros ven el alma de las personas? Esa perra no ha dejado que nadie se le acerque desde que llegó. ¡No la dejes escapar, amigo! Voy a preparar los papeles.

Joel me observa muy serio mientras acaricio a la perrita.

—¿Sabes que eres tonta? —me regaña una vez que estamos solos.

—¿Por qué?

—¡¿Cómo que por qué!? Esa puta perra podría haberte arrancado la cabeza en un solo segundo y no podríamos haber hecho nada para evitarlo, joder.

La perra lo mira y le gruñe. Yo me parto de risa.

—¡No la llames puta! —me quejo—. Tú tranquila, corazón, que no sabe lo que dice este mentecato —le explico a ella al oído y mueve ligeramente el rabo.

—¡¿Lo has visto?! ¡Ha movido la cola! —celebro.

Él me mira como si estuviese loca.

—Debería haberlo imaginado. Si es que no aprendo. —Se aprieta el puente de la nariz para armarse de paciencia.

—¿El qué? —pregunto.

—Pues que teniendo la opción de elegir a una perra traumatizada que puede atacarte en cualquier momento, ¿por qué elegir al cachorrito mono? Sería demasiado fácil.

Le sonrío de manera angelical.

—Querido Joel, en el momento en que elegí ser tu amiga supe que mi vida sería un continuo tránsito sobre una cuerda floja. Me gustan los retos. Ya me conoces.

Él se muerde el labio inferior para retener una sonrisa.

—Voy a rellenar el papeleo con Gema. Intenta mantenerte con vida hasta que vuelva a por ti. ¿Serás capaz?

—No prometo nada. —Le saco la lengua.

—¡Qué cruz! —reniega mientras se aleja, negando con la cabeza.

—¡Hombres! No nos entienden —le digo a Frida, dándole un beso en su cabecita. Ella mueve la cola con más ganas ahora que sabe que estamos a solas.

27

Bienvenida a casa

Son las nueve de la noche. Hemos tardado un poco más de la cuenta porque no había manera de meter a Frida en el taxi. Pero al final lo hemos conseguido. Joel se ha vuelto a su casa en la moto. No me ha acompañado porque tiene que trabajar.

Nada más entrar por la puerta de casa, algo se abalanza sobre mí. No lo he visto venir. Se trata de Pichí; a Leonor no le ha dado tiempo a sujetarlo y me ha vuelto a tirar al suelo. Pero esta vez no llego ni a gritar porque Frida se lanza a por él como si fuese a matarlo. En serio, parece un lobo enloquecido, me da miedo hasta a mí. Pichí no se plantea encararla a pesar de ser el doble de grande que ella, sale huyendo con el rabo entre las patas para esconderse tras su dueña mientras Frida permanece delante de mí mostrando sus dientes a modo de advertencia.

—¡Deberías controlar a esa bestia! —protesta Leonor, indignada al ver a su perro aterrado.

—¿Yo? Perdona, pero el que me ha atacado ¡por segunda vez! es ese mastodonte maleducado. —Señalo al susodicho.

—¿Mi Pichí? Pobrecito, si solo quería saludarte. Él no haría daño ni a una mosca —lo defiende.

—¡Ah! O sea que, según tú, se supone que debería estar encantada porque un perro de cien kilos me tire al suelo cada vez que entro en casa —reniego mientras me pongo en pie.

—No te preocupes por eso, que ya nos vamos, y no creo que volvamos. Además, pienso poner una reclamación a la propietaria por admitir perros rabiosos en la vivienda.

Frida y yo pasamos por delante de ellos dos y sus maletas con paso firme.

—El único perro rabioso que hay aquí es el tuyo. Cierra la puerta al salir —indico.

Frida gruñe al pasar junto a ellos.

—¡Será zorra! —exclama mientras se marchan dando un portazo.

No parece que haya rastro de la madre con los niños por ninguna parte, ni del hombre raro. Me acerco a cada una de las habitaciones para comprobarlo y efectivamente están vacías.

—No me lo puedo creer —musito emocionada.

Suena mi móvil para indicarme que tengo tres ingresos en mi cuenta. Se trata de una tal Ángela, un tal Ramón y una tal Leonor.

—¡La madre que parió a la tita Montse! —exclamo.

No es que se haya olvidado de quitar el piso de la aplicación, es que lo ha hecho a propósito y encima ha dado mi número de cuenta para que me hagan los ingresos a mí. No lo comprendo. Podría pensar que lo estaba haciendo a modo de tirón de orejas para que me volviese a Ávila, confabulada con mis padres, pero el ingresarme a mí el dinero… se parece más a un soborno.

Decido darle un baño a mi nueva amiga porque huele a pocilga. Liamos la de Dios es Cristo en el baño porque no quiere ni ver el agua, pero me meto con ella en la bañera y al final lo consigo. He de admitir que a mí también me hacía falta una buena ducha porque he llegado con la falda más negra que amarilla.

Una vez que está seca, ni siquiera pienso comentar lo que ha hecho al escuchar el sonido del secador, corre por la casa como si le hubiese dado un brote de histeria. Pobrecilla, con la mierda que tenía encima es normal que ahora se sienta liberada y feliz. Limpia es todavía más bonita de lo que parecía.

Después, le doy de comer unos macarrones que hay en la

nevera y caliento al microondas. Mañana iré a comprar comida para perros. Menos mal que Gema ha dicho que está al día en el veterinario porque no sé cómo voy a pagar tantas cosas.

Saco el móvil para mandarle una foto de la nueva y resplandeciente Frida a Joel. Ha salido muy graciosa porque tiene el hocico lleno de tomate frito:

> Los regalos deberían ir con los gastos pagados porque si no se convierten en putadas. Esta señora come por tres.

No tarda en contestarme.

Joel
Mi regalo era un entrañable cachorrito de un chucho pequeño, no un tigre de Bengala. Ahora apechugas con tu decisión. P.D.: Los perros no comen tomate, joder. Cuando le entre diarrea ya verás qué bien.

Yo me río al ver su mensaje. Le contesto:

> La culpa la tienes tú. Sabías lo que iba a ocurrir con mi complejo de Wendy. P.D.: ¿Cómo que no comen tomate? Los macarrones le han encantado.

Joel
Tú no tienes complejo de Wendy, lo tuyo se llama estar zumbada. No piensas nunca en las consecuencias de las cosas. Se te pasa por la cabeza y ¡zas! Lo haces. Yo no puedo estar toda la vida detrás de ti cuidándote, Pecas. Tienes que madurar, se supone que has venido a Madrid para eso, ¿no? Por cierto, te recuerdo que tienes que buscar trabajo. Uno donde te paguen, a ser posible.

¿Por qué te empeñas siempre en aguarme la fiesta? Me he mantenido viva todos estos años sin ti. ¿Podrías relajarte un poco? Cada día te pareces más a mi madre.

Joel
Prefería cuando ella hacía el papel de bruja y yo solo era el amigo guay que iba a verte algún fin de semana.

Yo también, la verdad. El papel de madrastra te sienta como el culo.

Joel
Y a ti el de mujer madura. Por lo menos cuando vivías en casa de tus padres no sentía esta carga.

¡Ah! Que soy una carga. Pues ¿sabes que tú eres un auténtico gilipollas?

Joel
No pensabas eso anoche cuando metiste el culo contra mí. ¿Qué pretendías?

¿¿¿¡¡¡Qué!!!???
Casi se me cae el móvil de las manos.

¿Qué dices? Estaría soñando.

Joder, quiero morirme.

> **Joel**
> Eso espero.

Le respondo con la autoestima herida de muerte:

> Tranquilo. No estoy tan desesperada.

> **Joel**
> Pues parece que sí. A ver si echas un polvo de
> una vez y vuelves a ser la de antes. Últimamente
> no hay quien te aguante.

¿Yo? ¿Yo no soy la de antes? ¿Y tú?

Dejo el móvil de mala gana sobre la mesa mientras suelto un grito de rabia ahogado por un cojín.

Me encuentro sentada en el sofá con el camisón puesto. Iba a ver la televisión, pero se me han pasado las ganas. De hecho, se me ha quitado hasta el hambre. Siento rabia e impotencia. Y solo hay una cosa que me apetece.

Saco el móvil, introduzco la clave del *podcast* y busco si tengo mensajes nuevos de Darth Vader. ¡Y sí! ¡Ahí está! Me pongo hasta nerviosa al leerlo, por Dios. Me ha cambiado hasta el ánimo.

Hola de nuevo, Madrid:

No comprendo el motivo, pero estoy esperando a todas horas a que me contestes. Charlar contigo se ha convertido en lo más divertido que me ocurre cada día. Cosa que, por otra parte, resulta bastante patética, teniendo en cuenta que ni siquiera te conozco. Y con esta afirmación creo que respondo a tu pregunta final, esa que hace alusión a que si me parecería bien que tuvieses un espacio fijo y tu propio *podcast*. La respuesta es clara: un sí rotundo. Y si a eso le añades un horario para poder organizar mi tiempo y escucharte, ya sería maravilloso.

Con respecto a que Anakin quiera llamar tu atención porque te echa de menos como amiga, es una opción tan válida como cualquier otra, aunque vuelvo a repetirte que es algo extraña la relación que mantenéis. ¿Por qué habría de ponerte celosa con una mujer si solo te quiere como amiga? Coincido contigo: aquí hay gato encerrado.

Dices que a las mujeres os gustan los *motherfuckers* y vuelvo a coincidir contigo. No hay duda de que os gusta sufrir por amor. Cuando os lo ponen demasiado fácil, perdéis el interés, aunque, he de confesarte un secreto: a los hombres nos pasa lo mismo.

Me preguntabas si yo le había confesado lo que siento a la mujer que amo y la respuesta es no. Porque no soy bueno para ella. No aportaría nada a su vida, que ya de por sí es bastante catastrófica, como para encima añadirle más inestabilidad. No, definitivamente, no merece que nadie le haga daño. No merece sumirse en mi oscuridad. Por eso trato de mantenerme alejado, pero cada día me resulta más complicado. Porque la necesito. Necesito su risa, su alegría, su cariño, su locura, su fragilidad, su aroma… La necesito a ella. Y a pesar de eso, la alejo de mí para que intente ser feliz por su cuenta… porque es lo que tengo que hacer.

No quiero seguir escribiendo.

Un saludo.

No lo dudo ni un solo instante y me lanzo a escribirle. Estoy hasta nerviosa. No entiendo cómo antes, cuando no había Internet, podían aguantar la ansiedad hasta que llegaban las cartas en papel.

Querido Darth:

Tu despedida me ha dejado un poco triste. No sé si te refieres a que no quieres escribir más respecto al tema de tu chica o no quieres escribirme más a mí. En cualquier caso, me pondría muy triste que fuera la segunda opción y espero que sigas escribiéndome, porque para mí nuestras conversaciones también se han convertido en algo importante.

Creo que no comparto tu manera de ver las cosas. Refiriéndome a tu último párrafo, en el que afirmas que debes alejarte de ella para no hacerle daño, no sé si es una postura romántica o masoquista, aunque, en cualquier caso, equivocada.

Si amas a alguien no puedes huir de esa persona. Al final, la verdad termina saliendo a la luz. Mira lo que me está pasando a mí. Son dos casos distintos, aunque en realidad son muy parecidos: ambos nos negamos el amor. Da igual si es por un motivo o por otro. Al final los dos estamos inventándonos excusas para no hacer frente a nuestros sentimientos por miedo al rechazo.

En mi caso lo veo más complicado, pero en el tuyo… No entiendo por qué ella habría de huir de ti. Oscuridad tenemos todos, a no ser que seas un asesino en serie y no me lo hayas dicho, claro. Creo que ella es la que debería decidir si quiere asumir ese riesgo o no. Quizá os estáis perdiendo los mejores recuerdos de vuestra vida, ¿te suena?

Espero que no te siente mal, pero creo que te da miedo asumir que podría corresponderte. Vuestra relación cambiaría para bien o para mal. Y ese es el miedo que tienes, al cambio. ¿No te has planteado que ese cambio podría ser muy bonito? Podríais ser felices. ¿Y si no? Estás dejando pasar tu vida.

No lo sé. Parece que estoy hablando conmigo misma porque yo siento lo mismo que tú. No quiero que nada cambie entre nosotros, pero al mismo tiempo algo está cambiando sin poder evitarlo. Somos unos cobardes.

El móvil suena indicándome que tengo un wasap. Doy a enviar el mensaje, así como está para poder comprobar quién me escribe.

Fabio
Hola, preciosa. Espero que estés bien y que ya
hayas colocado toda tu ropa nueva en el armario.
Yo ya estoy en mi casa y… ¿quieres que te cuente
un secreto? Te echo de menos.

Lo confieso. Lo leo quinientas veces. ¿Me echa de menos? ¡Qué
sonrisa más tonta se ha dibujado en mi cara!

¡Hola, Fabio! Estaba clarísimo que me ibas a echar de
menos porque todo cuanto me rodea es paz y
tranquilidad. ¿A quién puede no atraerle eso?

Fabio
Está clarísimo que te echo de menos por la calma
que me infundes, sí.

Suelto una carcajada.

La próxima vez que vengas, tendrás nueva
compañera de piso

Fabio
Miedo me das. Conociéndote, podría ser una cabra.

No vas mal encaminado.

Le mando un *gif* de una cabra chocándose todo el tiempo contra una pared.

Fabio
Jajajajaja. ¿Ves? Has vuelto a hacerme reír en un día de mierda.

¿Por qué ha sido un día de mierda?

Fabio
Cosas de mayores.

Ja. Muy gracioso. Ahora la que se ríe soy yo. Venga, di.

Fabio
Digamos que mis jefes no dejan de apretarme para cumplir objetivos. No tengo tiempo para nada. Y lo peor es que, probablemente, no pueda ir el sábado a tu cumpleaños.

De pronto, me pongo muy triste. Sé que debería animarle para que no se preocupe, pero no puedo evitar hacer todo lo contrario.

¿En serio? Joooo. Pues vaya cumpleaños.

Fabio
Bueno, tienes a Joel.

¡Calla, que me tiene contenta! No hacemos más que discutir. Parece que lo único que quiere es llevarme la contraria en todo. Intento estar bien con él, pero nada. Antes o después me suelta alguna pullita. No entiendo qué coño le pasa conmigo.

> **Fabio**
> Lo que le pasa es que está loco por ti
> y no sabe cómo decírtelo.

> Eso es una chorrada. ¡¡¡¡ES GAY!!!!

> **Fabio**
> ¿Le has contado lo nuestro?

¡Madre mía! ¿Hay un «nuestro»? Y si lo hubiera, ¡no! ¡No se lo he contado! ¿Por qué no? Todos sabemos la repuesta, pero voy a disimular.

> No sé a qué te refieres…

> **Fabio**
> Estás de coña, ¿no?

> No

> *Fabio escribiendo…*

> *Fabio grabando audio…*

> *Fabio escribiendo…*

Al cabo de media hora, Fabio deja de escribir, no envía nada y deja de estar en línea.

Muy bien, Sara, otra persona más enfadada contigo. ¡Esto es un no parar!

Necesito desahogarme y solo hay una manera de hacerlo.

28

Podcast

—¡Hola, Madrid!

»¿No os pasa que a veces parece que todo el mundo está en vuestra contra?

»Pues yo ahora mismo me siento así. Haga lo que haga, siempre hay algo que le sienta mal al que tengo al lado y terminamos discutiendo. Puede que me esté volviendo loca o puede que sean las hormonas, no lo sé, el caso es que yo me siento igual que siempre, pero, por lo visto, soy una bomba de relojería a punto de explotar. No es posible que, de repente, todas las personas que me rodean tengan ganas de reñir conmigo. Por eso deduzco que debo de ser yo el problema.

»La pena es que solo el tiempo será capaz de medir si tengo razón o no, y no sé cómo diablos sobrevivir a esta agónica espera sin que mi cordura sufra un cortocircuito. Todo esto me produce una sensación de vacío horrible bajo los pies. Ansiedad por estar enfadada con casi todo el mundo. Nerviosismo. Es una auténtica tortura, porque yo estoy completamente segura de tener la razón en cada una de todas esas discusiones.

»Me encuentro dividida entre mis propios pensamientos y los de los demás. Por un lado, no quiero defraudar a nadie ni que se enfaden conmigo; pero por el otro, tampoco quiero traicionarme a mí misma o hacer algo que no quiero. Aunque me resulte demasiado complicado imponer mi propio criterio cuando llevo toda la vida fingiendo ser alguien que no soy. Hay veces que pienso que ni siquiera yo misma me reconozco.

»No hay nada que dé más miedo que algo que solo tú sabes que deseas que se cumpla. Mis sueños solo son visibles para mí y para aquel que sabe leer entre líneas. Aquel que con los ojos entrecerrados descubre una minúscula nota oculta a pie de página, pero una nota esclarecedora, al fin y al cabo. Y mucho me temo que alguien ha descifrado eso que tanto me aterra. Mi gran secreto.

»Por eso, supongo que el hecho de pensar que cada vez lo sabe más gente y que él podría llegar a enterarse, me tiene un poco más irascible de lo normal. He llegado a la conclusión de que ese podría ser el motivo por el que discuto con todo el mundo sin razón aparente.

»Hasta ahora Anakin había sido mi antídoto para la tristeza, la preocupación y el miedo, pero ahora se ha transformado en todos ellos. Llevo años mintiéndome a mí misma, creyendo que sería fácil amarlo en silencio, sin que nadie lo descubriese. Y ahora esa farsa se me escapa como humo entre las manos, como se me escapa todo en la vida, porque soy el desastre personificado, un torbellino sin dirección, desorganizada por naturaleza; a fin de cuentas, un desastre absoluto en todos y cada uno de los campos de mi vida. ¿Cómo se suponía que iba a ser capaz de guardar semejante secreto sin cagarla?

»Todos tenemos nuestras debilidades, nuestras excentricidades y nuestros trastornos. Los míos los creía ocultos hasta que he empezado a grabar este maldito programa… Al final discutiré también con vosotros, ¿qué os apostáis?

»No, ahora en serio. He luchado mucho para conseguir llegar hasta aquí; aunque ahora mismo me parezca todo un completo desastre, en el fondo me siento orgullosa y no pienso tirar la toalla. Lo importante es que, cuando me miro en el espejo, todavía veo a esa niña que un día se prometió a sí misma ser feliz, aún veo su brillo en los ojos, no ha perdido la esperanza y para eso precisamente he venido a Madrid. Me lo debo. Me debo poder sentirme orgullosa de mí misma al contemplar mi reflejo, y me debo poder decirme "Lo conseguiste".

»Tengo un nudo en la garganta, aunque ni siquiera soy capaz de llorar. Espero que se me pase pronto este estado de rabia contra el mundo porque no me siento orgullosa de ir tratando así a los demás…

—¡¡¡¡Saraaaa!!!!

No me da tiempo ni a despedirme de los oyentes, las repentinas voces de Sole consiguen que suba el audio a Podimo sin revisarlo antes. Creo que hasta se ha grabado mi nombre de fondo.

—¡¿Se supone que somos amigas y no me has contado que estás loca por Joel?!

«¡Oh, no! Otra bronca más», me lamento.

29

Cosas de amigas

Frida se planta delante de mí enseñando los dientes a mis amigas en cuanto entran por la puerta del salón.

—¡La hostia! —grita Sole al verla, agarrándose al brazo de Nuria.

—¿Y ese perro? —protesta Nuria—. ¿No me digas que es de otro de tus invitados? Al final montamos un zoo.

—¿Es que no te da miedo? —la recrimina Sole.

Nuria se encoge de hombros, esquiva a la perra y se sienta a mi lado tan tranquila.

—Si Sara no está gritando subida al sofá, es que el perro no hace nada. No hay nadie más miedosa que ella —argumenta.

—¡Oye! ¡Yo no soy miedosa! ¡Y es una perra! —nos defiendo a ambas.

—Lo que tú digas —farfulla al tiempo que mira hacia las habitaciones—. ¿A quién tenemos esta noche por aquí?

—Parece que de momento a nadie. Estamos solas —respondo.

—¿En serio? ¡Pues vamos a aprovechar para cambiar la cerradura!

—¡Ni de coña! —nos interrumpe Sole—, antes me cuentas lo de Joel.

—¡Joder, Nuria! —me quejo.

—¿En serio no pensabas contármelo? —Mi amiga no da crédito.

—Te dije que no iba a poder callarme, se me ha escapado —se explica Nuria—. ¿Y entonces la perra…?

No sé tú, pero nosotras somos capaces de hablar de hasta cinco temas distintos en la misma conversación. Es alucinante.

—La perra es un regalo de Joel por mi cumple —les cuento.

—¿En serio? ¿Un chucho? Cada año se supera más —se queja Nuria—. Conmigo no cuentes para sacarla a pasear, ¿eh? Un ñordo de este chucho debe de ser horrible de grande. —Pone cara de asco y me contagio.

—Nadie te lo ha pedido —contesto enfadada.

—¡Vamos a ver! ¿Quieres meter a la perra en alguna parte para que pueda sentarme y que me cuentes de una puta vez lo de Joel? —ruge Sole, incapaz de dar un solo paso mientras la perra permanece mirándola de reojo con rencor.

—No hace nada, tía, puedes sentarte —le aseguro.

—Sí, eso dicen todos y luego sus perros degüellan a gente inocente —reniega.

—¡Qué exagerada eres!

Llamo a Frida y viene corriendo para sentarse a mi lado en el sofá.

Por fin Sole se relaja, se acerca a mí para darme dos besos y deja sobre la mesa unas cuantas bolsas que llevaba en las manos.

—¡He traído kebab para cenar! —festeja.

—¡Ay, qué bien! ¡Me muero de hambre! —canturreo.

—Mañana a las cuatro tienes que ir a la radio para firmar el contrato del *podcast* —anuncia Nuria.

—Por eso me he enterado de tu amor secreto —añade Sole.

—No puedo. A esa hora estoy en el trabajo —les interrumpo a ambas, pues ellas no saben que pienso despedirme.

—¿En un trabajo donde no te pagan, Sara? Joder, que ya no vives en casa de tus padres. Tienes que buscarte la vida —me recrimina Nuria—, ¿de qué piensas comer y pagarte los gastos de luz, gas, agua…? Por cierto —ahora se dirige a Sole—, se me ha olvidado contarte que el otro día se fue a comprar medio Primark con el inquilino macizorro, y al volver se morrearon delante de mí.

¿¿¿¡¡¡En serio!!!???

—¡¿Eres idiota?! —le reprocho cabreadísima.

La está liando por momentos.

—¿¡Qué!? —Sole no da crédito—. ¿Quién coño eres y qué has hecho con mi amiga la mojigata?

—¡No soy mojigata! ¡No os aguanto! —Niego con la cabeza mientras muerdo mi kebab con un hambre voraz—. No voy a firmar nada. No estoy segura de querer grabar más *podcast*.

—¿Por qué no? —pregunta Sole.

—Cambiaremos la hora a las seis, si es eso lo que te molesta —sugiere Nuria.

—No es por la hora. Es que no quiero —insisto.

—Pero Nuria dice que has nacido para eso, Sara —se indigna Sole.

—Y es cierto. Lo que a ella le sale en dos minutos, yo me lo tengo que preparar durante horas y, aun así, no me sale tan espontáneo. Mis jefes solo quieren que hables al micrófono, ni siquiera te van a mandar una sección de entrevistas ni con un tema específico como a mí. ¡Eso no lo hacen con nadie, Sara! No puedes dejar pasar esta gran oportunidad.

—No la va a perder. Si hace falta la llevamos entre las dos a rastras —añade Sole—. En serio, ¿me quieres contar qué coño tienes con Joel? ¿Y por qué te morreas con el macizorro?

El cerebro me echa humo. Estoy saturada y demasiado cansada como para enfrentarme ahora mismo a todo esto.

—No quiero hablar de eso ahora. No tengo ganas —me excuso.

—¡Sí, hombre! O sea, que llevamos toda la vida siendo amigas, y cuando me entero de que llevas desde siempre ocultándonos lo más importante que te puede pasar, ¿no quieres hablar del tema? —insiste Sole.

—Pues sí. Eso te estoy diciendo. No quiero hablar de eso ahora. En realidad, no quiero hablar de nada. Solo me apetece estar sola —estallo.

Las dos me miran como si fuese un extraterrestre.

—¡Estarás de broma! —se queja.

—¡No! Llevo un día de mierda, he reñido con todo el mundo y ahora venís vosotras a rematar la faena. Pero ¿sabéis qué? No pienso discutir más. Estoy harta de hacer siempre lo que quieren los demás y dejar mis sentimientos a un lado. Ahora mismo no me apetece hablar del tema de Joel. Para empezar, ni siquiera deberíais saberlo, ninguna de las dos. Así que cuando esté preparada hablaré y no cuando vosotras me obliguéis. Si queréis lo entendéis y si no, también.

Sin darme cuenta me he puesto en pie y ellas me miran boquiabiertas. Creo que es la primera vez en la vida que les hablo así.

—No me extraña que hayas discutido con todo el mundo, hija, vaya carácter —me reprocha Nuria.

—Vamos, Frida.

Me dirijo a mi cuarto sin dar explicaciones y pego un portazo al entrar.

Tienen que estar alucinando por mi repentino comportamiento, pero es que estoy harta de todo. No aguanto más.

Cierro la puerta a mi espalda y echo el pestillo. Me dejo caer sobre la cama y me pongo a llorar como una loca. Frida no tarda en subirse, se pone a mi lado y me lame para tratar de consolarme. Pobrecita. Vaya bienvenida de mierda que le he dado a ella también. Pero al menos tengo a alguien que me da cariño y me reconforta. No puedo evitar pensar que es un cariño que me ha brindado Joel en forma de perro. Y tampoco puedo evitar sentirme el peor ser humano sobre la faz de la tierra.

Mi madre me llama al móvil, se lo cojo y le confirmo que sigo viva. Ella me da consejos vitales de supervivencia, pero esta vez no nos despedimos. Es la gota que ha derramado todo el vaso por completo.

—Mamá, quiero que sepas que esta es la última vez que te cojo el teléfono. —Intenta interrumpirme, lloriqueando y haciéndose la víctima por cómo la trato y no se merece—. No, estoy harta de tu chantaje emocional y de que me trates como si fuera tonta o no supiera vivir por mí misma. Ya está bien. Tienes que entender que tengo mi vida, no puedes llamarme todos los días para recordarme que continúe respirando porque eso ya roza el acoso. Dependes de mí en exceso; te aconsejo que visites a un psicólogo para que te ayude.

Solo escucho sus sollozos al otro lado.

—Hija, ¿por qué me hablas así de repente?

—No es de repente, mamá. Llevo toda la vida callándome para no hacerte daño, pero ya no aguanto más. Ha llegado el momento en el que debo interponer mi bienestar al tuyo, y eso no significa que te quiera menos. Es por el bien de ambas.

—No puedo creer que me estés tratando así. Yo solo quiero que no te pase nada porque me muero solo de pensarlo.

—Pues no te mueras antes de que pase. Te quiero, mamá. Buenas noches.

Cuelgo.

Al final consigo quedarme dormida. Enfadada con el universo, pero dormida.

30

Comenzar desde cero

Me despierto en plena madrugada para mirar los comentarios del *podcast* de manera instintiva, buscando, sin darme cuenta, la respuesta de Darth a mis palabras. Necesito hablar con él, saber qué opina.

¡Y ahí está! Sonrío al ver que ha vuelto a responder. Que no ha pasado de mí. Odio cuando me hacen *ghosting*, te hace sentir una caca, pero él no ha hecho eso. Me ha demostrado, una vez más, que es un caballero.

Hola, Madrid:
No pensaba responderte porque, como tú misma has dicho, tienes un mal día y parece que todo te sienta mal. Si a eso le añadimos que yo tampoco paso por mi mejor momento, nuestra relación podría saltar por los aires y no estoy dispuesto a eso, pero es superior a mis fuerzas y he terminado escribiéndote.
Quiero aclarar que yo no soy ningún cobarde. Tus últimas palabras han expresado que somos dos cobardes y yo no considero que sea así, al menos en lo que a mí respecta. No conoces mi pasado y es fácil juzgar desde la ignorancia.
Desde que tengo uso de razón, en mi casa solo he recibido palos, pero no palos figurados, no, sino palos de madera, o de hierro, dependía del día. Mis palos eran de los que dejan marcas en

la carne, de los que se hunden en el alma. Jamás he recibido ni un solo beso, ni un solo abrazo. Todo cuanto hacía era merecedor de castigo. Y alguien que se cría en ese ambiente no es la mejor compañía.

Cuando me sumo en esa oscuridad no hay escapatoria, ni siquiera para mí. Mi corazón no es capaz de amar a nadie. Lo he intentado muchas veces, pero tarde o temprano ese monstruo destroza todas las promesas de ser feliz que me hago a mí mismo. He de asumir que no merezco amor de nadie porque no puedo corresponderlo. No sé qué hacer con él. Solo sé matarlo. Lo siento, no debería estar contándote esto.

En cuanto levanto la vista de la pantalla, me doy cuenta de que tengo los ojos anegados en lágrimas. No concibo tanta maldad. Yo siempre me quejo de que mi madre es demasiado protectora y de que me agobia con tanto amor; mientras que otros, sin embargo, desearían con todas sus fuerzas tener eso. Me lanzo corriendo a contestarle:

Querido Darth:
Estoy desolada al leer tus palabras. No sé qué decirte, pero si algo tengo claro es que tú no tienes culpa de que, quienquiera que te hiciera esas cosas horribles, se comportase así contigo. Ellos son los verdaderos monstruos. No tú. Sé de lo que hablo. No quiero ni pensar cómo debes de sentirte. Lamento muchísimo que hayas tenido que pasar por algo así. Nadie debería vivir esa mierda.

Aun así, no coincido contigo en tu teoría de no merecer el amor. Si piensas así, estarás dando la razón a esos desgraciados. Se habrán salido con la suya. Y eso sí que no debes permitírselo.
Estoy segura de que tienes un corazón precioso y lleno de amor, no tienes que negarte nada por miedo a hacer daño a alguien algún día como te sucedió a ti. Precisamente por eso confío en

247

que nunca lo harás, porque sabes lo que se sufre. Si fueras el monstruo horrible que aseguras ser, no estarías sufriendo por proteger a la mujer que amas de ti mismo. No hay mayor acto de amor que ese. No te quepa duda.

Ahora, más que nunca, te animo a luchar por ella y a no rendirte. Te lo mereces. Os lo merecéis.

Envío el mensaje a toda prisa. No creo que esté despierto a estas horas para contestarme, pero permanezco mirando la pantalla por si acaso me respondiese. No. No hay respuesta.

Me he desvelado y no soy capaz de conciliar el sueño. Contemplo a Frida, que duerme plácidamente a los pies de la cama, sin miedo. Ella es el reflejo de que se pueden superar los malos tratos. Nunca olvidará los golpes, eso está claro, jamás lo podrá perdonar, su vida estará condicionada siempre por ese horrible pasado, pero lo que sí está en su mano es cambiar su futuro. Si permite que el rencor y el miedo dirijan sus pasos, no podrá ser feliz nunca. Ella ha pasado página porque sabe que yo no tuve nada que ver con su dolor, pero ¿podrá hacer lo mismo Darth Vader? ¿Y Joel?

De pronto, pienso que daría lo que fuera por poder abrazarlo para que se olvidase de todos esos golpes. De repente, soy consciente de que no me importa en absoluto su físico, me ha conquistado con su forma de ser. Si tuviese mi edad y viviese en Madrid, podríamos ser amigos. Me encantaría conocerlo.

Pero no tarda en aparecer la imagen de mi madre a modo de Pepito Grillo en mi mente advirtiéndome de los peligros que entrañaría fiarse de un desconocido. Encima, uno con un pasado tan turbio, que ya te está advirtiendo de que podría matarte en cualquier momento.

«Sara, en serio, ¿podrías esforzarte en llevar una vida normal? No creo que sea tan complicado ser como el resto de la gente», me reprocho a mí misma.

Vuelvo a mirar los comentarios del *podcast* para comprobar si ya me ha contestado mi nuevo amigo. Es entonces cuando caigo en la cuenta de que cada *podcast* que he grabado tiene miles de reproducciones y que hay una media de dos mil comentarios debajo de cada uno de ellos. Lo que pasa es que yo iba directamente al hilo de mis conversaciones con Darth y ni siquiera miraba el resto.

¡Ostras! Es verdad que está gustando tanto como asegura Nuria. No me había parado a mirarlo.

Solo por curiosidad, cotilleo algunos comentarios y me sorprende que la mayoría hagan alusión a mis conversaciones con Darth, incluso más que a mi amor imposible con Anakin. Tanto es así que hasta se ha hecho viral el *hashtag #Madridydarthvaderforever*. O sea que todos esos oyentes han leído nuestras conversaciones.

¿En serio?

De repente, aparece un nuevo comentario suyo. Uno muy muy corto, pero que consigue hacerme estremecer:

Hola, Madrid:
Si quieres formar parte de mis recuerdos baja, estoy en la plaza.

31

La noche en que bailamos bajo la lluvia

Salgo de la habitación a toda prisa. Estoy tan nerviosa que siento las palpitaciones de mi corazón detonar en mi pecho. Abro las puertas de la terraza del salón para salir a comprobar si de verdad hay alguien abajo en la plaza, pero ni siquiera he puesto un pie en las baldosas cuando me sorprende el diluvio universal. Cierro corriendo las puertas para que no se inunde la casa.

«Tranquila, Sara. Es un farol. Es imposible que sepa quién eres y mucho menos dónde vives», me repito sin cesar.

Nerviosa, vuelvo a mi habitación, convencida de que no hay nadie ahí abajo que me esté esperando. No sé por qué, pero en el último segundo antes de meterme en la cama, compruebo de nuevo los mensajes del *podcast*. Esta vez tardo más porque el temblor de la mano por la ansiedad que me produce todo esto no me permite hacerlo de una manera normal.

En cuanto abro nuestras conversaciones se me cae el móvil sobre la cama al leer:

Si no bajas, voy a morir congelado. Está diluviando.

Me apresuro a coger la primera chaqueta que encuentro en el armario para ponérmela sobre el camisón mientras meto los pies a toda prisa en las deportivas sin calcetines ni nada. Corro por el pasillo y, justo antes de salir por la puerta, me miro en el espejo que hay en la entrada.

«Maravilloso, Sara. Puede que vayas a conocer al amor de tu vida y tú con este cuadro. Pareces una mezcla entre la niña de *El exorcista* y Pipi Calzaslargas», me recrimino.

«Está diluviando. ¿Quieres que vaya a maquillarme y a ponerme el vestido de lentejuelas?», me contesto enojada por el intento de autosabotaje.

«Bueno, da igual, venga, vete, si de todas formas no va a haber nadie. Vas a quedar una vez más como una panoli», me vuelvo a vapulear.

Salgo de casa y, en cuanto cierro la puerta a mi espalda, caigo en la cuenta de que no he cogido las llaves ni el móvil.

—¡Mierda! —gruño enojada.

«Bien. Ahora, si quien te está esperando abajo es un asesino en serie, no podrás huir. ¡Qué manera de cagarla, chica!», insiste mi subconsciente.

Pues ya sería mala suerte que un asesino en serie, el único que quizás haya en Madrid y probablemente en España, haya decidido empezar matándome a mí esta noche. Aunque, dado mi historial de calamidades…, no lo descartaría. Da igual, ya pensaré algo después. De momento, lo que quiero es averiguar si hay alguien ahí abajo o no.

Comienzo a bajar las escaleras a toda prisa. No entiendo muy bien por qué estoy haciendo esto. Mi cerebro me envía señales contradictorias sin parar. Por un lado, quiero que sea un chico maravilloso del que me enamore perdidamente, nos casemos y tengamos millones de hijos. Por el otro, sospecho que será un depravado, alguien tarado que se ha dedicado a investigar dónde vivo, y eso, como mínimo, es acoso. Según bajo un nuevo escalón se me van quitando las ganas de casarme, ya que es mucho más probable que se dé la segunda opción que la primera.

Da igual. Ya no hay vuelta atrás.

—Ay, Dios —musito y me tapo la boca con las manos una vez que me encuentro tras la enorme puerta de hierro negro del portal.

Todo está a oscuras y en silencio. Nadie sabe que estoy aquí, aunque supongo que las chicas estarán arriba, durmiendo en la habitación de Nuria. Tengo un poco de miedo, pero lo que más siento son nervios. ¿Voy a salir? Escucho la lluvia al otro lado de la puerta y entonces descubro que tampoco he cogido un paraguas. «Joder, si es que soy lo peor».

Coloco la mano sobre el picaporte de metal de la puerta y lo giro con cuidado para tirar hacia mí y que la puerta se abra. Ahora la lluvia ruge con más fuerza y el viento acaricia mi rostro. Doy un paso hacia la calle sin dejar que la puerta se cierre del todo, pues la sujeto con mi trasero. Me abrazo a mí misma porque hace muchísimo frío.

Como no quiero arriesgarme a salir a la calle y no poder volver a entrar, porque no tengo llaves, y por si no hubiera nadie o por si el que hubiese fuera un asesino, me quito la chaqueta y hago una bola con ella que coloco para que sujete la puerta y que así no se cierre. «¡Bien pensado, Sara!», me felicito.

En cuanto pongo el primer pie en la acera empapada, siento que algo me oprime el pecho. Estoy segura de que esto es lo que debe de sentir alguien cuando le está dando un infarto. El corazón no puede latir más rápido y con más fuerza. Lo intento calmar posando la mano sobre el pecho, pero resulta inútil. Trato de respirar profundo para apaciguarme y no da resultado, sigo histérica. Echo una ojeada fugaz a mi alrededor, aunque parece que no hay nada que llame mi atención.

Cruzo la calle hasta llegar a la plaza. La lluvia comienza a mojarme el camisón y el pelo; sin embargo, no me importa. Los nervios no me permiten asimilar más sensaciones. Todo está a oscuras a mi alrededor porque han debido de fundirse las farolas que habitualmente alumbran el lugar. Lo que normalmente es una plaza llena de vida y color, ahora mismo parece el escenario perfecto para una película de terror. No puedo evitar pensar en mi santa madre, que estará durmiendo plácidamente sin sospechar lo que hace la tarada de su hija en plena madrugada.

Doy un paso detrás de otro con suma cautela, de manera lenta e indecisa, en guardia, como una gacela que sabe de sobra que el león la acecha entre la maleza, buscando algo que no encuentro... hasta que lo veo.

Ahora sí me va a dar algo.

Justo delante de mí, a escasos metros, una figura masculina se encuentra apoyada sobre una de las enormes farolas que presiden la plaza como si no estuviese lloviendo a raudales. Es alto y fibroso. Lleva una sudadera oscura con la capucha puesta sobre la cabeza, una cazadora vaquera encima, unos vaqueros y deportivas. Me detengo en seco. Entonces, es él quien se mueve para avanzar un poco hacia mí. No veo demasiado bien a través de la lluvia, solo alcanzo a distinguir un par de personas cercanas que caminan cubiertas por sus paraguas y nos observan con curiosidad.

—¿Por qué me has pedido que venga? —susurro para comprobar si es Darth Vader, una vez que lo tengo lo suficientemente cerca.

Me armo de valor para mirarlo y entonces es cuando sufro el mayor impacto de toda mi vida. No puede ser. No puede ser. Las piernas casi no consiguen sostenerme, tengo que hacer un verdadero esfuerzo para mantenerme en pie. El corazón palpita tan fuerte que casi no distingo un latido de otro y mi mente... mi mente ya no es capaz de unir dos pensamientos lógicos. Todo mi cuerpo ha colapsado.

¿Joel?

¡No puede ser! Simplemente, no es posible. Es lo mismo que cuando te cuentan que los Reyes Magos son los padres y a las Navidades siguientes encuentras un rey de verdad dejando regalos bajo tu árbol.

Joel abre con torpeza un paraguas que lleva en la mano. Parece que quiere hacerlo tan rápido que no es capaz, aunque al final lo consigue y me lo ofrece.

—¿No crees que es un poco tarde para eso? —pregunto con una enorme sonrisa al verle titubear por primera vez en su vida.

Y es que nunca lo he visto así. Parece confuso. Yo diría que incluso tiene miedo. Pero él no es así, de hecho, es el hombre más seguro de sí mismo que conozco, incluso me atrevería a afirmar que es algo prepotente. Todo lo contrario a la imagen que proyecta ahora mismo.

Deja caer el paraguas al suelo de mala gana y el viento se lo lleva con rabia. No puedo dejar de mirarlo, buscando en sus ojos una respuesta a todas las preguntas que invaden ahora mismo mi mente. Creo que lo peor, sin duda, es que haya escuchado mis *podcasts*. ¡Oh, Dios mío! Con todas las gilipolleces que he dicho, me daría algo.

¡Ya lo tengo! Ha venido a decirme que no puede corresponderme, o peor aún, a despedirse para siempre porque ya no podemos ser amigos. Joder, ¡qué vergüenza! ¡Me quiero morir!

Recuerdo que Charles Chaplin dijo algo así como que le gustaba caminar bajo la lluvia porque así nadie veía sus lágrimas, y a mí ahora mismo me viene de lujo que llueva porque el agua disimula unas lágrimas que no he logrado retener.

—Alguien me dijo una vez que nunca es tarde para bailar bajo la lluvia —dice con voz ronca, consiguiendo que se me pasen un poco las ganas de hacerme el harakiri.

—Ese *alguien* debe de ser muy sabio —contesto muy bajito porque estoy al borde del llanto.

—Ese alguien es jodidamente increíble.

«Jodidamente increíble», ha dicho. Siempre ha tenido más fe en mí que yo misma. Al menos, no se ha reído de mis sentimientos. No parece estar demasiado molesto conmigo.

De pronto, y contra todo pronóstico, alza la mano para que la tome al tiempo que pronuncia una pregunta que me deja atónita:

—¿Bailas?

Y, como siempre, con un nimio gesto o una simple palabra, Joel consigue que todo mi desasosiego se desvanezca para convertirse en esperanza. Consigue que mi alma se sienta en casa y que no tenga miedo. Porque es él. Cuando peor me sentía ha llegado él y ha tirado de ese hilo invisible que consigue remover sentimientos que creía dormidos. Es en momentos así cuando descubres la grandeza del amor.

Desconozco lo que pretende, pero, sea lo que sea, lo afrontaré y trataré de salvar lo que tenemos, porque es único, pero, sobre todo, porque es nuestro. Hace tiempo que debíamos haber hecho esto. Nos merecemos ser sinceros.

Pienso, por un instante, que nunca más podré contemplarle en silencio sin que él sea consciente de lo que imagino. Ahora verá mis dudas y mis miedos respecto a él. Hasta este momento he podido disfrazarlo de cientos de cosas, pero ya no podré hacerlo nunca más. Él es luz y yo soy… no sé qué soy. Un manojo de inseguridades que duda si bailar con el amor de su vida bajo la lluvia en plena madrugada.

¿Y por qué no?

32

Cómo volar sin alas

—No sé bailar —susurro muy bajito.

—¿Me dejas que te enseñe? —propone.

Clavo mis ojos en los suyos. No reconozco esa mirada. Habría apostado mi vida a que conocía todas y cada una de sus expresiones, excepto las que debe de poner en su plano íntimo, claro, esas no las conozco, que ya me gustaría, pero esta es nueva. Parece que ya no es el chico atrevido y seguro de sí mismo que yo conozco, ese al que nadie se atreve ni a soplar. Ahora solo es alguien que se le parece. Juraría que ¿duda?

—¿Pasos? —pregunto algo nerviosa.

Él me sonríe.

—Será sencillo, Pecas, solo tienes que dejarte llevar. Dejar la mente en blanco y no pensar en nada más, aunque no sé si serás capaz de hacerlo.

¿Seguimos hablando de bailar o estoy en las nubes?

No quiero bailar, quiero hablar sobre todo lo que llevo años callando. Me muero por preguntarle qué opina sobre la cantidad de sandeces que he soltado en los *podcasts*. Aunque, por lo visto, él no pretende hablar ahora. Joel me toma de las caderas para acercarme poco a poco hacia sí, sin dejar de mirarme. Ahora sí que estoy hecha un flan, joder. Quiero esconderme y ponerme a gritar.

—Pero está lloviendo y…

—Mientras todos se alejaban, tú te quedabas a mi lado.

Mientras todos escapaban, tú me cuidabas. —Coge mi mano derecha y entrelaza sus dedos con los míos sin apartar su mirada de mis ojos—. Algo he debido de hacer bien en mi otra vida porque agradezco a Dios que existas y estés aquí conmigo.

Una risa tonta se me escapa al escucharle. Me ha desarmado. Las yemas de los dedos de mi mano libre acarician con dulzura su rostro. Me acerco hasta posar mi cabeza sobre su pecho y bajo la mano de su rostro a su cintura. Él también me abraza. Una vez que estoy con él, todo lo demás deja de importarme. Siempre ha tenido esa cualidad, la de destacar entre millones de personas, la de ser lo más importante para mí.

Me dejo llevar. En la oscuridad de una noche de otoño. Me parece tan irreal que pienso que a lo mejor podría ser un sueño. Comienza a moverse, despacio, al compás de una música que solo él conoce. Yo solo escucho el latido de su corazón mezclado con la lluvia. Estamos bailando. Bailamos sin esperar nada. Bailamos por el simple hecho de estar juntos, abrazados. Bailamos haciéndonos uno. Bailamos sin que nada a nuestro alrededor importe. Es un baile trascendental en nuestras vidas. Bajo una lluvia que desdibuja las lágrimas. Unas lágrimas contenidas desde hace demasiados años. Lágrimas llenas de amor del bueno.

Noto los pies empapados y como si estuvieran danzando descalzos al borde de la cornisa de un piso treinta. «No me sueltes. No me sueltes», es lo único que repite mi mente. El vértigo se apodera de mi estómago, pero no tengo miedo a caer, no, porque sé que él me atraparía al vuelo. Lo único que me aterra es despertar de este sueño y encontrarme bailando sola.

—Eres lo mejor que me ha pasado en la puta vida, Pecas, y no quiero estropearlo.

¿Qué significa eso? ¿Me está dando calabazas? Me separo un momento de su cuerpo para mirarlo a los ojos. Su mirada se desvía de los míos a mis labios sin poder evitarlo. No es posible. No puedo creerlo. ¿Va a besarme? No puede ser cuando acaba de decir que…

Un momento, quizá se refería a lo que me dijo en su comentario sobre la oscuridad y proteger a la mujer de su vida... La mujer. No el hombre. No entiendo nada.

Ni siquiera percibo el movimiento hasta que lo tengo demasiado cerca, por eso doy un pequeño respingo que logra que aparezca su sonrisa. Su nariz pegada en mi frente. Su boca a escasos milímetros de la mía. Si alzo mi rostro tan solo unos centímetros, nos besaremos. Pero no voy a hacerlo, ya he hecho bastante. Le toca a él mover ficha. No aguanto más la pesada carga de mis sentimientos. Me estoy volviendo loca.

Siento cómo mis pezones, más que erectos, se marcan a través del camisón empapado, y entonces me doy cuenta de que es igual que si estuviese en pelotas porque se transparenta todo, pero me da igual. Él me coge por la cintura. Yo rodeo la suya con mis brazos y enseguida descubro ¡que su miembro está duro como una roca! Justo donde me gustaría que estuviera. Justo ahí. Es imposible estar más cachonda de lo que yo estoy ahora mismo. Esto no creo que sea muy de gay, ¿no? Da igual, finjo que no lo he percibido y hundo la nariz en su piel para absorber su inconfundible aroma.

—Sara.

—¿Qué?

Me aparta el pelo empapado del rostro para mirarme fijamente. Sé que se está debatiendo entre lo que le apetece y lo que debe hacer. En cuanto su mano baja hasta mi trasero, sé que ha tomado una decisión, y cuando clava los dedos en la carne de mi culo, sé que es la correcta porque me enciende como a una cerilla y eso hace que eche hacia adelante la cadera para sentir más su erección. Dejamos escapar un jadeo. Ya no podemos dar marcha atrás. Ya nada volverá a ser lo mismo.

—Vamos a joderlo todo —susurra.

—¿Por qué?

—Porque voy a besarte.

Y sin darme opción a réplica, me coge de la nuca con una de sus manos para atraerme hacia sí y planta sus labios sobre los míos.

Todo deja de moverse a mi alrededor. Todo cambia. Todos los sentimientos se multiplican por mil.

Todos.

Un cosquilleo desconocido aprisiona mi estómago. Siento latir cada parte de mi cuerpo. Siento cada gota de lluvia acariciar mis brazos al resbalar por ellos. Siento su respiración agitada pegada a mi boca. Hace calor de repente, a pesar de ser una noche fría. Me doy cuenta de que estoy temblando.

Me envuelve entre sus brazos cuando mis labios se entreabren sedientos para recibirlo. Atrapa mi boca con la suya al tiempo que sus manos recorren mi espalda. Cierro los ojos con fuerza y siento cómo su lengua, temerosa, acaricia la mía. El beso cada vez cobra más intensidad y yo no puedo creer que esto sea cierto. Porque lo he soñado tantas veces que nunca pensé en que se hiciera realidad. Siempre ha pertenecido al mundo onírico y ahora no sé muy bien cómo actuar.

Él se separa un poco de mí y yo me quedo boqueando como un pez para no dejar de besarlo nunca. Su mirada se ha tornado algo oscura. Ya no es la misma de siempre. Ahora hay ganas. Deseo. Lujuria. Sexo. Una mirada que desconocía, pero a la que acabo de descubrir que me podría volver adicta.

—Sé que no voy a ser nunca lo que esperas de mí, has tenido demasiado tiempo para que esa cabecita loca tuya me idealice, pero al menos, ¿me dejas intentarlo? —susurra.

¡Joder!

Este momento se podría titular *Cómo volar sin alas*.

Creo que hasta ahora mismo no me había dado cuenta de cuánto lo quiero. De cuánto lo necesito en mi vida. De que quiero gritarle todos los «Te quiero» que he estado guardando. De que necesito su tacto más que respirar. Me doy cuenta de que ha llegado ese momento en la vida en el que comienza a deshacerse todo mi mundo. Un mundo por el que pasaba de puntillas y que ahora quiero comerme entero.

Atrás quedan los miedos, las dudas y los prejuicios, me centro en el presente y en la alegría que me invade en este momento. Creo que ahora mismo soy tan feliz que sería capaz de tocar la luna con los dedos. Esta es su manera de decirme «Te quiero» sin decirlo, como lleva haciéndolo toda su vida y quizá yo no haya sabido verlo.

—¿Subimos? —Señala mi balcón con la cabeza.

—Me he dejado las llaves dentro —confieso entre dientes.

Él esboza una sonrisa.

—No esperaba menos de ti, Pecas. Quedas con un desconocido en plena madrugada y no coges las llaves. ¿Qué más ibas a…?

—Tampoco me he traído el móvil para poder llamar a Nuria o a Sole, que creo que están arriba —lo interrumpo—, así haces la crítica completa.

Niega con la cabeza y se ríe.

—Eres una inconsciente.

Me señalo el camisón empapado.

—¿Alguna vez lo habías dudado?

—Nunca. Por eso me gustas.

«Por eso me gustas» resuena en mi cabeza como campanillas celestiales, aunque no contesto nada. ¿Dónde irán a parar las palabras que nunca pronunciamos?

Ahora mismo me encuentro vestida por fuera, pero desnuda por dentro. Él, acostumbrado a esconder sus verdaderos sentimientos, parece dejarse llevar, aceptando la derrota. Su mano, que continúa aferrada a la mía, hace un ademán de tirón para que lo siga.

—Yo tengo llaves de tu casa, ¿no te acuerdas? —susurra muy cerca de mi oído.

Lo miro como si fuera la Virgen de Lourdes.

—¡¿En serio?! ¡Me tienes aquí bailando, congelada de frío, mientras podríamos estar arriba calentitos?

No me doy cuenta del nuevo significado que denotan mis palabras hasta que él contesta:

—Todo a su tiempo, Pecas.

Entonces, entrelaza sus dedos con los míos para atravesar la plaza caminando tranquilamente, como si hiciese un sol radiante. Miles de pensamientos recorren mi mente: «¡¡¡Vamos cogidos de la mano!!! ¿Estoy depilada? ¿Tengo preservativos en casa? ¿Sabré estar a la altura? Hace siglos que no hago el amor con nadie, porque lo de Rodrigo no cuenta, eso era…, no sé, algo extraño. ¿Y si no le gusto? ¿Y si a la mitad del polvo se arrepiente y se va? ¿Deberíamos hablar antes o después de todo esto? ¿Qué cojones estoy haciendo? Pero sobre todo: ¿Cómo follará Joel?».

Al llegar al portal, descubre mi chaqueta sujetando la puerta. La coge y me mira con curiosidad.

—¿Esto es tuyo? —pregunta.

Me encojo de hombros.

—La he dejado ahí para tener cómo huir, por si eras un asesino en serie —le explico—. Para que veas que no soy tan inconsciente.

Él niega con la cabeza intentando no reírse al tiempo que me pasa la chaqueta. Me la pongo a toda prisa con la esperanza de que alivie el frío que siento, pero no es así. Qué tontería, si estoy calada hasta los huesos.

—¿Tienes frío? —pregunta con voz ronca.

—¡Estoy congelada! Podrías haber elegido un día soleado para que se te fuera la pinza.

—Ha sido hoy cuando te has propuesto cabrearme.

Entramos en el ascensor y una tensión horrible se palpa en el ambiente. Parece que no hay oxígeno en este pequeño cubículo. Me está entrando claustrofobia. Trato de mantener la calma, pero la ansiedad y la expectación consiguen que se me forme un nudo en la garganta y sienta una fuerte opresión en el pecho. La sola idea de poder acostarme con él me estremece de pies a cabeza. ¿Estará pensando él lo mismo?

No ha soltado mi mano. Al verme temblar, acaricia mis nudillos con el pulgar y después mete mi mano en su cazadora para darme calor, ya ves, como si él no estuviese empapado. Ese gesto consigue que sonría y él hace lo mismo al ser consciente de la tontería.

Las puertas se abren y una ráfaga de aire frío me devuelve a la realidad. Él sale primero y yo lo sigo en silencio. Abre la puerta de mi casa. Me deja pasar. Me sigue. Cierra la puerta tras de sí. Me vuelvo para mirarlo.

—No sé qué hacer. Estoy muy nerviosa y confusa, Joel, yo…

Antes de darme cuenta, me ha empujado contra la pared y me sujeta la cara entre sus manos, retiene mi cuerpo contra el suyo hasta que las ganas hacen acto de presencia de nuevo. Atrapa mis labios entre los suyos en un beso mucho más voraz que el de antes, un beso que consigue encender cada parte de mi ser. Joder, qué boca tiene. Me encanta su sabor y desde hoy me declaro fan de sus besos desatados.

Entrelazo mis dedos en ese pelo alborotado que tanto me gusta y le doy un tirón que consigue que suelte un gruñido al separarse de mí y ponerme a mil al ver sus ojos negros de deseo. Me sujeta la nuca con una de sus enormes manos para atraerme más hacia sí, mientras que con la otra viaja hacia mi pecho. Cuando roza el pezón, más que erecto, doy un respingo. Hace rato que he dejado de respirar para jadear.

Entreabre la boca para que su lengua entre de nuevo voraz en busca de la mía y cuando se juntan es demasiado, me vuelve loca. Joel besa de manera contundente, húmeda y caliente. Muerde mi labio inferior y gimo sin poder remediarlo. Después, roza mi oreja con la punta de su nariz e inspira hondo, consigue que se me erice el vello de todo el cuerpo. Cabronazo. Luego me besa el cuello hambriento y esto ya termina con la poca cordura que me quedaba.

La confusión que sentía hasta hace un rato se ha disipado con el calor que siento ahora mismo. Supongo que soy así de tonta. Me asfixiaban las dudas y un solo segundo ha servido para darme cuenta de que mi mentira, la de ser solo amigos, ha durado demasiado tiempo y que no puedo esconder más lo que siento por él. Quizá haya llegado nuestro momento.

—Sigo enfadada contigo, no creas que esto significa nada —jadeo entre dientes.

—Yo también estoy enfadado, pero no hay que confundir las cosas.

Esboza una sonrisa y me mira a los ojos. Nunca había visto este Joel. El hombre. Excitado al borde de la locura. Con los labios hinchados y las pupilas negras de deseo. Ansiaba que me mirase como suponía que miraba a sus amantes, pero nunca caí en la cuenta de que, cuando me mira a mí, es diferente. Es mejor. Hasta sus besos son mucho mejores de lo que había soñado.

—Vamos al baño. Necesitas entrar en calor o mañana tendrás una pulmonía —gruñe.

—No tengo frío —me quejo para que no se separe de mí.

—No seas cabezota, Pecas.

Me coge del trasero y aprovecho el impulso para enrollar mis piernas alrededor de su cintura. No podemos dejar de besarnos, jadeando y gimiendo en la boca del otro. Nunca me había pasado esto de no ser capaz de parar. Así debe de ser la adicción a una droga. Me lleva hasta el baño como puede, chocando contra las paredes.

Una vez dentro de la bañera, abre el grifo del agua caliente y se quita la camiseta mojada para lanzarla por los aires. Descubro su torso desnudo. Estoy harta de verlo, pero hoy me resulta más irresistible que nunca. Tiene un vientre perfectamente plano, con un ombligo muy sexi bajo el que se dibujan unos músculos tan masculinos que forman unos oblicuos admirables. Acaricio esa uve con mis dedos mientras me contempla intrigado.

Dudo por un momento si hacerlo, pero al final me decido. Bajo la mano para meterla en su ropa interior, lo acaricio y me impresiona notarlo tan sumamente duro. Me pone muchísimo que me desee tanto y esto consigue que aniquile el pudor que sentía. Siempre he creído que no se le levantaría con una mujer. Esto no es normal. No termino de asumir que le esté masturbando.

Me quita el camisón con delicadeza para poder también tocarme. No me da tiempo a debatirme demasiado entre cubrirme o no, ni a sentir vergüenza por mi desnudez, porque se arrodilla ante mí y me abre los muslos. Sube con las manos por el exterior de mis piernas, acariciándome, hasta mi culo, al que estruja para atraerme más hacia su boca voraz.

Cuando siento su lengua entrar en contacto con mi sexo casi me desmayo por la impresión. No conozco esta faceta suya y desde luego me está terminando de rematar. Al principio lo hace con timidez, sin saber muy bien cómo me gusta, aunque, poco a poco, va cogiendo ritmo hasta que me besa y me succiona como si fuese la boca. Ahora sí dejo escapar un fuerte gemido que se fusiona con el sonido del agua del grifo.

—Joder —gruñe—, me vuelve loco esa cara de lujuria con la que me miras.

Me lame con ansia antes de follarme bien fuerte con la lengua. No logro contener un jadeo al sentirlo dentro e incluso tengo que sujetarme con ambas manos en las dos paredes de la mampara para no caerme al suelo por el temblor que invade mis piernas. Ni siquiera me doy cuenta de cómo, pero mil millones de espasmos se apoderan de mi sexo, que explota en un orgasmo del que me acordaré toda la vida.

Es mi primer orgasmo con Joel y ha sido… ¡brutal!

Se pone en pie de nuevo. Se quita el bóxer sin que me dé cuenta, porque continúo flotando en mi nebulosa orgásmica. Ahora estamos los dos completamente desnudos. Niega con la cabeza al mirarme, se muerde el labio inferior y consigue que me sienta la mujer más poderosa del mundo. Vuelve a besarme con devoción. Nuestros pechos entran en contacto. Siento su calor. Muevo las caderas hacia adelante para sentir su sexo en mi entrada y él mueve las suyas de manera lenta para torturarme.

La bañera está casi llena, por lo que cierra el grifo. Se sienta y apoya la espalda. Resulta muy gracioso verlo con la polla en alto, con el prepucio fuera del agua, como si quisiera respirar. Cierra los ojos, poniendo una cara de placer extremo al sentir el calor que alivia su piel fría por la lluvia.

Yo no sé qué hacer. Permanezco en pie como una idiota. Joel se incorpora para cogerme de la muñeca y sentarme sobre sus muslos, de espaldas a él. Enseguida siento el calorcito del agua y me entra un escalofrío de gusto. Puede que el escalofrío también se deba a que la suave cabeza de su miembro, duro como una piedra, está rozando mi clítoris sin censura.

Me dejo caer sobre su cuerpo, apoyando mi espalda sobre su torso al tiempo que él acaricia mis pechos desde atrás y me besa el cuello con delicadeza. No puedo evitar aprisionar su polla entra mis muslos y mover mis caderas arriba y abajo para ejercer la fricción necesaria. Él suelta un bufido.

—¿Cómo no hemos hecho esto antes? —gruñe extasiado con mi masaje.

—Porque te gustan los tíos, ¿recuerdas? —suelto. No lo aguantaba más.

—Me gusta follar con tíos, pero esto es otro nivel. Creo que he nacido para estar aquí y ahora. Todo acaba de cobrar sentido de repente, joder.

Acaricia mi sexo con los dedos. Abro las piernas para darle acceso. Recuerdo que con Rodrigo siempre tenía que poner mi mano sobre la suya porque no sabía acariciarme como a mí me gustaba, pero de momento parece que Joel está tocando las teclas al ritmo, presión y tempo perfectos. La de millones de veces que he fantaseado con esta escena y ni siquiera llegaba a parecerse. La realidad supera a la ficción por goleada.

Cuando el pulso y la respiración comienzan a agitarse de nuevo, me incorporo para que se detenga y me quedo sentada a horcajadas de espaldas a él.

—¿Qué pasa? ¿No te gusta?

No le contesto porque estoy tan excitada que ni siquiera me saldría la voz. Solo me levanto un poco para dejarme caer y meter su gran miembro en mí. Ya está. No ha hecho falta ni lubricante ni nada, ya lo llevaba puesto de serie desde hace un rato.

—La hostia —gruñe soltando un jadeo.

Mueve la cadera hacia arriba y noto la presión al hundirse más dentro. Cierro los ojos y dejo escapar un gemido al sentirlo tan dentro de mí. Esperamos unos segundos, quietos. Solo se escuchan nuestras respiraciones.

Una vez que me he acostumbrado a su tamaño, comienzo a balancearme muy despacio. Delante. Detrás. Una y otra vez. Él clava sus dedos en mis caderas para hundirse más en mí. Entra. Sale. Entra. Sale. Cada vez más rápido. Estamos derramando casi todo el agua fuera de la bañera. Pero de pronto se detiene.

—Sara, no llevo condón, joder. Esto no me ha pasado en la vida. Se nos ha ido la olla —ruge enojado.

—Tranquilo, que no he dejado de tomar la píldora. —Trato de seguir, aunque él no lo hace, por eso me giro para mirarlo—: Joel, solo me he acostado con mi novio de toda la vida y sé que estábamos sanos los dos porque nos hacíamos exámenes anuales. ¿Y tú?

—Yo nunca he follado sin condón con nadie.

—¡Pues tema zanjado!

Continúo cabalgándole para que no me dé el bajón, pero él se incorpora, saliendo de mí.

—¿Qué haces? —pregunto.

—Quiero verte.

Me coge en brazos, sale de la bañera con mucho cuidado de no resbalarse y me lleva a la cama, donde me deja tumbada con suma delicadeza. Vamos a empapar todo, pero me da igual, ya cambiaré las sábanas mañana.

Gatea sobre la cama besándome por el camino. Los tobillos. La cara interna de los muslos. El vientre, donde juguetea con mi ombligo, haciéndome cosquillas que trato de retener. Me lame un pezón, succionándolo y tirando de él, y como está tan erecto consigue que arquee la espalda de placer, como en las películas; esto nunca me había pasado.

—Los hombres y las mujeres no somos tan diferentes —susurra mientras se relame, deleitándose en cómo respiro anhelante con dificultad por la tortura—. El sexo es sexo.

—Joel, por favor —jadeo.

Esboza una sonrisa perversa porque sabe lo que quiero. Separa mis piernas empujándolas con sus rodillas para situarse encima de mí, apoyando su peso con los antebrazos a ambos lados de mi cuerpo. Sus ojos están nublados por el deseo y su mirada de lascivia me indica que se hundirá en mí poco a poco. Quiere torturarme.

Echo la cabeza hacia atrás cuando lo siento dentro y me agarro a sus brazos con fuerza, jadeante. Me aprieto contra él para hacer presión justo en el clítoris. Él sujeta mi cabeza con las manos para que no esté incómoda. Sale de mí y vuelve a entrar sin dejar de mirarme a los ojos, y se produce un momento único entre nosotros. Creo que él también está sorprendido de lo bien que estamos conectando en el terreno sexual.

Después de unas cuantas penetraciones lentas, le pido que acelere porque no voy a aguantar esto mucho más. Sonríe. Ahora comienza a moverse de verdad, arremetiendo y empujando con fuerza. Duro. Bufa entre dientes sin dejar de mirarme con una cara de perversión que me vuelve loca. ¡Jesús, María y José! No aguantamos más ninguno de los dos y, en cuanto siento su líquido caliente en mi interior, yo también me dejo ir. Con un orgasmo de los que hacen historia.

¡Oh, Dios mío!

—Me asusta lo que siento por ti, Joel, es demasiado intenso —le confieso en voz baja, acurrucada contra su pecho una vez que hemos recobrado el aliento.

—¿Por qué te asusta? —ronronea.

—Por si lo estropeamos y te pierdo.

—Pecas, ya te quería antes de esto, pero después de esta noche, créeme, no pienso dejarte escapar. Follar contigo ha sido lo puto mejor que he sentido nunca.

Suelto una carcajada de felicidad y él… Él también parece feliz al verme reír.

Joel (cuarta consulta)

¿Por qué cojones no pensé las cosas antes de hacerlas? Siempre le recriminaba a ella que se guiase únicamente por sus impulsos y en aquel momento era yo el que lo estaba haciendo: dejándome llevar por un calentón. No podía parar de dar vueltas a lo que acababa de ocurrir. Mierda.

Antes de haber decidido escribir en aquel maldito *podcast* tendría que haber sopesado las putas consecuencias de aquella locura, porque ya no podía hacer nada para remediarlo.

Me arriesgué a perder todo lo que tenía con ella por el morbo de saber si sería capaz de salir de su casa en plena noche y diluviando para encontrarse con un completo desconocido. Cuando la vi no pude pensar en nada más que no fuese estrecharla contra mi cuerpo y reprenderla por su irresponsabilidad. No dejaba de temer que podrían haberla secuestrado de no haber sido yo quien la esperase. Y el simple hecho de que ese pensamiento se me pasara por la cabeza me aterraba. Estaba jodido. Pero bien.

Creí que al reconocerme volvería a su casa corriendo, indignada. Aunque había confesado varias veces en aquel maldito *podcast* que estaba loca por mí, me negaba a creerlo. Tenía que verlo con mis propios ojos. Tenía que sentir ese amor tan fuerte del que tanto hablaba, porque yo nunca había sido consciente de él. Me negaba a admitir que había estado tan ciego. Pero cuando la besé lo sentí. Sentí algo que nunca había creído posible. Algo demasiado grande. Podría compararse con una sensación de vértigo mezclada con una de plenitud. Me sentí muy confundido, pues, en tan solo una milésima de segundo dejé de verla como mi amiga para mirarla como a una diosa.

Mi intención no era para nada terminar follando con ella durante toda la noche. Para ser franco, tampoco sé cuál era mi intención. Joder, todavía no entiendo cómo pude permitir que se nos fuera de las manos de una manera tan bestia. Pero es que una vez que probé sus labios, no pude parar. No comprendo qué cojones me ocurrió. Mi mente hizo cortocircuito y solo pude pensar en sexo.

Jamás supuse que me fliparía tanto follar con ella. A ver, la técnica en sí no fue nada del otro mundo, nada que no hubiese hecho ya mil veces antes, lo diferente fueron las sensaciones que me provocó. Simplemente conectamos. Pero conectamos a un nivel incomprensible. Era como si lo hubiéramos hecho durante toda la vida. Como si fuese algo tan natural entre nosotros como respirar. Como si hubiese nacido para ella. De pronto, no me imaginaba practicando sexo con nadie más y eso me acojonó más de la cuenta.

Durante toda mi vida me había acostado con todo tipo de hombres y había realizado un sinfín de prácticas sexuales en las que hubo alguna mujer, pero nada comparado con ella… Acostarme con ella fue… joder, no sé qué coño fue. No me lo explico. Era como si hubiese salido de mi cuerpo y otro tío me hubiese poseído. No era capaz de parar. No quería que aquello terminase nunca. Le pedí al mundo que aquella noche se hiciese eterna para que jamás cesara su hechizo. Pero no me hizo caso y terminó amaneciendo.

Albergué la esperanza de que fuese ella la que me echase de su lado una vez saciada, pero no fue así. Contra todo pronóstico, se acurrucó contra mi pecho y no pude más que abrazarla. Ni siquiera se me pasó por la cabeza vestirme y marcharme, como hacía siempre, ignorando las múltiples súplicas de mis amantes. Esa posibilidad no la barajé en ningún momento, lo que implicaba que la estaba cagando a base de bien.

Antes de quedarse dormida, como si oliese el miedo que yo rezumaba por los cuatro costados, rompió el silencio con varias preguntas que llevaba demasiado tiempo reteniendo. La conocía muy bien y sabía que, tarde o temprano, terminaría haciéndolas.

—Joel, si eres gay, ¿qué ha sido esto? ¿Estás experimentando conmigo? ¿O estás confundido?

¿Cómo cojones iba a contestar a sus preguntas si ni siquiera yo sabía las respuestas? Me disponía a advertirla de que no se comiera la cabeza con sus absurdos cuentos de hadas, porque seguramente ya nos estaría imaginando con nuestros hijos junto a la chimenea en un adosado monísimo, y a mí eso me producía urticaria, pero al mirarla me desarmó y no pude hacerlo. Sus ojos brillaban anhelando la respuesta correcta. Las palabras con las que llevaba soñando durante años. No pude ser egoísta y, por una vez en mi puta vida, pensé en alguien más que no fuera yo. Maldita la hora, pero lo hice. Y puede que aquello lo cambiase todo.

—¿Cómo no voy a estar confuso, Pecas? Has puesto el listón tan alto que es imposible superar lo que tengo contigo.

No estaba mintiendo, era lo que sentía en lo más profundo de mi corazón, pero me estaba quitando la coraza demasiado rápido. Me confié, sin más, porque ella jamás me haría daño y de eso estaba seguro. Ella sonrió ante mi respuesta y su sonrisa alimentó mi alma.

Para ser sincero, en todo momento albergué la esperanza de que la tensión sexual que había entre nosotros se solucionase con sexo y que después, con el tiempo, fuésemos capaces de volver a ser amigos sin más y reírnos de aquel triste polvo que echamos para reafirmarnos en nuestras diferentes tendencias sexuales. Pero no fue así. Lo único que conseguí acostándome con ella fue agravar la confusión. Me gustaban los hombres, eso lo tenía más que claro, pero ella… Ella me volvía loco y eso era lo que no comprendía.

¿Se puede amar a alguien sin que importe su género? ¿Te puedes enamorar del interior de una persona? No se folla con la mente. Yo estaba seguro de que el sexo era algo físico, pero me acababa de demostrar a mí mismo que también se podía hacer el amor con el espíritu.

—Joel —me sacó de mis pensamientos.

—Mmm… —fingí que me estaba quedando dormido por sus caricias en mi espalda.

—¿Qué va a pasar ahora?

No quería hablar porque terminaría cagándola, aunque raro era que pudiera cagarla más de lo que ya lo había hecho.

—¿Tú qué quieres que pase? —pregunté.

—Yo lo único que quiero es que mueras de amor por mí.

Su voz tembló al confesarlo, al igual que se estremeció mi corazón al escucharla. Me resistía a creer que fuera tan dulce. Que sintiera un amor tan puro por mí. Pero sus ojos suplicaban amor y lo que yo sentía por ella estaba empezando a ponerme demasiado nervioso. Si aquello no era amor, nada lo sería jamás.

—¿Y si te digo que ya lo hago? —salió de mi boca sin esperarlo.

—No me lo creería —asumió con tristeza.

—Estoy enamorado de tu sonrisa y esa es la forma más peligrosa de amar, Pecas.

—¿Lo dices en serio?

Asentí al verla tan vulnerable, abierta en canal ante mí. De repente, quise darle todo lo que me pidiera con tal de hacerla feliz. Como si se le antojaba la puta luna. Yo se la bajaría sin dudar y punto.

—Si te enamoras de la belleza, se termina con la edad. Si te enamoras del género de una persona, te estás poniendo límites. En cambio, si te enamoras del alma, estás perdido, no hay vuelta atrás.

Me abrazó con fuerza.

—¿Me prometes que nunca vas a mentirme?

—Lo prometo, Sara.

Me besó soltando un gritito de alegría y a mí, sin poder evitarlo, se me dibujó una enorme sonrisa de gilipollas en el rostro.

—Este tipo de promesas son de las que se cumplen, ¿eh? —me advirtió.

Y ahí estaba yo, cagándola de nuevo.

33

¿Qué pasa cuando vives en las nubes?

Soy la primera de los dos en despertarse.

Esta mañana, al alba, justo antes de quedarme dormida, cerré los ojos con el temor de que al abrirlos ya no estuviese a mi lado. Porque lo conozco demasiado bien y sé que no es hombre de compromisos. Es un espíritu libre. Pero aquí estaba y esa nimiedad ha conseguido que sonría feliz.

Contemplo su rostro con atención. Su pelo alborotado sobre la almohada. Sus pestañas oscuras. Sus labios carnosos y aún enrojecidos. Su barba incipiente. Es tan guapo que hasta me sonrojo al espiarle. Es curioso, porque le he visto miles de veces dormir a mi lado, pero esta mañana irradia un brillo especial. Por su rictus, hoy parece en paz consigo mismo. Aliviado. Incluso ¿feliz?

Retengo las ganas que me entran de besarlo porque no quiero despertarle. Joel siempre ha sido un alma torturada y me gusta verlo en calma. Es como observar a un dragón dormir plácidamente.

Me ruborizo al recordar todo lo ocurrido anoche entre nosotros. No hemos parado durante horas. No podíamos. Descansábamos un rato. Nos mirábamos y ¡otra vez! El repiquetear de la lluvia contra el cristal parecía ejercer de afrodisiaco. Por Dios, me duelen músculos que no sabía ni que tenía. Creo que no he estado tan caliente en toda mi vida. De hecho, volvería a repetir ahora mismo, pues he descubierto una adicción incontrolable. Tenerlo dentro se ha convertido en algo tan necesario como respirar. Sus besos. Sus caricias. Sus miradas.

No puedo evitar pensar en su condición sexual. Porque siempre le han gustado los hombres. Si se ha acostado conmigo por probar y resulta que sigue prefiriendo el sexo con un hombre, me moriré, porque para mí ha sido lo mejor que me ha pasado nunca.

Con él he hecho cosas que nunca imaginé que me atreviese a hacer. Ha conseguido que me sintiera tan especial que me he olvidado de todos los prejuicios y me he dejado llevar para disfrutar de las sensaciones del cuerpo. ¡Por Dios! Ha sido bestial.

Aunque, por otra parte, pienso que yo solo lo he hecho con Rodrigo, no puedo comparar el sexo con nadie más, mientras que Joel habrá estado con miles de hombres haciendo de todo. El sexo conmigo al final se volverá aburrido, no puedo darle la rudeza que le podría ofrecer un hombre. No puedo cogerlo ni hacerle cosas que le haría alguien más corpulento, como me ha contado un sinfín de veces.

«No lo pienses, Sarita, hija. ¿Ni siquiera recién follada por el amor de tu vida eres capaz de ser positiva?», me recrimino a mí misma.

Me sobresalto al ver que abre los ojos y me mira soñoliento.

—¿Qué haces, Pecas?

—Mirarte. —Arrugo la nariz algo avergonzada y me sonríe.

¡Qué guapo es!

—¿Y qué piensa esa cabecita?

Me encojo de hombros.

—Nada —miento.

—Déjame adivinar. Seguro que te estás preguntando por qué me he acostado contigo si me gustan los tíos. Además, estarás suponiendo que a partir de ahora todo cambiará entre nosotros y me perderás para siempre porque es imposible que pueda corresponder a tu amor. O algo por el estilo, y seguro que mucho más trágico, ¿me equivoco?

—Bueno, se parece en algo, sí —admito.

—¿Qué hago contigo? —Niega con la cabeza.

—¿Y tú? ¿Qué piensas? En tus mensajes del *podcast* dijiste que no querías hacer daño a esa chica y que por eso no ibas a intentar nada con ella. ¿Qué ha cambiado? —quiero saber.

Se incorpora para sentarse sobre el colchón en plan indio. Está desnudo, pero el edredón le cubre las piernas hasta la cintura. Yo continúo tapada hasta el pecho porque me muero de vergüenza.

—Sara…, siento decirte que la chica de la que hablaba no eras tú…

¡¡¡¿¿¿Qué???!!!

Beli aparece en mi pensamiento. Por cierto, doy por supuesto que estoy más que despedida.

Me invaden unas ganas enormes de llorar. Es una mezcla entre dolor, decepción, rabia…

—Pero…

Él suelta una carcajada.

—¡No puedo creerlo! ¿En serio pensabas que podría ser otra mujer?

—No sé, yo… ¡eres idiota! —Le doy en el brazo.

—¿Por qué tienes tan mal concepto de ti misma? No lo entiendo.

—Supongo que a todos nos pasa algo similar. Cuando nos vemos con los ojos de otro, nunca coincide con la idea que tenemos de nosotros mismos.

—Ven aquí, anda, Pecas.

Me atrae hacia sí, como si no pesara nada, me abraza y enseguida enrosco mis piernas alrededor de su cintura y me acurruco en él, apoyando la cabeza en su pecho. No quiero que me vea desnuda. Sé que es ridículo porque no hay parte de mi cuerpo que no haya besado, lamido o succionado, pero ahora siento pudor. No es lo mismo que anoche y en pleno fragor de la batalla.

—¿Qué quieres que hagamos? —me pregunta.

—No lo sé.

—Venga, ve a ponerte una camiseta, anda, que si no, no va a haber Dios que hable contigo en serio.

Me río, porque es alucinante que me conozca tan bien y lo mejor de todo es que no me ha dicho lo típico de «Tienes que quererte a ti misma, sentirte cómoda con tu desnudez, blablablá», él me respeta y sabe que no voy a estar a gusto en pelotas hablando con él. Ya llegará el día. Pero hoy no. Son demasiadas emociones de golpe para mi razón. Además, esta conversación va a ser seria, no puedo estar pensando en si tengo las tetas caídas o me sale un michelín de la cintura.

Me apresuro a coger una camiseta de tirantes fucsia y amarilla que me llega por debajo del culo y tengo a medio usar. Cojo unas braguitas del cajón y me las pongo. Ya está. Vuelvo a la cama para sentarme frente a él, peinándome un poco el pelo con los dedos. Esboza una sonrisa al mirarme.

—Tengo tanta suerte de haberte encontrado —susurra.

Siento cómo el rubor se apodera de mis mejillas.

—¿Qué va a pasar ahora, Joel?

—Pues lo que vaya surgiendo. ¿Necesitas una etiqueta? —me pregunta.

—No.

—No creo que debamos darle más importancia de la que tiene. Somos amigos por encima de todo, Pecas, y te juro que eso no va a cambiar nunca.

—Bueno, creo que algo sí que ha cambiado —sugiero.

—Mira, tú, precisamente, me conoces mejor que nadie y sabes que las relaciones no son lo mío. Llevo desde que tengo uso de razón luchando contra viento y marea para conseguir que mi familia ultraconservadora acepte mi sexualidad, por eso no me hace ninguna gracia dar mi brazo a torcer y terminar estando con una mujer. —Abro la boca para protestar y él levanta el dedo índice para que guarde silencio—. Por otro lado, sé que lo que he sentido esta noche contigo no voy a sentirlo con nadie más. Nunca. Y no estoy dispuesto a dejarlo pasar, a no vivirlo con la misma intensidad que le pones tú a la vida. Pero, si quieres que no te mienta y te sea sincero, Pecas, estoy acojonado.

Por fin lo ha dicho en voz alta.

—Yo también tengo miedo, Joel. Miedo a perderte. Porque las parejas discuten y el amor igual que viene se va. No soportaría estar sin ti.

—¿Crees que sería mejor volver a ser amigos y olvidar lo que ha pasado?

—¿Tú crees que sería lo mejor? —le pregunto al mismo tiempo.

—Si lo dejamos como está, podemos tratar de retomar nuestra amistad.

—¿Y si seguimos adelante?

—Nos arriesgamos a estropearlo todo. No habrá vuelta atrás.

—¿Por qué tengo que decidir yo? —protesto.

Me mira con cariño mientras acaricia mi mejilla con delicadeza, como si fuese una despedida.

—Porque yo ya lo tengo decidido, pero respetaré tu opinión.

¡¡Cómo que lo tiene decidido!?

Lo examino con los ojos entrecerrados. Esto es una tortura china. No sé qué leches estará pensando. No me gustan estos jueguecitos.

De pronto, una especie de llanto cercano me saca de mis cavilaciones.

—¿Qué es eso? —pregunta Joel.

—¡¡¡Frida!!!

34

Besos. Locura

—No te preocupes, Sara, como te acabo de decir, estoy casi seguro de que Frida se pondrá bien —afirma el veterinario por enésima vez.

—¿De verdad? ¿No me miente? ¿Qué significa ese «casi»?

—Que no, muchacha —contesta harto de mí—. Si hubiese sido en pleno invierno, la perrita no lo hubiera contado, pero ahora el clima es más cálido y por eso se trata de una hipotermia moderada.

—Ay, doctor, que si se muere, me muero yo también —sollozo como una magdalena.

—Te doy mi palabra de que se pondrá bien. Ahora márchate, no puedes hacer nada más aquí. En cuanto se recupere un poquito y se despierte, te llamaré para que vengas a verla. ¿De acuerdo?

—¿Y eso cuándo será? No puedo irme sin más —insisto.

—Pues no lo sé, pueden ser cinco minutos o cinco horas —conjetura.

La contemplo con los ojos anegados en lágrimas. Está dormida y tapada con muchas mantas. Tiene una vía en su patita que comunica con un gotero. Tres lámparas de infrarrojos alrededor de la cama le dan calorcito. Según el veterinario, ha salido de peligro, pero se tiene que quedar ingresada por si acaso.

Me siento tan culpable. Ahora que empezaba a confiar en mí, voy y la dejo encerrada en la terraza bajo la lluvia. Sé que no fue mi intención, salió sin que la viera y, al cerrar, no me di cuenta de que estaba fuera. Pero ella no sabe si lo hice a propósito o no. Me la imagino allí, congelándose de frío, y me odio por ello. Vuelvo a llorar de nuevo con todas mis ganas sobre el pecho de Joel. No puedo parar.

—Venga, Pecas. Tranquilízate. Se pondrá bien enseguida y volverá a comer cantidades industriales de macarrones con tomate. —Joel me tiene cogida por los hombros para sostenerme.

Después de un buen rato, salimos a la calle, donde nos esperan Nuria y Sole, preocupadas. Deben de ser las doce del mediodía. Como Joel vino a casa anoche en la moto, he tenido que pedirle a Sole que nos trajese en su coche hasta aquí. A pesar de tener el coche más limpio que los chorros del oro, no se lo ha pensado dos veces para llevar a Frida en él. Nuria ha llegado después porque ha venido en metro. Llevan casi una hora esperando en la calle las dos.

—¿Qué tal está? —pregunta Sole, preocupada al verme aparecer cual viuda penitente.

Me abrazo a ella y rompo a llorar como nunca.

—¿Es que se ha muerto? —escucho que le pregunta Nuria a Joel.

—No —responde él.

—¡A quién se le ocurre regalarle un perro! ¿No ves que ni siquiera sabe cuidar de sí misma? —lo regaña mi amiga.

Paso de la conversación paralela de ellos y me centro en Sole.

—Perdóname por haber sido tan gilipollas contigo ayer. No te lo merecías. Últimamente soy la peor amiga que hay en el mundo. La peor dueña. La peor hija ¡y la peor todo! —Lloro en los brazos de mi amiga sin poder parar.

Sole se ríe al verme de esta guisa y se separa de mí para poder mirarme.

—Nena, a ver, que no pasa nada. Todas tenemos un mal día. Yo me pasé de cotilla y estabas en todo tu derecho de no contestar a mis preguntas. Nos fuimos a mi casa porque la tele es más grande, no porque estuviera enfadada —miente.

Así son las amigas de verdad. Da igual lo que hagas. Da igual lo que digas. En un segundo se olvida todo y es como si no hubiera ocurrido nada. Porque no hay nada que merezca tanto la pena como para enfadarse y perder ese amor tan grande que nos tenemos. Una para todas y todas para una, siempre.

—¡Te quiero! —Vuelvo a abrazarme a ella y Nuria se suma al abrazo.

—¡Ya están las supernenas dramáticas en acción! —protesta Joel.

Nos separamos y nos reímos al ver llorar a las otras dos.

—¡Cállate! —le reprende Sole—. Tú no tienes sentimientos, Robocop.

—Me quedo tranquilo al saber que ya estáis vosotras para eso. —Sonríe a mi amiga antes de dirigirse a mí—: Tengo que irme al curro, que hoy tengo turno de tarde, Pecas. Supongo que te dejo en buena compañía. En cuanto sepas algo de Frida, llámame, ¿vale?

—Vale. —Asiento al tiempo que me separo un poco de mis amigas para darle al menos dos besos, pero él me da la espalda y comienza a caminar, alejándose de mí sin más.

¿Lo habrá hecho a propósito? ¿Eso significará que ha elegido quedarse en la *friendzone*? Da igual, ahora no puedo pensar en eso. Tengo que concentrarme en enviarle mi energía positiva a Frida para que logre salir de esta.

Me quedo mirando su espalda sin darme cuenta. Y, de repente, se detiene y mira hacia atrás. Le sonrío como una tonta con los ojos anegados en lágrimas al mismo tiempo, entonces regresa con zancadas apresuradas sin apartar sus ojos de los míos. Me coge por la nuca con las dos manos y me planta un pedazo de beso delante de mis amigas que me deja mareada.

Oh my God! Casi pierdo las bragas.

—Todo va a salir bien, te lo prometo. No llores más. —Limpia mis lágrimas con sus pulgares mientras sostiene mi rostro entre sus manos—. Luego hablamos.

Yo solo alcanzo a asentir con la cabeza. La verdad es que ha logrado que me sienta más tranquila porque, aunque parezca una tontería, si él me promete algo, lo cumple. Por eso estoy segura de que todo saldrá bien.

Y ahora sí que se marcha. Dejándome con cara de merluza enamorada y a mis amigas con la boca abierta hasta el suelo.

Te has preguntado cómo es la cara de una merluza enamorada, ¿a que sí?

—¡No puedo creerlo! Nunca hubiese pensado que Joel fuera capaz de hacer algo tan romántico. Siempre me ha parecido un borde insoportable —comenta Sole mientras nos tomamos un café en la cafetería más cercana a la clínica veterinaria. Siempre ha querido ser su amiga, como otras muchas personas, pero Joel no es accesible para nadie, por eso a todos les parece borde.

—¡Lo de bailar debajo de la lluvia es demasiado bonito, por favor! —canturrea Nuria.

—Chicas, no quiero hacerme ilusiones —asumo.

Hemos leído juntas como veinte veces los mensajes que Joel y yo hemos estado intercambiándonos estos días en el *podcast*.

—Pero ¿cómo no vas a hacerte ilusiones, Sara? Está claro que está loco por ti, aunque no debe de ser nada fácil asumir lo que le está pasando —argumenta Nuria.

—Claro. Ten en cuenta que lleva toda su vida reivindicando su condición sexual y ahora, de repente, se encuentra con que se siente atraído por ti. Debe de ser muy chocante. Imagínate que tú ahora mismo te enamorases de mí… —expone Sole— pues te costaría asimilarlo, ¿no?

—Me costaría más a mí —añade Nuria, sacándome una sonrisa.

Permanezco pensativa. Ellas desconocen el maltrato que Joel sufrió a manos de su padre y la fobia que tiene al compromiso debido a todo aquello.

—Supongo que será cuestión de tiempo, hasta que todo se aclare —musito.

—Sara, no te comas demasiado la cabeza —me anima Nuria—. La gente hoy en día, aunque tenga una preferencia sexual mayoritaria, no se cierra a probar otras cosas. Ya no estamos en tiempos de la Inquisición y, además, no sería el primer gay ni el último que se enamorase de una mujer. También ha habido lesbianas que se han enamorado de hombres. He leído varios artículos sobre eso. El problema es la manía que tenemos de ponernos etiquetas. Tú te enamoras de cómo esa persona te hace sentir. Da igual si tiene polla o coño.

—¿Y el sexo? —pregunto—. Se supone que el sexo es algo físico. Yo dudo que me pusiera cachonda con una mujer.

—Eso lo dices porque no has conocido a una mujer a la que admires —asegura Sole—. A mí me tira los trastos Lara Álvarez y no lo dudaría.

Nos reímos las tres. Claro, Lara le gusta a todo el mundo. Aunque, aun así, no creo que pudiera intimar con ella. ¡Qué complicado!

—¿Vosotras habéis tenido algo con alguna mujer? Nunca hemos hablado de esto —indago.

—Yo no, bueno, los picos que me doy con vosotras no cuentan, ¿verdad? —contesta Sole.

—No —respondo, poniendo los ojos en blanco.

—Pues entonces no, pero tampoco me importaría —continúa hablando—, dicen que las personas de tu mismo sexo saben mejor lo que te gusta. —Me mira y cae en la cuenta de que precisamente así no me consuela—. Vale, ya me callo. *Sorry.*

Nuria permanece en silencio y nosotras la miramos intrigadas.

—¡¿Nuria?! —chilla Sole—. ¿Qué significa ese silencio misterioso? ¡Suelta prenda, vamos!

—Fue una tontería hace mucho tiempo. No tuvo importancia —contesta ella.

—Si no quieres contarlo, no lo cuentes, Nuri. —Hago una mueca a Sole abriendo mucho los ojos para que se calle.

—No, no pasa nada, no es ningún secreto ni nada de lo que me avergüence. Ella era mi profesora. Yo acababa de llegar a Madrid. La admiraba en todo cuanto hacía. La veía perfecta. Al principio, creí que se tomaba demasiadas molestias para que aprendiese, pero más tarde descubrí que le gustaba. Una cosa llevó a la otra...

—¿Os acostasteis? —la interrumpe Sole alucinando.

—Sí —admite Nuria.

—Joder, y yo que pensaba que os conocía mejor que a mí misma —se queja—, y en dos días descubro que no sé nada de vosotras.

—¿Repetisteis? —pregunta Sole.

—No. Enseguida se fue de la universidad y no volví a verla. Pero no me hubiese importado, la verdad. El sexo fue una pasada. No sé si el mejor de mi vida, pero sí algo memorable. Creo que es cuestión de química y entre nosotras la había.

—Nuria—pregunto—, ¿dudaste de tu sexualidad?

—Sí. Muchísimo. Al principio miraba al resto de mujeres de manera diferente, pensando que podrían gustarme ambos géneros, pero ninguna me llamaba la atención, y con el tiempo terminé sabiendo que solo era ella. Recuerdo que me comí mucho la cabeza, pero después admití que solo ella me ponía cachonda. Por eso te digo, Sara, que lo que te enamora es la esencia de esa persona y no solo te pone un físico o un órgano sexual determinado, son muchas más cosas. Estoy segura —afirma Nuria.

—¿No volviste a saber nada más de ella? —pregunta Sole.

—No. Traté de buscarla, pero parecía que se la había tragado la tierra. Luego me mentalicé de que solo fue una experiencia más al enterarme de que estaba casada. Supongo que sintió esa tensión sexual entre nosotras y quiso resolverla. Nada más. —Se encoge mi amiga de hombros—. El hecho de que te atraiga una persona de tu mismo sexo no implica que seas homosexual. Al igual que si te atrae alguien del sexo opuesto, no por eso dejas de ser gay. Al menos yo lo veo así. ¡Odio las etiquetas! ¿Por qué no somos más libres en ese aspecto?

—Estoy de acuerdo contigo, Nuria. Y tú ¿cómo lo llevaste? ¿Por qué no nos contaste nada? —investigo.

—No os lo conté porque no quería darle importancia. Muchas veces creemos que si nadie más lo sabe, simplemente no existe. Como has hecho tú durante años con tu amor por Joel. La verdad, para seros sincera, después de aquello me costó volver a sentir lo mismo por un hombre, pero no creo que mi experiencia lésbica tuviera que ver, sino más bien se debió a que los tíos con los que me acostaba ¡eran lo peor! —nos cuenta y nos reímos—. A ti ¿qué es lo que te da miedo en realidad, Sara? ¿No poder satisfacer a Joel sexualmente o que no funcione y perder vuestra amistad?

Buena pregunta.

—Me da miedo que termine cansándose del sexo conmigo y que eche de menos la masculinidad de un hombre. Hay cosas que yo no puedo darle, por muchos juguetes que usemos. Entonces, todo terminará, yo sufriré mucho y, por más que intentemos seguir siendo amigos, ya nada volverá a ser igual… No sé si merece la pena —me lamento agobiada.

—Joder con Nostradamus, podrías predecir también el número que va a salir en el sorteo del Gordo de Navidad —protesta Sole.

Nuria asiente y las tres nos reímos por mi pesimismo extremo.

—En lo que tienes que pensar no es en lo negativo, sino en la cantidad de cosas que le aportas tú y que ninguna otra persona podría darle —afirma Nuria—, solo tienes que ver cómo te mira para saber lo que siente por ti, Sara. Los ojos no mienten. Y yo, personalmente, sí creo que vale la pena intentarlo.

—¿No querrás follar conmigo? —le pregunta Sole, poniéndole ojitos—. Es que es tan bonito lo que estás diciendo que me estás poniendo tontita.

—¡Eres idiota! —exclama Nuria y nos partimos de risa.

Pienso en todas las vivencias que tenemos Joel y yo desde siempre. Soy la única a la que ha permitido entrar en su mundo. Recuerdo todas las risas y lágrimas que hemos compartido a lo largo de los años y eso no lo podría tener con nadie. Nunca.

—Bueno, ¿y qué hay de ti y Alejandro? Tú solo preguntas, pero no sueltas prenda, bonita —le reclamo a Sole.

Ella sonríe.

—¿Y qué os voy a contar? Me da miedo despertarme y que solo sea un sueño. Es demasiado perfecto. Se pasa el día pendiente de mí. Funcionamos en la cama y fuera de ella… No sé. Creo que me he enamorado.

Nuria y yo nos miramos y soltamos un chillido de emoción.

De repente, suena el teléfono y lo cojo a toda prisa porque se trata de un número desconocido.

—¿Sí?

—Sara, soy Beli, ¿piensas venir en algún momento de tu vida a firmar la carta de despido?

—Sí, claro. Mañana me pasaré.

Y cuelga.

Ni siquiera me da tiempo a reaccionar porque suena el móvil de nuevo. Ahora sí que me pongo nerviosa porque es el veterinario.

—Sara, ven corriendo —me pide demasiado serio.

35

Todo se soluciona

Entro como una bala a la sala donde estaba Frida, ni siquiera saludo a la recepcionista de la clínica, que me increpa para que espere.

Mi corazón da un vuelco cuando veo su camita vacía. «Ha muerto», pienso al instante. La pena y la culpa aprisionan mi pecho, casi me desmayo de no ser porque una bola de pelo se abalanza sobre mí para chuparme por todas partes.

—¡Frida! —grito a la vez que me agacho para abrazarla. Ella me lame toda la cara moviendo la cola sin parar. Se me caen las lágrimas de la alegría. No sé quién se alegra más de ver a la otra.

Es admirable la manera que tienen los perros de amar. Sin reproches. Sin condiciones. Sin medida. Estoy segura de que su cabecita habrá pensado que la había abandonado y, aun así, no ha podido evitar alegrarse al verme de nuevo, en lugar de estar molesta conmigo por casi haberla matado de frío.

—Si no lo veo, no lo creo. Parece otro perro —comenta el veterinario, que aparece a mi espalda.

—¿Y eso? —pregunto intrigada.

—No ha dejado que nadie la tocase —me informa—; en cuanto se ha despertado, se ha escondido debajo de una mesa y gruñía a todo el mundo que se acercaba. Mónica ha tratado de sacarla, porque teníamos que darle la medicina, y la ha mordido. No ha sido gran cosa, pero ha tenido que ir al hospital a ponerse la antitetánica.

—Ay, ¡lo siento! —me lamento.

—No te preocupes. Lo que importa ahora es que Frida está recuperada. Ya te la puedes llevar a casa. Y ten mucho cuidado con las corrientes de aire, tiene los pulmones un poco tocados. La recepcionista te dará las medicinas que debes suministrarle y las instrucciones de cómo hacerlo.

—¡Gracias, doctor! No se imagina lo feliz que acaba de hacerme —festejo emocionada.

—Ten cuidado con ella. Se ve que esta perra ha sufrido mucho y te ha elegido a ti como su nueva compañera de vida. No la defraudes. Un perro no es un juguete. Requiere muchos cuidados —me aconseja.

—Lo sé. Lo he aprendido por las malas, pero no volverá a pasar. Le doy mi palabra.

—Tu amigo me dejó pagada la consulta, las medicinas y el ingreso, además de tres sacos de comida. Llévatelos.

—¡Gracias, doctor, adiós!

—Adiós, joven.

Una vez que ya estamos montadas en el coche, le escribo un wasap a Joel:

> ¡Ya le han dado el alta a Frida! Gracias por pagar todo, Cofidis. Te lo devolveré en cómodos plazos.
> P.D.: Frida ha dicho que te odia porque prefería comer macarrones.

No obtengo respuesta, aunque aparece como leído. Supongo que estará muy liado con las consultas.

Sole, Nuria y yo entramos en casa cargadas con un saco de pienso cada una en los brazos. Frida entra la primera en cuanto abro la puerta, corriendo y ladrando como una loca.

—¿No podrían hacer saquitos pequeños, tenían que ser todos de veinte kilos, joder? —se queja Sole.

—Cállate, que tú al menos no tienes que vivir con ella —responde Nuria.

—¡Hola!

Un hombre de unos setenta años, ataviado únicamente con un tanga de leopardo, nos recibe en el pasillo como si nos estuviese esperando. A Sole se le cae el saco al suelo por el susto y las bolitas marrones se esparcen por el pasillo. Nuria suelta un grito y yo salgo corriendo hacia él para evitar que Frida le muerda en el único sitio que tiene disponible: la «cola» del leopardo.

Gracias al cielo, he conseguido agarrarla del collar a tiempo. No me quiero ni imaginar la que se hubiera liado de no hacerlo.

Nota mental: no volver a llevarla suelta.

—¿Vosotras sois mis compañeras de piso? —pregunta el señor tan pancho, como si no hubiese estado a punto de ser castrado.

—Sí. Eso me temo —contesta Nuria, que pasa a la cocina sin querer mirarle demasiado.

Sole la sigue, pero mirando con descaro todo lo que no ha querido ver Nuria.

—¿No tiene frío, caballero? —le pregunta. El día que se muerda la lengua, revienta.

—No. Soy nudista y estoy acostumbrado. Tengo hasta calor. Me he puesto un bañador por si acaso hubiese alguien por aquí. Veo que he acertado —alega.

—¿Y piensa sentarse así en el sofá? —se me escapa.

—¡Claro!

Hace la demostración de cómo su culo peludo toma asiento en el sofá, restregándose sin reparo en la tela. Me entran ganas de vomitar al pensar que hubiera podido hacer eso en el pasado. Retengo la arcada.

—¡Oh, por Dios! Sara, recuérdame no volver a sentarme nunca más en ninguna parte de tu casa —se queja Sole con cara de asco.

—¡Recoge la comida del perro y cállate! —le respondo conteniendo la risa.

Dejamos todas las cosas en la cocina y nos encerramos las tres en mi cuarto con Frida.

—Sara, tenemos que hacer algo, no podemos seguir viviendo así —me regaña Nuria.

—Lo sé. Tengo que ir a la agencia que le da las llaves a toda esta gente para explicarles la situación y que dejen de alquilar el piso de una vez —reniego—. También tengo que ir a despedirme del trabajo. Y tengo que preparar todo para el sábado, que, por si nos os acordabais, es mi cumpleaños.

—Sí, sí, sí, pero antes de todo eso tenemos que ir a ver a mis jefes. Ya solo quedan un par de horas para las seis. Sole nos llevará —dictamina Nuria.

La aludida nos mira con recelo.

—¡Vaya! Gracias por suponer que mi vida es tan miserable que no tengo planes mejores que hacer de taxista de dos taradas.

—No es una vida miserable, pero las que tenéis pareja estable soléis ser más predecibles —alega Nuria.

—¡¿Qué?! ¡No te consiento que digas semejante estupidez! ¡Alejandro y yo no tenemos nada estable! ¡Castigada sin follar conmigo! —se queja la aludida.

—¡Estás fatal!

Nos reímos las tres.

Antes de marcharnos, dejo comida, agua y todo preparado para que a Frida no le falte de nada. Cierro mi cuarto y le advierto al hombre leopardo que la perra es muy violenta y que, por su seguridad, no debe permitir que nadie entre ahí, aunque parece que esté hablando con un árbol, no sé si me habrá escuchado, pues da la sensación de estar como fumado. Se dedica a observarme como si fuese una aparición mariana.

—No sé si se ha enterado de mi advertencia —les indico a mis amigas antes de salir por la puerta.

—Él sabrá. Si no se ha enterado, se va a quedar sin rabo —bromea Sole.

—Dios, espero que no. Ya es lo que me faltaba —me lamento.

—Sería un buen regalo de cumpleaños de Frida, ¿te imaginas? Lo podríamos subir a los *stories* de Instagram y hacernos virales —propone Nuria.

Yo me cubro el rostro con las manos y niego con la cabeza. Ya no quiero ir a ninguna parte. Ellas tiran de mí y nos marchamos.

Hemos llegado a un edificio muy grande en el que hay muchísimos ventanales. Sole ha dicho que nos espera mirando ropa en Zara. Mirando. Ya. Todas sabemos que volverá con seis o siete bolsas porque es una caprichosa.

Me he puesto unos vaqueros oscuros y un jersey rosa con botines de color camel. El pelo suelto y maquillada como para una boda, como a mí me gusta. Nuria y yo subimos a la planta sexta del edificio. Todo el mundo parece conocerla, la saludan al pasar muy sonrientes.

—Pareces famosa —cuchicheo de camino.

—Lo soy. —Sonríe.

Entramos en un despacho enorme sin ni siquiera llamar.

—Nuria, deberías avisar a alguien de que estamos aquí. No puedes ir entrando así por las buenas en los sitios —musito, mirando a mi alrededor como si estuviésemos robando.

Ella suelta una carcajada.

—Sara, este despacho es mío, no seas cateta, por favor.

Miro a mi alrededor.

—¿En serio?

—¿Qué esperabas? —se ríe al verme tan sorprendida.

—No sé. Pensaba que solo grababas cosas con el móvil —le explico.

—Bueno, y es lo que hago, entre otras cosas, cari. Hoy en día lo que más dinero da es crear contenido en redes. Ser original y que la gente se identifique contigo. Las marcas, que son las que pagan, se matan por nosotros. Por eso me dieron mi propio programa. Tú has conseguido algo casi imposible sin pretenderlo. ¿Por qué te crees que estás aquí?

—Pero, si tienes tanto dinero, ¿por qué te has venido a vivir conmigo? —sospecho.

—Porque no quería que estuvieras sola tus primeros días en Madrid —argumenta.

La miro con los ojos entrecerrados.

—¡Sigues teniendo tu casa! —la acuso, apuntándola con el dedo índice.

Ella se ríe.

—¿Realmente pensabas que en una mudanza iba a llevarme solo dos bolsas?

—¡Eres una cabrona! ¿Cómo no me di cuenta? —me quejo.

—Me lo pidió tu madre. Estaba tan preocupada que no pude negárselo, Sara —me explica.

—Ella siempre está preocupada. Ya deberías saberlo.

—Bueno, era solo hasta que te adaptases, pero al final no te ha hecho falta que te haga de hada madrina. Lo estás haciendo muy bien…

—¡Déjame en paz! —la interrumpo—. ¡Estoy muy enfadada contigo ahora mismo!

—Ya se te pasará.

De repente, llaman a la puerta y Nuria dice: «Adelante». Entran dos chicas y un chico, más o menos de mi edad, vestidos de una manera muy informal. Vaqueros, minifalda, *leggins*, sudadera, camiseta, Converse, etcétera.

—¡Buenos días, Nuria! Tú debes de ser ¿Sara? —pregunta la primera.

—Hola, sí, soy Sara —respondo nerviosa.

Se acerca para darme dos besos.

—Encantada de saludarte, ¡eres preciosa! ¡Qué bien! Me llamo Miriam y soy la directora del departamento de Recursos Humanos. Ellos son Juanjo y Rut, director ejecutivo de la empresa y directora de Marketing.

—¡Madre mía, cuántos directores! —exclamo y todos se ríen.

—¡Me encantas, Sara! Te quiero en mi equipo —dice Juanjo sin remilgos.

—Gracias. —Me sonrojo—. Nunca se me habían declarado tan de repente.

Vuelven a reír.

Tengo la sensación de que estas personas ven en mí demasiado potencial. De pronto me siento como un producto expuesto en una estantería al que todos observan. Me entra el vértigo porque dudo que sea capaz de soltar todas las chorradas que se me ocurren cuando grabo los *podcasts* si me veo obligada a hacerlo un día y a una hora determinados. El talento debe fluir, debe ser libre, ¿no? No se puede programar.

—Tomemos asiento, ¿os parece? —propone Nuria al verme la cara.

Nos sentamos alrededor de la gran mesa de cristal que preside el despacho de mi amiga. Ellos me cuentan cómo crearon la empresa y me resulta fascinante comprobar que todo haya sido el resultado de tres amigos que comenzaron haciendo tonterías en TikTok.

—O sea, que realmente se puede ganar mucho dinero con esto, ¿no? —quiero saber.

—Muchísimo —me contesta Rut—, cuantas más visualizaciones tenga tu vídeo, o en tu caso, escuchas, más dinero puedes ganar. Y te garantizo que tú puedes ganar bastante, Sara. Sé reconocer el talento a kilómetros.

—¡Vaya! Me siento abrumada. No sé si estaré a la altura de las expectativas. No creo que sea para tanto como creéis —suelto.

—Todos los genios dudan de su talento. Los mediocres son los que se lo tienen demasiado creído —arguye Juanjo.

El resto de la reunión transcurre como si fuésemos una pandilla de amigos bebiendo cerveza, comiendo gominolas y gastándonos bromas, hasta que llega el momento de firmar el contrato. Me ofrecen quinientos euros por programa, de momento, pues dependiendo de la audiencia podrían subir a mil. Tendría que grabar un programa a la semana y eso es lo que más miedo me da. Solo de pensarlo me quedo en blanco.

—En resumen: cada mil reproducciones serían quinientos euros más —me informa Miriam.

—¿Mil? ¡Eso es muchísimo! —expreso.

—La noche que Darth te pidió que bajases a la plaza tuviste más de dos mil escuchas, por no hablar de los comentarios. ¿No los has leído? Todos en el foro están esperando que les cuentes qué ocurrió con Darth Vader. ¡Incluso yo quiero saber qué leches pasó! —añade Rut.

Suelto una risilla nerviosa.

—¿Dos mil? ¡No puede ser!

—¡Lo que no puede ser es que me tengas mordiéndome las uñas sin saber qué ha pasado! —explota Juanjo.

Todos nos miramos y terminamos muertos de risa.

—¡¡¡Era Anakin!!! —exclamo emocionada al comprobar cómo la gente se involucra con mis cosas personales.

—¡Toma! ¡Me debéis cien euros cada una! ¡¡¡Lo sabía!!! Si no, ¿cómo iba a saber dónde vivía? —les dice él a sus compañeras.

—¡Ay, por Dios! Quiero saberlo todo. Métete ahora mismo en el estudio y se lo cuentas a la audiencia, que seguro que están igual o peor que yo de los nervios —me pide Miriam.

—Pero así, de repente, no puedo —me agobio—, me lo tiene que pedir el cuerpo.

Todos miran a Nuria.

—No ha firmado el contrato todavía, como la atosiguéis se marchará y no firmará —les amenaza—. La conozco demasiado.

—Está bien —asume Juanjo—, firma el contrato y graba cuando te sientas preparada. Sin presión. Para empezar lo haremos así. Pero no tardes mucho, joder. Voy a sufrir un brote de ansiedad. ¡Quiero saberlo todo!

Sonrío y firmo. Así, sin más. Porque si me lo pienso mejor, no lo haré.

Una vez que cogen el papel que acabo de firmar, me pongo a temblar.

Ya no hay vuelta atrás.

Joel (quinta consulta)

Siempre recordaré la última vez que aquella bestia me puso las manos encima. Fue el día en que cumplí los diecisiete años y tenía las hormonas revolucionadas a tope. Nunca fui demasiado corpulento, pero cuando me cabreaba tenía una fuerza descomunal.

Recuerdo que aquella tarde había quedado con unos chicos del instituto para jugar al fútbol y después iría a cenar con Sara a la pizzería. Llevaba varios meses ahorrando para poderla invitar, pues mi padre no me daba ni un céntimo para que no pudiese ir a ninguna parte.

Tampoco me dejaba trabajar; el verano anterior había estado sirviendo mesas en una terraza y, en cuanto se enteró, montó en cólera. Demandó al bar por contratar menores. Se corrió la voz en Ávila y nadie más se arriesgó a contratarme de nuevo. Así que reuní el dinero buscando monedas por todas partes.

Volví a casa después del fútbol para ducharme. Tenía media hora para llegar al lugar donde había quedado con mi amiga. Cuando ya estaba arregladito, fui al cajón donde había ido guardando monedas hasta llegar a diez euros y me lo encontré vacío.

Sentí un fuerte escalofrío recorrer todo mi cuerpo. Se me nubló la mente. Y tuve claro lo que iba a ocurrir a continuación. Acababa de caer la gota que colmaba el vaso y me dio igual morir. Aquel día perdí el miedo. A todo.

Bajé las escaleras como un toro bravo sale de toriles. Lo busqué por la planta de abajo hasta que llegué frente a él.

—Vaya, qué mono te has puesto para chupar pollas —canturreó sin ni siquiera mirarme.

—Devuélveme mi dinero —rugí, apretando los puños con fuerza a ambos lados del costado.

—Vives bajo mi techo siendo un vago que no aporta nada. Ese dinero es mío. No pienso permitir que te paguen por follarte como a una puta.

No recuerdo demasiado bien la escena. Solo hay pequeños *flashes* en mi mente. El atizador de la leña. Su cabeza ensangrentada. Correr por toda la casa buscando una salida. Cosas cayendo al suelo en nuestro forcejeo. Mucha sangre por todas partes. De los dos. El monstruo en el suelo. Su mirada llena de ira.

—La próxima vez que me pongas la mano encima, te mataré —lo amenacé sin un solo atisbo de duda o arrepentimiento en mi voz.

—¿Vas a dejarme aquí tirado como a un perro? —sollozó.

Ya me sabía ese truco. Me lo había hecho mil veces. Fingía estar desvalido y, cuando iba a ayudarlo, me pegaba hasta que no podía ni respirar. Pero aquella vez no se iba a salir con la suya.

—No. Tranquilo. En un rato llegará la policía.

—¡¿Qué?! —gritó con todas sus fuerzas.

Aproveché que trataba de ponerse en pie para huir de allí a toda prisa.

La gente me miraba por la calle porque iba lleno de sangre. Me fui directo a la comisaría y les conté todo lo que me había hecho mi padre desde que tenía uso de razón. La declaración duró horas, pero mereció la pena con tal de ser testigo de cómo salieron tres coches patrulla a toda prisa con las sirenas puestas para detener al monstruo. Mientras transcurría el tiempo, el enfermero de la comisaría aprovechó para darme puntos en varios sitios, pero sobre todo en la cabeza.

Desconozco lo que ocurrió después, no volví a ver a mi padre nunca más. Supongo que lo arrestarían, porque estuvo tres años en prisión. Eso era lo que valía mi sufrimiento. Tres míseros años.

Aquel día, el día en que cumplí los diecisiete, era diciembre y hacía muchísimo frío. Salí de la comisaría sobre las once de la noche. Con lo puesto, pues ni siquiera había cogido un abrigo. Una vez en la calle, un agente me preguntó si quería que me llevase a algún sitio y le di la dirección de Sara.

No recuerdo el tiempo que permanecí de pie en su jardín mirando hacia su ventana.

Me sentía tan feliz que ni siquiera me di cuenta de que había empezado a llover. No era una lluvia torrencial, sino algo similar al vapor de agua, que no ves venir, pero poco a poco te va calando los huesos.

Entonces, la vi. La vi a través de su ventana. Ella me miró y en tan solo dos segundos salió corriendo por la puerta del porche.

—¡Joel! —gritaba aterrada—. ¿Qué te ha hecho? ¿Qué te ha hecho ese desgraciado?

Yo no era capaz de hablar, solo podía mirarla. Quería resguardarla de la lluvia bajo mi pecho, pero no podía porque estaba empapado y lleno de sangre mientras ella se encontraba seca y limpia. Acercarse a mí era malo. Solo aportaba cosas negativas. Tenía una continua lucha en la mente porque no podía alejarme de ella para dejarla ser feliz sin mí. Ella era lo único que me aferraba a la vida.

—He venido a pedirte perdón por no haber ido a la pizzería —susurré cada vez con menos fuerza.

No sabía que tenía una herida muy grave en la cabeza. Una que a aquel enfermero debió de pasarle desapercibida en la comisaría. No lo sabía. Solo sabía que ella era, una vez más, mi ángel de la guarda. El rostro que siempre veía cuando todo era horror. La luz al final del túnel. Mi ancla. Ella era lo único bonito que tenía en la vida. Algo sagrado que siempre cuidaría.

—¡Joel! Entra en casa. No puedes estar aquí. Mamá te atenderá. —Me cogió de la mano para llevarme dentro, pero me resistí.

—No puedo más, Sara —me escuché decir a lo lejos, como si ese cuerpo ya no fuese el mío. Quería dejarme caer en aquel jardín lleno de flores, cogido de su mano, y morir tranquilo, sin violencia.

—¿Qué? ¡Claro que puedes! Y por mucho que te empeñes, mañana a primera hora iré a la comisaría. No voy a permitir…

—Acabo de ir yo —la interrumpí en voz baja—. Por fin lo he denunciado, Pecas —confesé, tratando de esbozar una sonrisa.

Ella me miró llena de orgullo. Me miró como nadie me miraba nunca. Estaba acostumbrado a recibir miradas de todo tipo, pero ninguna de amor y cariño como las que me dedicaba ella. No lo dudó ni un segundo y me abrazó con todas sus fuerzas. Se acurrucó contra un pecho abatido lleno de sangre y dolor.

—Te vas a manchar —musité, rodeándola con mis brazos.

—No me importa. Es tu cumpleaños y mereces un abrazo.

Mi corazón se recompuso al instante, como por arte de magia, al escuchar esas palabras en apariencia sin importancia. Al sentir su cariño. Ella estaba acostumbrada a unos cumpleaños de ensueño aunque pertenecía a una familia modesta. Los míos, sin embargo, nunca se celebraron, a pesar de tener una familia adinerada. El dinero no da la felicidad. Lo que da la felicidad es el amor.

Permanecimos así unos minutos, abrazados bajo la lluvia en plena noche, en el jardín de su casa. Poco a poco fui perdiendo las fuerzas y comencé a balancearme para tratar de mantener el equilibrio y no caerme. Ella me miró desde abajo y me sonrió. Ahora sé que pensaba que estábamos bailando. En aquel momento creí que se trataba de una ilusión antes de la muerte.

—Es demasiado tarde para… —Dejé la frase a medias.

—Nunca es tarde para bailar bajo la lluvia.

«Nunca es tarde si es contigo», quise contestar, pero nunca lo hice.

Fue lo último que recuerdo antes de caer al suelo.

36

Cumpleaños feliz

Por fin es sábado. Llevo estos últimos días nerviosa y casi no he pegado ojo, y la razón es que no sé nada de Joel desde que me dio aquel beso a la puerta del veterinario.

Le he mandado varios wasaps y le he llamado otras cuantas veces, pero nada. Ni rastro. Como no quiero que me denuncie por acoso, he decidido dejarlo.

Llaman a la puerta de mi habitación. Frida salta de los pies de la cama, donde duerme, y se pone a ladrar como una fiera para que quien sea que esté al otro lado se lo piense dos veces antes de entrar.

—¿Quién es? —pregunto emocionada, esperando que sea él.

—Soy yo —responde Nuria.

—Pasa.

Abre la puerta. Frida la huele para cerciorarse de que no es un asesino en serie que vaya a matarme y vuelve a la cama.

—¡Felicidades! —canturrea.

Mi amiga aparece con una cesta enorme llena de dulces y globos de colores. También trae dos tazas con café para llevar de la cafetería de abajo.

—¡Gracias, Nuri! —Aplaudo emocionada.

Deja todo sobre la mesita y yo me levanto para abrazarla con mucho ímpetu.

—¡Eres la mejor!

—Lo sé. Toma, este regalo es de Sole. No ha podido estar aquí por el curro.

Abro una cajita pequeña envuelta en un papel rosa muy mono y descubro que es una cerradura nueva con un juego de llaves. Nuria y yo nos partimos de risa al leer su nota:

Espero que las uses algún día. Por cierto, yo me he quedado una de las llaves para ser la primera que la tenga, para variar.

Le mando un wasap dándole las gracias.

Nuria y yo nos sentamos sobre la cama y nos ponemos moradas con tanto dulce.

—¿Qué vas a hacer al final esta noche? ¿Ya lo has decidido? —me pregunta.

—Es que me apetece un montón lo de la fiesta de disfraces, pero solo somos tres. No creo que ningún garito ofrezca una fiesta para tres —lamento.

—Bueno, hay una discoteca en Atocha que los sábados hace fiestas temáticas. Podemos ir sin necesidad de que cierren el sitio para ti, ¿no? —propone.

—¡Vale! ¿Y cuál es el tema de esta noche?

—Vamos a buscarlo en Google.

A las diez de la noche, después de haber cenado en una terraza súper *cool* por la zona y ponernos moradas a cervezas, entramos las tres, cogidas de la mano para no perdernos entre tanta gente, en la discoteca que recomendó Nuria esta mañana. La fiesta se llama «Adivina quién eres» y se trata de ir disfrazado de algún famoso.

Yo voy de Marilyn Monroe. Nuria va de Maléfica pija y Sole, aunque dice que va de Harley Queen, claramente va de prostituta satánica.

El sitio es muy grande y oscuro. Está iluminado solo con luces de neón y cañones de luz que se mueven por todas partes.

Conseguir una copa es misión imposible. Hay demasiada gente arremolinada en la barra.

—Esto es una mierda —exclama Sole por encima de la música.

—Vamos a la pista a bailar y quizá luego haya menos gente —propongo.

—¡Vale!

Allá vamos las tres. Observando la variopinta mezcla de disfraces que nos encontramos de camino. Unos son casi profesionales y los otros son tipo Sole, cutres a más no poder.

Al llegar a uno de los laterales de la gigantesca pista, nos situamos justo en un hueco que vemos. No entiendo cómo a la gente puede gustarle estar tan apelotonada. Nos ponemos a bailar en cuanto suena Morat y luego ya seguimos con Sebastián Yatra, Camila Cabello, Beky G, Álvaro Soler.

—¡Me encanta la música que ponen aquí! —grito enloquecida sin parar de bailar.

Varios chicos han tratado de ligar con nosotras, pero Sole les ha dicho que estamos casadas o que somos lesbianas. ¡Como si cualquiera de las dos cosas fuese un impedimento!

De repente, la música deja de sonar y todo el mundo abuchea al DJ que está en la cabina. Comienza a sonar la melodía del *Cumpleaños feliz* y la multitud la canta. A mí ni siquiera se me ocurre pensar que es para mí, debe de ser el cumpleaños de bastantes personas de las que estamos aquí y para que se corte semejante fiesta se debe de haber pagado una pasta.

Cuando termina la canción, enseguida se enciente la pantalla donde hace un momento se proyectaban los videoclips de las canciones. En cuanto veo a las dos personas que salen en la pantalla, me cubro la boca con las manos y comienzo a llorar como una Magdalena. Mis amigas me abrazan emocionadas.

Se trata de Joel y Jimena. Se encuentran sentados en la camita del cuarto de la niña en el hospital. Está muy guapa. Incluso veo que se ha pintado los labios, ¡qué graciosa con su cabecita pelona!

Y Joel… ¿qué puedo decir del hombre de mi vida? Lleva una camiseta negra y los vaqueros pitillo rotos, el pelo revuelto y un brillo en los ojos que no es normal.

—Hola, Pecas. Como suponemos que estarás en algún garito de perversión al que mi amiga no puede ir, hemos decidido grabarte este vídeo para poder estar de alguna manera contigo. Solo queríamos desearte el mejor de los cumpleaños, te lo mereces, y esperamos que cumplas muchos más a nuestro lado…

—Sí, sí, pero dile que nos guarde tarta —lo interrumpe Jimena.

—Díselo tú, que te está viendo. —Se ríe él.

Ella mira a cámara muy pizpireta.

—Sara, guárdame un trocito de tarta, porfi. Y digo yo: ¿por qué no lo has celebrado en una casa de bolas? A lo mejor mamá me hubiese dejado salir un ratito.

Un «ohhh» generalizado inunda la sala. Creo que más de dos están con la lágrima en el ojo.

—Bueno, cariño, tenemos que despedirnos, que si no, esa gente que está de fiesta se va a enfadar con nosotros por pesados —añade Joel en voz bajita.

—¡Te quiero, Sara! Estoy deseando que vengas a verme. Tengo un regalo para ti. Un besito. —Lanza un beso a la cámara y se despide con la manita y una enorme sonrisa.

—Yo también te quiero, Pecas. De manera distinta —guiña un ojo—, pero te quiero. Disfruta de tu noche y no bebas demasiado. Que hoy no estoy yo para llevarte de vuelta a casa. —La gente se ríe—. Un beso.

Todo el mudo aplaude. La pantalla se apaga y la música continúa sonando como si nada. La vida sigue.

—Joder, qué cabrón, se me está corriendo el rímel por su culpa —protesta Sole, tratándose de limpiar unas lagrimillas con un pañuelo.

—¿Por qué no me había dado cuenta antes de lo que te quiere este hombre? —se cuestiona Nuria, emocionada también.

Entonces, le veo. Se distingue entre la gente, como dice la canción *Incandescente* de Marea. Incandescente entre las piernas, precisamente. En cuanto lo miro a los ojos me estremezco porque él los tiene puestos en mí, sin reparo.

«Ha venido», canturrea mi corazón.

Todo desaparece a mi alrededor. Incluso la música. Solo estamos él y yo. Parece que se mueve a cámara lenta hacia mí. No va disfrazado, o sí, no lo sé porque lleva sus típicos vaqueros ajustados con deportivas y una camiseta de Nirvana con… ¡una guitarra! ¡Va de Kurt Cobain! Sonrío como una tonta al darme cuenta y él eleva la comisura de los labios tratando de que no se le note que me sonríe.

Justo cuando llega a mi altura, siento unos labios sobre los míos y unos brazos que me aprisionan. Todo ocurre demasiado rápido y no me da tiempo a reaccionar.

—¡Felicidades, preciosa! —exclama un inesperado Jack Sparrow contra mis labios.

—¡Fabio! ¿Cómo has…?

—Ha sido una sorpresa que he preparado con tu amiga —me interrumpe emocionado, señalando a Nuria, que no sabe dónde meterse—. ¡Quería ver la cara que ponías!

La cara que ponía… Pues mi cara debe de ser un poema y la de Joel… ¡Joel! ¿Dónde está? No le veo. Ha desaparecido. ¿Habré soñado que estaba aquí? No. Estoy segura de que era él. Habrá visto mi morreo con Fabio y se habrá largado. Joder. ¡Qué mierda!

Saco el móvil para llamarle, pero tras varios intentos no me lo coge.

Le escribo un wasap a toda prisa:

> Joel, ¿dónde estás? No sabía que Fabio iba a venir. Lo siento.

Contesta enseguida:

> **Joel**
> No hay problema. Esto facilita mucho las cosas.
> Pásalo bien, Pecas.

Me apresuro a escribirle de nuevo:

> Joel, Fabio no significa nada para mí. Es
> a ti a quien quiero. Vuelve, por favor.

Responde:

> **Joel**
> No necesito que me des explicaciones. Disfruta.
> Un beso.

—Sara, ¿quieres una copa? —me pregunta Fabio, cogiéndome por la cintura.

—No, gracias, te advierto que es imposible pedir algo en la barra —le informo muy fría y distante.

El pobre no tiene culpa de mis taras mentales y sentimentales, pero me acaba de joder la noche.

—No te preocupes por eso, soy amigo del dueño. —Me guiña un ojo.

A los pocos minutos, Sole, Nuria y yo tenemos nuestras copas en la mano, que nos ha traído muy amablemente una de las explosivas camareras disfrazada de cabaretera. Bueno, mejor dicho, yo tengo una en cada mano porque he pedido dos. Una que me bebo en tres segundos y la otra que me bebo en cuatro.

He aprovechado que Jack Sparrow se había ido a la barra para cantarle las cuarenta a Nuria. Su alegato ha sido que no pensaba que Joel fuera a venir y que Fabio insistió mucho en darme una sorpresa. ¿En serio?

—Te va a sentar mal —me advierte Fabio, muerto de risa al ver cómo engullo la bebida.

—Ahora mismo todo me da igual. ¿Puedo pedir otra? —Pongo cara de digimon. (Los digimon, para quien no lo sepa, que será la inmensa mayoría de la humanidad, son unos dibujos animados manga con unos ojos muy grandes que parece que lloran).

El pobre va a por otra copa sin protestar, aunque al volver me advierte de que ya no me va a permitir beber más. Paso de soltarle un discursito a propósito de que él no es quién para consentirme nada, pues es quien me está suministrando el alcohol y si se mosquea me quedaré sin provisión.

Una hora después me encuentro bailando como si me fuera la vida en ello. Me quiero sentir bien. Quiero ser libre y no estar todo el tiempo preocupada por lo que piensen los demás. Por si se sienten ofendidos. Mis emociones se desbordan. El problema es que, por mucho que me obligue a ser feliz, no consigo serlo. Estoy harta de no poder estar nunca sola, de tener que estar siempre con alguien a mi lado que me cuide o me vigile. Pero enseguida me doy cuenta de que soy más débil de lo que creo. Y el miedo vuelve. Estoy a años luz del sitio donde debería estar. Donde realmente quiero estar.

Donde realmente quiero estar.

¿A quién pretendo engañar?

—Nuria, me voy —le digo al oído.

—¿Qué? —protesta.

—¡No les digas nada a Sole ni a Fabio! Si te preguntan, he ido al baño. Me lo debes. —Me escucho la voz gangosa y todo comienza a darme vueltas. Tengo que marcharme antes de que no sea capaz de recordar mi dirección.

—¿Cómo vas a marcharte sola? Me voy contigo —espeta.

—¡No! —Levanto el dedo índice en señal de queja mientras me tambaleo—. He dicho que me voy sola. Tú vete a tu casa, que echarás de menos tu cama.

—Pero en cuanto llegues me mandas un mensaje.

—¡A la orden!

Ella me mira no demasiado convencida. Me doy la vuelta y me marcho para que no tenga tiempo de llevarme la contraria.

En el trayecto del viaje en taxi pienso en mil cosas. Todas pasan a la velocidad de la luz por mi cabeza, como los edificios que dejamos atrás. En principio, no tiene sentido, pero si te paras a analizarlo, descubres que en la vida hay cosas que no puedes elegir porque ellas nos eligen a nosotros, como lo ocurrido esta noche. Caigo en la cuenta de que llevo años andando en círculos, aunque da igual el camino que escoja, todos me llevan al mismo lugar: Joel.

¿Cómo se habrá sentido al descubrir que, después de haberme dado una sorpresa tan bonita, me estaba besando con Fabio? No puedo ni imaginarlo, porque si yo me siento rota, él será cenizas. Ojalá todo fuese mucho más fácil. Una historia de amor entre dos personas normales, sin tantas complicaciones, sin miedos ni censuras. ¿Por qué no sentiré nada por Fabio? ¿Por qué tuve que enamorarme de un hombre que jamás me mirará como lo miro yo a él? No es justo. Me encuentro más perdida que nunca y lo peor de todo es que solo yo puedo encontrarme.

37

Una escalera en penumbra

Cuando las puertas del ascensor se abren, llevo los tacones en la mano y camino de puntillas descalza hacia la puerta de mi piso, que está justo en frente. Saco las llaves del bolso y se me caen como cuatro veces al intentar meterlas en la cerradura. Me cuesta un mundo agacharme y volverme a levantar cada vez. Estoy a un suspiro de darme por vencida y quedarme a dormir en el rellano.

—Siempre había imaginado que Marilyn llevaría unas bragas más sexis.

Me giro de golpe mientras suelto un grito de terror. Si Hitchcock me pudiera escuchar, sin duda me contrataría para gritar en sus pelis.

—¿Qué coño haces ahí? —inquiero con la mano en el pecho, tratando de serenarme.

—Esperarte.

Joel está sentado en las escaleras, con los codos apoyados sobre las rodillas, con una expresión que consigue hacer saltar todas mis alarmas. Lo veo abatido.

—¿Cómo sabías que iba a volver a casa? —pregunto.

—No lo sabía con seguridad, pero tenía la esperanza. Aunque no lo creas, todavía tengo esperanza. A pesar de todo. Eres la única persona que me queda.

—¿No dudabas que pudiese venir con Fabio? —El alcohol me envalentona.

—No.

—¿Por qué no?

—Quizá sea porque te conozco demasiado bien, Pecas.

—¡Te lo tienes demasiado creído, Kurt! —lo provoco, pero no entra en mi juego.

Suspira. Se pone en pie. Deja la guitarra de juguete en las escaleras. Avanza hasta situarse frente a mí. Se apoya en la pared y se cruza de brazos. Me mira fijamente. Sus ojos están rojos.

—¿Qué te pasa, Joel?

—Jimena ha muerto.

En tan solo un segundo mi corazón se resquebraja en mil pedazos.

—¡No!

Me muero de ganas por lanzarme a sus brazos para consolarlo y a la vez que él me consuele a mí, pero ha erigido un inmenso océano entre nosotros.

—Su madre me ha pedido que te diera esto. Por eso te estaba esperando. Creo que le habría gustado que lo tuvieras hoy mismo. Esa canija era muy estricta con los cumpleaños. —Sonríe con los ojos llorosos—. Solo le dio tiempo a escribir esta carta.

Me da un sobre rosa pequeñito que saca del bolsillo trasero de su pantalón. Está cerrado. Me tiemblan las manos al cogerlo. No puedo leerlo ahora mismo porque las lágrimas que se acumulan en mis ojos no me permiten ver nada. Aun así, lo abro y me rompo al ver su caligrafía redondita. Me dejo caer al suelo porque las piernas no me sostienen. Sentada, apoyo la espalda contra la pared y me abrazo el estómago para reconfortarme de alguna manera.

—No sé cómo puedes soportarlo —sollozo.

Se agacha de cuclillas frente a mí y levanta mi rostro con un dedo para que le mire.

—La vida puede ser una puta mierda o una puta pasada. Tú eliges, Pecas.

Asiento. Me armo de valor y abro el sobre.

¡Hola, Sara!

Cuando leas esta carta prométeme que no dejarás a Joel estar cerca porque se va a enfadar mucho conmigo por contarte sus secretos. Le prometí no contártelos nunca, pero como con una niña que está en el cielo no se podrá enfadar, pues te lo cuento, porque es algo bueno para él.

Me hubiera gustado que fuéramos amigas porque me caíste guay, pero no tengo tiempo, mamá me a dicho que Dios me necesita a su lado y por eso me tengo que ir ya al Cielo. Pero no te preocupes, porque no tengo miedo, sé que voy a estar muy bien ¡y a lo mejor allí hasta tendré pelo! ¿Tú qué crees?

No lloréis por mí, que no me gustaría veros tristes. Te prometo que te estaré esperando y entonces sí que podremos jugar juntas. ¡Te lo prometo, Sara! ¿Vale?

Lo que quiero decirte es que Joel te quiere mucho. Desde que le conozco solo me a ablado de ti y no veas cómo se le ilumina la cara. Me a contado muchas historias de cuando erais pequeños, se partía de la risa al recordarlo y le brillaban mucho los ojos. Por eso sé que quiere casarse contigo. Bueno, eso no me lo a dicho, pero esas cosas se saben, claro.

Sara, Joel es muy bueno, pero hay veces que está muy triste y no quiere ablar con nadie. Él me dice que cuando le pasa eso es porque tiene demonios en la cabeza o algo así. Y que tú eres la única que puede matarlos. Pero como no quiere asustarte, pues prefiere estar solo y esperar a que los demonios se vayan. Yo le digo que los demonios no se van solos, alguien tiene que matarlos.

Un día le pregunté si eras su novia y me dijo que no porque tú te merecías un chico mucho mejor. Por eso quiero pedirte que no tengas otro novio, porfi, Sara, porque Joel es el mejor. No vas a encontrar ninguno más guapo que él. Porfi, porfi, porfi. Cásate con él.

Sé que no voy a poder hacer muchas cosas que hacéis los mayores, pero quiero que me prometas que tú las harás por mí. Cuando tengas miedo, acuérdate de mí. Seguro que te estaré viendo por un agujerito del Cielo, y quiero que te atrevas a hacer cualquier cosa que sueñes porque si no, me sentiré muy triste.

Tengo muchas cartas que escribir antes de irme, así que prométeme que cuidarás a Joel, porque él siempre cuida a todo el mundo, pero no tiene a nadie que le cuide a él. Y sé que va a estar muy triste cuando me vaya, aunque él siempre se dibuje una sonrisa de Joker para que nadie sepa lo que siente de verdad.

Muchos besitos, Sara.

Te echaré de menos, pero recuerda algo que siempre me repite Joel: «Todavía siempre, que significa que todavía podemos querernos para siempre».

Leo la carta dos veces más porque hay palabras que no he visto bien debido a las lágrimas. Leerla es una forma de tenerla conmigo y no dejarla ir. Es tan injusto que ya no esté... que quiero gritar de dolor.

—Todavía siempre —repito en susurros su despedida, mirando hacia el cielo, por si me estuviera escuchando desde alguna parte.

No me quiero ni imaginar cómo estará Joel si yo estoy así. Lo miro rota de pena.

—Eh, ven aquí —susurra.

Ahora sí, Joel me atrae hacia sí para rodearme con sus brazos y yo me dejo caer sobre su pecho rompiendo a llorar desconsoladamente.

Permanecemos así un buen rato. Hasta que consigo armarme de valor y mirarle a los ojos.

—Te quiero —le digo.

—Madre mía, ya veo que ha bebido demasiado, señorita Monroe. —Trata por todos los medios de no sonreír, pero le conozco.

Le he confesado que le quería muchas veces, pero siempre como amigos. Esta es la primera vez que se lo digo con otro matiz y la primera que él no me responde su típico «y yo a ti».

Se levanta, me coge de la mano y tira de mí hacia arriba para que me ponga en pie también.

—He bebido, sí. Y mucho. Pero sé que te quiero. Te quiero como no he querido nunca a nadie y como no querré a nadie más nunca —le confieso sin dejar de mirarle a sus ojos resplandecientes.

Él me contempla indeciso.

—Yo…

No le dejo terminar. Me lanzo a darle un beso en los labios. No es un beso sexual ni hambriento. Es un beso lleno de sentimiento, dulce, aunque salado por las lágrimas, lleno de verdad y de ternura. Sus pulgares acarician mis mejillas con suavidad.

Acabo de comprender que sus gestos son mucho más importantes que las palabras, pues me está confesando el «Te quiero» más sincero que nadie haya pronunciado jamás.

Con Joel ha sido siempre así. Él no expresa sus sentimientos en voz alta. Desde muy pequeño se lo prohibieron. Pero ha aprendido a expresarlos con la mirada, con las caricias, con los besos, y yo me he convertido en una experta en leerlos porque, sin darme cuenta, se me ha metido en la piel y sus ojos han logrado que sepa cómo late su corazón. Como dice Nuria, los ojos no mienten. Y esa magia solo sucede entre nosotros.

—Tengo miedo a querer a alguien porque siempre me terminan abandonando. De una manera u otra, el que sufre soy yo. No soportaría perderte a ti también, Pecas. Eres lo único que tengo.

—¡No te voy a abandonar! ¡Mírame! ¡Soy yo! ¡Te lo prometo! —Permanezco abrazada a él para que no se aleje.

Pienso que nunca acabamos de conocer a las personas. Para mí Joel siempre fue el chico que no tenía miedo. El que se relacionaba solo con quien él consideraba digno de su confianza. El líder. El que un día decidió que fuese su mejor amiga para siempre. No supuse que cada vez que estábamos juntos sufría por si era la última.

—¿Me ayudarás a creerte? —Sé que le está costando la vida decir estas cuatro palabras.

—Por supuesto. No voy a permitir que sigas viviendo con el pensamiento de que alguien va a morir o va a hacerte daño. Eso ya se acabó. Estoy aquí y no pienso marcharme a ninguna parte, ¿de acuerdo?

Me observa y separa los labios con un «Eso dicen todos» en la punta de la lengua, aunque, lejos de eso, se mantiene en silencio, se humedece el labio y se lo muerde después. Tiene las pupilas dilatadas. Me está devorando, pero su expresión es de extremo dolor. Parece que está luchando consigo mismo. El aire que hay entre nosotros está cargado de electricidad. La atracción que sentimos es como una fuerza desbocada de la naturaleza. Cada vez más fuerte y más intensa. Y no sé cuándo diablos se ha despertado, pero lo que está claro es que no se puede frenar. Solo el hecho de que mire con esas ganas me enciende como un volcán.

Me agarra y me empuja contra la pared buscando mis labios, esta vez con mucha más intensidad que hace un momento. Reclama mi boca con ansia mientras rodea mi nuca para atraerme más hacia sí. Yo enredo mis dedos en su pelo y tiro de él para dirigir sus besos, al tiempo que nuestras lenguas luchan sedientas. Lo toma todo de mí sin pedir permiso. Hasta mi alma.

Me aprieta el trasero contra su erección y presiona su cuerpo contra el mío. Dejo escapar un gemido al sentirlo tan duro. Me levanta del suelo sin dificultad para subir algunas escaleras y llevarme a la entreplanta, donde no hay mirillas indiscretas y las luces permanecen apagadas. Me deja en el suelo y pega su frente a la mía, jadeante:

—No sé qué cojones me has hecho, Pecas, pero solo quiero estar dentro de ti a todas horas. Esta mierda no me había pasado nunca.

—Es que soy irresistible —bromeo.

Inspiro hondo y me pierdo en su mirada que, a pesar de estar a oscuras, adivino lasciva en la penumbra y me promete la luna.

—¿Quién iba a pensar que a Marilyn le podría gustar Kurt? —sonríe de medio lado.

—A las mujeres siempre nos gustan los malos atormentados. —Paso mi dedo por sus labios carnosos y me muerde sin hacerme daño. Me doy un susto y se ríe. ¡Siempre con los sustos!

Lo atraigo hacia mí para que siga besándome. Su lengua se entrelaza con la mía y el beso adquiere un desenfreno casi temerario, incluso salvaje. Mete su mano por debajo de mi vestido blanco y se detiene en seco al comprobar que no me he puesto bragas.

—¿Qué coño haces sin bragas? —jadea contra mis labios, mientras acaricia mi sexo—. Antes, al agacharte a por las llaves, me ha parecido verlas.

—Pues lo habrás imaginado porque no llevo. Era tu regalo de cumpleaños, pero te has ido antes de poder dártelo.

—Si no sabías que iba a ir.

—Ya, pero como siempre encuentras la manera de estar conmigo, yo tampoco pierdo la esperanza.

Introduce un dedo en mi interior y consigue que se me doblen las rodillas. Menos mal que me tiene sujeta. Besa mi cuello con destreza sin dejar de acariciarme. Me va a volver loca. Aprovecho para desabrochar su pantalón y lo dejo caer al suelo junto a su bóxer.

—¿Cómo quieres hacerlo? —pregunta con su miembro inhiesto rozando mi sexo a través de la tela del vestido.

—Yo encima.

Dicho y hecho.

Se deja caer al suelo hasta quedar sentado con su espalda apoyada en la pared para que me ponga encima. No me lo pienso dos veces y me siento a horcajadas sobre él, hundiendo su sexo en mi interior. Suelto un suspiro de placer y él un bufido fuerte contra mi cuello. Me agarro a sus brazos para poder tomar impulso. Subo y bajo al principio lentamente y después a un mayor ritmo. Él sujeta mis caderas con fuerza y levanta la pelvis para hundirse más en mí.

Echo la cabeza hacia atrás, embargada por el éxtasis del orgasmo, que me estremece entera. Nunca he sentido algo tan intenso. No es solo sexo. Es mucho más. Es volar. Es bailar. Es soñar. Es vivir. Es Joel.

Me tira del pelo con fuerza. Cada músculo de su cuerpo está en tensión. Su respiración se acelera más todavía y él también se deja ir.

—Podría pasarme la eternidad entera haciéndolo contigo —suspira mientras recobra el aliento.

—No entiendo qué me pasa cuando estamos juntos, es como si me sintiera capaz de hacer cualquier cosa —ronroneo.

El sonido de una puerta al cerrarse hace que las luces se enciendan y dos ojos oscuros se clavan sobre nosotros escandalizados.

—¡Paco! ¡Paco! ¡Corre, ven, que aquí hay dos degenerados fornicando! —grita una vecina.

Yo me levanto a la velocidad de la luz.

—¡Señora, no joda, que va a despertar a todo el vecindario! —protesta Joel mientras se sube los pantalones a toda prisa y logra ponerse también en pie.

El tal Paco aparece sartén en mano, mirándonos con cara de asesino.

—¿¡Quién anda ahí!? ¡Drogadictos! —ruge.

—Tranquilícese, señor, no estamos haciendo nada, vivimos en esa casa —le indico la puerta en cuestión con el dedo índice tembloroso y muerta de vergüenza.

—¡Eso no te lo crees ni tú! ¡Zorra! Tu madre estará muy orgullosa de que te vayas follando tíos por los portales —grita.

—¡A mi chica no la llamas zorra, puto desgraciado! —ruge Joel fuera de sí y se dispone a bajar las escaleras hecho una furia, pero consigo detenerlo sujetándolo con fuerza por la camiseta.

—¡Joel, por favor, déjame a mí! —Me sitúo delante de él para que no continúe.

Él me mira con los ojos rojos de ira. Está muy alterado. Duda. Yo comienzo a hablar:

—Mire, caballero, mi madre no está aquí, por lo que le agradecería que la dejase en paz, ya que yo no nombro a la suya. —El susodicho brota de cólera, pero no le consiento ni abrir la boca—. No le permito que me llame zorra por el simple hecho de que a usted no le parezca bien mi comportamiento. Si me llama zorra, le pido que lo haga con conocimiento de causa. Ser una zorra no es fácil, requiere años de entrenamiento y sofisticación. Una zorra es inteligente y astuta, libre y sin prejuicios, una mujer que disfruta de su cuerpo y de su mente sin ataduras; por lo tanto, ojalá llegue el día en que consiga ser una zorra, porque ese día me sentiré realizada. Hasta entonces, le aconsejo que no utilice esa palabra tan a la ligera, le queda demasiado grande y lo único que consigue es profanarla con su boca de troglodita inculto. Y si me follo hombres en los portales o no a usted debería darle igual, pues no hago daño a nadie, o incluso debería alegrarse por mí, que tengo una vida sexual sana, y no amenazarme con violencia. ¡Más vergüenza debería darle a usted! Y ahora, si me disculpa, tenemos que seguir follando, pero ahora en la cama. ¡Les recomiendo que hagan ustedes lo mismo y así, quizá, se le quite a su mujer esa cara de acelga agria que tiene la pobre!

Levanto la barbilla y cojo a Joel de la mano para que me siga. Les miro por encima del hombro a ambos al pasar por su lado mientras Joel continúa sin bajar la guardia ante un posible ataque de sartén. No dan crédito. No son capaces de reaccionar. Abro la puerta de casa, esta vez a la primera, y entramos pegando un sonoro portazo.

Una vez dentro, nos miramos y nos partimos de risa.

—¡Se han quedado los dos mudos! —exclamo orgullosa entre risas.

—Si no lo hubiera visto con mis propios ojos, jamás lo habría creído —afirma—. ¿Quién eres y qué has hecho con mi amiga?

—Ya me has defendido bastante durante toda tu vida. Me tocaba a mí.

—Y lo haré hasta el día en que me muera —asegura, dándome un beso.

Me coge en brazos y me lleva a mi habitación mientras nos besamos y nos chocamos contra las paredes, todo al mismo tiempo. El piso está en absoluto silencio, por eso los golpes hacen eco en el pasillo y parece que se oyen más fuertes.

Joel me deja en el suelo al tiempo que entramos en mi cuarto y al encender la luz vemos un bulto en la cama.

—¿Quién anda ahí? —Se levanta de la cama cual niña del exorcista una mujer de unos cuarenta años que consigue hacerme soltar un grito de terror. Ella, que descubre dos intrusos en plena noche en su habitación, comienza a gritar también mientras se cubre con el edredón hasta el cuello para que no la veamos en pijama.

—¡Cálmese, señora, se trata de un error, ya nos íbamos! —Trata en vano de tranquilizarla Joel.

Busco a Frida con la mirada y no la encuentro. La llamo asustada, temiendo lo que puedan haber hecho con ella. Menos mal que empieza a ladrar para hacerme saber que está encerrada en el baño. Me dirijo hacia la puerta a toda prisa para liberarla, pero entonces la señora grita más.

—¡No la saques! ¡Ha dicho el hombre del tanga que tiene la rabia! —me advierte horrorizada.

Paso de ella y abro la puerta. Frida se abalanza sobre mí para lamerme y yo la abrazo y la beso, aliviada al comprobar que se encuentra sana y salva.

—Tranquila, mi chica, que esta gentuza no sabe lo que hace —la calmo.

—¡Voy a llamar a la policía ahora mismo! —ruge la señora del exorcista fuera de sí.

Ya imagino a esta tipa graznando: «Sí, agente, quiero denunciar que ha entrado Marilyn Monroe en mi cuarto», daría lo que fuera por verlo.

Joel, que ya conoce de sobra las expresiones de mi cara en cada situación, me coge por el brazo para que no me lance a luchar todas y cada una de las batallas que se me plantean.

—Vayamos a mi casa, Pecas. Mañana solucionarás todo esto. No son horas —me aconseja.

—No pienso dejar aquí a Frida. Cada vez que está sola le pasa algo malo.

Él desvía la mirada de mí al animalito. Está replanteándose la oferta, pues su casa parece un museo y en la vida hubiese planeado meter a un animal allí. Suspira derrotado.

—Puedes traerla.

Suelto una risita y le doy un beso lleno de agradecimiento. Pone los ojos en blanco, pues seguro que está pensando que maldita la hora en que se le ocurrió llevarme a la protectora a elegir un cachorro.

Joel (sexta consulta)

La mayoría de las veces alguien se enamora de una persona y después surge la amistad entre los amantes. Nosotros hicimos el camino a la inversa y por eso me resultaba tan raro admitir que la miraba con deseo. Además, con una mirada muy sucia y cerda, porque en lo único que pensaba era en que me moría por hacer realidad todas y cada una de las perversiones que me rondaban la cabeza cada vez que la tenía cerca, pero, sobre todo, hacerlas con ella. Era lo que me sucedía y no podía negarlo ni esconderlo.

Me sorprendía a mí mismo al imaginar excitado cada curva de su anatomía. Jamás había mirado a una mujer así. Para mí tenían el mismo atractivo sexual que una silla. Por eso me estaba volviendo doblemente loco. Por un lado, no aceptaba esa atracción sexual por una mujer. Llevaba toda mi puta vida luchando contra mi padre por eso y el solo hecho de que su frase «Que te gusten las pollas es solo un capricho para joderme, una enfermedad que te curaré a hostias» se hiciera realidad, me mataba. Y por otro lado, Sara era mi mejor amiga. Iba a joderlo todo.

Pero cada roce de su cuerpo, por discreto que fuera, me suponía un esfuerzo sobrehumano de contención. Solo ansiaba estar dentro de ella. A todas las malditas horas del puto día. Y aún era peor por las noches. No era capaz de pararlo.

De todos los labios que había besado, y habían sido muchos,

los suyos eran los únicos que me insuflaban vida. Algo en mí me decía que me alejase de ella cuanto antes porque no estaba preparado, pero el resto me gritaba que la hiciera mía para siempre.

Desde que me di cuenta de que la deseaba, mi vida se vino abajo, pues descubrí que estar con ella era lo único que ansiaba. Todo lo demás se relativizó de repente y nada me importaba lo suficiente. No era capaz de apartar mis ojos de ella. Estaba hechizado. Tenía una cara dulce con una mente pervertida y eso me estaba volviendo loco. Su mirada, cuando hacíamos el amor, se convirtió en una droga que no era capaz de rechazar.

Amaba de ella hasta las cosas de las que se sentía avergonzada. Yo la veía simplemente perfecta en su particular visión de su imperfección. No me había dado cuenta de lo que era el amor en realidad hasta que sentí aquella locura, y he de admitir que era mucho mejor de lo que había imaginado.

Aquella noche nos encontrábamos sentados en el tejado de mi casa. Había comprado aquel ático porque me pareció muy romántica la idea de subirme allí a mirar las estrellas. Pero nunca lo había hecho. No encontré el momento ni la persona idónea con la que compartirlo. Hasta la noche de su cumpleaños.

La convivencia en su piso se había vuelto insoportable y le propuse a Sara que se instalara en mi casa hasta que solucionase el tema. Me daba miedo que cualquier día alguien terminase haciéndole daño, pues era propensa a meterse en líos y, además, en aquel momento, la compañía de Frida no facilitaba las cosas, pues no era, precisamente, un peluche. Aquella noche fue la gota que colmó el vaso y me sentía tan culpable de haberle regalado el perro que no pude dejarla allí.

Una vez que se sentó en los enormes cojines que habíamos sacado para estar cómodos y se cobijó bajo la gran manta de pelo, Sara miró hacia arriba, contemplando atónita las maravillosas vistas que nos rodeaban. Era sobre las cuatro de la madrugada y todo estaba a oscuras menos el cielo, que resplandecía salpicado por millones de estrellas brillantes.

—Esto bien podría ser el sueño de una noche de verano. Ahora entiendo por qué los gatos pasean de noche por los tejados. ¡Es precioso! —susurró en bajito por miedo a que nos desvaneciéramos.

—Me gusta cuando miras las estrellas, es como si quisieras pertenecer a ellas, pero no te das cuenta de que su fulgor no es nada comparado con el brillo de mis ojos cuando te tengo delante.

—Joel… —murmuró incrédula ante mis palabras.

Yo no era de expresar mis sentimientos, ni mucho menos de decir cosas bonitas, sin embargo, no comprendía qué me pasaba con ella. Me volvía… ¿cursi? Nosotros no hablábamos con palabras, lo hacíamos con miradas, con caricias, con el lenguaje del alma. Me miraba y yo sabía lo que pensaba. Suspiraba y sabía que lo hacía por mí. Un día típico para otros era de lo más significativo para mí, el abrazarla en el sofá mientras veíamos la tele o besarla en el cuello mientras hacía la cena. Era mi lenguaje y ella era la única que lo entendía. No me importaba que el mundo se quedase mudo mientras ella estuviese a mi lado.

—A ver si tenemos suerte y vemos alguna estrella fugaz para pedirle un deseo. —Señalé al cielo.

—El único deseo que siempre pido cuando veo una estrella fugaz es que me quieras.

Creo que dijo aquello porque estaba demasiado excitada debido a los últimos acontecimientos y, desde luego, por el alcohol. Yo miré hacia otro sitio, tratando de disimular como podía.

El tejado era a dos aguas y las tejas muy resbaladizas, pero había una ventana en la buhardilla que pertenecía al cuarto de invitados y que no tenía pendiente, esa zona era llana. Ideal para sentarse dos personas.

—¿Te gusta Fabio? —le pregunté de pronto, no sé muy bien por qué.

—¿Qué? ¡No! ¿A qué viene eso ahora? —se quejó.

—El tío está muy bueno y… joder, os estabais besando.

—Ya empieza a cantar la gallinita —canturreó victoriosa—.

¿Estás celoso? ¡No puedo creerlo! ¡El gran Joel está celoso! —Soltó una risilla.

—No me jodas, Sara. ¿Cuántos años tienes?

Siempre me escudaba en ese tipo de preguntas cuando me sentía débil.

Permanecimos en silencio un rato.

—¿No echas de menos a Rodrigo? —volví a la carga.

¿Qué cojones estaba haciendo? Ella me miró casi enfadada.

—¡No! Con Rodrigo tenía la constante sensación de que solo quería sexo, ¡y últimamente ya ni eso!

Sentí alivio. No obstante, me obligué a no volver a soltar lo primero que se me pasara por la cabeza. Eso lo solía hacer ella. Yo siempre meditaba mis palabras muy bien antes de arrojarlas al mundo y aquella noche me estaba luciendo.

—Me picaba la curiosidad de que, después de tantos años, no lo extrañases. Solo era eso —mentí.

—¿Y qué iba a echar de menos? ¿Su inexistente conversación? ¿Su cero interés? Tú te involucras en cada cosa que me ocurre como si fuese propia y consigues que cualquier tontería parezca algo fascinante. Pero no es de ahora, siempre ha sido así, por eso te quiero tanto. —Me sonrió con dulzura y algo de vergüenza.

Un abrupto pellizco encogió mi corazón al escuchar las palabras «Te quiero» salir de sus labios con tanta naturalidad. Me lo había dicho millones de veces antes, pero en aquel momento cobraban un significado mucho más importante. No obstante, yo era incapaz.

—¿Bromeas? ¿Cualquier tontería? ¡Tú entera eres fascinante! Nunca he conocido a nadie capaz de meterse en tantos líos por segundo como tú, Pecas —bromeé y ella se rio. De nuevo esquivaba el amor.

No estaba acostumbrado a las muestras de cariño, para mí eran como puñales. Algo de lo que huir. Algo que siempre me había producido rechazo. Hasta el momento, no había permitido a nadie acceder a esa parcela de mi vida porque me hacía sentir vulnerable y nadie era merecedor de tal fin. La diferencia era que Sara siempre había estado en aquella parcela junto a mí. No tenía que dejarla entrar porque ella era la dueña. Con ella todo había sido diferente desde el día en que nos conocimos. Pero ¿por qué no lo había visto antes?

Su abrazo era lo que solucionaba mis penas. Sentirla me hacía vivir. Escuchar sus latidos era la experiencia más alucinante del mundo. La existencia no era el milagro de la vida, lo realmente increíble era tenerla entre mis brazos, pues solo así era como me sentía más vivo que nunca.

«Sara, ¿qué cojones has hecho conmigo?», pensé obnubilado cuando me entraron ganas de abrazarla.

—Lo admito, soy un misterio hasta para mí misma. Nunca sé cómo voy a terminar el día —asumió.

Permanecimos en silencio contemplando el cielo. Ella apoyó su cabeza sobre mi pecho con la excusa de tener más manta, pero sabía que era para escuchar los latidos de mi corazón. Unos latidos que se desbocaban cada vez más cuando la tenía cerca.

—¿Cómo estás? —preguntó.

—¿Cómo estoy con respecto a qué?

—Siempre tratas de ocultar tus sentimientos, pero a mí no puedes engañarme. Dime cómo te sientes por la muerte de Jimena, Joel.

Efectivamente, no quería hablar de ella. Siempre había pensado que los sentimientos, si los guardas en lo más profundo de tu ser, nadie puede descubrirlos. Los demás solo ven lo que tú quieres que vean. Pero con Sara no me servía fingir que todo iba bien.

—Me duele.

Esas dos palabras salieron de mí sin ni siquiera ser consciente. Sin haberlas premeditado. Simplemente… fueron. Sara se incorporó con las lágrimas recorriendo su mejilla. Me gustaba que nunca tratase de ocultar sus sentimientos porque, sin pretenderlo, me contagiaba esa libertad.

Ella me abrazó con mucha fuerza y me dio un beso en la mejilla.

—Si yo estoy triste por su pérdida, que solo la conocí un rato, no quiero imaginar lo que debes de sentir tú —musitó.

—Es como si hubiese perdido a mi hermana pequeña —me dejé llevar—. Pero también siento mucha rabia. Ira. No solo por la injusticia de su marcha, sino también porque siempre nos faltó tiempo. El puto tiempo que en el día a día no valoramos como se merece —gruñí, tratando de contener por todos los medios las lágrimas que me abrasaban los ojos.

—¿Por qué dices eso? —quiso saber.

—Porque no pude despedirme de ella. Siempre me imaginé que sería distinto, que estaríamos juntos cuando llegase el momento, para acompañarla en ese trance y que no tuviera miedo. Para que, una vez que no estuviese, pudiésemos consolarnos los que nos quedábamos. Pero se marchó en silencio. Sola. Y no tuvimos la despedida que todos merecíamos. Que ella deseaba. Se fue. Sin más. Y me mata no saber si sufrió o si tuvo miedo en ese último suspiro…

En aquel momento no pude contener más las lágrimas y Sara me acogió contra su pecho, donde lloré desconsolado durante un buen rato. Desde los diez años no había vuelto a llorar y aquello fue jodidamente purificador.

—Solo te escribió una carta a ti. Ni a su madre ni a Víctor ni a mí. Eras a la que menos conocía y fuiste la única de la que se despidió. No lo entiendo. Nadie lo entiende —admití con el corazón roto—. Al menos, si me hubiese escrito, tendría algo que me recordase a ella.

Una vez que me hube tranquilizado un poco, después de maldecir al mundo por llevársela, Sara enjugó mis lágrimas y me pasó la carta de Jimena para que pudiera leerla.

—Ten. Es más tuya que mía —dijo.

—No. Prometí que no leería ninguna carta que no fuera para mí —afirmé.

—Todas las cartas eran para ti. O con referencias a ti. Ella te adoraba. En esta carta solo pide que te cuide. Porque esa pequeñaja supo ver dentro de ti. Vio que no eres el ser oscuro que quieres mostrar. —Rompió a llorar y cogí la carta de sus manos porque no supe reaccionar.

Nada más enfrentarme a su letra, se me encogió el corazón.

—Joel, ella quiso despedirse, aunque no pudiera. No sabía la gravedad de lo que le ocurría, pero intuía que su final estaba cerca, por eso comenzó por mí. Supongo que la carta de su mamá sería la última al ser la más dura y requerir más esfuerzo. Resulta escalofriante que el destino ni siquiera le diese esa oportunidad. A veces la vida es tan cruel e injusta… —sollozó indignada, temblando por la conmoción del llanto.

Leí su carta. La leí muchas veces. Como si quisiera aprendérmela de memoria. Y sentí el amor que me profesaba. La vi a mi lado, sonriendo y cogiéndome de la mano. Jimena. Cuánto iba a echarla de menos.

«Todavía siempre» fueron sus últimas palabras.

Esas dos palabras me habían acompañado en los momentos más duros de mi vida y volvían a hacerlo una vez más. Unas palabras que llevaba tatuadas en la nuca, cubiertas con el pelo, pero también en lo más profundo de mi ser.

—No quiero casarme contigo —negué muy serio respecto a lo que le había contado Jimena de mí.

Ella me miró asombrada y soltó un bufido seguido por una carcajada, por lo que rompimos a reír los dos, consiguiendo liberar toda la tensión por el drama.

Al cabo de un rato, le quise pedir algo.

—Sara. ¿Puedo pedirte un favor? —le rogué.

—Lo que quieras.

Observé con nostalgia aquel pequeño trozo de papel escrito a mano que en cualquier otro momento tiraríamos a la basura por las faltas de ortografía, pero que entonces adquiría el valor de algo sagrado. Qué poco valor otorgamos a las cosas que realmente merecen la pena cuando tenemos la oportunidad de hacerlo. Qué ciegos estamos.

—¿Podría darle la carta a su madre? Sé que le ayudará mucho saber que se fue tranquila y feliz. Aunque no le hable directamente a ella, es de su hija y la guardará como su mayor tesoro —le pedí, roto.

—¡Claro que sí, mi vida! ¡Claro que sí!

Comprendí de repente que Sara era un ángel que había puesto el destino en mi mundo y que siempre estuvo junto a mí en cada caída al vacío. Ella me sostuvo para que no tocase fondo nunca. Me salvó de todas las maneras en que se puede salvar a alguien y nunca podré agradecérselo lo suficiente, pero al menos, traté de compartir con ella el resultado de esa salvación. Solo ella merecía tener mi corazón sano, porque ella era la única a la que sería capaz de amar.

Y así fue como nos fundimos en un beso que traspasó todos los niveles de consciencia. Un beso lleno de dolor, pero también de esperanzas y de… amor.

38

Junto a ti la vida es mucho mejor

Los rayos del sol me deslumbran al entrar por la ventana. Me hago la remolona entre las sábanas mientras me desperezo. Amo dormir. Anoche nos quedamos dormidos fuera y Joel debió de meterme dentro porque me encuentro acostada en la cama del cuarto de invitados. Recuerdo levemente que hicimos el amor de nuevo antes de quedarnos dormidos.

Y es que parece que no nos saciamos el uno del otro. Me vuelve loca la manera en la que me mira. Cuando sus ojos azules se posan en los míos es como si quisiera cazarme. Un deseo desmedido. Es insaciable, y yo me vuelvo fuego entre sus brazos. En la calle es un príncipe, pero en la cama es sucio y oscuro. Me siento poderosa al ser yo la única que sabe este tipo de cosas de él.

Nunca había sentido arder así el vértice entre mis muslos. Sus manos lo incendian todo a su paso cada vez que rozan mi piel. Enseguida se nos enredan las lenguas sin poder evitarlo. Recuerdo algunas escenas de anoche y, ostras, hasta me ruborizo. Pero es superior a mis fuerzas, pierdo el control sobre mí misma y el deseo toma las riendas.

—Quiero aprender a hacértelo de todas las maneras —jadeó mientras devoraba mi sexo, mirándome desde abajo entre mis muslos.

—¿Aprender? —me sorprendí extasiada—. Creo que ya eres más que experto. Me estás dando los mejores orgasmos de mi vida —gemí al sentir una de sus succiones.

—¿Sabes cuál es mi mejor orgasmo? —Se detuvo en seco, sonriendo orgulloso por conseguir que me retorciera de placer por culpa de su boca—: El que siente mi puto corazón cada vez que te ve sonreír.

Lo miré extasiada y lo descubrí contemplándome con la viva expresión de la lujuria reflejada en sus ojos, oscuros por el deseo, sin detener su trabajo.

—¡Oh, joder! —Eché la cabeza hacia atrás y exploté en un orgasmo tan fuerte que creí que moriría de placer.

Una vez que hubimos terminado, antes de quedarnos dormidos, recuerdo que le confesé:

—Me da miedo que conmigo no tengas suficiente y busques fuera algo más, Joel. Algo que yo no pueda darte.

—No hay nada que no puedas darme. Me encanta escuchar lo que me cuentas de ti, de tu día, de tus gustos. Me fascina tu risa, incluso tu llanto. Me encantan cada una de tus infinitas y extravagantes versiones. Me encanta cualquier cosa que venga de ti porque solo me lo muestras a mí, y por eso me haces sentir el ser más especial del mundo. Me encanta porque eres real conmigo, sin máscaras. Me encanta que solo seamos tú y yo. Inmortalizaría cada uno de esos momentos para llevarlos conmigo toda la vida, Pecas. ¿Quién podría darme algo mejor?

Lo miré enamorada. Sentí que estaba más enamorada que nunca.

—¿Qué somos? ¿Amigos? ¿Amantes? ¿Pareja? —le pregunté.

—Ya sabes que odio las etiquetas. Somos seres libres. Somos lo que sentimos cuando estamos juntos. Y eso para mí es suficiente.

—Y para mí —musité medio hipnotizada mientras me acariciaba el pelo con dulzura.

Y después de eso me quedé felizmente dormida.

Volviendo al momento presente, escucho un ruido en la planta de abajo. El piso de Joel tiene dos alturas, pero en la parte abuhardillada solo está el cuarto de invitados. Creo que lo construyeron así para aprovechar un techo demasiado alto.

Me pongo la camiseta que llevaba él anoche porque mi vestido de Marilyn está cojonudo, no entraré en detalles. Bajo las escaleras descalza mientras me hago un moño desmadejado con la goma del pelo que siempre llevo en la muñeca.

Cuando llego a la cocina, lo veo. Está de espaldas, solo lleva un bóxer de color azul marino que resaltan su culito respingón y aprovecho para espiarlo desde la puerta. Tiene puesta en el móvil *Ready for it?* de Taylor Swift y la baila mientras cocina algo misterioso. Me encanta verlo bailar porque lo hace muy bien.

Frida va tras él cada vez que da un paso, mirándolo con ojos golosones. No tardo en descubrir por qué. Él le da un trozo de jamón de vez en cuando y ella se vuelve loca, moviendo la cola agradecida. Tramposo.

—¿No decías que solo podía comer pienso? ¿Así es como compras el amor de una mujer?

Él mira hacia atrás y me sonríe.

—Dicen que al hombre se le conquista por el estómago, pero resulta que a las mujeres también —añade.

Me dirijo a él para darle un beso en los labios, pero gira la cara y me lo da en la mejilla. Me quedo cortada. ¿Qué leches ha sido eso?

—¡Oh! ¡Joder! ¡Perdona! —se disculpa reteniendo la sonrisa—. ¡Es la costumbre!

Me coge y me da un señor beso en los labios. Pero ya me he quedado chafada.

—Joel... si no te apetece... yo sé que no te gustan los compromisos y lo entiendo si necesitas espacio. Esto ha sido demasiado precipitado y... raro —hablo a trompicones.

Él se apoya en la encimera y se cruza de brazos para mirarme, clavando sus ojos sobre mí. No sé por qué, pero tiro del bajo de la camiseta para tratar de tapar mis muslos, aunque no lo consigo. El gesto no le pasa desapercibido.

—Es raro. Eso no te lo discuto —admite.

—Creo que debería irme.

—Sara —me detiene.

—Joel, te conozco. Sé que estás deseando que me largue para estar solo.

—No me conoces. Al menos no en este terreno. Y yo tampoco a ti.

—Yo soy la misma. No tengo dobleces. Yo no cambio de humor después de acostarme con alguien. Sigo pensando lo mismo —me defiendo.

Él suelta un suspiro. Pone dos tazas de café sobre la barra. Aunque el reloj marque las seis de la tarde, para nosotros es el desayuno. Toma asiento en uno de los taburetes, señalándome el que tiene enfrente. Dudo si sentarme o no, pero tampoco quiero hacer otra cosa. Los problemas hay que enfrentarlos, ¿no?

—Dejemos una cosa clara —dictamina—: Yo soy gay. Me gustan los hombres, me ponen cachondo los hombres y siempre he estado con hombres.

La palabra «soy» se clava en mi corazón como una daga.

—Lo entiendo. Soy una tonta. —Bajo la mirada para retener las lágrimas.

Quiero llorar.

—Pero lo que siento por ti es muy diferente, Sara. No te voy a engañar, nunca creí que se me levantara con una mujer, pero… ha pasado. Y no solo es que me empalme cada vez que te tengo cerca, es que el sexo contigo ¡es la hostia!

—Vaya. —Me ruborizo.

—Y creo que se debe a que en el sexo no solo interviene el aparato sexual. También influyen la mente, las circunstancias y, sobre todo, el corazón. Por eso funciona, por eso somos una bomba explosiva, porque siempre has sido mi puto salvavidas. Siempre has sido tú, aunque no lo haya sabido ver hasta ahora.

Ahora quiero morirme, pero de amor.

—Tengo miedo —admito.

—Yo también.

—¿Y si no funciona?

—Lleva funcionando unos dieciséis años. Lo único que ha cambiado es que ahora follamos… ¡y de qué manera! —Se muerde el labio inferior y retengo las ganas de saltarle encima—. La conexión sexual la puedes tener con cualquiera, pero la magia solo puede ser con la persona correcta.

—Pero ya no es lo mismo. Hasta ahora éramos amigos. Ninguno sentía celos. Ninguno quería que el otro cumpliese con sus expectativas de futuro. Tú no quieres hijos y yo sí…

—Pecas, no me jodas ahora con los hijos —me corta tajante.

Su expresión de horror me provoca risa. No es que me haga gracia que no quiera hijos, sino su forma de decirlo.

—¡Ya lo hablaremos más adelante! —Me troncho de risa.

—No. No hay nada que hablar. Para mí es una *red flag* enorme. Eso sí que te lo digo muy en serio. No voy a ser padre. Por nada del mundo querría que mis hijos conociesen a su abuelo. No podría vivir con ello.

Lo miro con pena.

—Tranquilo. Ese maldito hijo de puta no se enteraría ni de que existen —sentencio para animarle.

Niega con la cabeza.

—Si no los tengo, evito la posibilidad.

Se hace el silencio y ambos bebemos de nuestras tazas.

—Nunca podrás olvidarlo, ¿verdad? —hago una pregunta retórica.

—¿Cómo olvidar lo que soy?

—Tú no eres esa mierda. El monstruo es él y no tú. —Cada vez que recuerdo su sufrimiento se me desgarra el alma y me entran ganas de matar a ese desgraciado. No quiero imaginar lo que debe sentir él.

—Ahora lo sé. Pero durante muchos años he pensado lo

contrario. Cuando eres un niño y tu propio padre te desprecia por ser quien eres en lugar de protegerte y ayudarte a enfrentarte contra el mundo. Cuando es él quien encabeza la guerra contra ti… —Se le quiebra la voz.

Me levanto del taburete para abrazarlo. Él apoya su cabeza en mi hombro.

—No tenemos que hablar de ello si no quieres —le animo.

Él se separa de mí para mirarme a los ojos.

—No quiero hablar de él. Lo único que pretendo es que entiendas el motivo por el que me resulta tan complicado abrirme. Llevo toda la vida luchando porque ese bastardo asumiera que su único hijo, su heredero, era gay. No puedo darle la satisfacción de que piense que él estaba en lo cierto. Que era una enfermedad de la que me he curado. Porque no es así. No logro entender qué me sucede contigo, pero lo que tengo muy claro es mi tendencia sexual.

—Yo seré la excepción que confirme la regla —asumo para romper el hielo.

—No sé lo que es. Pero no quiero que seas el motivo por el que mi padre se salga con la suya. Después de tantos años de lucha, nada habría merecido la pena.

La pena sería que algo tan bonito que está floreciendo entre nosotros se echase a perder por el simple hecho de llevarle la contraria a su padre.

—¿Entonces? ¿Lo mantendremos en secreto? —propongo.

—De momento, creo que será lo más acertado. Al menos hasta que nos centremos un poco y esto se asiente de alguna manera. Todavía es pronto para saber cómo va a ir la cosa. Teniendo en cuenta tu inestabilidad mental… —bromea.

—¡Oye, idiota! —Le doy en el brazo y se ríe.

Me abraza con más ganas y me da un suave beso con sabor a café.

Siento tanto dolor por él que no puedo disimularlo. Su padre ha cometido durante años barbaries atroces contra un menor, y seguro que desconozco más de la mitad. Ha destrozado su vida y lo ha anulado a nivel sentimental al encargarse de que no fuera capaz de amar a nadie. Ni siquiera a sí mismo.

Después de desayunar, nos duchamos juntos. La cosa comienza con un «Date la vuelta, que te jabone la espalda» y termina con un «No pares, Joel, más fuerte». Resulta inexplicable, pero no podemos parar.

Una vez duchados, nos hemos vestido. Él con vaqueros, una camiseta negra, una cazadora vaquera y deportivas. Yo con unos *leggins* fucsia que dejé en su casa la última vez que estuve, una camiseta suya de color verde que me queda de vestido y los zapatos blancos de tacón de anoche.

—Por primera vez en mi vida admito que voy hecha un Cristo —me quejo mientras sacamos a pasear a Frida por el parque junto a su casa.

—¡Ya quisiera Cristo! —bromea y me río.

He dejado el móvil cargando arriba porque anoche me quedé sin batería.

Vamos cogidos de la mano, como una pareja normal, y aún no puedo creer que esto me esté ocurriendo de verdad. Me siento nerviosa y orgullosa a partes iguales. Parezco una adolescente.

—¿Nunca has tenido novio? —pregunto.

Sí. Así soy yo, experta en romper momentos mágicos.

—No.

—¿Ni nada parecido?

—Tengo fobia a todo lo que tenga que ver con sentimientos, Pecas, ya lo sabes.

—¿Entonces?

—¿Entonces qué? —Me mira extrañado.

—¡Oh, vamos! ¡Recuerda que me tiré cuatro años con el mismo tío! No sé cómo va el mercado amoroso actual. Me he quedado anticuada.

—Ya. Como que Sole y Nuria no te contarán sus movidas en Tinder —protesta—; lo que quieres es cotillear mi vida.

Suelto una risa porque me ha pillado.

—Venga, bah, dime qué haces. ¿Os conocéis, folláis y le dices que se largue porque no eres de sentimientos? —insisto.

—No. Joder. Sí. Yo qué sé. Depende.

—¿De qué depende?

—Del tío y del día que tenga.

—¡Eres un cabrón! —le regaño.

—Yo no soy cabrón. Me acuesto con tíos que sé que no se enamorarán de mí y les advierto veinte veces que no lo hagan. ¿Recuerdas al del gimnasio con el que estuve en Ávila?

—¿El casado? —indago.

—Sí. Te conté que me dejó para que no me soltaras el sermón, pero fui yo quien lo dejó a él.

—¿En serio?

—Me enrollé con él porque pensé que, al estar casado, se lo tomaría como un simple juego, pero me equivoqué, tanto que hasta me propuso dejar a su esposa para empezar algo serio conmigo.

Le miro llena de desconcierto.

—¡¿Cuántas mentiras más me has contado?! Creía que no había secretos entre nosotros —le reprocho.

—¡Joder! ¡La hostia! —Se ríe—. ¿Te recuerdo que me has ocultado toda la vida que sentías algo por mí y tuve que enterarme el último?

—¡Eso no cuenta! —suelto.

Él se ríe más todavía.

—¿Por qué no?

—¡Porque no! —Miro hacia otro lado para disimular.

Me abraza para levantarme en volandas y me besa mientras se ríe.

—Te perdono —susurra.

¿Y cómo no voy a perdonarle yo?

Continuamos caminando mientras Frida gruñe a todo perro o persona que se nos acerca a menos de tres metros a la redonda. Es muy poco sociable esta chica.

—Joel.

—Dime, Pecas.

—No quiero ser pesada, pero, si no quieres una relación, ¿qué estamos haciendo?

Él se detiene para mirarme de frente.

—Te lo he dicho, ha surgido así, sin más. Como surgen las cosas que realmente importan en la vida. No sé qué es ni a dónde llegará, pero no hemos podido evitarlo y vamos a tratar de saborearlo. ¿Necesitas ponerle nombre?

—No necesito que me digas que soy tu novia, ni que te tatúes mi nombre, pero no entiendo que te den alergia las relaciones y ahora estemos haciendo… esto. —Nos señalo a ambos porque vamos cogidos de la mano.

—Yo tengo una mentalidad distinta a la tuya, Sara. Disfruto del momento y no me paro a pensar en el futuro. Por mucho que trates de planear las cosas, nunca van a ocurrir como deseas. Entonces, ¿por qué perder el tiempo y las energías en ello?

Permanezco mirándole a los ojos durante un momento.

—Las armaduras evitan los golpes, pero también las caricias. Recuérdalo —le advierto.

Justo antes de que él vaya a responderme, Frida se vuelve loca ladrando a alguien, por lo que me veo obligada a soltar su mano para sujetar bien la correa.

—¡Fabio! —exclamo asombrada y muerta de la vergüenza por no haberle dado explicaciones de mi huida de anoche.

—No hace falta que os soltéis de la mano, ya os he visto —nos recrimina en un tono seco.

—No nos hemos soltado de la mano por ti —gruñe Joel, que acaba de ponerse en actitud hostil.

—Creo que me debes una explicación, Sara.

—¡¿Qué cojones de explicación te va a deber?! No te debe nada. Es una mujer libre y puede hacer lo que le dé la gana sin dar explicaciones —se entremete Joel.

—Y también puedo hablar por mí misma —añado, mirándole con recelo.

Él se aparta y se larga enojado.

—¡Eso! ¡Huye! ¡Que es lo que haces siempre! —le grita Fabio,
dejándome con la boca abierta.

—¿Cómo que siempre? —indago.

—Siempre te deja tirada, ¿no?

Entrecierro los ojos y lo miro con recelo.

—Fabio, te debo una disculpa porque anoche viniste a mi cumpleaños y te dejé plantado. Lo siento. No voy a poner ninguna excusa —asumo.

—Solo quiero saber si estuviste con él. —Su pecho sube y baja
con violencia, como si estuviese demasiado alterado.

—Sí —admito.

—¡Mierda!

Se vuelve y se marcha por donde ha venido con paso ligero.

¿Alguien entiende qué pasa aquí?

39

Podcast

—¡Hola, Madrid!

»Sé que llevo unos días desaparecida y que os tengo que contar muchas cosas. Lo siento por haceros esperar, pero ha sido demasiado intenso y necesitaba ordenar mis pensamientos para poderlos expresar en voz alta.

»Antes de nada, debo admitir que teníais razón. La mitad de vosotros me animabais a confesarle mi amor a Anakin y la otra mitad a darle una oportunidad a Darth Vader. Al final, el destino me ha tendido una dulce trampa y tenéis que saber que ¡los dos son la misma persona!

»¡Dios! Todavía no logro creerlo.

»Anakin, o Darth Vader, como queráis llamarle, me estaba esperando, como todos pudisteis leer, en la plaza de debajo de mi casa, bajo una lluvia torrencial, por cierto. Como ya sabéis que estoy chiflada, por supuesto bajé a reunirme con un extraño que bien podría haber sido Jack el destripador, aunque resultó ser el amor de mi vida. ¡Gracias al cielo!

»En el momento en que me di cuenta de que era él casi me caigo de culo, tendríais que haberme visto. Mi cerebro no asimilaba que se tratase de la misma persona porque en sus comentarios siempre hablaba sobre la mujer que le gustaba como si fuera ella la que no le correspondiese al gustarle otro hombre, por lo tanto, ¡no podía ser yo! Pues parece ser que estaba equivocada. Supongo que jugaba al despiste para engañarme y que no le pillase.

»Pues una vez que le reconocí, a él solo se le ocurrió ponerse a bailar, ¡con la que estaba cayendo! Aun así, bailamos bajo la lluvia y fue precioso. Lo más bonito que he hecho en mi vida. Después me besó y… vi estrellas fugaces, fuegos artificiales y todo cuanto explota con luces que os podáis imaginar.

»A ver, pervertidos, que ya sé que os estáis preguntando si nos acostamos o no. Si conseguí que se excitase conmigo a pesar de que le gusten los hombres o no. Y he de deciros que no. Fue un fiasco. Así que hemos decidido seguir cada uno por nuestro lado y ser solo amigos… ¡Que no! ¡Que es broma! ¡Que nos acostamos y saltaron chispas! Pero chispas de esas que prenden el mundo entero.

»No hablemos de sexo, que me pongo tontorrona y se me va la cordura a paseo. Anakin me ha dejado muy claro que es gay, lo asumo y él también. Pero hemos hablado sobre el tema y resulta que me ve como una especie de oasis en medio del desierto. Al ser amigos y tener este nivel de intimidad y confianza desde siempre, parece ser que soy especial para él, o al menos eso es lo que me ha dicho para que me quede tranquila y no le taladre el cerebro con mis dudas.

»No obstante, desde mi punto de vista, lo que nos ha sucedido es brutal, porque yo siempre lo he querido y siempre me he sentido atraída por él; pero desde el suyo, lo veo complicado y me hace flaquear, pues creo que tarde o temprano la cabra tirará al monte y se fijará en un hombre.

»Él sostiene que vivamos el momento y que no nos preocupemos por lo que suceda mañana, pero me resulta muy complicado, pues mi corazón es muy frágil y me da pánico sufrir. Supongo que como a todos. Creo que no podría soportar una vida sin él. Y sé que, si no es ahora, no será nunca.

»Tengo la sensación de que una vida entera no es suficiente para estar a su lado. Me falta tiempo y me sobran ganas. En el futuro no quiero arrepentirme de no poder volver al pasado para vivir de nuevo el presente. Preguntarme cómo sería, cómo se podría echar de menos algo que nunca ha ocurrido, cómo habría sido todo si no fuera homosexual, cómo serían los besos que nunca nos dimos… No quiero no saber contestar a esas preguntas. Quiero vivirlo todo con él.

»No puedo parar de pensar en él ni aunque quiera. Deseo gritar, bailar, cantar, saltar y todos los verbos que acaben en -ar. Y ahora que caigo, si me está escuchando, seguro que pensará que soy una catastrofista y una exagerada. Qué putada que ya sepa quién soy, ¿no?

»Y vosotros, ¿qué opináis? ¿Pensáis que esto llegará a buen puerto? ¿O creéis que es una locura?

»Nos leemos, familia. Gracias por escucharme y por vuestros comentarios.

Un beso.

40

Amor es mirarte
y no poder evitar sonreír

Han pasado unos días desde que vimos a Fabio. Como no me gusta tener mal rollo con nadie, le he mandado algún que otro mensaje, pero no me ha contestado. Supongo que está enfadado conmigo, como es normal. Yo también lo estaría. Pero bueno, Joel me ha aconsejado que me olvide de él, pues sostiene que solo quería acostarse conmigo y por eso está enfadado. «Se le ha jodido el polvo», palabras textuales.

Después de esas seis palabras, vino nuestra primera discusión oficial como pareja. Yo me sentía molesta con él porque me tomé esa expresión como si no fuera lo suficientemente buena como para que nadie me quisiera nada más que para echar un polvo y él se enfadó conmigo por habérmelo tomado así. Luego me aclaró que lo dijo porque Fabio parecía el típico tío que solo utiliza a las mujeres para tener sexo.

Así que no me quedó más remedio que perdonarlo. Le perdoné encima de la lavadora. Le perdoné en la ducha. Le perdoné en la cama. En el sofá… Nos pasamos el día perdonándonos el uno al otro. ¡Una locura!

Nuria ha vuelto a su casa porque, si yo no estaba en el piso, era absurdo que viviese allí con toda la cuadrilla de locos que aparecía cada día. Aun así, continúo intentando que den de baja la vivienda del portal de Airbnb porque quiero tener mi propio espacio y no sentirme una okupa que invade la casa de Joel.

—No vuelvas a repetir que eres una okupa —me recriminó un día que le conté cómo me sentía—, mi casa es tu casa y gracias a ti ahora es nuestro hogar. —Y no tuve más remedio que enamorarme un poquito más de él.

Descubrí qué agencia era la que llevaba este tema el día que fui a recoger mis cosas al piso. Uno de los inquilinos me facilitó la dirección y aquella misma tarde me dirigí a hablar con ellos, decidida a arreglar el asunto de una vez por todas.

En un principio, fliparon en colores. Después, trataron de convencerme para que siguiera alquilando al menos una habitación. Pero al final, tras mucho discutir, se comprometieron a no realizar ninguna reserva más a partir de diciembre, pues, según ellos, no podían anular las que ya estaban hechas. Por lo tanto, ¡a partir de Navidad tendré casa propia!

Otro día fui a firmar por fin la carta de despido a la empresa de Genaro. Cuando llegué a la oficina cogida del brazo de Joel, Beli casi muere de celos. Nos echó un mal de ojo y no nos dirigió la palabra. Pensará que soy una trepa, pero no me importa lo que ella pueda opinar de mí. Genaro, sin embargo, habló por los codos.

Entre otras cosas, me amenazó con encargarse de redactar una carta de no recomendación si cualquier empresa preguntaba por mí en el futuro. En realidad, tampoco me importó demasiado. Contuve las ganas que me entraron de gritarle: «Esclavista de mierda, púdrete en el infierno», retuve a Joel para que no se enfrentase con él, firmé el despido superprocedente y nos marchamos de allí con la cabeza bien alta.

Todo marchaba sobre ruedas, la verdad. Nuestra relación cada día era mejor. Joel se abría poco a poco. Sabía que no sería fácil bregar con todos sus traumas, pero tenía la esperanza de que su corazón con amor algún día sanaría.

Lo único que no iba bien del todo era el *podcast*.

Desde que firmé el contrato en el que me comprometía a grabar un programa a la semana, me sentía vacía de ideas. No es que no tuviera nada que contar, que yo siempre tengo algo que decir; el problema era que lo mismo en una semana se me ocurrían tantas cosas como para grabar tres *podcasts* seguidos como que a la siguiente no me apetecía nada.

Además, saber que Joel escuchaba atentamente todo cuanto contaba me condicionaba mucho, pues andaba con pies de plomo para no herir sus sentimientos. Por ejemplo, desde hacía un tiempo me rondaba en la cabeza el tema de Fabio. Era intuición femenina, llámame loca, pero había algo que a mí me olía a chamusquina.

La cuestión era que no me atrevía a preguntar a los oyentes lo que opinaban al respecto porque Joel se enfadaría por no aclararlo directamente con él. Argumentaba que los oyentes no siempre me iban a dar consejos por mi bien, que había mucha gente que lo único que quería era fastidiar. Y no le faltaba razón, pero mi cabeza era como una olla a presión que se iba llenando y, si no se descomprimía de alguna manera, tarde o temprano explotaría.

Todo cuanto tenía que ver con nuestra relación, ya fueran dudas, enfados, resquemores… debería hablarlo antes con él, como hacía cualquier pareja normal, está claro, pero es que entonces le quitaba la gracia al asunto del *podcast*. Y eso era lo que pasaba, que los oyentes se habían dado cuenta de que ya no tenía la misma chispa que al principio.

—Es que cuando tienes una relación estable, ¿qué vas a contar? —me quejé cuando Nuria me confesó que la audiencia estaba bajando.

—Puedes tratar muchos temas, Sara, no hace falta que cuentes cosas sobre Joel todo el tiempo. Es normal que le moleste. Yo, si fuera él, no haría nada por temor a que lo soltases en la radio —le defendió.

—Sí, claro, pero se suponía que el *podcast* iba sobre mis experiencias con el amor, de ahí el nombre, ¿no? Si ya he encontrado mi tornillo perdido, ¿qué se supone que tengo que hacer? ¿Dar cursos de maquillaje? Todas las novelas terminan con la boda porque lo que viene después es un coñazo —protesté.

—¡Qué pesimista eres, Sarita! —Se partió de risa—. Que solo ha bajado la audiencia. No es el fin del mundo.

—¡Te avisé de que obligada no sería capaz! —protesté.

—¡Ya lo tengo! ¿Y por qué no haces alguna entrevista? Yo tengo muchos contactos —propuso—, sería divertido.

—¿Entrevistas? ¿Yo? No soy periodista, Nuria.

—¡Claro! Sería algo desenfadado, como si se tratase de una charla entre amigas. La única pega es que eso sí tendría que hacerse en el estudio, el invitado tendría que ir allí y así os grabarían juntos... ¡Ay, Sara, me encanta la idea! —canturreó.

—¡A mí no! ¡Dame un momento y...!

—¡Ahora mismo llamo a Juanjo para proponérselo!

Y colgó.

Y a Juanjo también le fascinó.

41

Mientras tú me mires, lo demás no importa

Joel tenía acumulados varios meses de vacaciones, ya que nunca se las había cogido desde que consiguió la plaza en el hospital. Le animé a hacerlo para que no le consumiera la pena de ir al hospital y que no estuviera Jimena esperándole con su sonrisa de granujilla.

Su jefe no daba crédito a que se cogiese un mes entero de días libres. Casi monta una fiesta, y no porque no fuera a echarlo de menos, sino porque sabía que le vendrían muy bien. Para él su trabajo siempre fue un refugio, pero ahora se había convertido en otro foco de dolor. Su alma le pedía a gritos sanar.

El primer día de vacaciones lo aprovechamos para estar tirados por casa retozando. El segundo para hacer limpieza a fondo. Y el tercero para cambiar los armarios de verano a invierno, porque lo vas dejando y al final se pasa el invierno y no lo has hecho. El cuarto comprendí por qué nunca se había cogido vacaciones: no sabía estar aburrido.

Mientras a mí me encantaba estar zanganeando en el sofá leyendo, él era incapaz de estar a solas consigo mismo. Necesitaba tener la mente ocupada todo el tiempo para no recordar.

El quinto día a las diez de la mañana alquilamos un coche y nos fuimos con destino a ninguna parte, pues Joel se encargó de reservar todo para darme una sorpresa. Hice la maleta con cosas de playa y montaña, como él me recomendó, pero completamente a ciegas. A las dos estábamos en Elche, en el *camping* La Marina.

El viaje fue muy divertido porque le llevé durante más de la mitad del trayecto escuchando Los Fresones Rebeldes, que son mi grupo preferido, y él no dejó de meterse con las letras de cada canción. *Protégeme o te mataré*, por ejemplo. Canté a voz en grito cada una de las melodías y él se partía de risa al verme dándolo todo, con gallitos incluidos.

—¿En serio? ¿Un *camping*? —Me reí como una niña al entrar con el coche, pues siempre tuve la ilusión de ir a uno.

—Era el único sitio donde podíamos traer a esa loca peluda. —Miró a Frida.

—¡Te quiero! —grité muy alto.

Él esbozó una enorme sonrisa y siguió conduciendo, mirando hacia delante. Todo a nuestro alrededor era verde y estaba lleno de flores, palmeras… ¡Había hasta cascadas!

—¡Vas a flipar, Pecas!

Llegamos a nuestro bungaló, una vez que hicimos el *check in* en la recepción, y resulta que era como haber viajado a Bali. Todo rodeado de césped artificial de un verde increíble. Palmeras. Casitas balinesas con su techo de paja. Cada casita con una parcela en la que había hamacas, barbacoa, un jacuzzi… ¡Flipante!

—¡Sorpresa! —Extendió los brazos.

—Esto no tiene nada que ver con una tienda de campaña.

Me lancé sobre él para acribillarlo a besos. No me había dicho nunca que me quería, pero me lo demostraba cada día.

Cuando entramos en la casita, no podía cerrar la boca. Todo era de diseño y minimalista, la cama inmensa, la televisión enorme, las sábanas y las toallas de calidad extramegaplus. Me sentí como una reina.

—Cuando tenga dinero te pagaré la mitad —le dije.

—Págamelo en carne, mejor. —Me besó y estrenamos la cama como debe estrenarse una cama. A conciencia.

* * *

Ahora mismo nos encontramos tomando un cóctel en el bar de la piscina. Dentro de la piscina climatizada.

—Esto es el paraíso —musito admirando cómo atardece ante nuestros ojos.

—No está mal, no.

—¿Qué te pasa? Te noto raro —le pregunto.

—No es nada. Solo que tengo que asumir que la relación que teníamos antes ha muerto y que nunca volverá a ser igual.

—Yo no creo que haya muerto, exagerado. Ha mutado. Ha evolucionado a algo mejor.

—No lo sé.

—¿Por qué dices eso? —quiero saber.

—Porque ahora mismo no tengo a quien mandar una foto con estas impresionantes vistas.

—¡Pero estás conmigo! ¿No es mejor eso que mandarme una foto? —Me río.

—¿Y si discuto contigo? ¿A quién tendré? —insiste.

—¡A mí! Es que así funcionan las parejas. Discutes y haces las paces.

—Pero quiero contar mi distorsionada versión de los hechos a alguien que no sea la parte implicada porque necesito tener la razón, aunque sea un rato. —Se termina riendo él también.

Yo suelto una carcajada.

—Intentaré darte la razón, aunque no la tengas, tranquilo.

—¡Espera, repítelo para que lo grabe! —propone entre risas.

Después de unas copas y picar algo de comer, regresamos al bungaló caminando cogidos de la mano por unos senderos rodeados de flores. La mezcla entre los árboles preparados para la venida del invierno y las flores resulta bastante curiosa.

Una vez que hemos llegado, entro a ponerme una sudadera porque ya es de noche y refresca, aunque no mucho, por eso dejo

343

mis piernas al aire. Él me mira de reojo los muslos desde la hamaca donde se encuentra tumbado. Trata de que no perciba la ojeada, pero ya es tarde. Me tumbo en la hamaca junto a él, es muy ancha y cabemos los dos de sobra. Frida duerme plácidamente a nuestro lado. El viaje ha sido muy estresante para ella.

—¿Qué ha significado esa mirada? —pregunto mientras me acomodo.

—¿Qué mirada?

—Ya sabes. Esa mirada a las piernas que me has echado —le explico.

—¿No puedo mirarte las piernas?

—¡Claro que sí! Pero parecía que era una mirada de reproche —insisto.

—¡No! ¿Qué iba a reprocharte mirándote las piernas? —se queja.

—No sé. Que vaya a tener frío, o que me haya depilado mal, por ejemplo.

—¿Ves, Pecas? Por este tipo de cosas es por lo que siempre te he dicho que no me atraían las mujeres. De cualquier cosa hacéis un problema. Te he mirado las piernas porque me pones cachondo. Punto.

Parpadeo confusa.

—¿Qué? Todas las mujeres no somos iguales. ¿Acaso todos los hombres sois iguales? Parece mentira que alguien tan libre como tú haga semejante comentario machista y retrógrado —le reprocho.

—No he querido decir eso. ¡No vayas por ahí! —se enfada.

—¿No? Pues ¿me lo explicas?

—Los hombres no nos complicamos la vida por saber qué significa una mirada o un parpadeo. Vosotras observáis cualquier movimiento, por tonto que sea, para estudiarlo y retorcerlo hasta el absurdo. Pero lo peor de todo no es eso, lo peor es que siempre sospecháis que hay algo oculto y oscuro por lo que preocuparse. No hay que dar tanta importancia a las cosas que no la tienen.

—¡Oh! ¡Claro! Entonces, tú eres un cerdo que nada más piensa en tetas a todas horas, porque como todos los tíos son así, pues tú también, ¿no?

Se incorpora en la hamaca y sé que está reteniendo una sonrisa.

—Podrías haber puesto otro ejemplo —suelta.

Pongo los ojos en blanco porque tiene razón.

—¡Es que tampoco te gusta el fútbol! ¿Qué ejemplo iba a poner? —protesto.

Se muerde el labio inferior.

—Me vuelve loco pincharte para que discutas conmigo.

—¡Estás fatal! —Termino riéndome porque no soy capaz de mirarle y que no me salga la sonrisilla tonta.

Permanecemos un rato contemplando el cielo en silencio. Buscar estrellas fugaces juntos se está convirtiendo en una práctica habitual entre nosotros.

—¿Sabes, Pecas?

—¿Qué? —musito.

—Dejando a un lado la guerra con mi padre, si te soy sincero, nunca habría pensado que me pudiese atraer una mujer. Pero es que te miro y solo quiero estar dentro de ti, joder. No sé qué me has hecho. Y lo que más me llama la atención es que nunca antes lo había sentido. Parece que ha surgido de repente —me explica.

¿Te puedes enamorar del interior de alguien sin que te importe el envoltorio?

Me giro para mirarlo de frente. Sus ojos me contemplan con veneración.

—No ha sido de repente. Siempre me has querido. Lo que pasa es que no lo has sabido hasta ahora. Necesitabas tu tiempo para darte cuenta —susurro.

—Puede que tengas razón, Pecas.

—¡Claro que la tengo! ¡Siempre la tengo! —lo provoco.

Sonríe.

—¿Te acuerdas de aquella vez que estuve en coma? —pregunta.

—Sí, vaya regalito de cumpleaños. —Trato de darle un toque de humor al asunto porque aquella fue una de mis peores experiencias.

Yo no tenía ni quince años, estaba en plena adolescencia y el amor de mi vida se desplomó entre mis brazos desangrándose. Menos mal que mi padre condujo como una bala hasta el hospital, saltándose semáforos y gritando por la ventanilla para que se apartasen todos de su camino. De no haber sido por él, quizá hoy Joel sería solo el recuerdo de mi primer amor.

Me acuerdo de que cada día, después de las clases, iba a verle, le cogía de la mano y le contaba todo lo que había pasado en el instituto. Rezaba. Lloraba. Y me marchaba con la única esperanza de que al día siguiente despertase para volver a ver esos ojos rebeldes y llenos de luz brillar de nuevo.

No me había dado cuenta de cuánto lo quería hasta aquel día en que pude perderlo, no fui consciente de que la muerte nos acecha en cualquier vuelta de esquina hasta aquel momento. Y una vez que miré de frente a la muerte, valoré mucho más la vida. Creo que en aquellos días pasé de ser una cría a convertirme en una mujer.

—Estoy seguro de que en aquel instante, cuando abrí los ojos y te vi a mi lado…

—Dijiste: «Pecas» —lo interrumpo imitando su peculiar forma de pronunciar mi apodo, con los ojos llenos de lágrimas al recordarlo, y él me sonríe al tiempo que asiente.

—Estoy seguro de que en aquel momento me enamoré de ti.

Me da un beso tierno y sereno. Un beso maduro que consigue hacerme flotar. Elevándome por encima del mundo terrenal. Haciéndome olvidar los problemas absurdos que nos preocupan cada día. Y ayudándome a centrarme en lo que realmente merece la pena: vivir. Vivir con las máximas ganas de hacerlo.

No sé a dónde nos llevará esta locura. Lo único que sé es que cuando estoy con él me resulta imposible no ser feliz. Y eso es lo que hay que hacer, saborear el presente sin preocuparse por el pasado ni por el futuro.

42

El paraíso

Los días transcurren como si fueran segundos. Cada mañana me levanto con la firme promesa de aprovechar cada momento a tope y me acuesto con la sensación de que el tiempo se ha escurrido entre los dedos como el humo de un cigarro.

Ayer estuvimos casi todo el día en el *spa*, donde nos dieron masajes y tratamientos de todo tipo. Me sentía tan relajada y sana al salir de allí que casi levitaba en lugar de caminar.

Estamos echados a la hora de la siesta mientras vemos la nueva temporada de *Sex Education,* con el aire acondicionado puesto porque hace muchísimo calor, cuando suena mi móvil.

—Será tu madre —protesta Joel.

—No creo, ya la tengo casi domada.

—¿Las locas de tus amigas?

—Saben que esta semana no voy a dar señales de vida. Tiene que ser algo importante para que me molesten.

Cojo el teléfono y compruebo que es Fabio. No sé si contestarle o pasar de él… Me decanto por la segunda opción, ni siquiera abro el wasap para que no sepa que lo he visto, ya le responderé a la vuelta. Eso si lo hago. Dejo el teléfono donde estaba y vuelvo a acurrucarme sobre su pecho.

—¿Quién era? ¿Ha pasado algo?

—No es nada. Publicidad. Ya lo he silenciado —le miento para no darle demasiada importancia. Maldita la hora.

Nos quedamos dormidos.

Esta noche es la gran fiesta de despedida. La celebran en una pista enorme que hace las veces de discoteca al aire libre. Como solo se puede reservar de domingo a domingo, todos los sábados hay que despedirse de alguien.

Yo me he puesto un vestido de punto de color berenjena con unos taconazos azules preciosos y una chaqueta de ante marrón. Joel lleva unos chinos con una americana, todo azul marino, y un jersey de cuello vuelto. Nos encontramos en la pista, tomando una copa y riéndonos por alguna de sus ocurrencias cuando suena su móvil.

—¿Mi madre? —se sorprende y yo también.

—Cógelo. Tiene que ser algo importante —lo animo.

Responde a la llamada y su cara cambia durante una milésima de segundo, algo que pasaría totalmente desapercibido para cualquiera que no fuese yo, aunque enseguida vuelve a sonreír y cuelga sin decir nada.

—¿Ha pasado algo? —le pregunto preocupada.

—Nada. Se ha equivocado de número.

No me lo creo, pero si no quiere contármelo, no puedo obligarle. Ya me lo dirá cuando lo crea oportuno. Continuamos bailando en la pista *Confident* de Demi Lobato.

—Quiero irme a casa, Pecas —me pide al cabo de un rato.

—Vale, venga, vámonos.

—Pero a casa. A Madrid.

Advierto esa mirada vacía que hacía años que no veía.

—Joel, ¿por qué no me cuentas qué te ocurre?

—No es nada.

—¿Por eso quieres marcharte antes de tiempo?

—Mi padre ha muerto.

Se va sin esperarme. No sé si seguirle o no. Quizá necesite estar solo. No quiero agobiarlo. Solo él sabe lo que siente ahora mismo y no debe de ser demasiado bueno.

Me da igual. No puedo permitir que esté solo en un momento así. Si no me quiere a su lado, que me lo diga.

Llego a la cabaña un rato después que él porque he querido darle espacio y porque me cuesta caminar con los tacones, por eso llego con los zapatos en la mano. Al entrar, dejo la chaqueta en el sofá. Descubro que no solo ha recogido todas nuestras cosas, sino que también las ha metido en el coche, pero no le veo por ningún sitio. Lo busco por todas partes. Nada. Lo llamo al móvil y tampoco contesta.

—¡Joel! —exclamo, pero no obtengo respuesta.

Frida parece nerviosa. Da con la pata en la puerta de salida. La abro y me ladra como si me quisiera decir algo.

—¿Qué pasa, pequeña? ¿Sabes dónde está Joel? —le pregunto.

Ella sale corriendo entre las cabañas y la sigo como puedo. Me espera mientras ladra como si quisiera que me diese prisa. Quiere que la siga. Huele el suelo y se dirige hacia algún lugar desconocido.

Salimos del camino y subimos una pequeña colina para después bajarla. Llegamos hasta un precioso lago de nenúfares. Observo que en la orilla de enfrente hay una pequeña cabaña de madera rodeada por unos inmensos sauces llorones. Todo a mi alrededor está a oscuras, tan solo iluminado por la luz de la luna, por eso camino con cuidado para no tropezarme. Frida ladra como una loca hacia la cabaña. Joel tiene que estar ahí.

—Tranquila —la abrazo.

Busco algún sitio por el que poder cruzar al otro extremo y enseguida diviso un pequeño puente de madera al que me dirijo a toda prisa. Estoy muy preocupada por él. Me da miedo que cometa cualquier locura.

—¿Joel? —lo llamo.

Frida está realmente nerviosa. Busca por todas partes un rastro en el suelo que poder seguir. Me acerco a la cabaña y llamo a la puerta. Nadie responde. El miedo se está apoderando de mi estómago.

—¡Joel!

De repente, escucho algo en el agua. Miro y… ¡lo veo! Está flotando boca abajo dentro del agua. Sin pensarlo ni un solo segundo, me lanzo al lago y nado a toda prisa hasta él. No es demasiado hondo, me cubre hasta el pecho, y el agua, para mi sorpresa, está caliente, gracias al cielo.

En cuanto llego a su altura, lo atraigo hacia mí con fuerza para tratar de darle la vuelta y poder tomarle el pulso, pero entonces el muy idiota levanta la cabeza y se pone en pie como si nada. Frida no deja de aullar y lloriquear desde la orilla, preocupada por ambos.

—¿¡Estás vivo!? —chillo aterrada—. ¡Casi me da algo! ¿Estás loco?

Él me mira como si no estuviera aquí. Levanta las manos y me abraza con todas sus fuerzas. Yo lo abrazo también. Está completamente desnudo.

—Ayúdame a no pensar, por favor —suplica en mi oído temblando.

Me separo de él para poder mirarlo a los ojos, que están rojos e hinchados. Parece que se resiste a llorar y por eso le acompaña esa expresión de sufrimiento. Cojo su rostro entre mis manos y lo beso con dulzura, pero él no quiere amor ahora mismo. Necesita algo más fuerte y por eso asalta mi boca introduciendo la lengua con violencia, convirtiendo nuestro beso en una deliciosa batalla.

Me saca el vestido empapado por encima de la cabeza, lo lanza hacia la orilla y me quita las medias y las braguitas también. Me aparta el pelo mojado del cuello para devorarlo. Recorre mi hombro con los labios y noto su excitación contra mi vientre. Después se centra en besarme la parte del cuello detrás de la oreja, sabe que me vuelve loca.

Cubre mis pechos con sus manos. Atrapa mis pezones entre sus dedos con suavidad y estos se endurecen ante sus atenciones, pidiendo más. Contengo el aliento, pero se me escapa un gemido traicionero. Atrapa mis caderas con sus manos para levantarme y que rodee su cintura con mis piernas. Obedezco sin dudar.

Mete una mano entre nuestros cuerpos para atormentar mi sexo con uno de sus dedos al tiempo que devora mi boca con hambre. Estaré a punto de correrme si sigue besándome como lo está haciendo. Es brutal.

Estamos piel contra piel. Siento su cabeza suave acariciar mi sexo.

—Mírame —me pide—. Mírame como siempre lo has hecho. No como me has mirado hace un rato —me pide jadeante.

—Siempre te miro de la misma forma.

—No. No soporto la pena —ruge.

No me da tiempo a contestar porque de un certero movimiento se ha introducido en mi interior. Intento mirarlo y no cerrar los ojos para abandonarme al placer. Veo sus ojos con las pupilas dilatadas, colmados de deseo.

Sale de mí lentamente, tomándose su tiempo antes de volver a entrar. Cierro los ojos y echo la cabeza hacia atrás para movernos al compás. Nosotros. Juntos. Siempre. Uno solo.

Acelera el ritmo hasta que casi se vuelve insoportable. Es rudo y posesivo. Nunca antes había sentido su necesidad a través del sexo hasta ahora. Entiendo que es su manera de expresarse. Sin necesidad de tener que poner palabras a los sentimientos.

Después de la percusión vertiginosa y frenética, se abraza a mí con fuerza, casi con desesperación. Clavo mis uñas en sus brazos para no soltarme. No es capaz de bajar el ritmo. Noto cómo su cuerpo se contrae, iniciando la escalada, hasta que hunde su rostro en mi cuello para dejarse llevar hasta la cima. Yo, al sentirlo, termino también, soltando un grito con el que no contaba y desmoronándome entre sus brazos.

Coge mi rostro entre las manos y entonces descubre que estoy llorando. Lloro de impotencia. Porque sé cómo se siente, pero también sé que jamás será capaz de decirlo en voz alta y eso le mata a él y me mata a mí. Sé que lo único que necesita en estos momentos es esconderse del mundo. Un mundo en el que ahora estoy yo. Seca mis lágrimas con un par de besos. Trago saliva para intentar deshacer el nudo de mi garganta. Me acurruco en su pecho, sin desenroscar las piernas ni los brazos de su cuerpo.

—¿Sabes qué es lo mejor de mis días? Estar tumbado en la cama, en absoluto silencio, sin ganas de nada, como si estuviese aguardando la muerte, y de repente escuchar la puerta abrirse y tras ella tu voz cantarina devolviéndome la vida —susurra con un tono demasiado triste.

—Joel, aunque no sepas gestionar tus sentimientos, no puedes huir eternamente de ellos —sollozo abatida.

—Desde que estoy contigo soy más libre que nunca, más yo que nunca. Solo me haces bien. Has sido la única que ha conseguido mostrarme lo fácil que resulta creer en el amor. —Sus ojos están anegados en lágrimas.

—Joel, no —le suplico rota de dolor—, no lo hagas, por favor.

Niega con la cabeza.

—Solo quiero que sepas que, estando a tu lado, he sido el hombre más feliz del mundo. Pero no soy capaz de corresponderte, Sara. No tengo amor para dar. Te mereces mucho más de lo que yo puedo darte. No sería justo que te conformases conmigo. Esto es, probablemente, lo más duro que haga en mi vida. Nunca pensé que fuera a dejarte, porque te quiero desde siempre y no concibo mi vida sin que tú estés en ella, pero he de hacerlo por tu bien.

—¿¡Por mi bien!?

—Con el tiempo te darás cuenta de que alejarte de mí fue lo mejor —afirma con la voz quebrada.

Me enjuga en vano las lágrimas con los pulgares. Me besa la punta de la nariz. Después me deja con delicadeza para que apoye mis pies en el fondo del lago y se separa de mí despacio. Aprieto los puños con fuerza. Quiero gritar para que salga toda la ira que me corroe.

—¡No puedes permitir que te haga daño hasta después de muerto! —grito indignada.

—Yo también estoy muerto.

—¡No! ¡Lo que eres es un cobarde!

Sale del agua sin pronunciar ni una sola palabra más, a pesar de mis quejas y mis amenazas. No me escucha. Ha desconectado. Se pone el pantalón mojado que estaba en el suelo y se va.

Yo permanezco durante un largo rato metida en el agua con la mirada perdida en la luna rodeada de estrellas. Es una pena que un paisaje idílico se haya convertido en un lugar horrible en tan solo un instante.

Cuando comienzo a tener frío, me dirijo a la orilla y recojo el vestido que se encuentra tirado sobre la arena. Me lo pongo y me siento en el suelo de la cabaña, abrazada a mis rodillas. Frida corre en mi auxilio, trata de consolarme, aunque ahora mismo no hay consuelo que valga.

Se ha terminado.

Me siento vacía.

Sin poder evitarlo, estallo en un llanto histérico, me falta el aire y me sobran lágrimas. Siento fuertes punzadas en el pecho, como si dos paredes llenas de clavos se apretasen contra mí. Y es que es imposible imaginar una vida en la que él no esté. Porque cada momento de mis recuerdos más felices ha sido a su lado.

Ya lo echo de menos y acabo de estar con él. No he podido saborear el último beso por no saber que lo sería. Me aterra pensar que nunca podré olvidarle. Nunca.

Cuando he llorado tanto que ni siquiera me quedan lágrimas, decido regresar. Frida camina a mi lado y parece preocupada por mí.

—No te preocupes, pequeña, que de amor nadie muere —musito.

Al llegar a la cabaña, veo que Joel está montado en el coche. Supongo que me está esperando. Abro el maletero para sacar de mi maleta un chándal y un abrigo. Me he quedado congelada. Entro en el bungaló para ponérmelo. Salgo y me siento en la parte trasera del coche, junto a Frida.

Daría lo que fuera por ser capaz de sentarme a su lado y mantener una conversación madura durante el trayecto de vuelta a Madrid. O, mejor aún, daría lo que fuera por no tener que volver con él, porque el vacío que se respira entre nosotros es insoportable.

El trayecto de vuelta es lo más terrible que he vivido en años. No puedo llorar a gusto, que es lo único que quiero hacer. De tanto retener las lágrimas me escuecen los ojos y me duele la cabeza. Aunque, a pesar de mis esfuerzos, miles de lágrimas terminan recorriendo mis mejillas. Eso sí, en silencio.

43

Si no sabes hacia qué puerto marchar, ningún viento será favorable

Al llegar a Madrid, sobre las cinco de la madrugada, le pido que me deje en mi casa, pero no me hace caso y va a la suya.

—¿Qué haces? —pregunta al verme quieta en la acera, con mi maleta en una mano y Frida en la otra.

—Cogeré un taxi para ir a mi casa.

—No puedes ir a tu casa, Sara. Quédate en la mía. Yo me voy a Ávila.

Clavo mis ojos en los suyos llenos de reproche.

—¡No eres quién para preocuparte por mí! —rujo indignada—. A partir de hoy te deberá importar una mierda lo que haga o deje de hacer.

Cierra los ojos con fuerza tratando de aceptar la nueva situación.

—No digas eso.

—¡No me jodas, Joel! —Levanto el dedo amenazador para que no siga por ahí.

—Sube a casa, por favor —me suplica.

Me mira, lleno de algo que no sé muy bien descifrar. Es como si quisiera decir alguna cosa, pero él mismo se lo prohibiese. Subimos a lo que hasta hace tan solo unos días era un hogar feliz, lleno de risas y amor. Al entrar, el olor del apartamento me llena de nostalgia. Huele a nosotros.

Frida corre emocionada por el pasillo. La pobre ni se imagina lo que está sucediendo. Todavía no tiene un hogar estable, pues de este también se va. Como yo. Entramos al salón, dejo a un lado mi maleta y me cruzo de brazos.

—¿Y bien? —suelto enojada.

—Lo siento, Sara. Siento ser yo el que te cause este dolor. No te imaginas cuánto —asume.

Se ha rendido y eso es lo que más rabia me da.

—Entonces, ya está, él gana. Nunca sentirás nada por nadie —espeto.

Mira hacia otro lado con rabia y luego vuelve a clavar sus ojos en mí.

—Hay heridas que solo uno mismo puede sentir y a mí esas heridas me prohíben amar. Aunque me desvistas y no encuentres cicatrices, siempre estarán ahí, abrasándome debajo de la piel.

Ya es un gran paso que esté hablando conmigo.

—¿Crees que no lo sé? He intentado sanar todas esas malditas cicatrices, pero no hay manera si tú no haces nada. No puedo luchar sola.

—No luchas sola. Yo estoy contigo. Siempre lo estaré. Sería capaz de arrasar el puto mundo por ti, Sara. Pero por ti. No por mí.

—Eso es lo que me aterra. Que arrases con todo sin discriminar y ningún amor merece vivir sobre cenizas. Por más que me duela, tienes razón, debemos decirnos adiós. No nos hacemos bien —admito.

—Ni siquiera yo me encuentro en la oscuridad que llevo dentro.

—No lo entiendes. No es tu oscuridad lo que me da miedo. Lo que no puedo soportar es que me tengas a tu lado y ni siquiera intentes encender la luz, esa luz que sé que tienes dentro, pero que te niegas a hacer brillar.

—Sabías de sobra que todo en mí eran tormentas. Yo no te pedí que cruzases a tientas el abismo que nos separaba en medio de mi tempestad, Sara. Fuiste tú quien decidió atravesarlo. Solo tú.

—No me lo pediste, lo hice yo, efectivamente, porque siempre creí que la oscuridad no podía apagarse, que no podría ser más sombría de lo que ya era. Pero estaba equivocada, me has demostrado que siempre puede ser un poco más tenebrosa. Tanto, que se ha convertido en mi infierno.

—¿Ah, sí? —Parece más enfadado—. Pues ¿sabes cuál es el mío? Mi infierno es cualquier jodido lugar donde no estés —ruge entre dientes—. Eso es en lo que me has convertido, en un puto mendigo de tu amor. ¿Para eso quieres que me enamore? ¿Para tener el poder de destruirme? ¡Para eso sirve el amor! He perdido mi dignidad. He perdido a mi mejor amiga. Lo he perdido todo por un simple capricho de una niña mimada a la que le ponía cachonda tirarse a un gay para ver qué ocurría.

Si me hubiese pegado una bofetada, no me habría dolido tanto. Es como si mi vida entera se viese reducida a este preciso momento.

—No puedo creer que estés diciendo eso. Me niego a admitir que seas tan cruel —sollozo abatida.

Lo miro sin poder evitar que las lágrimas recorran mis mejillas. Siento tanto dolor que me cuesta respirar. Lo quiero tanto que debo alejarme porque, si no, nos haremos un daño irreversible. Esas cicatrices no le permiten avanzar, son demasiado profundas, tanto, que me están hiriendo a mí.

Por fin comprendo que tiene razón, que no podemos estar juntos, porque algo roto nunca vuelve a ser nuevo, por mucho que trates de pegarlo, siempre quedarán cicatrices. Podría arreglarse en apariencia, pero al mínimo movimiento sentiría que me rompo con él al intentarlo, y por eso es mejor dejarlo marchar. No hay amor donde te rompes.

Se aparta para recobrar la compostura y al mirarme descubro que se ha marchado a miles de kilómetros de aquí. Ya no es el Joel del que me enamoré.

—Gracias por encabezar una cruzada por salvarme de mí

mismo, Sara. Siento que hayas tenido que descubrir que solo soy un monstruo que lo ha perdido todo por no saber amar. Lo siento, no soy capaz. Pero no te tortures, estaré bien. Cuando te marches, por fin podré prenderme fuego y arder en el infierno del que nunca debí permitirme salir, es donde me siento a salvo. La felicidad nunca ha estado hecha para mí.

Si pudiese estrangularlo con mis propias manos lo haría. Es como si necesitase un exorcismo para que su alma real volviese a su cuerpo. Siento repulsión por el ser extraño, frío y calculador que se ha apoderado de él.

—Espero que algún día entiendas que tu único enemigo eres tú mismo, Joel. Amo con toda mi alma a la persona que en el fondo eres, pero odio a la que se esconde bajo ese disfraz de mierda que llevas puesto ahora.

—No hay decisión más difícil de tomar que la de despedirse de alguien que te hace ser la mejor versión de ti mismo. Siento que hayas tenido que rendirte. Lo siento de veras, pero no sé cómo no hacerte daño, Pecas —se despide con los ojos anegados en lágrimas.

Dudo por un momento si quedarme porque sé que es su ira la que habla por él y que tan solo necesitaría un abrazo para derrumbarse y suplicarme perdón. Me aterra la idea de salir por esa puerta y que pueda cometer alguna locura irremediable, entonces cargaría con la culpa y la pena toda mi vida… Pero no puedo quedarme donde me hacen tanto daño, donde solo me causan dolor. Tengo que respetarme a mí misma y lo nuestro se ha convertido en una droga, ya no es amor.

Miro hacia arriba para coger el último aliento antes de clavar mis ojos en los suyos.

—No te equivoques, yo jamás me rendiré. La única persona que se ha rendido aquí eres tú contigo mismo. La única que nunca debió haberse abandonado. Espero que me busques cuando aprendas a tratarte como te mereces. Te quiero, Joel. Adiós.

—Sara, por favor, no te vayas. Podemos ser amigos —me pide.

Ato a Frida con la correa y cojo mi maleta. Camino hasta la puerta. La abro. Salgo. La cierro a mi espalda sin que nadie me detenga. Rompo a llorar como una niña mientras bajo en el ascensor. Y me voy.

Alguien me dijo una vez que en este mundo no había nada eterno, pero que, si tenía algo valioso, cuanto más lo cuidase, más me duraría. Sin embargo, nuestro amor no ha durado, a pesar de haberlo cuidado con todas mis fuerzas. Y entonces comprendo que, si bien ha seguido a mi lado, se fue hace tiempo, porque en lo más profundo de su corazón siempre supo que lo nuestro no funcionaría.

Me arrepiento tanto de haber cruzado esa maldita barrera… En mi mente jamás estuvo la posibilidad de que saliera mal. Era Joel, joder, ¿cómo iba a salir mal? Y ahora estoy saliendo de su vida con el corazón destrozado, sin poder respirar.

Pensaba que él sería la persona que me enseñaría a amar de verdad. Sin embargo, ha sido el hombre que me ha enseñado otras muchas cosas, una de las más importantes, que solo durante las tormentas es cuando se crece. Y su tormenta ha sido apoteósica.

44

¿No crees que nos merecemos un final diferente?

Al llegar a mi piso a las seis de la mañana, recibo un wasap de Joel en el que pone:

> **Joel**
> No me olvides, Pecas.

No le contesto por conservar la poca salud mental que me queda, pero pienso en lo que le diría a voz en grito: «¡¿Cómo coño voy a olvidarte!? Si por más que lo he intentado a lo largo de mi vida, mi corazón no lo ha conseguido».

Entro hasta el salón con paso firme. Todo permanece a oscuras y en silencio. Sé que esto no es lo que haría la Sara sensata de ayer, pero la de ahora mismo está en plan *destroyer* y quiere arrasar el mundo llevándose por delante todo lo que pille.

Paso, una a una y de manera sigilosa, por las tres habitaciones. Cojo todas las maletas y bolsos que me encuentro por el medio. Lo saco al rellano y lo dejo amontonado junto al ascensor. Entonces, recupero la cerradura nueva que tenía guardada en un cajón de la cocina y la cambio con un destornillador. Lo sé, no todo el mundo sabe cambiar una cerradura, pero yo sí. Es lo que tiene ser hija única de un hombre que se aburre mucho. Aprendí cosas que nunca pensé que serían útiles, pero, mira tú por dónde, ahora me ha

360

venido bien. Además, he de confesar que no es tan complicado como parece.

Ya solo me queda rematar la última parte del plan.

Llamo al timbre de Paco; ¿te acuerdas de aquel vecino que me llamó zorra la noche que nos pilló a Joel y a mí, bueno, ya sabes, haciendo nuestras labores en el descansillo? Pues ese. En cuanto abre la puerta, muerto de sueño, me pongo a gritar como una histérica.

—¡Paco! ¡Paco! ¡Hay un incendio! ¡Dios mío, vamos a morir!

Gracias a Dios no me reconoce.

El pobre hombre, dado el sueño que tiene porque acaba de despertarse, su alarmismo innato y el hecho de que le llame por su nombre, corre detrás de mí para ayudar a los inquilinos a huir de una muerte inminente sin entender muy bien por qué.

Entramos juntos en todas las habitaciones, despertando a los inquilinos sin piedad al grito de «¡Hay un incendio! ¡Vamos a morir!», mientras Frida ladra como una desquiciada para ayudar a la causa. Todo se convierte en un caos en menos de un minuto. La gente corre aterrada por la casa, gritando y cogiendo las pocas pertenencias que encuentran a su paso, mientras Paco les obliga a salir a toda prisa por si explota el edificio.

—¡Ya he llamado a los bomberos, no os preocupéis! ¡Corred! —Les voy indicando a todos la salida, moviendo los brazos con fuerza.

Y así es como en menos de diez minutos tengo la casa completamente vacía. Cierro la puerta y echo la llave por dentro. Ahora que vayan a la agencia a que les devuelvan la fianza si les da la gana. A mí, plin.

El timbre no tarda ni dos segundos en sonar. Suena sin cesar, pero hago caso omiso. Entro en la cocina, cojo el palo de la escoba y un paño blanco que coloco en el extremo del palo. Me dirijo al salón y lo clavo con orgullo en el sofá a modo de bandera.

Por fin tengo mi casa.

Mi primera conquista.

Por primera vez en mi vida, me he impuesto y he luchado por lo que considero que es mío. ¡Y he de confesar que me siento de puta madre!

Compruebo que está amaneciendo. Me dirijo a mi habitación. Bajo la persiana para que todo esté a oscuras. Cambio las sábanas de mi cama y pongo unas limpias. Me doy una ducha porque todavía apesto a pantano. Cuando el agua y el jabón arrastran la suciedad de mi cuerpo, dejo escapar las pocas lágrimas que me quedaban por derramar. Hasta que me quedo vacía, agotada, extasiada. Ya no soy capaz de llorar más.

Una vez que he purificado mi alma y huelo bien, me meto en la cama. A ser posible a dormir para siempre.

En medio de la noche siento un escalofrío recorrer mi cuerpo y una sensación muy extraña, como si alguien me mirase. Intento dormir de nuevo, pero el sueño ya no es tan profundo, tengo mucho frío y algo me hace estar muy triste.

Las llamadas de mi madre no me permiten seguir en la cama. Sé que es ella porque le tengo asignada la canción *No puedo vivir sin ti* de Los Ronaldos (nótese la ironía). Me obligo a levantarme para contestar. Me duelen todos y cada uno de los músculos del cuerpo al incorporarme. No sé el tiempo que habré pasado aquí, pero me da la impresión de que han sido siglos.

—¿Mamá? —gruño con voz de ultratumba.

—Sara, ¿estás bien? —Su voz denota preocupación nivel máximo.

¿Qué le contestas a tu madre cuando te pregunta eso y estás destrozada?

—Claro, mamá. ¿Por qué lo preguntas así? ¿Qué pasa?

¡Qué dolor de cabeza tengo!

—Porque la última vez que has estado en línea ha sido hace dos días y eso es muy raro. Además, me extraña mucho que no hayáis venido ni Joel ni tú al entierro de su padre.

La palabra «Joel» va directa a mi corazón para estrujarlo como a un pañuelo usado. Paso de la faceta acosadora de mi madre.

—Estoy muy liada, mamá. Ya le he dado el pésame.

—Te noto la voz rara, Sara. ¿De verdad no te pasa nada? ¿Estás comiendo bien?

—Mamá, no seas pesada. Todo está bien.

—¿Por qué no vienes unos días a casa para que pueda verte?

Suspiro.

—Ya hemos hablado de nuestra relación enfermiza y tóxica, mamá. Iré cuando me apetezca y no para que tú no te sientas mal con tus miedos irracionales.

—Pero…

—Te quiero, mami. Un beso.

—¡Sara!

Cuelgo y me siento en la cama, abatida.

¿Se puede sentir la pena por las venas? Me duele mi propia existencia. No tengo ni ganas ni fuerzas para levantarme. Me meto de nuevo entre las sábanas, pero un cuerpecillo peludo se mueve a mi lado y gime.

—¿Frida? —la llamo y comienza a lamerme la cara.

¡Oh! No puedo abandonarme sin arrastrarla a ella conmigo, pobrecita, no se lo merece. Al final va a ser ella la que me está salvando a mí.

Me apresuro a encender la luz porque estamos a oscuras y veo que me mira con cara de pena, o eso me parece a mí.

—¿Quieres salir a la calle, amiga?

Se levanta de la cama para saltar al suelo y comienza a danzar a mi alrededor llena de emoción. Miro el móvil para comprobar cuánto tiempo ha transcurrido desde que decidí meterme en la cueva. Son las ocho de la tarde. Han sido casi dos días.

Me pongo una cazadora vaquera encima del pijama de borreguito de Minnie Mouse que llevo puesto y las deportivas. Cojo las llaves, el móvil y ato a Frida con la correa. Salimos de casa, bajamos en el ascensor y vamos a la calle. En cuanto pisamos la plaza, miles de recuerdos se apoderan de mí. El primer día que llegué a Madrid.

La ilusión con la que caminaba medio cantando al ir al trabajo. Cuando Joel vino a buscarme. Cuando Joel me montó en su moto. Cuando Joel y yo bailamos bajo la lluvia…

Madrid es Joel.

Madrid es tristeza.

Madrid ha podido conmigo.

¿Y si vuelvo a casa? Al menos durante un tiempo. El necesario para poder meterme en la cama y regocijarme en la desgracia sin tener que estar pendiente de Frida. Mi madre la cuidaría bien mientras yo muero en vida.

La gente pasa muy arreglada a mi lado, pues Santa Ana es un lugar de encuentro para salir a tomar cañas y cenar. Tengo la sensación de que todos me observan, pero me da igual. Saco el móvil para disimular mientras Frida se vuelve loca oliendo todo a su paso.

Abro las conversaciones de WhatsApp y entonces recuerdo que Fabio me había mandado un mensaje cuando estábamos en el *camping*. Al ir a abrirlo me sorprende que la conversación figure como ya leída…

¡Mierda!

Un fuerte escalofrío me recorre el cuerpo al caer en la cuenta de que debió de ser Joel. Me apresuro a comprobar qué me escribió el gañán de Fabio. Según lo voy leyendo y viendo las fotos y vídeos que mandó, me pongo peor.

No puede ser.

Es imposible.

Las piernas comienzan a temblarme. Me estoy mareando. Necesito subir a casa de inmediato. Siento que me voy a desmayar. Estoy muy débil. Veo todo borroso. Decido mandar un mensaje a las chicas antes de perder el control:

> Ayuda.

Todo se torna negro.

45

El amor es una serpiente
que va cambiando de piel

Al abrir los ojos veo a mis dos amigas abanicándome con el horror reflejado en sus rostros.

—¡Joder, Sara! —exclama Sole mientras me abraza con fuerza—. Qué miedo he pasado. —Rompe a llorar y consigue asustarme.

—¿Qué ha ocurrido? —balbuceo confusa.

—No. Antes de nada, bebe. —Nuria me pasa un vaso de agua. Observo por su expresión que también ha estado llorando—. ¡Y come!

Rechazo el trozo de chocolate que me está metiendo a la fuerza en la boca porque me entra una arcada.

—Tienes que comer, Sara, por favor —insiste Sole.

Cojo el trocito de chocolate sin ganas y me lo vuelvo a meter en la boca. En cuanto siento el azúcar en la lengua es como si hubiese tocado el botón de encendido, mi cuerpo se reactiva de manera inexplicable. Le arranco la tableta de la mano y me la zampo de dos mordiscos.

—¡Oye! ¡Loca! A ver si ahora te va a dar una subida de azúcar —me regaña Nuria.

Observo que las dos llevan pijamas puestos, míos, por cierto, y que yo estoy metida en mi cama.

—¿Cuánto tiempo lleváis aquí? —les pregunto.

—Unas cuatro horas. Ha venido una ambulancia. Te han hecho un reconocimiento y nos han dicho que solo estabas deshidratada. Pero no había manera de despertarte, así que ya estábamos cagadas de miedo —me explica Sole con cariño.

—Sara, ¿qué te ha pasado? —indaga Nuria preocupada.

—No lo recuerdo. Estaba en la plaza paseando a Frida y... ¡¿Y Frida?!

—Tranquila, está roncando en el sofá después de comerse un plato entero de macarrones con tomate —contesta Sole.

Una sonrisa melancólica se asoma a mis labios por imaginar lo que diría Joel al respecto.

—Estaría muerta de hambre, mi chica. Soy una mala madre —me lamento.

—¡Sara! ¡Sigue contando! —me reprende ella.

—No sé qué pasó. Me empecé a marear y os mandé un mensaje. Ni siquiera me dio tiempo a llamaros. ¿Cómo he llegado aquí?

—Tus vecinos te ayudaron —me cuentan.

—¿Mis vecinos?

—Sí, un tal Paco y la mujer.

—¿En serio? —Al final hasta nos hacemos amigos.

—Sí. Por lo visto estaban en el portal cuando te caíste al suelo, te subieron a su casa como pudieron y llamaron al 112, menos mal. Enseguida llegamos nosotras, te trajimos aquí porque Sole tenía llaves y nos hicimos cargo —me cuenta Nuria.

—Por fin cambiaste la cerradura —se alegra Sole.

—¡Menos mal que te quedaste una copia! —exclamo.

—Sara, ¿qué ha pasado con Joel? Cuando nos dijiste que te ibas de vacaciones con él se te veía muy feliz y ahora pareces la hija de la tristeza —investiga Sole.

—Me ha dejado —les suelto sin remilgos.

—¿¡Qué!? —se asombran las dos.

—Pero si la última vez que quedamos para tomar café con vosotros no os podíais despegar, ¡que dabais hasta asco! —rememora Nuria.

—Eso fue antes de esto. —Cojo el móvil y les enseño los mensajes de Fabio. Bueno, más bien su monólogo, porque yo nunca le contesté.

Mis amigas flipan cada vez más a medida que van bajando en la pantalla del móvil. No son capaces de cerrar la boca y abren cada vez más los ojos. Cuando han terminado de verlo todo, no saben qué decir.

—Por eso me desmayé en la plaza —señalo.

—¡Joder! No puedo creer que Fabio y Joel estuviesen liados mientras estaba saliendo contigo —se lamenta Nuria—, debe de haber alguna explicación.

—Pues los mensajes son muy claritos: «Mira lo que hacemos tu novio y yo mientras tú duermes» —lee Sole en voz alta.

—¡Gracias por tu ayuda, idiota! —le reprocha Nuria.

Yo niego con la cabeza. No tiene tacto.

—Lo peor no son todos esos vídeos porno, ni siquiera que hayan estado juntos mientras estaba conmigo —lamento—, lo peor es que Joel vio antes que yo esos wasaps y creo que por eso me dejó. No tuvo el valor suficiente de confesármelo y se adelantó a los acontecimientos.

—¿Qué? No lo entiendo —se queja Sole—. Si tú acabas de ver los wasaps ahora, ¿cuándo los ha visto Joel?

—Fabio me escribió hace unos días, mientras estábamos en el *camping*, pero no le di importancia, ni siquiera abrí sus mensajes. Entonces, hoy, al ir a mirarlos, me he dado cuenta de que estaban leídos desde el momento en que los mandó. O sea, que deduzco que Joel debió de leerlos sin que me diese cuenta —les explico.

—¡Eso está muy mal! No se leen las conversaciones de los demás —se queja Sole.

—Lo sé. Pero lo hizo. —Me encojo de hombros—. Siento que se han estado riendo de mí todo el tiempo. —Intento en vano que las lágrimas no vuelvan a mis ojos.

—No digas eso, Sara, debe de haber una explicación lógica para todo esto. De ser así, Joel podría haberlo borrado. Puede que Joel no sepa si le gustan más los hombres que las mujeres, o viceversa; ni siquiera sabrá si es bisexual, pero, si de algo estoy segura, es de que te quiere —me anima Nuria.

—Si me quisiera no me habría ocultado algo así, Nuri. La base de una relación es la sinceridad y la confianza. Mirad lo que dice Fabio, ellos ya se conocían cuando yo llegué a Madrid. Fabio no estaba en Ávila por casualidad el día que le conocimos y me dio su tarjeta. Vino a casa de mi tía a propósito. Trató de seducirme para dar en las narices a Joel. No sé cómo no me di cuenta antes. Desde el primer minuto se cayeron mal. Joel no podía ni verle y ese comportamiento era muy extraño en él. Ahora que lo sé, cuadra todo mucho mejor. Ya entiendo por qué no quería que me liase con él. ¡Porque eran amantes!

—Joder, chicas. ¡Qué asco de hombres! —exclama Sole indignada—. No se salva ni uno.

—No sé qué me duele más de todo esto. No asimilo lo que está pasando. Mi cabeza va a explotar. Es como si fuese una pesadilla de la que estoy segura que voy a despertar y por eso no puedo terminar de creerlo —les explico antes de romper a llorar sin filtro.

Ellas me abrazan, cada una por un sitio y como pueden, para tratar de consolarme.

—Cariño, lo que tienes que hacer es pasar página. No te merecen. Ninguno. Pero ni siquiera como amiga. Alguien que de verdad te quiere no te haría eso. Por mucho que te duela, tienes que alejarte. —Me acuna Nuria entre sus brazos—. Y si hay una explicación, el tiempo encontrará la forma de hacértela saber. Pero ahora debes cuidar de ti.

—Nuria tiene razón. Voy a mandar un *mail* a mi jefa para pedirme unos días. No podemos dejarte sola —afirma Sole—, como que me llamo Soledad Jiménez Cruz que sales de esta con una enorme sonrisa. —Me besa en la mejilla.

—Sara, vales mucho, no vamos a permitir que lo dudes porque dos desgraciados se hayan portado como unos cabrones contigo. Tú no tienes la culpa. No has hecho nada malo. Eres un daño colateral de su relación tóxica. ¿De acuerdo? —dice Nuria.

Me separo de ellas un momento para mirarlas con devoción.

—Os quiero, chicas.

—¡Ay, y nosotras a ti! —gorjean ellas con pena.

Y así es como nos pasamos una semana entera las tres metidas en casa, bueno, con Frida, las cuatro. Comiendo chocolate, helado y todo tipo de hidratos de carbono. Bebiendo vino. Viendo películas tristes. Llorando. Riendo. En definitiva, curando un corazón herido de muerte.

Cada noche, al ir a dormir, miro en el móvil para comprobar si tengo alguna llamada o algún wasap de él, pero nada. Cada vez que miro la pantalla veo lo último que me escribió: *No me olvides*.

Pero tengo que hacerlo si quiero seguir viva.

Lo siento, Joel. He de olvidarte.

Joel

Me odiaba por no haber sido capaz de tocar el timbre de su puerta cada una de las miles de veces que me acerqué a su casa para hacerlo. Pero cuando alargaba el brazo para llamar, la imaginaba caminando descalza por el pasillo para venir a abrirme y salía corriendo en la dirección opuesta. Tenía pánico a su rechazo.

Me odiaba por soñar tantas veces nuestro reencuentro y no ser capaz de hacerlo realidad. Lo imaginé de tantas maneras que dejé de distinguir la realidad de la ficción. Cada una de las veces era mejor, o peor, según se mirase, dependía de mi estado de ánimo, pero siempre era injusto para alguno.

Me odiaba porque había añorado durante tanto tiempo su olor, ese olor tan dulce, tan suyo, tan nuestro, que había olvidado a qué olía yo cuando estaba cerca de mí, solo recuerdo que la mayoría del tiempo olía a felicidad, a risas y a hogar. Y yo a nada.

Me odiaba porque la parte más bella de mí era suya. La parte más valiente no era más que una cobarde por no haber sido capaz de ir a buscarla para gritarle el amor que sentía por ella. Un amor que me desgarraba el alma día y noche.

Me odiaba por odiarla. Por echarle una culpa que solo yo tenía. Por no haber sabido ver que esa carga que pesaba demasiado sobre mis hombros me consumía cada vez más y por negarlo todo, a pesar de que veía en sus ojos tristes que sabía que mentía.

Me odiaba por morder sus labios con demasiada fuerza debido a mi rabia, por asfixiar sus sueños de un futuro juntos, por partirla en dos con mi silencio; me odiaba por no haber sido capaz de cuidar su amor, que era lo único que me mantenía a flote en un océano de sufrimiento.

Me odiaba por amarla más que a mí mismo. Porque cuando se fue ni siquiera me quedé yo.

Pero todo eso está cambiando gracias a la terapia, que me ha enseñado a verme a través de los ojos con que ella me miraba. Cada día me odio un poco menos. Y así podré amarla bonito, como ella se merece, aunque no pueda ser como pareja.

46

Me veo brillar en tus ojos

Pasan los días y trato de volver a ser yo misma, pero me cuesta mucho porque cada paso que doy me recuerda a él y es un paso en falso que me hace volver a la casilla de salida. No dejo de dar vueltas a las mismas cosas una y otra vez, en bucle, sin sacar nada en claro.

Casi todo el daño nos lo causan los pensamientos. La mayoría de las veces es la manera en que vemos el problema y no el problema en sí mismo lo que nos hace daño. Puedes arreglar el problema arreglando tus pensamientos porque los problemas se alimentan de pensamientos. Por eso me obligo a pensar que yo no merezco lo que me ha ocurrido y que no podría haber hecho nada para evitarlo. Debo tomarlo como una lección de vida y aprender de ello. Sacar lo positivo. Pero ¿qué hay de positivo en que te rompan el corazón?

Me viene continuamente a la cabeza una cosa que me repetía mi padre desde que era niña y que hasta ahora no había cobrado un valor significativo: «No te fíes de las palabras de alguien si sus acciones no coinciden. Sus palabras te dirán lo que quiere que pienses. Sin embargo, sus acciones te dirán lo que realmente es».

Si he llegado a alguna conclusión es que evitar la vulnerabilidad ante otra persona es una manera de autodefensa inútil, porque sin abrirse y sin mostrarse vulnerable, no se tiene intimidad ni confianza y, a la larga, solo te haces daño a ti mismo. Yo me he abierto y él no. Fin de la historia. No debo torturarme más.

Me tengo que aferrar a algo que no sea Joel. Necesito sacar su olor de mí. Su forma de mirarme. Su voz. Su tacto. Sus caricias. Sus besos. Todavía no he aprendido a ser sin él a mi lado.

Lo fácil sería rendirme y volver a Ávila, a meterme bajo las faldas de mi familia, pero he de seguir luchando por mi sueño de ser una mujer independiente. Y hay algo que creo que me va a ayudar mucho: el nuevo enfoque que pretendo darle al *podcast*. Nuria me ha aconsejado que lo haga sin pedir permiso y que, dependiendo del resultado, los jefes le darán el visto bueno o no. Ya no habrá distorsionadores de voz, ni trampa ni cartón.

Me he apegado a una misión. Quiero volcar mis energías en ayudar a los demás. Resulta curioso, pero cuando encuentras tu lugar en el mundo es como si cada minuto de tu vida te hubiese llevado hasta ahí. Y yo siento que este es mi momento. Aquí es donde debía estar. Ayudando al prójimo cuando nadie puede ayudarme a mí. ¿No resulta irónico?

Joel (la despedida)

El día que Sara se marchó, toqué fondo. Había estado muchas veces sumido en la oscuridad, pero nada comparado con lo que sentí cuando se cerró la puerta a su espalda. Me negaba a aceptar que había salido de mi vida para siempre y, en un momento de lucidez dentro de mi tormenta, decidí mandarle un mensaje como si de una señal divina se tratase. Si me contestaba, no lo haría y si no, mis últimas palabras serían mi despedida de ella.

«No me olvides, Pecas».

Nunca me contestó. Lo vi como una clara señal del destino. Había llegado mi final. Tenía tal dependencia de ella que no le encontraba sentido a una vida en la que no estuviese, y al mismo tiempo me esforzaba por alejarla de mí. No hallaba la salida y entonces me tomé todas las pastillas que encontré por casa. Me negaba a soportar más dolor. No podía. Me rendí.

Y todo a mi alrededor desapareció.

47

Podcast

—¡Hola, Madrid!

»¿Qué es el amor? ¿Cómo se mide el amor? ¿Cuánto dura el amor?

»Si alguien puede contestar a estas preguntas, le compadezco, porque entonces no sabe lo que es amar y mucho menos que le amen.

»Yo vine a Madrid buscando el amor, o bueno, más bien persiguiéndolo, pues tenía muy claro que mi amor era Joel. Por fin puedo pronunciar su nombre en público porque ya me da igual que lo sepa el mundo. Ya nada importa.

»Lo que no sabía es que ya tenía el amor sin necesidad de venir a buscarlo.

»El amor es el lugar donde soy siempre yo, sin necesidad de disfraces ni corazas. También es aquel que te permite distanciarte sin pedir explicaciones, concediéndote tu tiempo y tu espacio. Un sentimiento que no es posesivo, sino apasionado.

»El amor es aprender mis gustos y aun así tratar de que me gusten los tuyos. Es quererme a pesar de mis problemas y mis inseguridades, más bien es destruir esas inseguridades para convertirlas en fortalezas. Es un hombro sobre el que llorar y unos labios junto a los que reír. Pero también es el lugar donde buscar la calma. El hogar.

»La pasión suele confundirse con el amor, pero no lo es. El amor es la pasión llevada al extremo, porque la pasión también se encuentra en compartir aficiones, conversaciones y muchos momentos. Momentos que el amor hace especiales. Inolvidables.

»El amor no entiende de miedos ni desconfianzas. No sabe ser ciego, sordo ni mudo. No estorba ni incomoda. Solo aporta. El amor son hechos y no palabras. Es demostrar. Son besos, abrazos y caricias. Es apoyo. Es luz. Es compartir. Es complicidad. Es sufrir como propio el problema del otro y sentir el mayor júbilo con sus alegrías.

»Amor es dejar su vida si lo necesitas. Es no sentirse nunca solo. Compartir sueños y esperanzas. Que crea que seré capaz de todo y me anime a volar. Aprender juntos a ser mejores. Enseñarme a amarme a mí misma. Risas, carcajadas y bailes. Muchos bailes.

»Y no me había dado cuenta de que el amor verdadero, este del que os hablo, no solo se disfraza de pareja. No. El amor también tiene forma de amigas. La pena es que no solemos darle a este tipo de amor el lugar que se merece.

»Necesitamos que nos ocurra algo realmente terrible para abrir los ojos y ver que esa amiga que siempre ha estado a tu lado de manera incondicional te quiere como nadie te ha querido nunca. Esa persona que siempre ha tenido tiempo para ti y tus movidas. La que escucha tus audiodramas de cinco horas por wasap cada día y encima te contesta a cada uno de ellos. La que te aconseja de corazón, sin intereses creados. La que te saca a rastras de la cama en un mal día. La que conoce todas tus miserias y aun así te quiere. La que se acuesta contigo cuando te sientes sola o la que te regala una cerradura para que eches a los okupas de tu casa.

»Yo tengo la suerte de tener dos ángeles de la guarda a mi lado. Gracias a ellas estoy aquí grabando estas palabras. Cuando ni siquiera tenía fuerzas para respirar, ellas me han recogido del suelo y han conseguido que vuele.

»Por eso me he querido replantear el propósito de este podcast. Este programa nació con el nombre *En busca de mi tornillo perdido* porque me propuse encontrar a mi media naranja. Siento deciros que ese plan me ha salido rana, por cierto. Estoy harta de buscar fuera lo que no tengo dentro. Por eso necesito estar sola. Quiero aprender a quererme y a respetarme más que a nadie, y después ya se verá.

El nuevo nombre que he pensado para el podcast es *Todavía siempre*. Son dos palabras que representan mucho para mí porque me las enseñó una pequeña amiga y porque juntas adquieren un significado sagrado: esperanza. Algo que yo nunca perderé. Me parece un bonito homenaje.

»Por último, me gustaría contaros que ya no tengo miedo. He aprendido que lo desconocido no da tanto vértigo cuando tienes a alguien que te ama cerca. Y yo las tengo a ellas. Me he dado cuenta de que mis amigas estarán siempre en mi camino hacia la felicidad, cogiendo mi mano y ayudándome a levantarme cada vez que me caiga. Y yo a ellas, por supuesto. Así nuestro viaje será más divertido, de eso no me cabe la menor duda.

»Espero que vosotros también me consideréis vuestra amiga y confiéis en mí para contarme vuestros problemas y que, entre todos, tratemos de solucionarlos. ¿Qué os parece la idea?

»¡Os leo!

No tardan en llegar cientos de comentarios de ánimo, también sobre el nombre nuevo del *podcast*, sobre las amigas, experiencias vividas, preguntas, anécdotas graciosas, frases memorables, más preguntas...

Juanjo nos informa a Nuria y a mí de que he batido récord de audiencia en menos de una hora y está súper contento.

Todavía siempre ya es una realidad.

48

Olvidar

«No me olvides, Pecas».

Esa maldita frase resonó en mi cabeza durante un año entero. A cada minuto. Resonó en mi corazón con cada pálpito. Nunca se fue de mí ni un solo segundo. Por más que me obligase.

Lo más complicado de olvidar a alguien es aprender a olvidarlo. No se puede desterrar algo que no aceptas, y es muy jodido aceptar aquello que no quieres que se acabe, algo que te persigue día y noche.

Cuanto más te resistes a aceptar algo, más grande se hace su recuerdo y más tiempo tardarás en olvidarlo. Lo más difícil es que no depende de ti que las personas elijan ser recuerdo o realidad en tu vida.

Pero si no lo olvidas, acabarás perdiéndote tú, y recuerda que tu mundo solo debe girar en torno a ti. Si conviertes a alguien en el motivo de tu felicidad, cuando se vaya, se la llevará consigo.

Nuria y Sole me preguntaron varias veces por él, por lo visto nadie había vuelto a verlo, ni siquiera en el hospital. Pero me obligué a no investigar más. Lo necesitaba.

Un año.

Tan solo cinco letras.

Una vida.

Joel (último día de terapia)

Tras un año ingresado en una clínica de Barcelona especializada en depresión profunda, ansiedad y miedos paranoides, por fin puedo afirmar que estoy curado. Bueno, o mejor aún, como dice mi terapeuta: «Vamos por el buen camino», porque ninguna mente está sana del todo nunca.

Después de tomarme todas las pastillas del mundo, me contaron que una vecina llamó a la policía al escuchar varios golpes en mi casa. Cuando me encontraron, estaba inconsciente y me ingresaron de urgencia. Una vez recuperado, decidieron mandarme a Barcelona.

Al principio fue un infierno. La terapeuta solo me veía una vez al mes y el resto del tiempo tomaba ansiolíticos. Asistía a sesiones con psiquiatras e infinitas terapias en grupo. Todo era horrible, por no mencionar la de veces que intenté escaparme y me tuvieron que encerrar en mi cuarto para aislarme del mundo y evitar que me lesionara.

Pero, poco a poco, me fui sintiendo mejor y vi la luz. Gracias a la meditación dejé las pastillas y a día de hoy puedo asegurar que soy otra persona.

Recuerdo que lo primero que me preguntó la terapeuta nada más conocerme fue:

—¿Qué le dirías al Joel niño si pudieras hablar con él ahora mismo?

La garganta se quedó muda. No fui capaz de contestar.

Al ver mi estado, la doctora me animó a responder cuando estuviese preparado.

Aquella pregunta me desgarró por dentro. Porque, por primera vez en mi vida, miraba a los ojos a aquel niño y trataba de entenderlo. No lo miraba desde el rencor o desde el rechazo. A aquel niño nadie lo quiso. Siempre le había odiado por no hacer antes las cosas, por no haberse defendido o por millones de motivos. Pero nunca me había puesto en su piel. Y en aquel momento, cuando lo vi temblando, quise abrazarlo y protegerlo. Quise decirle que había sido un valiente y que estaba muy orgulloso de él. Pero no pude. Entonces fue cuando me rompí en mil pedazos. Ahí empezó mi terapia. El principio del fin.

No me gustaba que aquel niño me viese como su futuro cuando entré en la clínica porque él tenía todas sus esperanzas puestas en mí y le decepcionaría. Alguien que lo tenía todo para ser feliz, pero que no sabía serlo. Me sentía culpable porque no era justo quejarme después de todo lo que él pasó por mí. No me reconocía en el espejo. No sabía quién era. Me había perdido por el camino.

—Cuando te partes una pierna, vas al médico, ¿no? Entonces, cuando la mente enferma, ¿por qué no la cuidas? Los problemas del pasado te han dejado una herida muy difícil de cicatrizar, Joel, pero no imposible —me dijo mi terapeuta—. Lo importante es que, hasta que no sanes esa herida, no podrás avanzar. Quiero que sepas que será un camino terrible, pero te aseguro que merecerá la pena. ¿Estás dispuesto a recorrerlo?

—Sí —respondí muerto de miedo.

Y firmé el dichoso papel que tantas veces me arrepentí de haber firmado, pero que a día de hoy sé que me salvó de mi peor enemigo: yo mismo.

En este tiempo he aprendido que hay que transitar las emociones y no disfrazarlas porque, si no, a la larga, te harás un daño irreparable. El sufrimiento bien superado libera. Una vez que pasé por el infierno y conseguí perdonar a mi padre, y sobre todo, perdonarme a mí, de corazón, no solo de palabra, logré quererme. Ahora entiendo por qué no podía amar a nadie.

Había aprendido a vivir con esa carga, con esa culpa, con ese odio. Había algo que no me permitía ser feliz. Era una persona que escondía los problemas a los demás y aparentaba estar bien. Siempre me había sentido muy cobarde y lo veía todo negativo, pero ahora algo ha cambiado. Por fin he tomado el timón de mi vida y por fin he encontrado el rumbo. Hoy me siento libre.

La terapeuta me hizo comprender que todos en algún momento de la vida estamos mal y tenemos derecho a estarlo. Hay que afrontarlo y luchar contra ello.

«Queda prohibido rendirse», me repetía a mí mismo cada mañana al despertar.

—Te deseo lo mejor, de todo corazón, Joel —se despide Lourdes estrechando mi mano.

—Gracias, una vez más. Nunca me cansaré de decirlo. A todos. —Unas lagrimillas traicioneras asoman a mis ojos, pero no trato de retenerlas. Ahora sé que mostrar los sentimientos no es algo negativo. Sara quiso enseñarme el camino, pero yo no la seguí.

—Joel. —Me toma del brazo antes de marcharme.

—¿Sí, doctora?

—Creo que se te olvida algo —indica.

—¿Qué? —pregunto intrigado—. He cogido todas mis cosas.

—Se te olvida contestar a la pregunta que te hice cuando entraste: ¿Qué le dirías al Joel niño si pudieras hablar con él ahora mismo?

Sonrío. Ahora no me cuesta responderla porque ya he hecho las paces con ese pequeño. Por eso decido hacerle un gran regalo y no solo hablar con mi pasado.

—Al Joel niño le diría que no tuvo la culpa de nada y que no está solo. Que estoy orgulloso de él. Que el amor no duele. Y, sobre todo, le daría las gracias por darme la oportunidad de seguir vivo. —La doctora se emociona y trata de camuflar sus lágrimas—. Al Joel del presente le diría que dejase de pensar en los demás y que pensara más en sí mismo para poder quererse. Y al Joel del futuro le daría la enhorabuena por haber conseguido ser feliz.

Ella sonríe como nunca la había visto sonreír y me abraza con fuerza, saltándose todos los protocolos.

—¡Estoy tan orgullosa de ti!

—Yo también, doctora. —Hubiese sido impensable pronunciar esta frase hace un año, pero hoy no me cuesta admitir que me quiero y me lo merezco.

Salgo de la clínica en dirección a la estación de tren para volver a Madrid, escuchando en los auriculares del móvil la canción de David Bisbal e India Martínez *Olvidé respirar*, que es lo único que me apetece antes de ver cómo comienza mi nueva vida. Antes de tratar de montar las piezas de este jodido rompecabezas.

49

Todavía siempre

Septiembre. Madrid. Las seis de la tarde.

Voy de vuelta a casa después de haber ido a grabar en el estudio. Camino por una de las calles que dan a la plaza de Santa Ana cuando veo un escaparate lleno de deliciosos pasteles y decido entrar a comprar uno. Estoy tras el mostrador, esperando mi turno, y escucho algo a mi espalda:

—¿Pecas?

Una nimia palabra. Una sola. Y todo cambia.

El mundo comienza a ralentizarse hasta detenerse por completo mientras esa palabra vibra en el aire, resonando en mis oídos como una plegaria, aunque esa sensación dura tan solo un segundo, porque enseguida un terremoto de emociones engulle esa falsa calma en la que me había sumido y me hace caer al vacío.

Me he quedado rígida. Ni siquiera sé si estoy respirando o no.

Joel siempre ha sido mi tormenta perfecta. Una fuerza arrolladora que me subió a lo más alto para después dejarme caer y destrozarme. Me convirtió en mil pedazos de mí misma y todavía, a día de hoy, acabo de darme cuenta de que no he logrado recomponerme.

—Pecas…

Su voz. Su inconfundible olor.

Cierro los ojos. No estoy preparada. Nunca lo estaré.

Pensaba que había pasado página, pero, de pronto, soy consciente de que el mero sonido de su voz consigue que retroceda en el tiempo para volver a verme rota. Así de profunda es la huella que ha dejado en mí.

No puedo moverme por más que lo intento. Me he quedado congelada. Solo siento el corazón, que late desbocado en mi pecho, a punto de desbordarse. Por eso él se encarga de ponerse delante de mí para que lo mire, pero me veo incapaz. Bajo la vista al suelo a toda prisa y trato de girarme para darle la espalda de nuevo, pero me lo impide, agarrándome de la muñeca.

—Lo último que me dijiste es que viniera a buscarte cuando aprendiese a tratarme como me merezco y aquí estoy. No voy a consentir que huyamos más el uno del otro. Ya no tengo miedo —susurra, al tiempo que me levanta la barbilla con uno de sus dedos de una manera muy delicada, como si fuera a romperme.

Entonces lo miro. Impacto brutal. Ahí están esos ojos de nuevo. La única mirada que consigue hacerme estremecer. La única que logra encenderme y volverme loca. Contemplándome como si no hubiese pasado ni un solo segundo desde la última vez que estuvimos juntos. No sé cómo consigo sostenerle la mirada y no caerme al suelo desmayada, porque me tiemblan las piernas y me falta el aire.

No doy crédito a que sea él de verdad. Pero es él. Está aquí. Frente a mí. Inspiro su olor y me recreo sin quererlo en sus rasgos, algo más delgados. Me observa de arriba abajo y una enorme sonrisa se dibuja en su rostro. Yo, sin embargo, me mantengo seria, solo quiero llorar. Porque no puedo alegrarme de verle y saltar a sus brazos como me muero por hacer. Porque él rompió nuestra magia.

—Dijiste que solo podíamos ser amigos. —Reúno las pocas fuerzas que me quedan para añadir—: Los amigos no se miran así.

Noto que algo ha cambiado en él. Sus ojos están… brillantes. Es como si ya no sufriesen. Parecen más claros y limpios. Sin tormentas.

—Nosotros no podremos nunca ser solo amigos —sentencia—. No he podido parar de pensar en ti ni un puto segundo, Sara. Lo que hay entre nosotros no puede ocultarse, por mucho que los dos nos empeñemos. No se puede esconder el sol, por muy larga y oscura que sea la noche.

—Me dejaste sin importarte lo que hacía con todo el amor que sentía por ti. —Intento no llorar.

Él cierra los ojos durante un breve instante y aprieta la mandíbula arrepentido para después cogerme las manos y mirarme fijamente.

—Fui un puto egoísta, pero todo este tiempo me ha servido para darme cuenta de que te amo, Sara, que te amé desde el primer momento en que te vi, de que nunca he sentido algo así por nadie y que nunca más lo sentiré. Mi vida sin ti no tiene sentido. En todos y cada uno de mis sueños de futuro siempre estás tú a mi lado. Perdóname, por favor.

Mi corazón se encoge al volver a escuchar mi nombre entre sus labios, algo que hace tiempo me resultaba tan familiar. Me obligo a recordar todo el daño que me hizo para no caer en la tentación de ser una imbécil que se lanza a sus brazos sin pedir explicaciones. Porque, si algo he aprendido en todo este tiempo, es a quererme a mí misma por encima de todos los demás y hacer eso sería retroceder mil pasos. No. Me niego.

Trato de aparentar absoluta indiferencia, pero una vez más, mis sentimientos me traicionan.

—¡Te odio! —rujo entre dientes, apartando mis manos de las suyas.

Todos los clientes de la pastelería nos observan intrigados, incluidas las dependientas.

—¡Pues yo no hay día que no te quiera, que no te piense o que no te sueñe! Te veo a todas horas, aunque sea en lugares donde no estás. Nunca había escuchado a mi puto corazón entonar melodías hasta que apareciste tú, entonces todas las canciones de amor volvieron a cobrar sentido, Sara.

—¿Ah, sí? Pues mientras tu corazón entona canciones, el mío solo es ceniza. Una parte de mí se fue contigo, Joel, la mejor parte. Ya no soy la misma —susurro rota de dolor, mostrándole mi ropa, ahora de color negro y gris—, ya no hay colores.

Mira hacia el suelo un segundo para retener el dolor que le producen mis palabras y armarse de valor. Cuando vuelve a mirarme está mucho más serio. Está sufriendo por mis palabras. Ver ese dolor en su rostro me duele como cuando acabas de hacerte una herida y no deja de sangrar. No puedo evitarlo. El aire entre nosotros se está haciendo demasiado denso. Él me rompió el corazón sin remordimientos y desapareció de mi vida sin dejar rastro, sin importarle cómo me sintiera. No me llamó ni me escribió.

No contaba con volver a tenerle en mi futuro y ahora me encuentro demasiado desubicada. ¡No puede aparecer de repente como si nada!

Toma aire.

—¿Sabes? Te he visto a lo lejos como si fueras una ninfa que aparece de pronto en medio de un sueño. He venido a la pastelería sin saber muy bien si eras tú. Hasta que no he entrado por esa puerta, no lo tenía claro, pero de repente, me has mirado y me he perdido en tus ojos sin darme cuenta. He descubierto que no quiero verme reflejado en otros ojos, que no deseo otros besos y que no quiero a nadie más a mi lado que no seas tú.

Busco un ápice de duda en su mirada y no lo encuentro. Solo veo determinación. Es un Joel mucho más maduro. El que necesitaba que tomara las riendas hace un año, pero que huyó de mí como un cobarde.

Se moja los labios con la lengua. No puedo evitar pensar que sus ojos son tal y como los recordaba. Sigue siendo el hombre más atractivo que he conocido en mi vida. Pero debo ser fuerte y no dejarme llevar por ese gesto pícaro que tantas veces he dibujado en mi mente. Debo recordarme a mí misma que me pisoteó como a una colilla y que eso solo se hace con alguien que no te importa lo más mínimo.

—Eso no es querer. Tú nunca me quisiste, Joel. No te querías ni a ti mismo y, sumido en el odio hacia tu padre, arrasaste conmigo sin importarte las consecuencias. Y, por si eso fuera poco, te acostabas con Fabio mientras me jurabas amor eterno. Ni siquiera tuviste el valor de confesarme la verdad cuando leíste aquel wasap en el *camping*. Dejaste que me enterase sola. No, eso nunca fue amor. Solo fui un experimento para ti. No te confundas —reniego.

—¿Qué? ¡Todo aquello era mentira! ¡Estuve con él mucho antes de que tú vinieras a Madrid! ¿Cómo puedes haberte creído esa mierda? No te dije nada porque ni siquiera le di importancia —ruge colérico.

Su desconcierto consigue que por un momento me sienta culpable, porque es Joel, joder, el amor de mi vida, pero enseguida acuden a mi mente aquellas palabras punzantes e hirientes, los vídeos porno con Fabio y su mirada vacía al dejarme.

«No me quiere. Solo pretende limpiar su conciencia», me repito.

—Da igual. Ya no me importa —le digo al final muy fría.

Él no se rinde. Se acerca un poco más a mí y consigue que mi cuerpo tiemble por tenerlo tan cerca. Me moriría por sentirlo.

—¿Así quieres que acabemos? ¿No crees que nos merecemos un final feliz? —pregunta dolido.

—Yo sí me lo merezco —le contesto tajante mientras me dirijo a la salida.

—Sara, por favor. Todavía no es demasiado tarde para querernos siempre. ¿Recuerdas? Todavía siempre —suplica con una voz grave.

He imaginado este reencuentro millones de veces y en ninguna ocurría esto. En la mayoría era yo la que imploraba su perdón y él quien me contaba que estaba felizmente casado con un hombre o incluso con otra mujer. Estaba preparada para eso, pero nunca para que volviese declarándose. Él siempre ha sido mi amor platónico y no al revés. Hubo un tiempo en que soñé que me amaba, pero después me conciencié de que solo fue eso, un sueño. Nunca fue real. Solo fue un constante sufrimiento. Un secreto que no pude retener. Un mero espejismo.

—¿No me echas de menos, Pecas? —musita.

—Es la persona que soy contigo a la que echo de menos —miento.

Él pone una mano en mi mejilla. Se queda callado, pero sin dejar de mirarme con reproche. Sabe que estoy cerrada en banda y me conoce, no hay opción a nada. Finge que no ocurrió lo que ocurrió y me está enojando por momentos, porque está desenterrando recuerdos que creía muy ocultos. No puedo permitirme perder el control de mí misma. Me lo debo. Joder.

—Pecas, por favor…

Me aparto de él dando un paso hacia atrás.

—Vete —lo interrumpo.

—¿No podemos…?

—¡Vete! ¡Vete, joder, vete y no vuelvas jamás! —Señalo la puerta con el dedo.

Él aprieta la mandíbula. Sus ojos ahora reflejan algo que no sé descifrar. No quiere dar un escándalo, bueno, más del que ya hemos dado.

—Cuando el amor es verdadero, ninguna armadura lo resiste —ruge—, no cantes victoria, porque no pienso rendirme.

Pasa por mi lado como un vendaval y desaparece.

Me dejo caer en una silla mientras todos me observan. Meto la cabeza entre los brazos sobre la mesa y solo entonces me permito derrumbarme y llorar como hacía tiempo que no lloraba. Porque algo dentro de mí ha vuelto a desgarrarse. ¿Cuántas veces pueden romperte el corazón?

Joel

El primer viaje que realicé cuando me dieron el alta fue a Ávila para ver a mi madre. Era necesario.

—No sabía si darte su carta o no. Ahora, al ver tu rostro desencajado, sé que no debí haberlo hecho. —Mi madre se sentó a mi lado con una taza de chocolate caliente entre las manos.

—Ha sido un hijo de puta hasta su último aliento, no esperaba menos —sentencié mientras le dejaba la carta para que ella también la leyese, pues me la había dado cerrada y desconocía su contenido.

Mientras sus cansados ojos leían las escasas palabras que me había dedicado mi padre antes de morir, aguanté la rabia como pude. Nunca me había mostrado débil delante de mi madre. Tras unos minutos en los que sus ojos se llenaron de lágrimas, rompió el papel en varios trozos y los dejó caer al suelo como si no valiesen nada.

—Hijo —susurró con la voz temblorosa por el llanto—, te lo he dicho demasiadas veces, pero te pido perdón de nuevo.

—Mamá, tú no tienes la culpa. Tú también has sido una víctima. —Traté de no romperme. Lo decía sin comulgar con mis propias palabras, para que ella no se sintiera mal.

—Claro que tengo la culpa. De todo. Antes de quedarme embarazada, me dio el primer guantazo una noche en un bar porque, según él, había tonteado con el camarero. Aquel día debí dejarle y nada del resto habría ocurrido. Siempre he sido una cobarde —se lamentó.

—No has sido cobarde. Estabas ciega de amor —la contradije.

—¿Y después? Cuando ya no había amor, ¿de qué estaba ciega, Joel? —quiso saber en apariencia arrepentida.

Yo miré hacia abajo sin saber qué responderle. Claro que conocía la respuesta, pero ya no serviría de nada contestar a algo que ella también sabía. Había venido a romper el último nudo que me quedaba y para ello tendría que ser el mayor hipócrita.

—No lo sé, mamá. Pero no te tortures más por eso. Ahora está de donde nunca debió salir, en el infierno.

Ella cogió mi mano entre las suyas.

—Podrías haber venido al entierro, cariño, al menos por mí.

Algo en mi estómago se retorció ante la idea de haber ido a despedirle. Lo único que sentía era repulsión hacia él y lo único que hubiese querido era escupir sobre su tumba.

—No…

Me obligué a detenerme porque me había jurado a mí mismo, antes de entrar por la puerta, que me mantendría sereno con ella. Necesitaba enterrar el hacha de guerra con mi pasado para poder vivir en paz.

—Si hubiese podido evitar cada golpe que te dio, lo habría hecho. No te haces una idea de lo que me odio por ello. Cada día pensaba en el suicidio como única forma de evitar esa tortura. Pero no lo hice por no dejarte solo con él. Mi vida ha sido un auténtico calvario, Joel, cada día le rogaba a Dios que se lo llevase. Pero quiero que sepas que, si ha habido algo en el mundo que me haya dado un ápice de felicidad, has sido tú. Tú has sido la única razón por la que hoy sigo estando aquí.

—Mamá —la quise interrumpir, pero no me lo permitió.

—No, por favor, déjame terminar, hijo mío, lo necesito para poder seguir viva. Quiero que sepas que me siento muy orgullosa de lo que eres, del hombre en el que te has convertido, y tú también deberías estar contento. Porque al final él no se salió con la suya. No evitó que fueras feliz. No pudo contigo. Tú has ganado.

¿Que había ganado? ¿Que había ganado? ¿Podía estar escuchando realmente que había ganado? No soportaba aquella mierda ni un segundo más. Que encima tratase el tema como si hubiese merecido la pena todo mi sufrimiento. No pude callarme. Ya no.

Por fin reuní el valor suficiente para poder mirarla a los ojos, hacía muchos años de la última vez, y seguramente lo que vio en ellos no le gustó.

—No se trata de quién gane o pierda, mamá, no lo entiendes. Nunca has entendido nada. Mi vida ha sido una partida de ajedrez en la que solo había un puto jugador. Tú y yo éramos piezas de adorno que ponía y quitaba en el tablero a su antojo. Yo necesitaba a alguien que me quisiera. Era un niño que deseaba cariño. Anhelaba tener unos padres que me quisieran y protegieran, no que me mataran a golpes. Y, escúchame bien, los golpes no solo se dan con un palo, los golpes no solo son físicos. Hace muchos años que comprendí que él jamás iba a aceptarme y que nunca me quiso. Pero tú… —se me quebró la voz—, tú no hiciste nada por evitarlo. Y no sé si los golpes que recibía por tu indiferencia eran peores de soportar que los de él.

Abrió los ojos, horrorizada por mis palabras.

—Hijo, no seas cruel, yo también me llevé muchas de las palizas que iban destinadas a ti. —Rompió a llorar.

—¡Del hombre que tú elegiste tener en tu vida! —reniego lleno de ira—. Yo no escogí tener a ese malnacido como padre.

—¿Estás diciendo que te dolió más que yo no hiciera nada que lo que él te hizo?

—No me refiero a eso, mamá. No es una competición para ver qué duele más. Son dolores distintos. El dolor físico se cura con el tiempo. Lo que no se cura nunca es darse cuenta de que la persona que más me debía querer en el mundo, la que me dio la vida, mi propia madre, miraba hacia otro lado mientras un monstruo me hacía de todo. Eso jamás podré superarlo y por eso nunca te perdonaré.

—¡Joel, no seas injusto! ¿Qué iba a hacer yo? ¿Dónde iba a ir? Hace años no estaba bien visto ser una mujer maltratada. Yo no tenía dinero, ni trabajo, yo…

—Yo. Yo. Yo… —la interrumpí—, solo escucho «yo». Si hubieras sido una buena madre, una madre con mayúsculas, habrías cogido a tu hijo y te lo habrías llevado al otro lado del puto mundo. Da igual. Donde fuera, con tal de que ese bastardo no me volviese a tocar. Incluso debajo de un puente habría estado mejor que soportando las vejaciones que aguanté durante toda mi infancia. Pero era mejor hacer la vista gorda, fingir que no pasaba nada y que los vecinos y amigos siguieran viéndote vestida de Dior, ¿no?

Ella no daba crédito a todas las cosas que le estaba soltando, pero era una herida que tenía abierta desde hacía demasiados años. Una herida que trataba de tapar siempre con tiritas minúsculas y que no dejaba de sangrar.

—Tus palabras me rompen el corazón —sollozó destrozada.

—A mí me lo rompieron tus actos hace muchos años —rugí tajante mientras me ponía en pie—. Este hombre del que afirmas sentirte tan orgullosa no es más que otro monstruo como el que tenías por marido.

—¡No! ¡Eso sí que no! ¡Tú no eres como él! —gritó con todas sus fuerzas.

—¿Ah, no? ¡Y qué sabrás tú! Cada día me obligo a no ser un maldito hijo de puta como él. Cada día tiemblo por el miedo que me produce sentir algo por alguien. No hay momento en el que no me recuerde que no merezco ser amado. Tengo fobia a perder a mis seres queridos. Me desgarra el alma odiar mi reflejo en el espejo cada día. ¿Sabes cuántas veces me he querido suicidar, mamá? ¡Cada día! —Se me quebró la voz—. Pero no pienso permitir que se salga con la suya. ¡Nunca se lo he permitido y no se lo permitiré! Siento no ser capaz de perdonar a la cómplice del hombre que me destrozó la vida. Quizá Dios lo haga cuando vayas a ese cielo del que tanto hablabas siempre —me mofé de sus creencias y ella soltó un suspiro.

—Le pedía a Dios cada día que se lo llevase, pero hizo algo mejor: te dio fuerza para denunciarle y que nos dejase tranquilos. En la cárcel le dieron su merecido, hijo. Todo llega. El hombre que salió de prisión no era ni la sombra del que entró. Nunca más volvió a levantarme ni siquiera la voz.

—Todo aquello también debiste hacerlo tú. ¡Aquel día casi muero desangrado! Si no hubiera sido por Sara…

—¡No me lo recuerdes!

Y así era como mi madre solucionaba todo. Ocultándolo debajo del felpudo. No iba a cambiar nada por mucho que tratase de hablar con ella. Era una batalla perdida. Pero perdida por su parte, no por la mía. Hacía años que había perdido a su hijo de la peor manera, muerto en vida.

Me dirigí a la puerta de salida. Ella no se puso en pie para despedirme. Siguió llorando desconsolada en el sofá, esperando a que una vez más fuese a reconfortar a mi pobre madre herida. Pero ya no volvería a anteponer el sufrimiento de nadie al mío. Nunca.

—Adiós, mamá. Supongo que ya nos veremos.

—Joel… por favor…

Salí por la puerta del que un día fue mi hogar sin mirar atrás. Me marché del mayor infierno que he conocido. Salí de allí esperando pisar por última vez aquel suelo maldito. A sabiendas de que el mundo sería mejor sin él y mi vida sin ella. Por primera vez dormiría tranquilo; pues aquel desgraciado no iba a aparecer en mi cuarto de madrugada. Por primera vez podría dejar de estar alerta. Por primera vez me sentí en paz conmigo mismo.

Y con una enorme sonrisa abandoné los desgarradores recuerdos de mi infancia, jurándome que los dejaría allí, enterrados de una vez por todas. Me había enfrentado a ellos en lugar de rodearlos y eso me hacía sentir fuerte. En aquel momento y por primera vez, estaba orgulloso de mí mismo y al fin preparado para continuar con mi vida y ganar la guerra: empezar de cero para poder ser feliz. Por primera vez creía merecerlo. Por fin.

50

El infierno es el hielo en el corazón

En cuanto llego a casa, suelto el bolso en el recibidor, saludo a Frida y corro a llamar a las chicas por videollamada.

Sole aparece en el gimnasio dando pedales sobre la bici elíptica y Nuria está en Mercadona comprando.

—¿Qué quieres, pedorra? —responde Nuria.

—¡No os vais a creer lo que me acaba de pasar! —grito mientras me dejo caer en el sofá para tumbarme bocarriba.

—A juzgar por esa sonrisa que tienes, ¡has follado con alguien! —bromea Sole.

—Sí, pues como no sea con su consolador… —se mofa Nuria, poniendo los ojos en blanco mientras una señora mayor que pasa por su lado la mira con cara de asco—. ¡No me mire así, señora, que con esos apartitos se quitan las arrugas, debería probarlo! —le recrimina a la cotilla, que sale espantada del plano.

—¡Qué sutil, eres! —Me parto de risa.

—No empieces a hacer quiebros, Sara, que tengo que entrar en clase de yoga dentro de cinco minutos. ¿Qué te pasa? —insiste Sole.

—¡ACABO DE ENCONTRARME CON JOEL! —grito.

Ellas dos abren los ojos como platos y hablan a la vez. No entiendo nada. Solo escucho una mezcla entre «¿Cómo? ¿Cuándo? ¿Qué te ha dicho? ¿Qué has hecho? ¿Cómo estás…?».

—¡Me ha dicho que quiere volver conmigo!

Hasta ahora mismo no he sido consciente de que no puedo

parar de reír como una idiota. Es absurdo negarlo. Sigo estando enamorada de él. Por mucho daño que me haya hecho, he sentido lo mismo que antes, incluso más fuerte.

—Sara, te ha costado mucho estar bien —protesta Sole.

—No quiero juzgarte, Sara, es tu vida, pero ¿te lo has pensado bien?

Entiendo que a mis amigas les dé pánico que retroceda un año y vuelva a sufrir, entre otras cosas porque han sido ellas las que se han comido mis noches en vela, mis llantos, mis lamentaciones y mi depresión.

—Chicas, con vosotras no quiero fingir. Me he puesto muy nerviosa y he sentido en el estómago las mariposas que creí que nunca volvería a sentir… pero él nunca lo sabrá. He de seguir con mi vida y no tiene lugar en ella.

Mis amigas miran la pantalla del móvil como si hubiese un perro verde al otro lado.

—Sara —me increpa Nuria—, ¿y por qué cuando hablas de seguir con tu vida se te pone la cara de acelga podrida que tienes desde hace un año?

—¡No me lo pongas tan difícil! —me quejo.

—La única que se lo pone difícil eres tú, nena —me contradice Sole—. Cuando nos has contado que le has visto, te brillaban los ojos. Y después se te han apagado. ¡Ahí tienes la respuesta, joder!

—Pero no sería justo para vosotras, después de lo que habéis aguantado, que volviese a tropezar en la misma piedra.

—¡¿Eres tonta?! —exclaman ambas.

—Nosotras solo queremos que seas feliz, Sara. Y si para ello tienes que tropezar veinte veces con la misma piedra, allí estaremos para ayudarte a levantarte todas ellas —defiende Nuria.

—Lo que no te perdonaríamos es que no lo intentases con Joel por miedo a sufrir de nuevo si es lo que realmente te dicta tu corazón. Porque justamente eso es lo que le criticaste a él. Tú eres mucho más noble con tus sentimientos, Sara, y por eso te admiro tanto —me anima Sole.

Siento las lágrimas resbalar por mis mejillas.

—Estoy hecha un mar de dudas —confieso—. Por un lado, quiero ser fuerte y no volver atrás. Pero, por el otro… lo sigo queriendo.

¿Lo acabo de decir en voz alta?

Ellas aplauden emocionadas y se ríen.

—¡Yo mataría por una historia así! —canturrea Sole.

—No seas tonta, Sara. Hazlo.

—¡En cuanto salga del gimnasio, vamos a tu casa y cenando nos lo cuentas todo con pelos y señales! —organiza Sole—. ¿Puedes, Nuri?

—¡Claro! ¡Yo llevo el vino!

Nos despedimos y quedamos a las nueve en casa.

Mientras preparo la cena no puedo evitar ir por la casa flotando y soy incapaz de borrar de mi rostro esta sonrisa tonta que se me ha tatuado en la boca. Solo me falta que salgan corazones de los ojos, aunque tampoco lo descartaría.

No obstante, una pequeña vocecilla en mi interior me advierte de que ande con pies de plomo, porque la herida todavía no ha sanado del todo y no va a olvidar tan fácilmente el daño que me hizo.

¡Por Dios, Joel! ¿Qué me has hecho?

Al día siguiente me levanto temprano para ir al estudio a grabar el programa. Como me voy a ir unos días de vacaciones, he quedado con Juanjo en que esta semana haremos los cuatro programas del mes y así los emitirán como si estuviera yo.

La resaca de anoche me ha producido un fuerte dolor de cabeza. Sole, Nuria y yo nos bebimos unas cuantas botellas de vino y así acabamos, confesándonos nuestros secretos más íntimos. Nada que no supiéramos ya. Básicamente, Sole se va a ir a vivir con Alejandro porque ya ha asumido que es su novia y a Nuria le encantaría volver a ver a su amor lésbico.

Me he puesto un vestido amarillo muy corto con un flamenco fucsia en la parte delantera y unas deportivas azul eléctrico. Hacía siglos que no me ponía mi ropa de colores y ahora me siento entera de nuevo. Una de las cosas que más me gusta de ir a grabar el *podcast* es que me visto como quiero y nadie me mira mal.

Al llegar al estudio, saludo a todos los del equipo y ellos me devuelven el saludo, como siempre. Hoy es uno de mis días favoritos porque toca grabar preguntas de los oyentes y es cuando más interactúo con ellos.

La verdad es que el *podcast* se ha convertido en mi terapia, pues ya nada tiene que ver con la locura del principio. Hoy en día parece más una charla entre amigas que otra cosa. No es un *podcast* sentimental, tampoco de salud ni de belleza… Yo diría que se trata de una bonita manera de que las personas se preocupen por los demás.

Hay un día que viene un famoso de visita a hacer una entrevista. Otro que llaman los oyentes por teléfono. Otro que proponemos un tema y lo comentan… Lo que se nos va ocurriendo. Lo principal es que entre todos tratamos siempre de ayudar. A mí me salvó en mis peores momentos y sé que a mucha gente también. Por eso ha crecido tanto la audiencia. Todo gracias a la familia que me sigue al otro lado. Pues, sin sus historias, su cariño y su apoyo, yo no sería nada.

Una vez que me he sentado y tengo puestos los auriculares, el micrófono colocado, etcétera, la luz de *On air* se enciende en la cabina de dirección. Suena la música del programa y hago la intro, saludando a todos, como siempre.

Mi compañero me pasa la primera llamada. Se trata de una chica con pánico escénico y tiene mañana un examen oral. Enseguida comienzan a llegar los primeros comentarios y se los voy leyendo mientras ella, a su vez, responde. Tras un buen rato, creo que le damos un buen *coaching* de seguridad en sí misma y confío en que mañana hará bien el examen. La animo a que nos lo cuente y nos despedimos.

La segunda llamada no tarda en entrar.

—¡Hola! ¿Con quién hablo? —saludo con mi voz de *super friends forever*.

Nadie responde al otro lado.

—¿Hola? ¿Hay alguien? Esto lo cortas luego, Luis —le indico al técnico de sonido, que me hace una señal para que me calle.

—¿Sara? ¿Eres tú? —pregunta una vocecilla.

De repente, me quedo paralizada porque me ha recordado a Jimena, pero no es posible, por eso me obligo a reaccionar.

—Sí, soy yo. ¿Y tú? ¿Quién eres? —investigo intrigada.

Mis oyentes suelen ser mujeres y mayores de edad, pues los temas que solemos tratar son muy escabrosos. No se lo recomendaría a un menor, la verdad.

—Soy Víctor, ¿te acuerdas de mí?

Sin poder evitarlo, las lágrimas asoman a mis ojos al recordar aquella preciosa y tierna escena que me regaló la vida, o Joel, según se mire. Una enorme sonrisa se apodera de mis labios por saber que está bien.

—¿Cómo iba a olvidarte, Víctor, cariño? ¡Si eres el mejor novio que ha habido nunca! ¿Cómo estás, pequeñajo? —Me ha cambiado hasta la voz.

—Bueno. Sigo triste. Ya sabes.

—La echas de menos, supongo.

Ahora mismo me da igual si nos están grabando o no porque esta conversación me sale del alma. La necesito.

—La echo mucho de menos. Sí.

—Pero sabes que le prometimos acordarnos de ella cada día, como dicen en la peli de *Coco*, ¿recuerdas? Así vivirá para siempre.

—No quiero llorar.

—Sí. Todos los días me acuerdo de ella. Se lo prometí. —Su vocecilla se quiebra.

—Yo también, mi niño. Yo también.

Permanecemos un momento en silencio.

—Pero ahora también estoy triste por otra cosa, Sara, y por eso te he llamado.

—¿No me digas que estás malito? —me asusto.

No podría aguantar otra pérdida. No. Por favor. El pánico que me invade mientras aguardo la respuesta es terrible.

—No. No es eso.

—¡Gracias a Dios! —exclamo soltando un suspiro de alivio.

—Llamo para pedirte un favor, Sara.

—¡Claro que sí, cariño, lo que tú quieras!

—Jimena era mi novia y ya no puedo verla. Es muy injusto que tú no lo hagas porque no quieres.

—No sé a qué te refieres…

—Joel y tú seguís vivos. Los dos os queréis. ¿Por qué perdéis el tiempo estando enfadados?

—Yo… —balbuceo confusa.

—Anoche, cuando llegó al hospital, estaba muy triste. Me contó que era porque ya no le querías. Ha estado un año malito, y cuando volvió me prometió que iría a buscarte. Pero tú sigues enfadada con él. ¿Por qué?

—Porque… —me detengo.

¿Ha estado un año malito? ¿Qué quiere decir con eso?

—Sara, tengo que colgar, que viene mi mamá. Adiós. Ven a verme algún día. Besitos.

Suenan los pitidos de que la llamada se ha cortado.

No soy capaz de seguir con el programa.

Me quito los cascos y los dejo en la mesa. Me levanto y salgo del estudio con la mirada perdida. Necesito respirar.

—Sara, ¿te encuentras bien? ¿Necesitas algo? —me pregunta Luis.

—Ahora vuelvo —le indico.

Me dirijo al baño con una extraña pelota en la boca del estómago.

Es como si Jimena me estuviese recordando a través de Víctor que le prometí cuidar de Joel y me regañase porque no lo estoy cumpliendo.

De pronto, necesito irme a casa.

La rueda ha comenzado a girar, pero a mí no me da tiempo a seguirle el ritmo.

51

La mejor manera de honrar
su memoria es vivir

He estado todo el día nerviosa, como si presagiara que va a ocurrir algo, aunque todavía no sé si bueno o malo. Son las diez de la noche y ni siquiera he sido capaz de cenar. Algo me tiene inquieta. De pronto, llaman al timbre. Su sonido grave me da un susto de muerte. Me acerco al telefonillo.

—¿Quién es?

—Sara, somos nosotras, abre —responde Nuria.

—¿Y por qué no abrís con vuestras llaves?

—Nos las hemos dejado en casa. ¡Abre, coño!

En poco menos de dos minutos escucho la puerta de casa cerrarse, pues siempre abro para no tener que estar esperando al que sube. Tengo puesto el pijama y estoy leyendo un libro en el sofá sin concentrarme en lo que leo, claro.

—¿Qué haces? —pregunta Sole al verme tan tranquila.

Las miro a las dos, intrigada.

—Leer. —Me encojo de hombros—. ¿Y vosotras? ¿Dónde vais a estas horas y sin avisar? —inquiero.

—¿Es que no te has enterado? —duda Sole.

—¿De qué?

—Hay un concierto en la plaza y hemos venido a tu casa para poder verlo desde la terraza —me informa Nuria.

—¿Un concierto? —me mosqueo—. No he visto nada anunciado.

Ellas pasan de mí y abren la puerta de la terraza para salir fuera. Las sigo y al mirar hacia abajo... lo veo.

—¡Oh, joder! —exclamo tapándome la boca con la mano.

Joel está ahí abajo. Sentado en las gradillas del monumento a Calderón de la Barca, con un micrófono sujeto por un trípode y una guitarra de la que salen dos cables que van a parar a dos altavoces enormes. Él mira hacia nosotras y en cuanto nos ve, Nuria levanta el pulgar en señal de *ok* y él empieza a tocar unos acordes.

Hacía siglos que no lo veía tocar la guitarra porque a su padre no le gustaba.

—Sois unas traidoras —les recrimino a mis amigas tratando de retener una gran sonrisa.

Ellas se ríen y me abrazan para escuchar juntas la canción.

No tardo en reconocer el tema. Se trata de *Crying* de Aerosmith, una de sus favoritas.

La gente, poco a poco, se va arremolinando a su alrededor, aunque él no aparta los ojos de mí. Con lo que odia las multitudes, estoy segura de que se estará acordando de toda mi familia.

—No hay nada que me ponga más cachonda que un tío tocando la guitarra —suelta Sole y nos reímos.

Todos terminan cantando el estribillo y él se ríe porque casi se oye más al tumulto que a él. Ahora mismo me lo comería a besos.

Cuando acaba, el público le aplaude y le silba. Se ha llenado la plaza de gente. Como nadie se marcha, él se sube a algo que le permite estar más alto que el resto, no distingo muy bien dónde. La farola que lo ilumina no consigue alumbrar demasiado. Coge el micrófono y comienza a hablar:

—Aquí me tienes, Pecas, haciendo posible lo imposible. —Sonríe y el público aplaude entregado a la causa.

«¡Eso es amor, muchacho!», «¡Cásate conmigo si ella no te quiere!», son algunas de las cosas que gritan los presentes.

—¡Espera! —exclama un camarero que lleva algo en las manos desde una de las terrazas anejas.

La gente se aparta para dejarle paso y, cuando consigue llegar hasta él, enciende un foco que lo alumbra como si se tratase de una gran estrella de rock sobre un escenario. Todos vuelven a aplaudir y él se cubre el rostro con las manos. Sé que se está muriendo de vergüenza y eso me hace sonreír.

—¡Ahora se te ve de lujo, Joel! —le grita Nuria, que levanta el dedo pulgar.

La miro atónita y se encoge de hombros.

—Pero tú ¿en qué equipo estás? —le reprocho.

—Es que eres demasiado dura. Habrá que animar al muchacho —se defiende.

—Tiene razón. Yo ya habría bajado a darle un morreo —se ríe Sole.

Niego con la cabeza y él vuelve a hablar:

—No te he llamado en todo este tiempo porque no me lo han permitido. Ese era uno de los requisitos para poder curarme. Pero a cambio de eso, escribí una lista de las cosas que quería hacer contigo cuando saliera de mi ingreso. Cada día escribía una, aunque solo he traído las más importantes. —Saca un papel arrugado del bolsillo trasero del pantalón y lo muestra al aire.

Por eso no dio señales de vida. Ahora me siento fatal por no haberle ido a ver ni un solo día. Y yo pensando que pasaba de mí.

—¡Que lo lea! ¡Que lo lea! —vitorean todos, sacándome del ensimismamiento.

—Es muy largo. No quiero aburriros. Lo había traído para dárselo a ella —les explica.

—¡No, tío, léelo, venga! —responde la muchedumbre.

—¡Léelo ya, coño! —grita Sole emocionada.

La miro flipando y pasa de mí. Está entregada a la causa por completo. Mis amigas han abandonado mi barco, es más que evidente que están en el *team* Joel.

Él se rasca el pelo nervioso y se pone una mano tras la nuca. Esa postura es la de «Tierra, trágame».

—Me hubiese gustado que esto fuera algo más íntimo, pero, por lo que veo, va a tener que ser en medio de cientos de desconocidos. Otra de las miles de locuras que me veo obligado a hacer por ti. —Se encoge de hombros mientras yo trato de aparentar indiferencia, aunque por dentro esté como un flan.

Me mira, indeciso. Entonces, algo en mis ojos debe de animarle, porque coge el papel con decisión y comienza a leer:

—Se titula *Cosas para hacer con Sara cuando salga*. —Mira hacia mi terraza y sonríe avergonzado—. Como ves, no es que se me dé muy bien esto de escribir.

»Me gustaría tomar un café cada mañana contigo, y a poder ser, mejor en la terraza. Porque sé que te encanta escuchar el canto de los pajarillos en primavera y silbar imitándolos. Y aunque tu gorjeo no se parezca al de ellos ni de lejos, me hace mucha gracia que lo intentes con tanto entusiasmo.

»Me gustaría que al echarme mi perfume favorito metieses tu naricilla en mi cuello e inspirases con fuerza a sabiendas de que me haces cosquillas. Me vuelve loco esa sonrisa malvada que te sale cuando me haces rabiar.

»Me gustaría volver a discutir contigo por qué odio el olor del incienso mientras llenas la casa de humo. O reñir cada vez que te quedes dormida mirando cómo se quema una vela por temor a que provoques un incendio.

»Me gustaría que empezásemos cada libro al mismo tiempo, porque esa sensación de comenzar una aventura es alucinante y, si es junto a ti, mucho mejor. Podríamos adivinar posibles finales, criticar escenas y reírnos de las sandeces que dice el otro. Da igual si es romántica o *thriller*, lo importante es hacer cosas juntos.

»Me gustaría que me acariciases el pelo cuando veamos una película juntos en el sofá. Me gusta tanto que no soy capaz de no cerrar los ojos para degustarlo sin quedarme dormido. Y luego me da rabia, porque dormido no puedo disfrutarlo.

»Me gustaría ir contigo a comprar lencería bonita y no solo

porque me guste a mí, sino porque siempre afirmas que te hace sentir empoderada. Aunque he de confesar que tus braguitas de algodón descoloridas con muñequitos a mí me resultan de lo más sexi.

»Me gustaría mirar cada mañana cómo duermes y cómo te desperezas entre las sábanas. Probablemente porque eres el ser durmiente más bello que he visto nunca.

»Me gustaría que el olor de la ropa al sacarla de la lavadora se quedase todo el tiempo a mi lado. Porque nunca había usado suavizante hasta que te conocí y ese aroma me recuerda a ti tendiendo la ropa de puntillas en la cuerda, protestando cuando se te cae la pinza abajo o escondiéndote si está la vecina en el patio.

»Me gustaría que anduvieses descalza por la casa a todas horas y que te burlases de mis zapatillas de marqués.

»Me gustaría que me escribieras notitas antes de irte a alguna parte para recordarme lo mucho que me quieres. Porque nosotros somos más de notitas que de wasap. No saben igual.

»Me gustaría comprarte todos los bolsos y zapatos bonitos que ves en las revistas, porque los que tienes son horribles y no combinan con nada.

»Me gustaría ver todas esas películas de amor de las que tanto me hablas con la misma pasión que las ves tú. En serio, todavía no entiendo por qué lloraste tanto con *El diario de Noah*. Aunque confieso que adoro consolarte entre mis brazos.

»Me gustaría que te sintieras guapa siempre, sin maquillajes ni filtros. Porque eres la mujer más bonita que he visto nunca. Porque brillas con luz propia y a las estrellas no les hacen falta adornos.

»Me gustaría cocinar siempre para ti porque sé que te encanta. Me fascina cuando metes el dedo en la masa del bizcocho o me robas un trozo de jamón mientras lo corto.

»Me gustaría hacerte reír a carcajadas. ¡Dios! Ese puto sonido es el mejor del mundo.

»Me gustaría salir cada noche a mi azotea a pedir deseos a las estrellas fugaces y el único deseo que pediría sería no separarme de ti.

»Me gustaría que volvieses a cantar en el coche a voz en grito esas horribles canciones raras de Los Fresones Rebeldes. Aunque no lo creas, ahora las echo de menos, incluso hay veces que las escucho a escondidas.

»Me gustaría darme un baño de espuma contigo que durase horas, de esos de los que salimos con los dedos arrugados y las ganas saciadas… No sigo leyendo, porque hay menores delante.

»Me gustaría verte en pijama todo el tiempo porque eres una mezcla perfecta entre inocencia y lujuria.

»Me gustaría pasear contigo descalzos por la orilla del mar.

»Me gustaría que nos resguardáramos de una tormenta de verano en una cabaña de madera y oler a tierra mojada. Que encendamos el fuego y nos amemos frente a él durante horas.

»Me gustaría no haberte dejado nunca y daría mi vida entera por borrar del recuerdo la decepción que vi reflejada en tu rostro al hacerlo.

»Y por último, me gustaría casarme contigo y tener muchos hijos. Aburrir a nuestros nietos contándoles historias de cuando éramos críos. Porque no quiero envejecer a tu lado. Lo que quiero es que sigamos siendo niños juntos durante el resto de nuestras vidas.

»Hay millones de cosas que me gustaría hacer contigo. Te prometo que, si me perdonas, no soltaré nunca más tu mano. Pero solo si tú quieres, Pecas.

»Te quiero.

Dobla el papel para guardarlo de nuevo en el bolsillo.

Todo se queda en silencio.

Acabo de comprender que él nunca ha sentido el calor del hogar y la familia. Que yo soy lo más parecido a todo eso. Porque solo me ha tenido a mí.

Me mira aterrado.

—Joder…

52

¿Qué te gustaría que recordaran de ti?

Cuando mis pies descalzos tocan los fríos y ásperos adoquines de la calle y me encuentro con un pelotón de gente frente a mí, me arrepiento de haber salido en pijama y descalza de casa. Sin pensar. Como siempre.

Joel me señala con el dedo. Se estaba poniendo demasiado nervioso al no verme por ninguna parte. Su rostro se ilumina al instante.

—¡Sara!

Entonces, la gente forma un camino como si se tratase del mar Rojo abriéndose al paso de Moisés. Al fondo de ese pasillo de gente lo veo. Ha bajado de un salto al suelo y está muy serio, mirándome como el primer día. Resplandece entre la gente.

No lo dudo y empiezo a correr con todas mis fuerzas hacia él, que abre los brazos para recibirme. En cuanto llego a su altura me cuelgo de su cuerpo y él me coge en volandas. Con el impulso que llevo damos vueltas sobre nosotros mismos mientras nos besamos.

Todos aplauden y gritan emocionados.

Me separo un poco de él para comprobar que es cierto lo que está ocurriendo.

—¿Esto significa que me perdonas? —susurra contra mis labios con una sonrisa.

—Depende de ti.

—Ya no dudo si sería mejor tenerte solo como mi mejor amiga.

—¿Y eso? —pregunto.

—Porque al perderte sentí el dolor más fuerte que jamás imaginé y esa fue la respuesta que necesitaba.

Vuelvo a besarle.

—Entonces, ¿esta vez estás seguro? —quiero saber algo nerviosa.

—¡Más que de nada en el mundo! —exclama.

—¿Y de qué estás seguro exactamente? —Elevo una ceja para cerciorarme de que es así.

—¡De que te quiero, Pecas, joder! —susurra.

Me río emocionada al escucharle decir por primera vez que me quiere.

—No te he oído bien, dímelo otra vez —le pido.

—¡¡¡Te quiero!!! —grita con todas sus fuerzas mientras todos a nuestro alrededor aplauden emocionados—. ¡Joder, cómo te quiero!

Y así es como demostramos al mundo, y sobre todo a nosotros mismos, que el amor está por encima de prejuicios, de creencias, de religiones, de modas, de estereotipos y de toda clase de normas. Porque el amor es libre y nunca se puede decidir por él. No se puede controlar. No entiende de riendas ni de tiempos. Cuando surge es imposible de gobernar o de aniquilar. Siempre se abrirá camino para encontrar su destino. El amor es la fuerza más violenta que existe en la tierra y la única por la que merece la pena vivir.

53

Confesiones

Al llegar a casa, Sole y Nuria ya no estaban. Supongo que se irían para dejarnos intimidad, aunque los múltiples wasaps pidiéndome detalles del reencuentro no faltaron.

Después de un año sin estar juntos, te puedes imaginar las ganas que nos teníamos. Ha sido mitad apoteósico, mitad mágico. Una de las veces, al terminar de hacer el amor, nos hemos tendido bocarriba en la cama para recobrar el aliento, arropados hasta la cintura con las sábanas enrolladas entre las piernas.

—¿Cómo conseguiste quedarte con el piso para ti sola? —me pregunta, mirando la habitación.

Yo suelto una carcajada y le cuento cómo sucedió. Él se parte de risa también.

—¡No me lo puedo creer!

—La ira se apoderó de mí y la volqué contra los inquilinos okupas.

—No hay mal que por bien no venga —bromea.

—Lo que no te vas a creer es que mi tía Montse nunca se fue de viaje al extranjero —añado.

—¿Cómo que no?

—¡Como lo oyes! ¡Vive en el piso de arriba!

—¿¡Qué!?

Asiento.

—El que hubiese inquilinos en el piso no era más que una estrategia suya y de mi madre para que regresara a Ávila. Al igual que el trabajo.

—¡Tu madre es mi ídolo! Siempre ha sido la mano que mece la cuna —se mofa entre risas—. ¿Y cómo lo descubriste?

—Me crucé con ella en el portal y me lo confesó todo. Ni siquiera se hizo la sorprendida, la cabrona.

—Joder. —Trata de no reírse, pero se le escapa la risa y le doy con el puño en el brazo.

—¡No seas capullo! Me sentí como una panoli.

—Tú no eres panoli, lo que pasa es que tu madre es una mafiosa. Tenerla de suegra es lo que más me echa para atrás a la hora de seguir contigo.

—Bueno, tu madre tampoco es ninguna bendita, ¿eh? —suelto.

Él se queda serio.

—Fui a verla hace poco —dice al cabo de un rato.

—¿Sí?

—No fui al entierro. Ni siquiera le di el pésame.

—Yo tampoco lo hubiera hecho, Joel. No te culpes por eso.

—No. Ya no lo hago. No te imaginas la cantidad de cosas que he sanado en este año de ingreso. Ha sido como el despertar de una persona que no sabía que habitaba en mi piel y me muero porque la descubras —me explica—. Antes habría sido incapaz de contarte esto, pero hoy necesito hacerlo. —Me mira a los ojos.

—Si no estás preparado, no lo hagas —le tranquilizo.

Él toma aire y mira hacia el techo.

—Una de las dos cosas que me quedaban por cerrar antes de comenzar mi nueva vida era mi relación con mi madre. Cuando mi padre murió, me llamó para informarme y después nada más. Esperaba que fuese yo a buscarla, como hacía siempre, para consolarla. Pero no fue así. Por eso, cuando llegué a su casa, estaba a la defensiva.

—¿Ella? ¿Por qué motivo?

—Yo nunca tuve la certeza de saber que hay alguien a tu lado que haría lo que fuese por ti, incluso dar su vida, como es el caso de una madre. Se supone que la madre es la figura que representa el mayor amor que alguien siente a lo largo de su vida. Eso te da fuerza, te da confianza y multiplica la alegría por dos, al igual que, cuando tienes problemas, la pena se divide. Porque ese amor incondicional te hace mucho más fuerte. Yo nunca lo tuve, por eso no sabía amar de verdad. No tenía ningún referente.

—Tienes toda la razón. Una madre debe querer a sus hijos a pesar de cualquier circunstancia.

—Pues la mía no me protegió ni siquiera cuando ya había muerto el demonio. Me entregó una carta que él me escribió antes de morir en la que decía que se iba al otro mundo con la vergüenza de haber sido mi padre y que ojalá nunca hubiese nacido porque solo le había acarreado desgracias a él y a mi madre. —Yo no puedo evitar que asomen lágrimas de rabia en mis ojos. Lo abrazo con todas mis fuerzas para demostrarle que su padre se equivocaba. Siento tanto odio hacia aquel ser…—. Pero ni siquiera me dolió. No esperaba nada de él. Incluso una disculpa habría sido demasiado hipócrita. Lo que realmente me jodió fue una frase que puso al final, decía algo así como que un amigo mío le había contado que estaba con una mujer y que por fin podía morir en paz al saber que todas las palizas que me dio sirvieron para hacerme entrar en razón.

—No puedo creerlo —musito furiosa.

—Me da rabia pensar que se ha ido al otro barrio creyendo que él tenía razón y que todo lo hizo por mi bien. A pesar de la terapia, me queda ahí ese rencor. —Su voz denota cólera—. Este año he aprendido a lidiar con todos mis recuerdos y a tratar de vivir en el presente sin que me duela el pasado. Aunque de vez en cuando me asalte algún que otro pensamiento y durante un rato tenga que luchar conmigo mismo para que se desvanezca, perdonando y sanando. Mi terapeuta me dijo que eso sería normal, y sigo luchando cada día contra ello. Es lo que peor llevo. Su recuerdo.

—Joel, si pudiera sacar cada imagen horrible de tu cabeza, lo haría. Pero solo tú puedes y creo que has hecho grandes avances. Estoy muy orgullosa de ti. Tu padre está por fin donde merece: pudriéndose. No permitas que vuelva a la vida ni un solo segundo más. Tú siempre has valido mucho más que ellos dos juntos. No merecían tener un hijo tan bello como tú. Y esa será su penitencia.

Me da un beso en los labios y permanecemos en silencio unos minutos.

—Creo que fue Fabio quien le contó lo nuestro —conjetura.

—¿En serio? ¿Por qué?

—Para que me dijese lo que me dijo, precisamente. Aunque Fabio no contase con que muriese ni con que me dejase una carta, claro. Mi mayor infierno durante el último año ha sido ese, asumir que me había enamorado de una mujer, porque eso implicaba darle la razón. Aunque ahora entienda que no es así, antes lo veía de esa manera. Mi lucha era en contra de todo lo que tenía que ver con la heterosexualidad. Estaba cegado con joderle. Fabio debió de pensar que si mi padre me reprochaba tal cosa, yo volvería corriendo a sus brazos para reivindicar que seguía siendo gay —me explica aturdido.

—Maldito cabrón —me quejo—. No entiendo cómo no pude percatarme de que te miraba de una manera demasiado intensa. No entendí nunca el odio repentino que le tenías.

—Imagínate lo que sentí cuando lo vi en tu piso la primera vez.

—Pero ¿por qué no me lo contaste, Joel? Es algo que no logro entender, por más que lo haya pensado. Me mentisteis los dos y eso me destrozó.

Él suspira.

—En un principio no te lo conté porque le subestimé. Pensaba que desaparecería de nuestras vidas y que se había presentado allí solo para darme un toque de atención. Por eso, cuando me contaste que os habíais conocido en Ávila y que te había defendido de tu ex, me volví loco.

—¿Por qué?

—Él fue a Ávila a espiarme. Yo no sabía que iría. No entendía por qué fue justo un fin de semana que yo no estaba allí y al leer la carta comprendí que fue, precisamente, para hablar con mi padre y contarle todo. Él estaba convencido de que tenía un amante, casi obsesionado, y al final te descubrió a ti. Encima habías dejado a tu novio y te venías a vivir a Madrid... Solo ató cabos al vernos juntos y se montó su propia película.

—Vale. Pero sigo sin saber la razón por la que no me lo contaste —insisto.

—Tenía miedo de perderte por lo que te pudiera contar él de mí.

—¿¡Qué!?

—Sara, yo... en el sexo con los tíos no tengo la misma delicadeza que contigo... digamos que me gusta... que sufran.

—¿Que sufran? —repito.

Él asiente muy serio.

—En terapia me han explicado que proyectaba la imagen de mi padre en mis amantes masculinos y por eso me gustaba humillarlos en el terreno sexual, incluso hacerles daño, y por eso, además, jamás pude demostrar amor hacia ninguno. Era sexo duro y punto. Ese era mi lado oscuro. Me daba miedo que lo supieras y huyeras —me confiesa apenado.

—¡Eres tonto! ¿En serio pensabas que iba a huir por eso? —me indigno.

—No lo sé, Pecas. No todas las historias son iguales, depende mucho de quien las cuente. Desconocía lo que te había contado Fabio de mí. No dejaba de preguntarte, pero siempre me evitabas.

—No me contó nada. De hecho, creo que solo pretendía ponerte celoso.

—Y lo consiguió. Pero no me puse celoso de él, sino de ti. —Me da un beso muy dulce.

Después de otro pequeño silencio, susurro contra sus labios:

—Joel, te he echado mucho de menos.

412

—Y yo a ti, Pecas. Cada día me obligaba a seguir vivo para poder curarme y tratar de recuperarte. Eras el único motivo que me ataba a la vida. No sabría vivir en un mundo en el que no estés tú —confiesa atormentado.

—No digas eso ni de broma, Joel. La vida es un milagro en sí misma, por muchos problemas que tengamos, siempre hay un rayo de luz que nos ilumina. Tú eres mi rayo de luz. Siempre lo has sido. Crees que soy yo la que te ha salvado, pero en realidad yo creo que tú me has salvado a mí.

Él me besa.

—Volver a besarte ha sido como respirar después de haber pasado una vida entera enterrado en alquitrán. Te quiero.

Todavía me resulta increíble escucharle decírmelo.

—¿Y por qué me quieres? —le pregunto, haciéndome la interesante.

—¿Bromeas? Tú me has amado sin pedir nada a cambio. Amas mis errores, mis cicatrices, mis imperfecciones, me ayudas a mejorar, a ser mejor persona cada día, ¿y aun así me preguntas que por qué te quiero? Gracias a ti ahora me quiero y me respeto. Tú me obligaste a darme cuenta de que caminaba al borde del precipicio. Y por eso he venido a por ti. Por fin he comprendido que no podía amarte como te merecías porque yo me odiaba a mí mismo. Pero todo eso terminó y el nuevo Joel ha venido para quedarse y hacerte feliz. Ahora ya no me da miedo gritarle al mundo que te quiero.

—¿Todavía?

—¡Siempre!

413

Epílogo

—Toma, Pecas, esta es tu parte. —Joel me pasa un pelotón de folios, puede haber cien tranquilamente, contándolos *grosso modo*.

—¿A esto te referías cuando dijiste que me tenía que aprender un pequeño diálogo? ¿Acaso crees que he estudiado arte dramático o qué? —protesto.

—Anda, no seas quejica, que eso te lo aprendes en cinco minutos.

—¿Cinco minutos? ¡Me lo tenías que haber dado hace un mes si querías que me supiera todo esto! No me voy a acordar de ninguna frase. ¿Es que has descargado el guion completo de la película? ¡Eres un exagerado!

Él me mira y al verme tan agobiada se ríe. Los años le sientan demasiado bien al condenado, cada día está más guapo. Con esas canas sexis y esas arruguillas incipientes alrededor de sus preciosos ojos.

—¡La exagerada eres tú, no es para tanto! Solo tú sabrás si te estás equivocando, por el amor de Dios, que es un teatro para un niño pequeño.

Clavo mis ojos en él y abro la boca con incredulidad.

—¿¿¿¡¡¡Lo estás diciendo en serio!!!??? —Le señalo nuestra indumentaria de manera exagerada.

Se ríe más todavía mientras se coloca bien la capucha para que no le cubra el rostro. Va disfrazado de Anakin Skywalker, o para los que no seáis unos frikis de *Star Wars*, como es mi caso, que no

414

tengo ni pajolera idea, se trata de Darth Vader antes de convertirse en malo. Resumiendo, su disfraz consiste en una capa de color marrón oscuro y una espada láser. El mío, sin embargo, no es tan cómodo, pues me ha obligado a disfrazarme de Padmé Amidala y eso significa que voy con unas mallas blancas, una camiseta ajustada del mismo color, botas y una capa. Yo tengo una pistola, por lo visto esta chica no tenía espada láser.

—Venga, Pecas, sabes que le hará mucha ilusión —insiste.

—¡Joel, tiene siete años! Le habría hecho ilusión cualquier figurita de la nave esa milenaria.

—El Halcón Milenario. Habla con propiedad —me reprende emocionado.

Sonrío al verle de Mari Sabionda. Creo que al que le hace ilusión en realidad es a él. Vive cada momento de la infancia de nuestro hijo como si fuese la suya propia. Es más que entendible, por supuesto, pero también desesperante. Hay veces que me entran ganas de gritarle que me devuelva a mi marido, el hombre responsable y maduro con el que creía haberme casado. Pero el muy capullo siempre se las ingenia para que yo también me sume a la locura. Como ahora.

—¿Me puedes explicar qué vas a hacer cuando tenga diez años? ¿Le vas a llevar a un viaje interestelar de verdad?

—Bueno, ya se me ocurrirá algo…

¡Está loco!

—¡No puedes tenerlo tan consentido! ¡Me niego! —Pongo los brazos en jarra.

—Mi consentida eres tú. No te pongas celosa.

Aunque intente ponerme seria, no me resulta nada fácil porque he de admitir que se me cae la baba viéndolo ejercer de papi. Pasamos un embarazo lleno de altibajos, pues de vez en cuando le asaltaban los demonios y se dejaba llevar por el miedo y las dudas de ser un buen padre. Había veces que se arrepentía y otras que se sentía orgulloso. Pero juntos logramos superarlo y ahora está convencido de que ha nacido para ser papá. Yo también.

No tardamos en mudarnos a un chalé en una zona más tranquila a las afueras de Madrid en cuanto nació Marcos, porque el piso de soltero de Joel se quedaba pequeño para la sillita, el parque, la cuna, la bañera y un largo etcétera de enseres infantiles. Él vendió el piso y con ambos sueldos nos concedieron una hipoteca bastante maja.

En cuanto termino de maquillarme, bajamos al jardín, donde me esperan mis pobres padres disfrazados de algo que no reconozco. Parecen dos robots, uno azul redondo y el otro dorado. Supongo que también obedeciendo las órdenes del descerebrado de su yerno porque en todas las invitaciones puso el personaje que le tocaba ser a cada uno. No se puede estar más loco, lo asumo.

Mi madre ha dejado de sobreprotegerme a mí para hacerlo con mi hijo. No hay día que no me llame para comprobar que sigue con vida. Está segura de que, si ya me resulta difícil cuidar de mí misma, cómo voy a ser capaz de atender a una criatura.

Sonrío al recordar el momento en que le confesé que estaba saliendo con Joel. Si aquel día no sufrió un infarto, ya no le dará nunca. Y es que no se dio cuenta de que había tenido al enemigo metido en casa desde el primer día.

Mi madre se creía una mujer cautelosa e inteligente, por eso solo le permitía a Joel estar cerca, pues sabía de sobra que él nunca se fijaría en mí. Con lo que no contó es con que yo sería capaz de conquistarle. Una mujer de su época no imaginó nunca que las etiquetas son solo eso, etiquetas. Y que el amor es mucho más fuerte que todo eso.

Menos mal que mi padre la tranquilizó diciéndole que Joel era como su propio hijo y que mejor él que cualquier desconocido. Aunque ella se lo tomó como una gran traición. Pero en cuanto mi novio y ella se sentaron a hablar, no hubo más problemas. Todo fue paz y amor a partir de aquel día.

No obstante, hasta dos meses más tarde no me enteré de que Joel le pidió a mis padres mi mano en aquella reunión y que por eso mi madre salió tan contenta.

Se puso de acuerdo con todo el equipo del *podcast* y me pidió matrimonio en directo. Aquella mañana venía al estudio una célebre *influencer* que es famosa por criticar el amor. Creo que después de mi pedida, no volverá a oponerse a las declaraciones porque hasta ella se emocionó.

Recuerdo que estábamos las dos en el estudio y por la ventana que daba a la calle comenzamos a ver volar un montón de globos en forma de corazón, pero no le dimos la mayor importancia hasta que nos percatamos de que en todos había una foto de mi cara.

Me levanté para asomarme y comprobar de qué se trataba. Entonces descubrí que en el edificio de enfrente, en el tejado, que era un poco más bajo que el nuestro, habían puesto una pantalla enorme en la que estaba Joel con un equipo de sonido impresionante. Solté un grito al verlo y me quedé embobada escuchándolo.

—El comienzo de nuestro amor fue gracias a un *podcast* —empezó a decir—. Por eso considero que es justo que todos tus oyentes sean testigos de lo que voy a hacer.

En la pantalla se empezó a advertir el pasillo del estudio. Después se vio a Joel avanzar hacia donde yo me encontraba; me puse tan nerviosa que hasta me temblaban las piernas. La puerta se abrió y en la pantalla aparecí yo con cara de *What the fuck?!*

—Si hace un año me hubiesen asegurado que iba a hacer esto, jamás lo habría creído —dijo—, pero me he dado cuenta de que cuando es con la persona correcta, nada te da miedo y hasta los sueños parecen posibles.

—¿Qué haces aquí, cariño? —le pregunté intrigada.

Él me tomó de las manos y me miró a los ojos de una manera muy intensa. Parecía algo nervioso, por eso me contagió.

—He venido a confesarte que quiero pasar el resto de mi vida dibujando paisajes en tu espalda mientras pedimos deseos a las estrellas fugaces.

—¿Cómo?

No entendía nada.

—Que ya no dudo de si seré capaz de darte lo que necesitas, Sara. Ahora estoy seguro. Mereces que te quieran de la hostia y yo lo haré, por fin estoy convencido. Ya no tengo miedo a fracasar. Porque si fracaso, sé que tú estarás a mi lado para ayudarme a seguir intentándolo. Porque me he dado cuenta de que somos un equipo.

—¿Has venido solo para decirme todo esto? ¿Aquí? —Me estaba muriendo de la vergüenza al ver a todos mis compañeros mirarnos embelesados.

—Desde que tengo uso de razón has sido mi bote salvavidas, Pecas. La persona que siempre ha estado a mi lado, en las buenas y en las malas. Niña. Adolescente. Mujer. Cada una de ellas me ha amado con todo su corazón y espero que también lo hagas de ancianita. No me arrepiento de no haberlo visto antes porque todo en la vida ocurre a su debido tiempo, como las estrellas fugaces, que solo brillan cuando deben hacerlo, lo importante es estar atento para lograr verlas.

—Joel…

—Déjame terminar, por favor —me interrumpió con delicadeza—. Solo espero poder estar a la altura de tus expectativas. Te juro que trataré de hacerte feliz cada día de mi vida, porque nadie se lo merece más que tú. Gracias a ti soy otra persona, una que se valora a sí misma. Por eso me gustaría pedirte que me convirtieras en el hombre más feliz del mundo casándote conmigo.

Se puso de rodillas mientras yo no lograba dejar de llorar. Estaba congelada y solo acertaba a mirarlo con cara de tonta mientras me ponía un precioso anillo en el dedo. Se hizo el silencio. El estudio se había llenado de gente que contemplaba la escena embobada.

—¡Dile que sí, por Dios! —me animó la invitada emocionada. Entonces reaccioné.

—¡Sí! ¡Sí! ¡Claro que sí!

Joel se levantó y me besó al tiempo que todos aplaudían emocionados.

Fue precioso.

Volviendo al presente de nuevo. A la fiesta de cumpleaños de nuestro hijo Marcos. Mis padres, al vernos en el jardín, nos avisan de que ya está casi todo preparado. Los invitados deben de estar a punto de llegar, a Marcos lo traerá la madre de Joel cuando le demos un toque, ya que se lo ha llevado al parque para entretenerlo.

Mi suegra parece otra desde que se convirtió en abuela. Creo que está disfrutando de este niño como no le permitieron hacerlo con su propio hijo. Yo me atrevería a apostar que hay veces que cree que es ella la madre, porque le mira con una devoción que me fascina. Yo me alegro por ella pues no dejo de pensar que fue otra víctima más de aquel monstruo que un buen día decidió destrozar la vida de inocentes, y que la pobre se merece por fin ser feliz.

Le baña, le canta, le besa, le viste, le acuna, le lleva al cole, juega con él, se ríe a carcajadas, le da de comer, le compra todo lo que se le antoja… Ahora que lo pienso, ¿vendrá de familia eso de malcriar a los niños?

Cuando me dispongo a mirar un poco por encima el guion que me ha dado Joel, descubro que es una escena en la que Marcos y él me tienen que salvar de los malos.

—¡Oye! ¿Por qué tenéis los hombres que salvar a la mujer? —me quejo.

—Porque los héroes somos nosotros —me explica.

—Ya. Y quiero saber por qué —insisto.

—¡Pues porque la peli es así! —Se encoge de hombros.

—Pero esa peli es muy antigua.

—Entonces, ¿qué quieres? ¿Salvarnos tú a nosotros? —propone con media sonrisa.

—Sí. ¿Por qué no? No quiero que mi hijo crezca pensando que

las mujeres somos seres indefensos que necesitan ser salvados y solo sirven para gritar mientras vosotros peleáis.

—Cariño, el niño tiene siete años. No creo que llegue a esa conclusión con lo que he escrito ahí —trata de convencerme.

—Pues si tiene siete años para eso, también los tiene para no valorar la nave espacial a tamaño natural que le has montado. —Señalo la inmensa monstruosidad que me ha plantado en el patio trasero—. Que se va a cargar todo el césped.

Pone los ojos en blanco porque sabe que no va a salirse con la suya tan fácilmente.

—Está bien. ¿Qué propones?

—Que luchemos juntos para hacernos con el poder. Los tres —le planteo.

—¿Y a quién liberamos de los malos?

—¡A Frida! Ponle un globo en el collar y hacemos que es un perro cósmico a punto de morir asesinado.

La puerta delantera se abre justo cuando se dispone a rechistar.

—¡Hombre! ¡Anakin y Padmé! —exclama Nuria emocionada al vernos. Ella va disfrazada de Yoda, un bicho verde, pero ella es uno muy sexi. Nos da un beso a cada uno—. No podrían ser otros los padres de la criatura. Lo he visto en el parque con la abuela. Pobrecito, con esa máscara no verá nada.

—Está obsesionado con Darth Vader, no he podido convencerle de que se disfrace de otra cosa —le explico.

—Es igual de cabezota que la madre, ¿qué quieres? —contesta ella.

—¿Ves cómo te conocen tus amigas? —añade Joel.

Nos reímos los tres.

Nuria sigue soltera y picoteando de flor en flor porque odia las relaciones y no le gusta tener que dar explicaciones ni sentirse obligada con nadie. Así que queda de vez en cuando con alguien que conoce en Tinder y hasta nunca. Tampoco nos cuenta si es con hombres, mujeres o ambos, ni nos importa. A mí lo único que me preocupa es que sea feliz y creo que lo es.

—¡Alejandro, no me digas que no has traído el regalo! —Los gritos de Sole me hacen sonreír.

Enseguida aparece con su enorme tripa de embarazada de ocho meses disfrazada de un extraterrestre que parece un elefante.

—Si ya era insoportable en su estado normal, con las hormonas alteradas no os hacéis una idea del infierno en el que vivo —se queja Alejandro, que nos saluda a todos al entrar. Él no va disfrazado porque acaba de salir del trabajo y han venido directos.

—¡Cállate, idiota! —le reprocha ella—. Ahora con qué cara le digo a mi chico que no le he traído un regalo. Luego me preguntaré por qué quiere más a Nuria…

Yo me parto de risa porque es cierto que el niño adora a Nuria, pero creo que se debe a que ella no tiene ningún interés especial en que la quiera más y Sole lo ve como una competición desesperada por su amor, por eso la repele. Los niños huelen el miedo.

Alejandro y ella se pasan el día peleándose, pero la misma pasión le ponen luego a las reconciliaciones y por eso se llevan tan bien.

—¿Qué tal va esa tripita? —pregunta Joel al darle dos besos.

—Me tiene frita la condenada —contesta ella acariciándola—, se monta unas coreografías ahí dentro…

—¡Qué ganas tengo de ver a mi futura nuera! —bromeo.

—Seguro que se pasa el día tocando los huevos a la gente, como su madre —añade Nuria—. Con lo bueno que es Marcos, yo le buscaría otra novia. No se merece tal castigo.

—¡Tú sí que eres un castigo! —le contesta Sole exasperada.

—Anda, anda, dejaos de traficar con la vida amorosa de mi hijo —lo defiende Joel, no tan de broma.

Todos nos reímos. Pasamos al interior de la casa y, mientras los invitados se sirven una limonada, llamamos a la madre de Joel para que venga ya con el niño.

En cuanto aparecen los dos por la puerta, todos estamos metidos en la nave espacial que ha fabricado el padre de la criatura con poliespán. Ha estado casi dos meses metido en el garaje para que no le viera y la verdad es que le ha quedado de lujo.

Alejandro, que es el único que no va disfrazado, da la bienvenida a un Darth Vader en miniatura lleno de barro. No hay día que se vaya con la abuela que vuelva limpio, aunque ella tampoco se queda corta. ¡Vaya dos!

Mi hijo, en cuanto ve la nave en medio del jardín, casi sufre un infarto de la emoción. Se pone a gritar como si no hubiera un mañana y entra corriendo en la nave como un descerebrado, no lo piensa ni un solo segundo. Si está llena de alienígenas, ya después veremos qué pasa. «Ha salido a mí, lo tengo claro. Eso de no pensar las cosas le va a venir muy bien en la vida», pienso poniendo los ojos en blanco.

Cuando nos descubre a todos aquí dentro se queda congelado. No nos ha reconocido y entra en *shock*. Ni siquiera parpadea.

—¡Padmé! —exclama Joel con una voz muy grave, refiriéndose a mí, que retengo las ganas de confesarle al niño que soy su madre—. ¿No tienes nada que decir?

De repente, Marcos sale corriendo a toda prisa, entra en casa y todos nos quedamos cortados pensando que ha huido aterrado.

—¿Adónde ha ido? —le pregunta mi madre a mi padre.

—Y yo qué sé —le responde.

—¡Tenías que haber empezado a hablar! —me reprende Joel.

—¿Y qué quieres que diga? Ni siquiera me ha dado tiempo a leerme el primer folio —me quejo.

—¡Todos a sus puestos! ¡Que vuelve! —nos interrumpe Nuria.

El pequeñajo aparece con su disfraz de Chewbacca y su espada láser para volver a meterse en la nave a toda prisa.

—¡Ya estoy preparado para luchar contra Darth Vader! ¿Lo habéis visto? —chilla emocionado.

—¡No me lo puedo creer! —protesta Joel, quitándose la capucha indignado. Marcos se sorprende al ver que Anakin es su padre—. ¡Te has cambiado de bando! ¿Serías capaz de traicionarte a ti mismo por salvarte el culo, renacuajo? ¿Qué clase de valores te estoy enseñando?

Todos observamos la cara del niño. Está flipando, claro. Al igual que yo, porque Joel acaba de mandar meses de trabajo a la mierda por darle una lección de moral a su hijo.

—¡Sé lo que pretendes! ¡No voy a caer en tu trampa! ¡Te estás haciendo pasar por mi padre, pero sé que es mentira! —grita el pequeño al tiempo que le asesta un golpe a su padre con la espada.

Yo no puedo evitar soltar una carcajada al ver la expresión de Joel. No sabe si coger la espada del niño y partirla en dos o seguirle el rollo.

—¿Mamá? ¿Eres tú? —Se queda quieto.

—Joder, este es el día de la marmota —protesta Nuria—. Cariño, somos todos nosotros disfrazados, ¡cumpleaños feliz!

Mi amiga sale de la nave y se marcha hacia el interior de la casa sin un ápice de tacto.

—¿Ves, Marcos? Por eso te digo que tienes que quererme más a mí que a ella: es una bruja —le anima Sole, agachándose a su lado y tratando de darle un beso mientras él se aparta.

Ella se marcha cabizbaja porque pensaba que el niño iba a pedirle consuelo, pero la contempla horrorizado, a punto de llorar. En su pequeño cerebrito se había hecho a la idea de que todo era real. No sé cómo, pero los críos tienen una capacidad asombrosa para creer en todo este tipo de cosas mágicas.

Mis padres también salen de la nave porque se están asfixiando de calor.

—¿No sois de verdad? —solloza lleno de tristeza.

Si pudiera, juro que ahora mismo me convertiría en la Padmé auténtica, solo por hacerle sonreír. Pero niego con la cabeza. Cuando este personajillo se entere de que los Reyes Magos son los padres, nos echa de casa.

Joel y yo nos miramos indecisos. Hemos estado preparando esta fiesta con toda nuestra ilusión durante mucho tiempo para hacerle feliz y nada ni nadie se lo va a arruinar.

—¡No huyáis, cobardes! —exclamo guiñándole un ojo a mi marido—. Por más que intentéis escapar, no lo conseguiréis. No os servirá de nada haceros pasar por los seres queridos de… —mierda, no me acuerdo del nombre— de este ser peludo.

—¡Tú tampoco engañas a nadie con ese disfraz de Chewbacca, todos hemos visto que eres Darth Vader! —ruge Joel.

Marcos deja escapar una sonrisilla nerviosa. Vuelve a poner la espada en alto y los dos luchan por salvar la galaxia. La tal Padmé esta no hacía nada en la película, por lo visto, porque los dos pasan de mí. Y eso que tengo una pistola y podría cargármelos a ambos en un suspiro. Me veo obligada a tragarme mi discurso feminista.

Cuando Joel lo considera oportuno, se deja caer al suelo y Marcos se sube encima.

—¡Me rindo! ¡Me rindo! ¡Tú ganas, Darth Vader! —lloriquea Joel fingiendo estar derrotado.

—¿Vas a devolver su forma a mi padre y a mi madre? —le pregunta el niño enfurecido y sudando como un pollo.

—¡Claro que sí! Solo dame cinco minutos y estarán aquí.

El niño me mira con sospecha. No se fía.

—Te doy mi palabra —le aseguro.

Él, ahora convencido, asiente, se levanta de encima de su padre, sale de la nave y vuelve al interior de la casa. Nosotros aprovechamos para quitarnos el disfraz y quedarnos con la ropa normal que llevamos debajo. Les pedimos a los demás que hagan lo mismo y todos se apañan como pueden.

Cuando Marcos vuelve, lleva un chándal y sonríe al vernos a todos alrededor de la tarta, charlando y riendo como si no hubiera pasado nada.

—¡Felicidades, cariño! —exclamo emocionada al verle.

Le cantamos el cumpleaños feliz y le damos los regalos sin que nadie hable del tema.

La tarde transcurre sin incidencias. Jugamos a diferentes cosas y lo pasamos genial. Cuando ha anochecido, todos se marchan a casa agotados. Tener un hijo, sobrino o nieto de siete años cansa mucho.

Una vez que Marcos está metido en la cama, vamos a su cuarto a darle el beso de buenas noches como cada día.

—Mami —musita soñoliento. Hoy ha sido un día de muchas emociones y ya no puede con su vida.

—Dime, cosita —le respondo, acariciando su carita suave de ángel.

—¿Tú ves que haya algo extraño en el jardín?

Pongo cara rara y miro por la ventana.

—No veo nada. ¿A qué te refieres?

Sé de sobra que se refiere a la enorme nave plantada en medio del patio, pero disimulo.

—No. A nada. No pasa nada. Buenas noches, mami. Buenas noches, papi. Que descanséis y que soñéis con los angelitos.

—Buenas noches, mi amor —se despide Joel.

Le damos un beso y, antes de salir de su cuarto, ya está dormido.

—Siete años ya. ¿Puedes creerlo? —suspiro.

—La vida pasa volando —musita pensativo.

—¿Piensas que realmente cree que ha ocurrido de verdad? —le pregunto a Joel.

Hemos recogido todo, incluido el Halcón Milenario, y nos encontramos en el porche sentados en el balancín tomando una copa mientras contemplamos las estrellas. Estos momentos son los que merece la pena recordar.

—¿Quieres que te diga la verdad o lo que toda madre querría escuchar?

—¡La verdad!

—Creo que tu hijo es más inteligente que tú y que yo juntos.

—¿Qué quieres decir?

—Que estamos creando un monstruo —se ríe.

—¡No puede ser!

—¿Cómo no va a poder ser si es tu viva imagen? Nos ha hecho creer que se estaba tragando todo.

—¿¡Qué!? ¡No!

—¿Cómo que no? Tú te hiciste pasar por la modosita que no se enteraba de nada para que cayese en tus redes. El niño está usando tus trucos.

Suelto un bufido.

—Yo no te hice creer nada, idiota. —Le doy en el brazo y se parte de risa. Le encanta pincharme.

De pronto, suena un relámpago y acto seguido el cielo se ilumina.

—¡Mierda! ¡La ropa! ¡Corre! —grito.

Salgo corriendo para recoger la ropa que está tendida en la cuerda porque se va a empapar con la lluvia. Al llegar, tiro de las dos sábanas y vuelvo a toda prisa mientras un aguacero cae sobre mí sin piedad.

Justo cuando voy a llegar al porche, alguien me sujeta por la muñeca. Ni siquiera me he dado cuenta de que Joel estaba plantado en medio del patio, he pasado de largo a toda pastilla cargada con la ropa. Con el impulso de retenerme, consigue que choque contra su pecho. Levanto la vista para mirarlo a los ojos y me sonríe.

—¿Bailas conmigo, Pecas?

Me lo pienso, pero al final dejo caer las sábanas al suelo y cojo su mano, apoyando mi mejilla sobre su pecho. Él me rodea la cintura y comenzamos a bailar al ritmo de la misma canción, nuestra canción. Bajo la lluvia. Bajo las estrellas.

—Te quiero —susurra.

—¿Todavía?

—¡Siempre!

Reflexiones de la autora

El amor no tiene forma.
El amor debe ser libre.
Por eso no debemos amar el exterior.
Se ama el espíritu de cada persona, su esencia.
Eso es amor.

Agradecimientos

Cada vez que coges un libro y miras los agradecimientos nunca aparece tu nombre, el autor suele dedicárselo a una persona que no eres tú. Siempre pasa lo mismo, no te preocupes, no es nada personal. Pero esta vez va a ser distinta porque la primera persona a la que van dirigidos mis agradecimientos es a ti. Porque esta novela es gracias a ti. Sí, a ti. A ti que estás leyendo estas palabras ahora mismo. Aunque no nos hayamos visto nunca, el hecho de que ahora mismo estamos pensando uno en el otro es algo mágico. Estamos conectados. Y por eso el agradecimiento más especial es para ti. Gracias, por tanto. Gracias por hacerme ser. Gracias por dar vida a mis personajes. Gracias por leerme tan bonito. Por tus risas, tus enojos y tus suspiros. Por tus anhelos y, en definitiva, gracias por convertirte en mis alas, mi querido lector. Joel y Sara te llevarán siempre en su corazón.

En segundo lugar, me gustaría decir que es sorprendente lo que puede cambiarte la vida una simple llamada de teléfono. En mi caso, esa llamada provino de Elisa, editora de HarperCollins, un día normal como cualquier otro.

Esa llamada se convirtió sin saberlo en un sueño hecho realidad, se convirtió en ilusiones nuevas, en ganas, en cosas tan bonitas... que son imposibles de describir. Solo puedo decirte una cosa, Elisa: GRACIAS.

Gracias también a Guillermo y a Mª Eugenia por el entusiasmo, la comprensión y el cariño. Sois unos profesionales como la copa de un pino y espero que en este viaje logremos todos conseguir nuestras metas.

Dicen que los trenes pasan una vez en la vida y yo me he montado en este con los ojos cerrados gracias a vosotros. Me habéis demostrado lo que es trabajar motivado, con ganas de ir a por todas y lo que significa remar todos a una. Solo por haber creído en mí, ya merece la pena el riesgo.

¡A por todas, equipo!

Gracias a mi marido, que, a pesar de enamorarme perdidamente de otro en cada novela, sigue conmigo.

Gracias a mis dos hijos por enseñarme lo que es el amor verdadero. Las ideas que me dais sobre lo que debe pasar en cada escena del libro mientras desayunamos antes de ir al cole no tienen precio. Algún día verán la luz y entonces sí que nos vamos a reír. Os amo con cada célula de mi ser. Ojalá vuestras carcajadas no me falten nunca.

Gracias a mi padre y a mi madre, por ser mi referente en todo. Si me preguntasen qué tipo de padres desearía para mis hijos, sin duda, seríais vosotros. Os quiero con toda mi alma.

Gracias a mi hermanito por soportar que todas las fotos de casa fueran mías, siempre con una sonrisa y sin rencor ninguno. Jajaja. No, ahora en serio. Gracias, pequeño, por leer mis novelas, aunque no te guste este género y partirte de la risa cuando pasa lo que pasa. Sabes que en el fondo eres un romántico, no lo niegues.

Gracias a mi querida lectora cero, Lorena, mi Satán, porque ¿qué te voy a contar? Que hay veces que se mete tanto en los personajes que hasta me da miedo. Los defiende como si fueran sus hijos y me amenaza de muerte cuando quiero que sufran o lo pasen mal. Creo que Joel nunca estuvo tan protegido como con ella. Sabes que te quiero y que, sin ti, escribir no sería lo mismo.

Quiero agradecer a Susana Rubio por su colaboración en esta novela. Gracias, no solo por tu generosidad y profesionalidad, sino también por no dudar ni un segundo en apoyarme. Eres grande, Susana, no cambies nunca, te deseo lo mejor.

Gracias a Dani por sus charlas, sus consejos y su paciencia. Sabes que estoy muy mal de lo mío y eres uno de los pocos que no me lo reprocha. Es lo que tiene estar zumbada, que cuando tienes el privilegio de encontrarte con alguien que te entiende es maravilloso. Te quiero mucho, mamarracho.

Gracias a las bloggers y booktubers por las reseñas tan bonitas que me hacéis, por dedicar vuestro preciado tiempo a recomendar mis novelas y por vuestro cariño.

En definitiva, que estoy deseando volver a veros en los encuentros y ferias del libro para que me contéis vuestras impresiones y lo que os ha hecho sentir esta historia porque para mí es lo más bonito de esta profesión.

¡Gracias infinitas!